O Segredo de Ahk-Manethon

Hélio do Soveral

Autor de *A Turma do Posto Quatro* e *Os Seis*

Edição Comemorativa 100 Centenário do Autor

Organização, pesquisa, notas e introdução:

Leonardo Nahoum

Editor
Artur Vecchi

Projeto gráfico e diagramação
Vitor Coelho

Ilustração de capa e internas
Manoel Magalhães

Design de capa
Vitor Coelho

Revisão
Gabriela Coiradas

Organização, introdução e notas
Leonardo Nahoum

Dados Internacionais de catalogação na Publicação (CIP)
(Câmara Brasileira do Livro, SP, Brasil)

S 729

Soveral, Hélio do, 1918-2001.

O segredo de Ahk-Manethon / Hélio do Soveral; organização, notas e introdução de Leonardo Nahoum Pache de Faria; ilustrações de Manoel Magalhães. – Porto Alegre : AVEC Editora, 2018.

Edição comemorativa do centenário do autor.

ISBN 978-85-5447-018-0

1. Literatura infantojuvenil

I. Pache de Faria, Leonardo Nahoum II. Magalhães, Manoel. III. Título

---

CDD 028.5

Índice para catálogo sistemático:
1. Literatura infantojuvenil 028.5

Ficha catalográfica elaborada por Ana Lucia Merege — 467/CRB7

1ª edição, 2018
Impresso no Brasil/ Printed in Brazil

AVEC Editora
Caixa Postal 7501
CEP 90430-970 — Porto Alegre — RS
contato@aveceditora.com.br
www.aveceditora.com.br
Redes sociais: @aveceditora

HÉLIO DO SOVERAL

AUTOR DE *A TURMA DO POSTO QUATRO* E *OS SEIS*

O SEGREDO DE AHK-MANETHON

ORGANIZAÇÃO, PESQUISA, NOTAS E INTRODUÇÃO:

LEONARDO NAHOUM

Agradecimentos do organizador:

Este livro e este pesquisador têm uma dívida de gratidão enorme para com Anabeli Trigo e Dagomir Marquezi, por sua dedicação à memória de Soveral; para com a Empresa Brasil de Comunicação (EBC), em particular a Michelle Tito e Alberto Santos, por sua imensa ajuda e boa vontade ao nos franquearem acesso ao acervo do escritor; para com Athos Eichler Cardoso, pelo envio dos primeiros episódios da *Mirim*; para com os servidores da Biblioteca Nacional, por sua gentileza e auxílio; para com Artur Vecchi, da editora AVEC, por compreender a importância deste histórico resgate; e para com minha família, pelas inúmeras horas roubadas de seu convívio em digitações, pesquisas, revisões e suores muitos.

ÍNDICE

INTRODUÇÃO

Leonardo Nahoum

> Soveral,
>
> Esta carta já estava selada e pronta para a remessa quando certos acontecimentos a retardaram. O caso é que, como já te disse, *mostrei a carta ao Aizen, com as reservas devidas. Ele prontificou-se a aceitar o teu romance, que eu amanhã entregarei para que ele leia. Irei apanhar os originais com seu Carlos*, que encontrei outro dia na rua Uruguaiana e que me pediu a tua carta para ler. (ANÍSIO, 1940, p.1. Grifo nosso.)

O romance a que se refere o escritor Pedro Anísio (um dos grandes amigos de Hélio do Soveral e mais lembrado hoje como o roteirista da revista *O Judoka*, publicada pela Ebal entre 1969 e 1973), neste trecho inicial de uma das únicas quatro cartas que sobreviveram das numerosas que trocaram entre 1939 e 1940, é provavelmente *O Segredo de Ahk-Manethon*. Preciosidade absolutamente desconhecida da bibliografia do artista que, só de livros, nos deixou mais de 200, este primeiro trabalho de fôlego só não era completamente invisível por conta do registro na pequena biografia (que depois descobrimos ser um resumo de currículos organizados pelo próprio Soveral na década de 1970 e 1980) publicada em duas reedições de 1984 da Ediouro para os títulos *Bira e Calunga na Floresta de Cimento* (1973, sob o pseudônimo Gedeão Madureira) e *Chereta e o Navio Abandonado* (1974, sob o pseudônimo Maruí Martins). Nela, pode-se ler que o autor, em 1941, "escreveu, para a revista *Mirim*, a sua primeira novela juvenil – *O Segredo de Ahk-Manethon*".

Mas que seria essa novela? Talvez uma história em quadrinhos, como a que Soveral publicara, entre 1935 e 1936, no semanário *Correio Universal*, *O mistério da casa de campo*? O que era, em primeiro lugar, a "revista *Mirim*", conhecida dos colecionadores de quadrinhos, mas referência a princípio obscura para o pesquisador iniciante ou desavisado? E como encontrá-la e como recuperar esse precioso material?

Na época em que o folhetim (sim, não uma HQ, mas um romance seriado...) foi publicado pelo famoso editor Adolfo Aizen, Soveral já era um profissional com bem mais que um pé nas letras, ainda que aparentemente passando por um período de incertezas e buscas existenciais. Seu primeiro livro, *Meu companheiro de trem*, coleção de três noveletas, fora publicado em dezembro de 1938 pela Cooperativa Cultural Guanabara, seguido, em janeiro de 1939 (mesma casa editorial), por *Mistério em alto-mar*, este último assinado como Allan Doyle. Nas palavras do próprio autor, "a novela policial brasileira seria a primeira de uma série com o detetive Lewis Durban (norte-americano radicado no Brasil) como herói. (...) [Mas] a vendagem foi medíocre e a série acabou no primeiro número" (SOVERAL, 198-, p. 4). Além destes dois títulos e de várias reportagens (paralelamente às suas investidas como ficcionista, ainda havia o trabalho como jornalista para revistas como *Carioca* e *Vamos Lêr*, entre outros veículos), é possível ainda rastrear quase vinte contos de sua lavra, como "O anel acusador" (*Suplemento Policial* de *A Nação*, #13, de 7 de junho de 1934), "Um fugitivo no bosque" (*Carioca* #93, 31 de julho de 1937) e "O Homem de Chicago" (*Vamos Lêr* #109, 1 de setembro de 1938).[1]

Mesmo com uma carreira iniciada, inclusive com colaborações para o rádio, maior esteio de toda a sua vida profissional (entre elas as aventuras radiofônicas com Lewis Durban para a Tupy, o mesmo Durban que tentou transpor para a literatura sem sucesso), Soveral parte para sua terra natal meses antes de completar 21 anos, em julho de 1939, supostamente para atender ao alistamento obrigatório, retornando ao Brasil apenas em junho de 1940, depois de algumas tentativas frustradas de trabalhar em órgãos da imprensa portuguesa (procurava, como

1 E ainda "Um caso de estrangulamento" (*Suplemento Policial* de *A Nação*, 1934), "Nas sombras do cemitério" (*Suplemento Policial* de *A Nação*, 1934), "O Tesouro Insuperável" (*Suplemento Juvenil* de *A Nação*, 23 de setembro de 1934), "O Mysterio do Colar" (*Suplemento Juvenil* de *A Nação*, 14 de junho de 1935), "Paredes de aço" (*Suplemento Policial* de *A Nação* – Nova fase – Ano 1, #6, 1935), "Reminiscências da Guerra" (*Suplemento Juvenil*, dezembro de 1935), "Carne para a guerra" (*Correio Universal*, 2 de novembro de 1935), "História Inacabada" (*Suplemento juvenil* #196, 1936), "Brejo Largo" (*Carioca* #63, 2 de janeiro de 1937), "As malas" (*Carioca* #99, 11 de setembro de 1937), "O indício" (*Carioca* #100, 18 de setembro de 1937), "A caneta permanente" (*Carioca* #102, 2 de outubro de 1937), "O Caso de Veneza" (*Vamos Lêr* #62, 7 de outubro de 1937), "A revolta das fadas" (*A Noite*, 20 de março de 1938), "Dias de São João..." (*Carioca* #189, 3 de junho de 1939) e "A safira fatal", este com o pseudônimo Loring Brent (*Contos Magazine* #76, 16 de março de 1941).

outros trechos das cartas de Pedro Anísio apontam, algum eco ou resgate de suas raízes lusas). Como ele mesmo anota sobre a viagem, no fragmento de currículo que já citamos,

> em meados do ano (julho), partiu para Portugal, a expensas do Consulado, disposto a fazer o serviço militar. Mas foi dispensado, ao tirar a roupa, por um tal Major Barbudo, que o chamou de "frango em pelo". Era muito magro, realmente... Durante a viagem de ida a Portugal planejou escrever um romance – *Repatriados* – que seria bem mais dramático e depressivo do que *Imigrantes* de Ferreira de Castro. Os repatriados (com quem conviveu nos camarotes "open" e nos porões do navio inglês que o levou a Portugal) eram imigrantes que regressavam à "santa terrinha" doentes ou desiludidos – homens para os quais não existiam mais sonhos nem esperanças. Esse romance, infelizmente, ainda não foi escrito. (SOVERAL, 198-, p. 4)

Se *Repatriados* ficou apenas no projeto, *O Segredo de Ahk-Manethon* era realidade, letras em papel, e chegou, em algum momento de 1940, como vimos, às mãos de Adolfo Aizen, que deve tê-lo comprado para sua revista. Já de volta de Portugal, Soveral está presente quando começa a publicação na *Mirim* #490, de 11 de maio de 1941. Nesta fase da história do periódico, iniciada em 16 de maio de 1937 e que se estendeu até o início de 1946, com pelo menos 1.225 números editados (o #1.203 é de 9 de novembro de 1945), a *Mirim* publicava histórias em quadrinhos e aventuras seriadas, sendo que estas últimas nas edições de domingo e quarta-feira (a revista ainda tinha a chamada edição sextaferina e as ocasionais edições mensais). *O Segredo de Ahk-Manethon* é publicado em 36 partes, com seu fecho vindo a público na edição #546, de 10 de setembro de 1941.[2]

2 O histórico completo para o folhetim, com datas e numeração, é este que segue: #490 (11/05/1941, domingo), #491 (14/05/1941, quarta-feira), #494 (18/05/1941, domingo), #495 (21/05/1941, quarta-feira), #497 (25/05/1941, domingo), #498 (28/05/1941, quarta-feira), #500 (01/06/1941, domingo), #501 (04/06/1941, quarta-feira), #503 (08/06/1941, domingo), #504 (11/06/1941, quarta-feira), #507 (15/06/1941, domingo), #508 (18/06/1941, quarta-feira), #510 (22/06/1941, domingo),

A localização de todos os episódios para a preparação deste volume que você tem em mãos teve lá seus percalços e seus lances de emoção. Durante nossa pesquisa de doutorado, que foi quando nos debruçamos sobre o escritor, seu legado e seu acervo, tivemos a enorme felicidade de encontrar recortes anotados de Soveral para o seu *Manethon*, com correções e mudanças que, em sua maioria, incorporamos ao texto final estabelecido. Pela caligrafia, é possível arriscar que Soveral organizou seu folhetim para uma encarnação em livro décadas após a edição original, o que transparece também em algumas alterações por ele feitas, por exemplo, a suavização no tratamento dado ao único membro negro da patota de crianças em torno da qual gira a história, que não raro (no texto original da *Mirim*) era alvo de impropérios e injustiças de fundo racista que, em nossos dias, têm sido o estopim para o questionamento de baluartes como Monteiro Lobato. Várias dessas questões são abordadas em nossas notas, ao final do volume, e foram devidamente registradas enquanto o texto era preparado, para que não se perdesse nem o tom original da obra, nem a interferência secundária do autor.

Mas chegamos a um ponto em que, em retrospectiva, ainda não está provavelmente clara para o leitor a importância do *Segredo de Ahk-Manethon* e nem mesmo seu criador foi devidamente apresentado. A verdade é que, apesar de seu gigantismo, pouco ainda se escreveu sobre Hélio do Soveral. Em um dos poucos verbetes existentes na literatura a falar sobre o autor, Ronaldo Conde Aguiar, em seu *Almanaque da Rádio Nacional* (Casa da Palavra, 2007), cita profissões já experimentadas por Soveral (engraxate, vendedor de verduras e legumes), seus 230 livros e suas chanchadas na Atlântida (*Este mundo é um pandeiro*, *Falta alguém no manicômio*) e um punhado de suas novelas para a Rádio Nacional (como *Também há flores no céu*, *A felicidade dos outros* e *Paraíso perdido*). Cita ainda o programa César de Alencar, que contou com Soveral como produtor por cerca de 15 anos (AGUIAR, 2007). Mas isso é muito pouco. Por isso, pedimos

#511 (25/06/1941, quarta-feira), #513 (29/06/1941, domingo), #514 (02/07/1941, quarta-feira), #516 (06/07/1941, domingo), #517 (09/07/1941, quarta-feira), #519 (13/07/1941, domingo), #521 (16/07/1941, quarta-feira), #523 (20/07/1941, domingo), #524 (23/07/1941, quarta-feira), #526 (27/07/1941, domingo), #527 (30/07/1941, quarta-feira), #529 (03/08/1941, domingo), #530 (06/08/1941, quarta-feira), #532 (10/08/1941, domingo), #533 (13/08/1941, quarta-feira), #536 (17/08/1941, domingo), #537 (20/08/1941, quarta-feira), #539 (24/08/1941, domingo), #540 (27/08/1941, quarta-feira), #542 (31/08/1941, domingo), #543 (03/09/1941, quarta-feira), #545 (07/09/1941 (domingo) e #546 (10/09/1941, quarta-feira).

permissão para uma digressão biográfica, para um pouco mais de Hélio do Soveral antes que se comece a desvendar *O Segredo de Ahk-Manethon*.[3]

* * *

> Todos os rostos barbudos traduziam uma alma subitamente magoada. Thiago vinha com o cadaver de dona Maricota ao collo. O mulato estava com um braço cortado de navalha. João olhou a mãe que parecia dormir embalada por Thiago. Olhou o pae morto. Não sabia se soluçava ou não. U'a mão amiga alisou-lhe a cabeça com suave meiguice.
>
> – Não chore, não. O Thiago lhe toma conta... Sua mãe se machucou coisa átôa, se vae tratar muito longe... Olhe, os seus amigos tão no cercado. Não chore, não...
>
> O menino limpou o rosto na manga da camiseta. Muitas mãos lhe alisaram a guedelha. Muitas bocas lhe consolaram o susto:
>
> – Não chore, não...
>
> João ergueu os olhos para o vôo livre de um pintasilgo. Esquivou-se das mãos carinhosas. Pensou em que o pae não lhe bateria mais. Deu uma fungadela. E disparou para o cercado:
>
> – Vam'pró Bréio Largo, pessoal![4] (SOVERAL, 1937, p. 63)

O português Hélio do Soveral Rodrigues de Oliveira Trigo, nascido em Setúbal, em 30 de setembro de 1918, parecia estar profetizando, nessa que é considerada por alguns sua estreia literária profissional[5], da qual reproduzimos acima o trecho final, o tema e público com o qual se ocuparia em etapa já adiantada de sua carreira: a infância, os leitores

3 O texto a seguir é baseado no capítulo "Hélio do Soveral, o escritor dos (mais de) 19 pseudônimos e heterônimos, e a série *A Turma do Posto Quatro*: autoria acusmática na busca da *Stimmung*", da tese de doutorado *Mister Olho: de olhos abertos... ou será que não? Uma análise crítica da coleção infantojuvenil Mister Olho à luz (ou sombra...) da ditadura militar* (2018), de nossa autoria.

4 Optamos por manter a grafia da época.

5 Embora Soveral registre ter sido publicado pela primeira vez aos 12 anos de idade, ou seja, em 1930, no jornal infantil *O Pica-Pau*, de São Paulo, e tenha, em seguida, logrado ver no papel vários contos em veículos como os *Suplementos Juvenil* e *Policial* do jornal carioca *A Nação* (1934-1935) e o *Correio Universal* (1936), é com a aparição de "Brejo Largo" na revista *Carioca* que Soveral recebe convite de seu diretor, Raimundo Magalhães Jr., para atuar profissionalmente como repórter, contista e tradutor em três dos impressos da empresa A Noite: as revistas *Vamos Lêr!*, *A Noite Ilustrada* e a própria *Carioca*, a partir de 1937.

infantojuvenis. Apesar de uma atuação bem-sucedida de décadas como autor de radionovelas, com incursões por praticamente todos os suportes e meios de comunicação e expressão que o século XX ofereceu (além de escrever para rádio, foi autor teatral, roteirista de cinema, quadrinhos e televisão, ator, pintor e escritor de mais de 230 livros), Soveral talvez tenha experimentado sua mais duradoura popularidade com as histórias infantis que escreveu para a Ediouro, entre 1973 e 1984. Foram nada menos que 88 livros (mais um inédito, pelo menos), divididos em cinco séries que renderam tiragens totais de mais de um milhão de exemplares, todas elas assinadas por pseudônimos ou heterônimos. E parece haver nisso também, nesse desprendimento de Soveral para com sua própria instância autoral – Soveral era conhecido como "o escritor dos 19 pseudônimos" (MARQUEZI, 1981, p. 27) –, uma outra coincidência envolvendo este primeiro conto "Brejo Largo", premiado em um concurso da revista *Carioca* e publicado na edição de 02 de janeiro de 1937[6], quando Soveral (que vivia no Brasil desde os sete anos) inaugurava pra valer tanto a carreira quanto a maioridade: não é que a mesma revista em cujas páginas o português oferece o drama do menino João traz também um artigo intitulado "A victoria dos pseudonymos"? Nele, o autor Martins Castello (além de citar exemplos tanto históricos quanto da época) vai além da questão do mero embaraço causado por "um appellido antipathico ou ridiculo (...) capaz de inutilisar a vida do mais apto dos cidadãos"[7] (CASTELLO, 1937, p. 40) para entrar na seara da persona artística, do eu que se sacrifica pela criação, pela própria obra.

> Ramon Gomez de la Serna já fez, com aquella sua subtileza habitual, uma observação aguda e exacta. O escriptor, quando escolhe um pseudônimo, desprende-se do mais pesado de si mesmo, collocando-se aos proprios olhos como mais um producto de sua imaginação. (...) Para a adopção de um pseudonymo, é preciso coragem, pois o acto tem, no primeiro momento, qualquer coisa de um suicidio. É a morte de uma personalidade para o nascimento de outra personalidade.[8] (CASTELLO, 1937, p. 41)

6 Ao tomarmos conhecimento do título da obra premiada, citada em biografia de Soveral incluída em reedições da Ediouro, logramos descobrir o exemplar no qual se deu a publicação.

7 Optamos por manter a grafia da época.

8 Optamos por manter a grafia da época.

Mesmo que Soveral não tenha lido o texto que dividiu páginas com sua primeira incursão na literatura dita "séria", pode-se dizer que a coragem citada por Castello não lhe faltou, e que em todas as vezes em que escolheu sacrificar sua autoria em prol de um melhor efeito para suas criações (sua primeira novela policial, *Mistério em alto-mar*, de 1939, era assinada Allan Doyle tanto para homenagear E. A. Poe e Conan Doyle quanto para conferir mais autenticidade à empreitada: o público ainda não via bem a ideia de brasileiros escrevendo histórias de detetive), o escritor de Setúbal, carioca por opção, demonstrava como amava a própria obra: não importava o nome que assinava as brochuras, nem mesmo que os livros sequer indicassem autor (como no caso dos citados romances de espionagem *K.O. Durban*). O que importava eram os personagens, as histórias, os "brejos largos" onde suas criaturas pudessem ter refúgio, amor, aventura; o que importava era produzir com seus textos atmosferas que ressoassem no corpo e espírito de seus leitores, pelo tanto de empatia e emoções que evocavam.

Soveral foi Allan Doyle para os ouvintes de seus roteiros na Rádio *Tupy* do Rio (é dele o primeiro programa seriado do rádio brasileiro, *As aventuras de Lewis Durban*, de 1938) e para os leitores do já citado *Mistério em alto-mar* (1939). Pouco depois, em 1941, fez uso do seu segundo *nom de plume*, Loring Brent, ao escrever o conto "A Safira Fatal" para a *Contos Magazine*. Segundo atesta Soveral, esse teria sido um dos dois ou três (ou quatro, dependendo da fonte) contos que ele escrevera para a revista, todos "baseados nas capas (norte-americanas) compradas pela editora" (SOVERAL, 198-, p. 4). Não foi possível encontrar ainda confirmação para o(s) outro(s) pseudônimo(s) em questão. Esse episódio particular configura uma verdadeira pirotecnia, própria do mercado editorial brasileiro de revistas *pulp* e de emoção das primeiras décadas do séc. XX, uma vez que Loring Brent era na verdade o pseudônimo do autor norte-americano George F. Worts e a capa comprada pela *Contos Magazine* se referia a um conto dele, intitulado "The Sapphire Death", que não foi aproveitado em nada por Soveral ao criar sua "versão" brasileira. Original norte-americano e original luso-brasileiro dividem, tão somente, a arte do ilustrador Paul Stahr, em curiosa ciranda de efeitos: o texto de Worts sugere imagens a Stahr, que por sua vez sugere textos a Soveral.

Na década de 1960, depois de experimentar baixas vendagens com os quatro livros de contos do Inspetor Marques (seu personagem mais popular, protagonista de muitos anos do programa de rádio *Teatro de Mistério*) que publicou pela Vecchi (*3 Casos do Inspetor Marques*, *Departamento de Polícia Judiciária*, *Sangue no Paraíso* e *Morte para quem ama*), e vendo sua renda como radialista diminuir sensivelmente – segundo reportagem de Beatriz Coelho Silva para o *Caderno 2* do *Estado de S. Paulo* de 21 de maio de 1988, isso teria se dado "em 1964, quando o golpe militar desmembrou a Rádio Nacional e Soveral ficou sem seus programas" (SILVA, 1988, p. 1) –, o português abraça de vez a carreira de escritor profissional de livros de bolso, começando com as dezenas de volumes que escreve para a editora Monterrey, com os heterônimos Keith Oliver Durban, Brigitte Montfort, Clarence Mason e Alexeya S. Rubenitch, e os pseudônimos Tony Manhattan, Lou Corrigan[9], Sigmund Gunther, John Key, Frank Cody, Stanley Goldwin, W. Tell, F. Kirkland e Ell Sov (esse último também usado na década de 1970 para assinar algumas histórias em quadrinhos para a EBAL). Há também um volume lançado pela Editora Palirex, de São Paulo, assinado como Frank Rough (o único *western* de sua produção)[10]. Essa obra de quase 150 livros cobre todos os gêneros da literatura de entretenimento: terror, suspense, policial, bangue-bangue, ficção científica, espionagem. O "homem dos 19 pseudônimos", a essa altura, já havia inaugurado 16 deles no papel, em busca de efeitos no e para seu leitor, em busca de atmosferas.

Quando finalmente começou a escrever para a Ediouro, Soveral contava com 55 anos e o citado currículo de mais de uma centena de *pockets*, além de milhares de roteiros cujo sucesso já o havia inscrito em definitivo na história da radiodramaturgia brasileira. Das cinco séries que produziu para a Ediouro e sua coleção *Mister Olho* – *Chereta*, assinada como Maruí Martins; *Missão Perigosa*, assinada como Yago Avenir, depois Yago Avenir dos Santos; *Bira e Calunga*, assinada como Gedeão Madureira; *Os Seis*, assinada como Irani Castro; e *A Turma do Posto Quatro*, assinada como Luiz de Santiago –, as mais populares e bem-sucedidas foram, sem dúvida, as duas últimas da lista. As aventuras de *Os Seis* chegaram a 19 episódios e mereceram algumas reedições em novos

9 Na verdade, pseudônimo do escritor espanhol Antonio Vera Ramírez. Alguns livros de Soveral para a Monterrey, com a personagem Brigitte Montfort, acabaram saindo com o nome "Lou Corrigan" por engano da editora, segundo Soveral.

10 Na verdade, o único publicado. Soveral deixou um livro inédito no gênero, completo, aparentemente vendido para a mesma editora, com o mesmo personagem e universo.

formatos, ao longo das décadas de 1970, 1980 e 1990. O mesmo vale para a série *A Turma do Posto Quatro*, que teve 35 títulos e só perde em longevidade e extensão, no âmbito da Coleção *Mister Olho*, para a *Inspetora*, de Ganymédes José, com seus 38 livros publicados.

No meio do caminho desta última carreira como escritor infantojuvenil, inaugurada, como vimos, com o folhetim *O Segredo de Ahk-Manethon,* mais de três décadas antes do lançamento de *Operação Macaco Velho*, Soveral se aposenta pela Rádio Nacional e perde a esposa Celina após acompanhá-la ao longo de uma batalha de mais de 10 anos contra o câncer, o que se mostraria como um dos maiores baques contra seu vigor e ânimo de espírito. Ainda assim, continua ativo como autor até meados dos anos 1980 (há que se citar o conto "A bomba", para o primeiro número da revista *Ação Policial*, em junho de 1985, e o livro *Zezinho Sherlock em Dez mistérios para resolver*, para a Ediouro, em 1986), inclusive com seu famoso programa policial de rádio *Teatro de Mistério*, que sai do ar em 1987, após praticamente 30 anos de transmissões (de 06 de novembro de 1957 a 15 de abril de 1987). Isso sem falar dos incontáveis projetos (na área da literatura ou para televisão) que concebe ou mesmo desenvolve sem conseguir emplacar.

Após cerca de dez anos sem, como diz, desenvolver quaisquer atividades intelectuais, volta à carga em meados dos anos 1990 e submete originais para editoras como a Record, deixando ainda vários títulos organizados, entre inéditos e reedições planejadas. Essas investidas tardias, infelizmente, não alcançam sucesso. Soveral fica tristemente relegado a algumas aparições em matérias de jornal que o tratam como curiosidade esquecida e injustiçada, como uma "usina de textos" abandonada em um pequeno apartamento em Copacabana. A saúde debilitada, as despesas crescentes e a dificuldade do lidar com a vida já na casa dos 80 anos fazem com que se mude para Brasília, onde passa a viver perto de sua filha única, Anabeli Trigo, bibliotecária concursada lotada no Ministério da Agricultura. Pouco tempo depois da mudança, quando começava a se habituar à ideia de viver longe de seu amado Rio de Janeiro, Soveral falece após ser atropelado por um motociclista, em 21 de março de 2001. Por ironia do destino, por aqueles dias havia acertado a publicação de suas traduções para a obra poética de seu ídolo maior, Edgar Allan Poe. O livro permanece à espera de seu público...

e de um editor. Chegava ao final a saga do menino de Setúbal que, em sua adolescência no Brasil, como relata Marquezi, já contava histórias aos amigos de calçada, inspirado nos títulos dos filmes em cartaz, em troca de cigarros ou tostões (MARQUEZI, 1981, p. 26).

* * *

A importância do legado de Hélio do Soveral, em diversas áreas da vida cultural brasileira, é (esperamos), após essas breves páginas, inegável, incontornável e digna de resgate e estudo. Se, no mundo do romance policial, Rubem Fonseca segue sendo o nome academicamente incensado por natureza, Soveral é de longe o mais prolífico. Basta ficar nos mais de mil roteiros escritos para rádios como Tupy e Nacional e nos seus detetives memoráveis: o Inspetor Marques, o norte-americano Lewis Durban e o brasileiro Walter Marcondes.

Como autor infantojuvenil, temos agora, para entender sua produção de quase 90 títulos em plenas décadas de 1970 e 1980 de ditadura militar, esta chave intitulada *O Segredo de Ahk-Manethon*. Não será difícil reconhecer nos meninos Célio, Afonso, Horácio, Roberto, Tião e *Condor* e nas meninas Iracema e Linda, bem como no entrecho de aventura e heroísmo temperado de situações misteriosas e de exotismos, um modelo para o que Soveral faria anos depois em seus livros de encomenda para a Ediouro.

A publicação desta obra, em 2018, coincide com o centenário do nascimento de Soveral e espera, além de celebrar sua carreira, vida e importância, despertar de um "cochilo" injusto seus potenciais apreciadores, sejam eles leitores (novos ou aqueles que se deleitavam com histórias dos *Seis*, da *Turma do Posto Quatro*, de *Brigitte Montfort* ou de *K.O. Durban*) ou estudiosos de nossa negligenciada literatura popular.

Maricá, fevereiro de 2018

REFERÊNCIAS

ANÍSIO, Pedro. [Carta] 1940, Rio de Janeiro [para] SOVERAL, Hélio do, Lisboa. 2f. Assuntos cotidianos. Fonte: Acervo de Hélio do Soveral, Rádio Nacional (EBC). Carta inédita.

CASTELLO, Martins. A victoria dos pseudonymos. In: *Carioca.* Rio de Janeiro: Editora A Noite. Número 63. 2 de janeiro de 1937. pp. 40, 41, 49.

AGUIAR, Ronaldo Conde. *Almanaque da Rádio Nacional.* Rio de Janeiro: Casa da Palavra, 2007.

MARQUEZI, Dagomir. Este homem vive de mistério. In: *Status.* São Paulo: 1981.

SILVA, Beatriz Coelho. O homem de um milhão de livros. *Estado de S. Paulo,* São Paulo, Caderno 2, 21 de maio de 1988, p. 1.

SOVERAL, Hélio do. Brejo Largo. In: *Carioca.* Rio de Janeiro: Editora A Noite. Número 63. 2 de janeiro de 1937. pp. 7, 8, 63.

_____. *Currículo.* Documento datilografado. 198-. Fonte: Acervo de Hélio do Soveral, Rádio Nacional (EBC).

Ao leitor

A sociedade mudou. Nossa vida mudou e, com ela, nossos valores, ideias e sentimentos. O que era regra não mais se aplica e a luta de hoje é reflexo do que pensamos ontem e do que almejamos para o amanhã.

Hélio do Soveral foi um incansável autor de literatura popular, com mais de cem romances publicados. Ao criar *O Segredo de Ahk-Manethon*, ele estimulou a imaginação e participou diretamente da vida de milhares de adolescentes que viviam os conturbados anos da Segunda Guerra. Com um estilo fluido e calcado no linguajar juvenil, Soveral explorou a cultura brasileira e o delicado equilíbrio político internacional, mesclando fantasia, realidade e aventura em um texto divertido e empolgante.

Este seu livro de estreia, que você tem em mãos, foi escrito há quase oitenta anos. Nas aventuras descritas em suas páginas, você vai se deparar com expressões, passagens e situações que podem ser incômodas ou ofensivas ao leitor atual, por descreverem comportamentos inaceitáveis aos nossos costumes e moralidade. A sociedade evoluiu, mas a literatura é de certa forma "refém" de seu próprio tempo.

Livros são janelas para o passado, para as mentes, o cotidiano e os valores de suas épocas. Expressões usadas pelos adolescentes de quase um século atrás, como "judiar" e "fome negra", não são mais aceitas em nossa sociedade, mas eram usadas livremente naquele tempo, aprendidas no cotidiano das grandes e pequenas cidades. Neste volume, você vai encontrar "brincadeiras" de cunho racista feitas com o menino negro Tião, retratado como pobre, órfão e semianalfabeto. E também vai perceber que era natural para todos os meninos, brancos ou negros, receberem surras de seus pais por peraltices infantis. Ou ainda descobrir que guerras de caráter imperialista-colonialista eram consideradas um elemento natural do xadrez entre as nações.

O organizador desta obra e a AVEC Editora não concordam, **de forma alguma, com quaisquer práticas discriminatórias ou violentas.** Os exemplos citados e outros que aparecem neste *Segredo de Ahk-Manethon* devem ser analisados sob o prisma do passado. Transcorridos mais de 75 anos desde sua publicação, a sociedade se transformou. No entanto, atualizar os livros e textos de autores, excluindo palavras ou situações consideradas inadequadas para o mundo atual, não nos parece uma solução adequada. Mergulhar no texto de um escritor de outra era é como usar uma máquina do tempo. **Entender o passado e compreender suas transformações é essencial para evitar erros correntes, dirimir comportamentos desiguais, injustos e desumanos e aperfeiçoar o presente, semeando um futuro melhor.**

Por essas razões, Hélio do Soveral precisa ser lido como foi publicado pela revista *Mirim*: como uma amostra relevante da literatura entregue às crianças brasileiras – suas contemporâneas – dos anos 40. O livro, espécie de luneta com a qual observamos nossa História, precisa de lentes límpidas, sem o obscurecimento da censura do silêncio ou de suavizações exageradas, para nos oferecer uma imagem fiel de sua concepção e da sociedade em que ele foi produzido e recepcionado.

Relançar Hélio do Soveral é apresentar à academia e aos interessados uma forma de mergulhar no passado, trazendo luz a um período onde a literatura representava uma das principais formas de entretenimento dos nossos jovens. E é por meio da análise do que a juventude lia no tempo de nossos pais e avós que poderemos compreender o momento em que estamos e o que ainda falta para alcançarmos uma sociedade mais justa e igualitária.

* * *

Ao longo do livro, há notas de rodapé de autoria do próprio autor, que não devem ser confundidas com os verbetes-glossário (que esclarecem, de maneira rápida e na mesma página, palavras ou termos mais obscuros, seja por sua natureza ou pela época da publicação) ou com as notas explicativas ao final do volume (ambos coligidos por este organizador).

PRIMEIRA PARTE

A BORDO DO *SEREIA*

Capítulo I

CINCO GRANDES PEQUENOS

A história do marinheiro Crawford – Célio e sua Eureka – O abraço dos camaradas[i]

Nessa manhã o dia nasceu radioso. Digo isso não para fazer literatura, mas para mostrar que o tempo não influi na vida da gente. Lembro-me ainda da luz morna do sol, que me acordou ao entrar pela janela, e julgo ouvir de novo a passarada vadia chilreando numa árvore da calçada fronteira à minha casa. Eram oito horas da manhã. Tomei banho, vesti a farda do colégio e desci à sala de jantar. Minha mãe serviu-me café com leite e bolachas, depois do que foi para a cozinha, apertando os lábios no avental, quase sem olhar para mim.

Logo de começo, estranhei esse procedimento anormal. Porque se um garoto brincalhão pode estar inocente em sua vida, eu o estava naquela hora. Não fizera nenhuma peraltice, não quebrara nada, não judiara com o gato... Por que razão minha mãe não me beijara a testa nem me passara a mão pelo cabelo, como nos outros dias? Por quê? Com franqueza, aquilo me doeu! Bebi o café vagarosamente, pensativamente, sem tocar nas bolachas, de olhos baixos e fisionomia encabulada. Por que minha mãe não acariciara o seu filho? Por quê? Assim fiquei pensando...

Mas todos os meus pensamentos juntos não resolviam nada. Então, pensei em ir espiar a cozinha. Fui, e espiei muito a medo, para que minha mãe não visse e não ralhasse comigo.[ii] Pela fresta da porta, eu a vi junto do fogão, chorando. Chorando, sim senhor! Ela, que nunca derramara nem um tiquinho de lágrima, que eu visse! Senti uma coisa doendo por dentro, doendo, doendo... e não aguentei mais ficar ali parado, vendo o seu sofrimento. Entrei na cozinha e tossi de propósito, como vira os artistas fazerem no teatro. Minha mãe voltou-se. Tinha a face pálida, os olhos vermelhos e a boca apertada numa fita cor de rosa[iii]. Como devia estar triste a pobrezinha! Não consegui reter as lágrimas e desatei a chorar também, até que ela me chamou para junto de si, sentou-se num banquinho capenga e, esquecendo-se de que eu já fizera quinze anos, encarrapitou-me no colo. E começou dizendo com voz sumida e lacrimejante:

– Não chore, Célio; não chore assim que é feio. Coitado de meu filhinho... Não chore, não. Olhe – e sua voz era um suspiro que quase não se escutava, de tão fraquinho – você se lembra de sua irmã, lembra?

Que mistério havia naquilo tudo, no choro, na pergunta, e por que minha mãe mo ocultava?[iv] Perguntei o que era. Ela me abraçou com mais força, disse que eu devia ser um rapaz valente, que não devia chorar... e contou tudo, ou quase tudo.

Iracema partira dois anos antes para a Europa, em viagem de recreio[v], na companhia de uma família brasileira cujo chefe, o velho e barrigudo comendador Serafim Travassos, era proprietário de uns terrenos na Austrália Meridional, herdados de um parente morto em 1910[vi]. Tinham ido diretamente à Inglaterra[vii], onde o comendador se demorara um ano e onze meses a negócios com um comerciante londrino. De volta, embarcada no *Chesterton*, um transatlântico da linha Londres-Wellington[viii], a família Travassos havia passado pela Cidade do Cabo, na África do Sul, de onde enviara um telegrama a meu pai. Mas, daí em diante, não havia mais notícias do comendador Serafim Travassos[ix], nem de Iracema, nem do *Chesterton*. E agora – como informava minha mãe, com a voz embargada pela dor – um brigue australiano encontrara um tripulante do *Chesterton* vogando numa jangada, nas costas de Timor! Voltando a si (ele estava desmaiado), contara aos seus salvadores o terrível naufrágio do *Chesterton*!

– Iracema! – gemi, quando minha mãe fez uma pausa. – Ela estava lá! Morreram... morreram todos?

Minha mãe desdobrou uma notícia de jornal que trazia no bolso do avental, certificou-se de que era aquela mesma e, com mão trêmula,[x]estendeu-ma. Li, então, o que o náufrago do *Chesterton* dizia a respeito do acontecido nos mares do sul. Eis, tal e qual, a história do marinheiro[xi] Crawford, conforme saiu publicada no *Times* de Londres, no *Melbourne Times* de Melbourne, no *Jornal do Brasil* do Rio de Janeiro e em outros jornais de países interessados:

“*O barco ia bem. Ninguém se podia queixar da velocidade. Ancoramos em Cape Town e seguimos derrota para o Cabo Naturalista. Vento fresco. Mar pouco encapelado. O capitão James F. Merrill era um ótimo sujeito e deixou-nos, a nós, os marinheiros, fazer uma pequena festa na tolda, junto da ponte de comando. Daí podíamos observar o céu sereno e o mar feito num espelho. Pois bem: o tempo bom acompanhou-nos até ao meio do Índico e aí mudou. Foi uma coisa ruim como ainda não enxerguei igual! O vento foi engrossando, quente e forte como que saído do inferno. De repente cresceram umas tantas nuvens feias no céu. Sua majestade, o Oceano, começou a gemer. A gemer e a brigar. A brigar e a piorar a olhos vistos. Rebentou um ciclone próximo de nós. Caiu chuva tal um dilúvio. E o mar jogava feito que de brincadeira! Ninguém esperava aquilo!*[lxii] *O dia era como se fosse noite. Uma coisa danada! O* Chesterton *era um bom navio. Forte. Resistente. Moderno. Mas, contra Netuno, não adianta nada um barco ser forte, resistente, moderno. Adianta coisa nenhuma! Não haveria embarcação que aguentasse aquela tempestade de arrepiar lobo do mar. O* Chesterton *fez força, lutou com bravura, revoltou-se. Mas um golpe do mar botou-o logo adernado. Entrou água. O navio tinha um rombo abaixo da linha d'água. O capitão Merrill – Deus o tenha em guarda que era um herói! – ordenou que usássemos as bombas. Mas o* Chesterton *estava condenado mesmo. Ninguém ouviu o bravo capitão Merrill – Deus o tenha em guarda que era um herói! A marinhagem era toda covarde na hora do aperto. Quebraram-se quase todos os escaleres, ainda presos aos turcos, e só escapou um que se foi, sem rumo, com um passageiro, três ou quatro mulheres, perto de quinze crianças e quatro marinheiros remando. O pessoal das máquinas apareceu, esbaforido, dizendo que a pressão das caldeiras era enorme. Só se via gente gritando, gente chorando, gente rezando, gente empurrando. Eu e mais três camaradas quisemos carregar o capitão Merrill – Deus o tenha em guarda que era um herói! –, mas o velho fechou-se na cabina de comando. E gritava ordens e mais ordens feito um desesperado. E o* Chesterton *afundando, jogado como uma rolha entre altos vagalhões. Começaram a cair homens ao mar. Eu peguei numas tábuas e, ajudado pelo grumete Steve Ralson, construí uma jangada. Nem pensei em víveres.*

Joguei a armação de madeira n'água, segurei o grumete e fugi daquele inferno. O grumete, coitado, caiu no mar ao primeiro balanço mais forte da balsa. E desapareceu. Eu, porém, aguentei a mão. De longe, vi o Chesterton *afundando e os passageiros esbracejando, com as caras mais horríveis deste mundo. Depois, tudo foi engolido pelo oceano furioso. Apenas ficou um ou outro destroço boiando de cá para lá e gente nadando à toa – para a morte. Remei com os braços e dei o fora. No dia seguinte, o mar estava que era uma lagoa e..."*

Terminava pouco adiante a narrativa do marinheiro Dick Crawford. Eu lera a notícia em voz alta e vi que minha mãe aumentara o choro. Chorei também, perdidamente, compreendendo agora toda a extensão da catástrofe. O navio afundara e desaparecera minha irmã Iracema! Existem coisas que a gente custa a acreditar e, às vezes, outras que nem mesmo acredita. Era o caso da morte de Iracema. Ninguém podia provar essa morte; tudo era o que se chama "hipótese". E eu chorava porque via minha mãe chorando. Mas, quando ela me alisou outra vez a cabeça e disse que eu não era um rapaz valente como devia ser, que eu era um bobo, chorando daquela maneira – limpei a cara e engoli o nó da garganta. Eu era valente, sim! Se chorava era porque ela me fazia chorar! Pois se a valentia está na pessoa não chorar, eu era valente e provava. E não chorei mais!

Nesse dia, fiquei metido em meu quarto, fechado à chave, remoendo esperanças e palpites. O mapa da parede, estendido na cama, elucidou-me a respeito do sítio exato da Austrália, de Timor e das ilhas de Sonda. O *Chesterton* devia ter ido a pique ali por perto, naqueles mares traiçoeiros... e ali por perto havia tanta ilha! Iracema era, com toda certeza, uma das quinze crianças referidas pelo marinheiro Dick Crawford. E como era uma dessas quinze crianças, salvara-se no tal escaler do navio sinistrado e fora dar a uma das ilhas de Sonda. Provável, para mim esta hipótese chegava a ser patente, era meu coração que falava!

Mas de que adiantava isso? Certamente os habitantes da Austrália, de Timor, de Java ou Sumatra não eram da minha opinião. Com o dedo no mapa, eu tocava minha irmã, perdida ali numa ilha, a um centímetro (no mapa era questão de um centímetro) da civilização branca introduzida na Oceania! Que pressentimentos horrorosos me assaltaram ao pensar nisso! Desejei mil vezes que minha irmã tivesse morrido no mar em vez de estar passando privações num deserto cercado de água por todos os lados, a um centímetro das ilhas habitadas. E quem sabe se na ilha em que o escaler de Iracema fora dar não moravam alguns desses selvagens dos livros, aborígenes de ruim catadura e péssimo comportamento? Estremeci ante esta cena terrível: minha irmã Iracema num caldeirão de antropófagos! Meu Deus, eu precisava dar um jeito, falar com papai, pedir audiência ao Presidente da República! Estes assomos de energia, porém, redundaram em nada. Falei com meu pai e ele passou-me um sermão deste tamanho. Em vista disso, nem cheguei a pedir audiência ao Presidente da República, com receio de apanhar uma surra ao voltar para casa.

E foi assim, com o coração oprimido pela dor, a cabeça doendo pela tristeza e os olhos secos pela valentia, que esperei a noite para me ir reunir aos meus amiguinhos da rua São Bento e contar-lhes dramaticamente a minha tragédia, "a minha tragédia de Dante", como diria papai, não esquecendo de lhe aumentar certos pormenores e de citar os antropófagos da ilha deserta... Bem dizia o Padre Gonçalves que, na minha idade, a gente não acredita em hipóteses...

Jantei com esses pensamentos remoinhando na cabeça. O jantar decorreu triste e silencioso. Após a sobremesa, pedi licença a meus pais e corri à rua. Toda ela estava deserta de crianças; apenas se via gente grande passando, risonha, despreocupada, alheia à minha enorme desgraça. Olhei para todos os lados e não pude enxergar nenhum conhecido: então, corri em direitura da parede que separava a calçada fronteira de um terreno vazio em que jogávamos bola. Já armava o bote para trepar no muro quando, bem no cimo deste, assomou uma cabeça ruiva. Tratava-se de um dos meus camaradas, chamado Joel O'Connor, a quem tínhamos botado a alcunha de *Condor* devido à semelhança do sobrenome. O'Connor era brasileiro de nascença, filho de ingleses (ou irlandeses), tinha doze anos e andava sempre bem vestido e de moedas tilintando no bolso da calça. Em outras ocasiões, ao natural, era gorduchinho, esperto, de rosto corado e calmo, mas, naquele momento, não passava de uma trouxa de roupas, resfolegando e suando, vermelho como um camarão, extenuado pelo esforço de subir ao muro.

Logo que me viu, ele soltou um "ufff" comprido e voltou a descer pelo outro lado, gritando que eu já estava ali. Escalei o muro e desci na grama rala do interior, ainda a tempo de vê-lo a correr e a fugir como um doido. Fiquei um instante parado, para acostumar os olhos à escuridão; logo enxerguei mais três garotos, sentados pouco adiante com as mãos nas canelas doridas. Eram todos do nosso grupo: o Tião, negrinho de dez anos e muita vivacidade, mas ignorante como ele só, o Turco e o Albino. O Tião levantou-se quando me viu e, gemendo, fez esta queixa:

– Nós estávamos esperando você, *seu* Célio. Mandamos o *Condor* buscar você, que o Afonso está machucando todo mundo nas canelas...

– Vocês andaram jogando bola, não é?

– É. Eles ainda estão jogando, no campinho, e o Afonso não quis tirar o sapato, não. Veja se dá um jeitinho ou eu acabo mandando o braço nele!

– Não quero brigas, hein! – retruquei rispidamente. – Você não sabe, então, para que o Afonso usa os óculos? É porque tem pouca vista! E você não sabe, então, que quem tem pouca vista não cogita onde dá pontapés? Aí está!

O negrinho não apreciou muito as minhas deduções; evitou, porém, replicar, mesmo porque eu era o chefe e o chefe tem sempre razão. Dizendo que trazia novidades para contar, pedi-lhe que ele e os outros dois me seguissem. E assim foi feito.

No campo de futebol estavam dez garotos, mas, destes dez, apenas três nos interessavam: Afonso Rodrigues, guri de seus treze anos, sardento, falador, que fingia jogar bola para chutar as canelas do parceiro; Horácio Magalhães, de onze anos, magrinho e insignificante; e Roberto Souza. Este último achava-se sentado na relva, contando uns casos a três guris, seus protegidos, que o amavam como a um irmão. Foi a ele que me dirigi, com o Tião a reboque.

– Alô, Roberto. Trago novidades para vocês todos...

Lentamente ele se levantou e, de pé, ficou mais alto do que eu. Era o meu único rival na idade e na chefia da turma de garotos daquela rua, e, embora fosse dois meses mais novo do que eu, ninguém acreditaria se nos visse juntos. Ao contrário de meus cabelos negros e alvoroçados,

Mandei acabar com o futebol e o pessoal reuniu-se em semicírculo. Ali ficaram todos, na expectativa, quatorze garotos com a chegada do Condor. Assumi uma atitude oratória e comecei a falar:

os dele, castanhos, estavam sempre penteados com brilhantina cheirosa. Pensando bem, tratava-se de um meu rival, mas de um rival muito querido. Gostava dele, e nunca soube escolher uma das razões dessa grande simpatia. Era um rapaz alto, forte, ensimesmado, cavalheiresco, amigo leal, prestativo, defensor dos menorzinhos ofendidos e, acima de tudo, namorado de minha irmã Iracema, de cuja ausência lastimava-se sempre que havia e mesmo quando não havia oportunidade.

Depois de se levantar, esse admirável colega perscrutou-me atentamente o rosto, soltou um suspiro e disse que as novidades não deviam ser lá muito agradáveis porque eu andara chorando... Mandei acabar com o futebol e o pessoal reuniu-se em semicírculo. Ali ficaram todos, na expectativa, quatorze garotos com a chegada do *Condor*. Assumi uma atitude oratória e comecei a falar:

– Tenho a declarar a vocês um fato muito triste que me punge o coração e também deve deixá-los compun... compungidos...

– Desembuche logo isso! – gritou o Pompeu, um moleque curioso que não apreciava floreados nem pontuação gramatical.

Não dei atenção ao aparte e continuei:

– Este fato diz respeito a minha irmã Iracema, que vocês conhecem e partiu há tempos para a Europa, a passeio. Vocês a conhecem, de maneira que...

– Conhecemos até demais, sim! Que há com ela?

– Não me interrompam! Iracema está num dilema, num dilema e num perigo que... Papagaio! Nem tenho quase forças para lhes contar a história...

Embora muitos deles não compreendessem o significado da palavra "dilema", bateram palmas porque era uma palavra difícil e nós éramos loucos por palavras difíceis. Mas Roberto Souza não bateu palmas.

– Não me venha com caraminholas, Célio – disse ele. – Conte tudo de uma vez, se é que é algo sério. Você nunca deixará de ser uma criança!

Roberto tinha razão: só para mexer com ele, porém, exclamei de um jato:

– Pois está aí: Iracema foi devorada pelos antropófagos!

O pessoal gritou de assombro. Alguns garotos, os menorzinhos, não entenderam bem e pediram informes mais explícitos ao vizinho do lado. Roberto Souza ficou pálido e segurou-me no ombro, gritando que brincadeira era aquela.

– Não foi bem assim – murmurei, intimidado. – Mas o navio em que Iracema ia afundou e os selvagens pegaram ela numa ilha, e prenderam ela, e botaram ela num caldeirão, e...

– Conte a verdade ou não conte coisa alguma! – rugiu Roberto de um modo terrível...

E eu contei tudo conforme a expressão da verdade. Quando acabei, Roberto murmurou que "a coisa se lhe afigurava grave". E perguntou, hesitante:

– Teria ela... se salvado?

– Não sei, não, mas acho que sim. Você também não acha que sim, Roberto?

Ele não disse que sim nem que não; foi sentar-se num bloco de pedras, brincando com os cordões dos sapatos. O resto da garotada começou outra vez a jogar bola, garotos sem coração que eles eram! Fui para perto de Roberto e segurei a mão dele entre as minhas.

– Você está triste, Roberto? – perguntei.

Ele olhou para mim com os seus olhos negros e tristes. E respondeu:

– Eu? E então? Eu gostava dela, você sabe muito bem que eu gostava dela... Mas, não! Não pode ser! Não-po-de-ser! Iracema me prometeu...

– Prometeu?

– Sim. Disse que voltava crescida, que não me deixava mais, que depois nós nos casávamos... Fez promessa; não acredito que morresse. Acho que...

– Pois é. Eu também acho que... Eureka! – exclamei de repente, com a formidável ideia na cabeça. – Eureka! – repeti. – Ouçam! Todos aqui! Venham ouvir! Venham ouvir!

Meus amiguinhos deixaram a bola em paz e reuniram-se novamente, dóceis como um rebanho de ovelhas. Pus-me nas pontas dos pés e falei do seguinte modo:

– Uma ideia é um tesouro localizado! Localizei um tesouro, minha gente! Nós iremos salvar Iracema!

Os moleques abriram a boca, assombrados, e estremeceram da cabeça aos pés. Também estremeci, meio arrependido de ter dito aquelas palavras. Roberto Souza sacudiu a cabeça, murmurando que eu nunca deixaria de ser uma criança; mas, como já fizera quinze anos e me considerava um homem, continuei:

– Meu plano é formidável! Armaremos uma expedição, como naquela fita de Spencer Tracy[xiii] que levou no Cine Regência, e partiremos para a ilha dos antropófagos logo que nos for possível. Resta-me escolher os valentes, os heróis, os voluntários que me queiram ajudar na empresa[11]. Atenção! Quem quer ir comigo salvar Iracema, a boa Iracema tão camarada nossa, a Iracema que sempre deu doces e biscoitos para vocês? Quem quer ir?

Parecia um leilão. Como eu esperava, ninguém respondeu de pronto: entreolharam-se e rodaram o dedo indicador na fonte[12]... Roberto sacudiu a cabeça, cheio de má vontade. Repeti o convite e então...

– Eu vou, *seu* Célio! – disse uma voz fraca... e o negrinho Tião pulou para a frente.

Abracei-o emocionado, porque estava levando tudo aquilo a sério.

Atrás do Tião, outro pequeno saltou para junto de mim. Era o *Condor*, com os olhinhos cintilantes e a face excitada. Também o abracei, tão nervoso como ele, ou mais ainda.

– Ninguém mais? – prossegui, aos berros. – Venham, seus medrosos! Aqui é que eu quero ver quem é homem! Ninguém mais?

Horácio apareceu, gritando, chorando, debatendo-se como um peixinho que se tirasse do aquário.

– Eu não quero ir! Não quero ir! – soluçava. – O Romeu me empurrou! Não quero ir! Não... quero ir!

Consegui, jeitosamente, induzi-lo a ir conosco. A maior parte do pessoal já estava outra vez jogando futebol e somente Roberto Souza, Afonso Rodrigues e um camarada escutavam meu discurso.

– Pela honra da pátria, brasileiros! – orava eu, nos ouvidos dos três. – Pela liberdade de Iracema, que os amava com amor de irmã! Venham, companheiros! Aqui é que eu quero ver quem é homem!

---

11 Nota do Org.: **Empresa:** aqui, com sentido de "empreitada".

12 Nota do Org.: **Fonte:** mesmo que têmpora; área do rosto entre o olho e a orelha.

Afonso fez um gesto de quem sai à francesa, mas considerou melhor e voltou sobre os próprios passos, trêmulo e vacilante.

– Eu não sou medroso... Não sou, juro que não! Iracema era tão boazinha para a gente... Eu... eu gostava dela, sim... Eu... eu vou com vocês! Juro que vou!

– Viva! – exclamei. – Não sei... Nem sei como lhes agradecer!

Roberto Souza olhou para mim de soslaio, parou de monologar e veio apertar minha mão que tremia.

– Pequenos! – disse ele, emocionado. – Grandes pequenos! Vocês conseguiriam vencer até a experiência de um velho barbado! Desculpe, Célio, e conte com o meu apoio!

Não sei por que, quando vi aqueles cinco camaradas me abraçando, senti uma vontade doida de chorar...

Capítulo II

O LADRÃO QUE FORA REI

A primeira reunião dos expedicionários – Estaleiro improvisado – Um rei um tanto estranho[xiv]

No fundo daquele lote de terreno vazio existia um casarão de madeira, velho e bolorento, tão deserto como o local em que mãos anônimas o tinham construído. Foi esse casarão em ruínas que eu, Roberto, Horácio, o *Condor*, Afonso e o Tião escolhemos para sede do grupo de salvadores que pretendia aventurar-se nos mares da Sonda. Fizemos a primeira reunião no dia seguinte, na ausência de Roberto – o único de nós que trabalhava. Como as aulas eram à tarde, iniciamos os debates perto das nove horas da manhã, sendo que eu fui eleito presidente. Dei a palavra ao *Condor*, o qual lembrou batizarmos a expedição com um nome pomposo, a fim de causar bonito efeito no cabeçalho dos jornais. Esse alvitre – aliás muito elogiável – foi arquivado para ser posto em exame mais tarde. A seguir, trepou no caixote de bacalhau Horácio, para se engasgar, e torcer os dedos, e não dizer nada porque se esquecera – alegou –, descendo da tribuna debaixo de vaias e pateadas. Pedi silêncio, por favor, e comecei a falar como se fosse fazer um longo discurso:

– Amigos e senhores. Antes de tudo, devemos considerar o elevado, o... como se diz?... o complexo e absolutamente necessário problema do transporte...

O pessoal aprovou e bateu com a mão na testa (ainda ninguém tinha pensado no meio de fazer a viagem), enquanto eu prosseguia neste teor:

– O modo mais racional... o melhor modo de viajarmos sem empecilhos de qualquer natureza, como disse o corsário Morgan[xv], é usarmos uma embarcação de nossa propriedade...

– Apoiado! Apoiado!

– Pois bem! Precisamos de um barco resistente, de um carregamento de comes e bebes e de um comandante conhecedor de assuntos nau... nau... de assuntos de navegação. Não acham uma boa ideia, e sensata?

– Apoiado! – gritaram dois.

– Eu quero ser o comandante! – gritaram os outros.

– O comandante só pode ser um homem grande, seus trouxas! Quanto ao barco... quanto ao barco, a gente precisa construí-lo!

– Deixa eu ser o construidor? – perguntou Horácio, medrosamente.

Mandei-o emendar o vocábulo "construidor" para "construtor" e ir ver se eu estava na esquina... Ele não foi, que não era bobo.

– Nós construiremos o barco! – exclamaram os outros três guris, olhando com olho comprido para as velhas traves do casarão, na perspectiva de vê-las transformadas em navio.

– Muito bem. Mas vocês não devem quebrar este "estaleiro". Construiremos o navio aqui dentro, com madeira da serraria do *seu* Manuel da Silva...

Afonso meteu-se logo, consertando os óculos no nariz:

– *Seu* Manuel não dá madeira, não...

– A gente compra! – contrapôs o *Condor*, fazendo tilintar moedas no bolso da calça. – Eu tenho cem mil réis na casa da titia e peço a ela...

– Cem mil réis?! Puxa, é dinheiro de fato! Quase que dá para comprar um navio já feito...

– Não dá, não. Logo mais compra-se a madeira e... Quem não vai à escola de tarde? – perguntei, correndo o olhar pelos rostos deles.

– Eu! Eu! Eu! – responderam todos, menos Horácio.

– Muito bem. Hoje de tarde, aí pelas duas horas, os que não tiverem aula virão aqui. Você – e apontei o *Condor* –, você pega o dinheiro e traz... Seu pai não se zanga?

– Não. Ele nem vai saber de nada...

– Assim não está direito. Nós só sairemos com licença dos nossos pais!

– Então não sairemos nunca, que nossos pais não deixam!

– Bom, às duas horas aqui, com o dinheiro – continuei, passando por cima da discussão. – Compraremos madeira e faremos o esqueleto do barco. E, à noitinha, quando Roberto chegar, encontra o trabalho começado e é só ajudar...

– Ótimo! Formidável! – gritou Afonso. E limpou os óculos, úmidos de emoção.

– Mas... mas *seu* Manuel da Silva não vai querer negócio com garotos, *seu* Célio – disse o Tião – *seu* Manuel da Silva vive se pegando com a gente...

– Deixe de ser estraga-prazeres, Tião! Eu sei disso! – disse eu. – Vocês se separem e separem o dinheiro, indo um no *seu* Manuel, outro na Serraria Esperança do Brasil, outro no Zé Virgílio e assim por diante, até fazerem revezamentos... Sabem o que é revezamentos?

– Sabemos: até fazer o esqueleto...

Expliquei o que era revezamentos. E ficaram prontos para cumprir tudo à risca. Aí, pediram o encerramento da sessão. Não houve ata nem estatutos, mas todos nós sabíamos onde tínhamos a cabeça. Destarte, na melhor das disposições de ânimo, saímos do casarão e separamo-nos.

Não almocei muito bem nesse dia, pedi para não ir à escola e não parei de carregar mapas e ferramentas para o terreno abandonado. Próximo das duas horas, os garotos apareceram, o *Condor* distribuiu notas de cinco e dez mil réis por eles – e desandaram todos a buscar a matéria-prima. Esperei no casarão, compulsando[13] livros geográficos e consultando mapas, numa atividade única.

Às quatro horas, começaram a chegar, de volta, os expedicionários, arrastando pranchões, carregando tabuados,[14] sobraçando tocos cheios de gusanos[15]. Empilhamos tudo de encontro ao tabique do casarão e demos início à construção de um "transatlântico" que, antes de nascer, já se chamava *Iracema*. O trabalho prolongou-se até sete horas da tarde, hora em que fomos jantar. Voltei ao terreno, após a refeição, cerca das sete e meia, encontrando Roberto Souza, com jeito de quem está muito perplexo, olhando, pelos quatro pontos cardeais, o frágil esqueleto do *Iracema*.

– Quem está fazendo isto? – perguntou, meneando a cabeça.

– Nós. É para ir buscar minha irmã. Então? Não está ficando um navio bonitinho?

---

13 Nota do Org.: **Compulsar:** mesmo que folhear, manusear para consultas.

14 Nota do Org.: **Tabuado:** pranchas de madeira.

15 Espécie de parasitas que, apesar de não terem cabeça, roem a madeira como gente grande.

– Meu Deus do Céu! Ou vocês estão doidos ou são muito cegos! E querem mesmo ir até a África nesta joça?

– Qual até a África! Até a Oceania e olhe lá!

Roberto Souza levou as mãos à cabeça.

– O quê? O quê? Até a Ocean... Meus Deus do Céu! Meu Deus do Céu! É o cúmulo!

– O cúmulo? O que é que é o cúmulo?

– Mas de verdade! Isto, esta coisinha, depois de pronta que seja, não aguentará um banho de copo d'água! Vocês estão doidos, doidos varridos! Isto – e ele chegou perto do esqueleto do *Iracema* –, isto é como um castelo de cartas. Olhe só!

E, com um pontapé apenas, esfrangalhou a armação do barco e o meu sonho de aventuras. Senti o choro coçando na garganta, como quem pede licença para escapulir.

– Deixe o navio! – exclamei com raiva na voz. – Bárbaro! Mau elemento é o que você é! Mau elemento! Você só quer ver a morte da minha irmã no caldeirão dos antropófagos! Falso! Anhhm, anhm, bár... ba... ro!

Sentei-me nos restos do *Iracema* e comecei a chorar, a gritar, a ameaçar. Assim nos foram encontrar os outros: eu com a cabeça ao colo, entre os braços, e Roberto me abraçando e me dizendo que o barco, mesmo que ficasse grande e resistente, não poderia sair do casarão ou ser arrastado até ao mar livre.

Convoquei imediatamente outra reunião, para resolver o problema e julgar o crime de Roberto. Este só o que fazia era consolar-me, embora eu o evitasse e, por espontânea vontade, o condenasse a uma surra com os paus do *Iracema.* Afinal, acabei por absolvê-lo: os jurados tinham sido subornados com doces e chocolates, alguns dos quais Roberto me ofereceu e eu não aceitei, cheio de ressentimento. Pensei melhor depois, e achei que a razão estava com ele, mas fiz tudo para não dar o braço a torcer. Depois disso, Roberto começou mesmo a estudar meios de conseguirmos o nosso objetivo; não lhe falei mais, porém, nem aceitei seus alvitres.

– Se pudéssemos alugar um barco...

– Mas não podemos...

– Eu posso – disse o *Condor*. – Papai tem cem contos no Banco do Brasil...

– E será que empresta à gente?

– Não. Ele precisa para negociar. Vamos pensar com calma...

Pensamos com calma. E levamos horas e horas pensando com calma. Quando demos acordo, eram dez e meia da noite. Tudo ao nosso redor quedava silencioso; a lua, redondinha, deixava em claro parte do céu. "Xi! Meu pai deve estar cheio de cuidados!" – pensei eu e, certamente, pensaram os outros. Foi por isso que Afonso convidou:

– Vamos dando o fora, minha gente?...

Apertamo-nos as mãos em silêncio (eu apertei a mão de todos, menos a de Roberto) e caminhamos, imersos em cismas, até ao muro. Saltando este, cada qual endireitou para seu lado. Eu fingi que não via Roberto espiando meus movimentos, sem que tivesse saltado o muro. Atravessei a rua lentamente, chutando pedrinhas e assobiando na surdina. E quando ia chegando à porta de minha casa, ela se abriu de repente e um vulto saltou lá de dentro, esbarrando comigo. À frouxa claridade do lampião da calçada, distingui um mulato magro, feio, malvestido, descalço, sujo. Prestamente[16] ele me segurou um braço e encostou-me alguma coisa fria à barriga, por cima da camisa.

– Olhe – disse com expressão de ferocidade –, se fizer um gesto, morre!

Meu susto foi tamanho que por pouco caía de costas. Para evitar essa queda, firmei-me no seu braço. E o mulato, soltando-me, deu um pulo para trás.

– Oba! Rasteira não adianta, meu nego! Eu sou é bamba!

Dito isso, arremessou-me ao solo e murmurou em meu ouvido com uma voz esganiçada e rara:

– Foi Danton, Robespierre ou Marat[xvi] quem o mandou aqui, menino? Lembre-se, espião, de que Marie Antoinette[xvii] vai fazer-me rei logo mais. Agora, eu...

Foi ligeiro o que se seguiu. Ouvi um assovio conhecido e vi uma sombra precipitar-se sobre meu agressor: era Roberto Souza. Outras

---

16 Nota do Org.: **Prestamente:** com prontidão, com rapidez e agilidade.

sombras, pequenas e nervosas, apareceram armadas de paus e pedras e caíram de rijo[17] em cima dos dois lutadores. Levantei-me mal fiquei liberto, tirei uma tábua da mão pequenina de Horácio e esperei, alerta. Quando a cabeça escura que eu esperava emergiu dos corpos engalfinhados, atirei-lhe um golpe certeiro. A briga serenou com a nossa vitória e levamos o homem desmaiado para o casarão, onde lhe propinamos[18] um banho d'água na cara. Ele deu acordo de si e circunvagou os olhos pelo casarão. Ao ver-nos, esses olhos se arredondaram.

– Que querem? Que houve? – perguntou o nosso prisioneiro.

Expliquei-lhe o sucedido e sua admiração foi enorme: quase não acreditava no que fizera poucos minutos antes.

– Eu ameacei mesmo matar você? – perguntou-me, com arrependimento na voz. – Olhe, jura que eu ameacei mesmo?

– Ameaçou mesmo, sim senhor! Até disse que eu era enviado de Danton, Robespierre e não sei de quem mais!

– Agora vejo que você não tem nada com a política francesa... Ademais, já se passaram tantos anos! Olhe, eu devia estar embriagado quando me atirei em cima de você, colega. Fui assaltar aquela casa, sabe? A sua casa... Uma lástima! Eu não devia estar precisamente embriagado como qualquer pau d'água ordinário: estava "tocado"... "Excitado alcoolicamente" é o termo. "Excitado alcoolicamente", isso mesmo! Olhe, eu sei que vocês são bonzinhos... Desculpem. Até logo, viu? Até logo...

Pôs-se de pé e estendia a perna para dar o primeiro passo, quando o cacete do Tião acertou-lhe a canela. Aí, ele caiu de joelhos, com a fisionomia sofredora que metia dó.

– Eu conto, eu conto! Olhe, vocês não acreditem se quiserem, mas é a verdade, a pura verdade! Depois de amanhã, estarei longe do Brasil. Vou para a África...

– Hein? E por que vai para a África?

Os olhos do mulato brilharam.

– Para ganhar dinheiro e comprar dez casas em Botafogo – respondeu. – Sou um pobre diabo, sabe? Um pobre diabo! Olhe, eu, aqui onde me vê, já fui rei da França!

17 Nota do Org.: **De rijo:** com força, com energia.

18 Nota do Org.: **Propinar:** mesmo que ministrar, administrar.

– Rei da França? Você não está louco?

– Estou, mas não de todo... Mas que têm vocês com isso? Pelo menos fui muito louco em crer na palavra dos outros. Olhe, vocês querem ouvir? Se quiserem não acreditem, mas eu preciso contar a alguém a minha história... Sabem guardar segredo? Ouçam: foi no Tempo do Terror,[xviii] na França. Eu era grande amigo da corte e visitei Maria Antonieta antes da sua morte. Ela, então na ausência do marido, Luiz XVI, proclamou-me rei até as coisas melhorarem. Meu nome político era Jean Delavrange d'Imenon. Na França, consegui escapar da guilhotina, mas o meu reinado foi-se por água abaixo. Um segundo antes da morte, Maria Antonieta gritou: "Viva o rei!" e me apontou com o dedo. Tive um trabalho horrível para escapar de Danton e Robespierre e fugir para o Brasil. Pois é. Eu já fui o rei da França... e eles me abandonaram... Agora não valho níquel. Vivo perseguido pelos descendentes de Danton, Robespierre, Marat e o resto da turma... Vocês são uns meninos bonzinhos... não contem nada a ninguém, que é Segredo de Estado... Tornei-me nisto, um simples vagabundo, e às vezes bebo uns copos de esquentadeira[19]... e, confesso, vejo inimigos até nas árvores e nos lampiões... Mas não faço mal, não. Olhem, amanhã mesmo embarco para a África no belo cargueiro de um camarada mais doido do que eu...

– Cargueiro? De verdade? Pessoal! Eis o homem que nós procurávamos. Ei-lo aqui, a mando da Providência!

O ladrão (só se podia tratar de um ladrão, talvez fugido do manicômio) assustou-se ante nossos gestos e protegeu o rosto com os braços. Tratei de elucidá-lo a respeito, inteirando-o de tudo, desde o naufrágio do *Chesterton* até a nossa expedição de socorro. Ouviu calado, interessado, respeitoso mesmo. Ao cabo, falou o seguinte:

– Olhem, desculpem-me, que eu os ajudarei... Tenho um conhecido, tripulante do cargueiro *Sereia*, que parte depois de amanhã para a Cidade do Cabo. Ele vai me deixar ir como clandestino, no porão. Deste modo, se vocês quiserem, eu lhe peço e ele deixa vocês irem também...

– Aprovado! – berrou Afonso. – Ótimo! Formidável! Mas... não há perigo?

---

19 Nota do Org.: **Esquentadeira:** cachaça, aguardente.

– Nenhum, pois o capitão vive bêbedo... Olhe, amanhã de tarde venho aqui falar com vocês se sim ou se não e, de noite, vamos para bordo. Até lá, vejam bem se querem ir... Eu pensava que era o maior doido do mundo, mas agora vejo que vocês me ganham longe...

– Você quer mesmo auxiliar a gente? – interrompi eu. – Não estou muito crente de que você queira nos auxiliar assim sem mais nem menos...

– Juro como quero, sim. Há pouco eu o ameacei com o meu canivete; agora, já estou arrependido. Eu estava bêbedo e a surra que vocês me deram botou-me lúcido de novo... Olhe, se for do agrado de vocês, eu posso até chefiar a expedição, pois sou batuta em estratégia...

Aquela pretensão ofendeu-me a dignidade de chefe.

– Não quero! – gritei. – Eu sou o chefe! Sempre fui o chefe!

– É melhor que seja ele – aconselhou Roberto.

Só então notei a sua silenciosa presença.

– Você quer começar? – perguntei, medindo-o de alto a baixo. – Bom, acho melhor que não meta o nariz onde não é chamado!

– Ainda está zangadinho, beleza?

Vacilei.

– Eu... Você me salvou e não hesitou em atacar um homem grande e, ao que parecia, armado, em defesa do seu... do seu... Bom, mas isto não é razão para que... enfim, isso não quer dizer que...

O resto da garotada irrompeu aos gritos de "O chefe é o rei da França! O chefe é o rei da França!" e fui obrigado a capitular. Mas não fiquei zangado; sempre é aconselhável haver um chefe crescido e experiente numa expedição juvenil como a nossa.

– Olhe, aceito o alto posto – recomeçou o ex-ladrão fazendo uma larga curvatura, para depois firmar-se melhor na canela sã. – Mas... pode parecer bobagem..., mas eu queria de vocês uma coisa só... Vocês são bonzinhos... Queria uma capa bordada e uma espada do século XVIII... Eu gostava, sabe? Era para reviver o Tempo do Terror, na França...

– Nós amanhã daremos! – afirmou o *Condor.*

– Pois... estamos combinados. Amanhã, às três horas da tarde, eu voltarei aqui... Embarcaremos depois de amanhã, cedinho. Amanhã voltarei aqui, não está direito? Vou conversar com o meu conhecido do *Sereia* e havemos de chegar a um acordo... Adeusinho, viu?

Estreitou cordialmente nossas mãos e saiu do casarão. Um minuto ainda não se passara e reapareceu à porta:

– Olhe, não se esqueçam do manto bordado e da espada... Eu gosto, sabe? Bem, adeusinho...

E lá se foi ele, coxeando. Nós outros ficamos olhando para a noite celeste e pensando na grande aventura em cuja sala de espera nos encontrávamos.

– Aposto como ele não volta mais – disse Roberto, referindo-se ao ex-rei da França, quando regressávamos à casa.

– Topo a aposta! – redargui[20], convencido de ganhá-la.

E ganhei-a.

20 Nota do Org.: **Redarguir:** replicar, retrucar, responder.

Capítulo III

MOVIMENTA-SE A CRUZADA

Célio se despede – A Cruzada ganha nome – Escondidos no *Sereia*[xix]

Ao abrir os olhos, no outro dia, ainda tinha o corpo dolorido. A mão de meu pai fora bastante pesada e quase me arrancara o pelo – mas, também, por que eu demorara tanto e só me recolhera à casa às onze e meia da noite? Papai estava cheio de razão, e eu até me admiraria muito se ele ficasse calado. De há uns tempos para aquela época, acostumara-me a dar razão a todo mundo e não me tinha arrependido nem arranjado brigas ou discussões. Lavei o rosto e desci para tomar café, na sala. Minha mãe, se bem que ainda chorosa, alisou-me a cabeça com os dedos compridos e trêmulos. Estive vai não vai para revelar-lhe o meu segredo, mas tive medo de que ela fosse contar a papai e ele me arrancasse o restinho de pele que sobrara. E, como o seguro morreu de velho, continuei calado.

– Você hoje tem de ir à escola – disse minha mãe. – O professor Guilherme mandou-me um bilhete que me desagradou muito. Você faltou à aula ontem, sem dar explicações. Isso não está direito, já ouviu?

– Escute, mamãe: é que hoje...

– Não quero saber. Vá estudar nem que seja um instantinho. Já estou preparando o lanche...

– Sim, senhora. Prometo que vou... nem que seja um instantinho.

Cumpri esta promessa: entrei na aula às duas horas, pedi licença ao mestre, e saí às três... Quando cheguei ao casarão arruinado, o pessoal já estava lá, inclusive o ladrão que, dizia, fora rei da França. Só faltava Roberto Souza. Explicaram-me que estava tudo arranjado e embarcaríamos nesta noite mesmo. O novo chefe adiantou que deveríamos levar provisões e, se possível, armas. Em seguida, separamo-nos. Somente à meia-noite nos encontraríamos, pela última vez, no casarão... depois, a grande aventura!

Durante o jantar, enquanto limpava disfarçadamente os dedos na toalha, consegui estabelecer o seguinte diálogo com meu pai:

EU – Veja o que o senhor acha disto, papai. Um rapaz tem um amiguinho muito grande, doente de febre amarela, em São Paulo. Os pais do rapaz não querem absolutamente que ele vá a São Paulo e leve um médico ao amiguinho, e ele foge, e leva o médico, e salva o amiguinho. Esse rapaz procedeu corretamente?

PAPAI – Bem, ele não devia desrespeitar as ordens de seus pais, mas, neste caso... Bem, talvez ele não tivesse procedido corretamente, mas, pelo menos, demonstrou ter bom coração e ser digno de sincera estima. Agora, diga por que é que você perguntou isso, meu filho?

EU – Por nada. Perguntei por perguntar...

E aí acabou o nosso diálogo, apesar de minha mãe estar meio desconfiada (ouvi que ela murmurava: "Esse maroto está planejando alguma das suas...").

Os ponteiros dos relógios arrastaram-se com uma lentidão de caracol. Trancado a sete chaves no quarto, arrumei uma trouxa com salame, carne seca, queijo e leite condensado, além de uma atiradeira, um canivete de apontar lápis, um facão e um espeto de cozinha. Eram dez e meia quando escrevi um bilhetinho para papai, só o achando em condições depois de gastar três folhas do bloco de papel de linho em que a cozinheira escrevia cartas para o açougueiro. O meu bilhetinho estava assim redigido:

Querido papai,

fui, com cinco amigos, buscar Iracema lá na ilha deserta. Desculpe, mas é que nada me sucederá. Volto breve, demonstrando que sou um rapaz de bom coração, digno da sincera estima. Estas palavras são suas mesmo.

Receba um beijo e um abraço muito apertado de seu filho

Célio.

Bateram as onze horas e todos se recolheram. Ainda esperei mais meia hora; depois, quando averiguei que já dormiam, desci ao quarto de meus pais com a trouxa nas costas e o bilhete na mão. Deixei este último bem à vista, em cima da mesa, encostado ao jarro de flores artificiais, e encaminhei-me a passos leves para a alcova pegada à sala de jantar. Papai e mamãe dormiam, alheios a tudo o que ia pela casa e pelo meu íntimo. Quedei hesitante, com vontade de desistir e vontade de não me deixar vencer pela dor filial: imediatamente criei ânimo. Acerquei-me da cama. Primeiro beijei meu pai, na testa, ao de leve[21]. Foi suficiente o contato de meus lábios naquela pele suave e tépida para alguma coisa apertar minha garganta, alguma coisa assim como uma cócega, alguma coisa que me impeliu uma lágrima para o canto do olho. Como é triste a gente ter de viajar para longe! Fiquei chorando sem soluços, sem rumor, medrosamente. Mamãe mexeu-se na cama, suspirou (com toda certeza em sonhos) e murmurou:

– Você deve ser um rapaz valente, meu filho... Não chore, não.

Assustei-me diante dessas palavras. E se ela acordasse? E se ela me visse? Rocei-lhe, com infinito cuidado, os lábios trêmulos na face e fugi nas pontas dos sapatos, o coração batendo depressa – tic-tac-tic-tac –, não sei se por causa do receio de ser descoberto em flagrante, se por causa da dor de dar adeus a meus queridos pais.

Corri pela porta afora, com a trouxa de roupas e mantimentos sacudindo em cima do ombro. No casarão, apenas encontrei dois parceiros: Horácio Magalhães e Roberto Souza (este último porque fora avisado, na loja em que trabalhava, da brusca partida).

– Pedi licença para três meses – disse ele. – Será que três meses bastam?

Pus-me a fazer cálculos. Depois:

– Eu acho até muito. É só chegar lá, pegar Iracema...

– Uma coisa – interrompeu Roberto. – Nós não temos certeza se Iracema caiu mesmo numa ilha...

– ...pegar Iracema – continuei, sem ligar à interrupção – e vir de volta...

– É mesmo! Como é que a gente vem de volta? – perguntou Horácio.

21 Nota do Org.: **Ao de leve:** expressão que significa "levemente", "com suavidade".

– Num barco, como vamos. Minha ideia é esta: chegando na África, nós alugamos um veleiro de pequeno calado e vamos para a Sonda...

– E cadê o dinheiro para alugar o veleiro de pequeno calado?

– Arranjamos! Lá na África não diz que existem minas de ouro e de marfim? Nós as exploraremos, ora essa! Ou você pensa que qualquer um não as pode explorar?!

– Minas de marfim nunca ouvi dizer que existissem – disse Roberto. – Continuo afirmando que vamos nos aventurar sem certeza de que Iracema... Que bobagem!

– Bobagem, vírgula! Nós não somos os primeiros a ir salvar parentes queridos a respeito dos quais existe mistério e incerteza. Ouvi falar que um homem de ciência já salvou a filha, sob o pressentimento de que ela estava viva numa ilha deserta... e ela estava mesmo!

– Que o quê! Viagens dessas são muito fáceis de fazer, mas é da boca para fora...

O ladrão que se dizia rei da França chegou pouco depois. Logo atrás, chegou o *Condor* rebocando Afonso, o medroso, que, no último momento, pensava em desistir; mais atrás, chegou o Tião. Este trazia um baita embrulho, quase do seu próprio tamanho.

– Que é que você traz aí, Tião? – perguntamos.

– São armas de ataque e de defesa – respondeu o moleque em voz baixa e misteriosa. – Armas terríveis...

Vi, depois, que eram pedregulhos e espelhinhos de reclame,[xx] para oferecer aos selvagens em troca da nossa liberdade... O *Condor* foi o único a atender ao pedido do ex-ladrão e entregou-lhe um pacote estreito e comprido, onde existia um cobertor bordado e uma espadinha de lata que não devia cortar senão manteiga, mas que era bonita e resistente. O nosso novo chefe agradeceu calorosamente a lembrança e logo se cobriu com o cobertor e enfiou a espada no cinto com gestos de Tartarin de Tarrascon[xxi].

– Esperem um momento! – exclamou Afonso, quando íamos a sair. – Esquecemos uma coisa muito importante!

– Que é? Que foi?

– O batismo da expedição! Como vamos chamá-la?

– De fato! – apoiou o *Condor*. – Por mim, chamava-a de "Cruzada da Salvação". Já estive pensando nisso...

– Que é cruzada, gentes? – perguntou o Tião, cada vez mais malandro e ignorante. – Nunca ouvir falar nisso...[xxii]

– Cruzadas foram umas expedições que os povos católicos efetuaram para dar combate aos sarracenos e libertar a Terra Santa – explicou o *Condor*. – A última dessas cruzadas foi dirigida por três reis de países diferentes, entre os quais o Rei Ricardo. O Rei Ricardo é que era homem! Chamavam ele de "Coração de Leão", pois era valente como um leão mesmo. E era patrício de papai, que tem um retrato dele, a óleo, na sala de visitas...

– Verdade? Então está feito! Somos a Cruzada da Salvação, para libertar a Terra San... Mas cadê a Terra Santa?

– Iracema serve. Iracema é a nossa Terra Santa!

– Viva a Cruzada da Salvação! – berrou Horácio.

– Viva os cruzados de Iracema! – replicou o *Condor*.

– E o tal Rei Ricardo? Este moço ex-rei da França tem que ser batizado Rei Ricardo Leão, para reinar com a gente...

– Olhe – acudiu o ex-ladrão –, ouvi bem o que vocês estão por aí gritando... e, se não faz diferença, gostaria de que me armassem cavaleiro com o título nobiliárquico de "Coração de Ouro"... Olhe, Rei Leão de Granville y Toit[xxiii], o "Coração de Ouro". Era para combater Danton em melhores condições...

– Nada de cavaleiro armado, que não há cavalo. Nós vamos chamá-lo simplesmente Rei Leão... Dê cá a sua espada. Vou proclamá-lo nobre!

Assim disse eu. O mulato tirou a lâmina da bainha e estendeu-ma, pousando um joelho em terra. Firmei a mão nos copos da espada[22] e larguei-lhe um golpe, com força, no ombro esquerdo, exclamando:

– Eu vos proclamo Rei Leão, para a vida e para a morte!

A cerimônia não passou deste arremedo, mesmo porque era só o que eu aprendera na leitura do *Dom Quixote de La Mancha*. O *Condor* dis-

---

22 Nota do Org.: **Copos da espada:** guarda da mão em uma espada, parte de proteção.

tribuiu sete cruzes de cetim vermelho, muito bonitas na aparência, para colarmos ao peito como insígnia. Estas cruzes haviam sido compradas por ele na ocasião em que se lembrara do título de Cruzada da Salvação. Depois, pusemos as trouxas às costas e dissemos adeus ao casarão, ao campinho de futebol, àquele bairro, àqueles lugares queridos. E seguimos, pelas ruas desertas, o Rei Leão, que fazia mil e um acenos com a espada de folha.

O *Sereia* era um veterano barco cargueiro que deslocava as suas cinco mil toneladas, pintado de cinzento escuro, possivelmente para encobrir a sujeira da amurada. Estava atracado ao cais quando lá chegamos. O Rei Leão foi logo nos mandando calar o bico com um gesto tão largo que Afonso e Horácio ficaram brancos de medo.

– Venham devagar – avisou o novo chefe. – Olhe, meu conhecido deve ter deixado um escaler ali adiante. Atracaremos do outro lado, onde nos espera uma escada de corda... Olhe lá! Pouco barulho, ou eles nos atiram aos peixinhos![xxiv]

Afonso estremecia, colado ao meu ombro. Seguimos, lenta e silenciosamente, pelo cais, evitando a luz. O *Sereia* era comprido e de amurada lisa; chegamos à popa e endireitamos para a borda do cais. Aí, finalmente, encontramos um escaler à nossa espera, seguro por um cabo meio apodrecido. Dentro do barquinho havia lugar para seis pessoas; entramos os sete, mais as trouxas, e o Rei Leão pegou nos remos. Roberto soltou as amarras: a pequena embarcação deslizou pelas águas como um cisne.

– Que bom! – murmurou Afonso, deleitado. – Eu nunca fiz viagem de mar...

– Pois é melhor ficar calado, se não quer levar um tiro dos guardas do porto! – ameaçou Roberto Souza.

E o rapazinho empalideceu pela terceira vez naquela noite.

Bordejamos os cadastes[23] do cargueiro e encostamos ao casco, na altura da boca do barco[xxv]. Uma escadinha de corda foi descida de um pequeno portaló[24] fronteiriço à saia da nova chaminé (digo "nova chaminé" porque o *Sereia* era um cargueiro movido modernamente a

23 Nota do Org.: **Cadaste:** peça parecida com a roda de proa, mas parte da popa da embarcação.

24 Nota do Org.: **Portaló:** abertura no costado, na borda ou na balaustrada de um navio para passagem de pessoal ou de pequenas cargas.

carvão, mas ostentava ainda uns tocos da mastreação antiga, que fora cortada como coisa inútil).

– Vamos subir! – ordenou o Rei Leão. – Depressa que o último grupo de tripulantes deve estar chegando...

Içamo-nos pela escadinha, Roberto em primeiro lugar, e pusemos pé na imunda coberta do cargueiro, com o coração batendo descontroladamente. Em que aventura nos tínhamos metido! O Rei Leão foi o último a subir, junto com Afonso, e recolheu o barquinho por meio de um cabrestante[25] que ali existia, segurando as correntes da âncora.

– Por aqui, meus amigos – disse uma voz roufenha a meu lado... e o conhecido do Rei Leão apareceu sob a luz bruxuleante de uma lanterna de querosene, que sustinha[26] à altura dos ombros (tanto a tolda como o tombadilho do *Sereia* estavam imersos numa treva suave).

Seguimos o tripulante do navio por entre rolos de corda cheirando a alcatrão, pisando um madeirame sujo e escorregadio, ao lado da saia da chaminé e andando para vante, ou seja, para o lado do castelo da proa. Nossos nervos estavam sob grande tensão e perguntávamo-nos mentalmente onde iria acabar aquilo.

Uma passagem abria-se pouco[xxvi] adiante, comunicando a coberta com o porão. Foi por ali que descemos, carregando a lanterna do marinheiro, que se chamava Clarimundo, Clarindo, ou coisa parecida. Ele ficou lá em cima, com os braços cruzados e o cigarro de palha na boca, fumando apagado. Esperou o tempo estritamente necessário para que nos orientássemos na meia escuridão e bateu a tampa daquela espécie de escotilha. O Rei Leão, que levava a lanterna e ia na vanguarda, escolheu nossos alojamentos sobre uns sacos duros como ferro e deixou-nos para ir explorar os arredores. Acompanhei com o olhar o ponto pisca-pisca do candeeiro, até ele crescer de novo para meu lado. Horácio ferrava-me o braço com força;sentia-se perfeitamente, no ambiente soturno, a respiração entrecortada[xxvii] do medroso Afonso Rodrigues, que tirara os óculos, para enxergar melhor[xxviii]. O porão era de má aparência para mim também, por isso não condenava os nervos de meus companheiros. Creio que, de todos nós, os mais calmos e cheios de ânimo[xxix] eram o Rei Leão e Roberto Souza.

---

25 Nota do Org.: **Cabrestante**: máquina responsável por içar a amarra da âncora.

26 Nota do Org.: **Suster:** mesmo que "sustentar", "firmar".

– Tudo de conformidade – disse o primeiro, descansando a lanterna de querosene numa caixa. – Estamos precisamente, como diria um marujo, a bombordo, a vante do porão da água, entre este e o paiol dos mantimentos, que não me pareceu muito cheio...[xxx] Que Deus não deixe o pássaro bisnau[27] nos descobrir aqui!

– Quem é o pássaro bisnau? – perguntei eu.

– Quem havia de ser senão o capitão Teodoro?!

– O capitão Teodoro? – falou Horácio, arregalando os olhos.[xxxi] – Ele nos enforca no mastro da mezena[28], como os piratas dos romances?

– Não, mas faz com que trabalhemos, o que é pior... Olhe. Que dizem vocês duma espiadela na vigia de bombordo?

– Tem vigia? – perguntou o *Condor*.

– Tem, sim. Olhe. Venham todos, um de cada vez. Em alto mar é que é bom espiar. Distrai um pedaço...

Mas eu ainda estava um tanto quanto preocupado[xxxii].

– Ouvi dizer... O porão não costuma ficar debaixo d'água?

– Não este, que é logo inferior à coberta. O *Sereia*, pelo que observei, tem dois porões. O debaixo é muito mais amplo, mas a estas horas deve estar cheio de carga; além disso, lá, a gente quase morre asfixiada... Espiem na vigia! Fica quase ao nível d'água...

Não vimos nada por ser ainda escuro. Mas ficamos ali quatro horas a fio só pelo prazer de espiar através do vidro grosso da vigia e trocar impressões acerca do porão e da aventura[xxxiii]. Perto das cinco horas e meia, voltamos para cima dos nossos sacos, a fim de descansar um pouco, pois ninguém tinha dormido direito naquela noite. Já começava amanhecendo. Vagamente, longinquamente, escutamos rumores surdos na coberta: passadas, vozes, apitos... Um apito mais longo e mais nítido varou o zum-zum.

– Lá está o capitão Teodoro apitando feito uma locomotiva! – observou o Rei Leão. – Não tarda muito e a gente larga.

– Larga o quê? – perguntou o Tião, que, só agora, com a entrada da luz diurna, começava a fazer-se mais visível.

---

27 Nota do Org.: **Pássaro bisnau:** expressão popular para "pessoa malandra, astuciosa".

28 Nota do Org.: **Mezena:** vela de maior dimensão do mastro da ré do navio.

– Deixe de ser enjoado, negro!

– Enjoado, não! Negro, não[xxxiv]! Você é que não quer dizer o que é que a gente vai largar!

– Acabem com essas discussões! – apaziguei eu. – Vocês não acham que é tempo de se comer alguma coisa? – prossegui, noutro tom[xxxv].

– Olhe. Eu, pelo que me toca, comia, sim senhor...

– Vamos entrar no café! – exclamou o *Condor*, rindo da nossa surpresa. – Não se admirem, não. Eu trouxe uma pequena máquina de fazer café, e com açúcar, que trouxe junto...

– E eu trouxe um quilo de bolachas – acrescentou Horácio.

– E eu bolachas, também – disse o Tião.

– Eu trago carne seca, leite e queijo – adiantei eu. – Mas isto fica para depois, não é mesmo?

– Só consegui trazer duas caixas de fósforos e um pão com manteiga – falou Roberto Souza. – Os fósforos vão nos servir de muito[xxxvi].

– Pois eu não trouxe nada – acudiu, por último, Afonso Rodrigues. – Mas vou comer o que vocês me derem...

Em três tempos, arranjamos uma espécie de mesa e, em cima dela, depositamos as provisões. Afonso guardou os óculos no bolsinho da blusa e foi se sentar[xxxvii] bem longe da nossa cobiça, roendo as bolachas, enquanto esperava o café que o *Condor* fabricava ajudado pelo Tião. Furei a lata de leite condensado. Lanchamos com apetite e sem desperdiçar migalha. E uma vez o estômago satisfeito, percorremos o porão já mais ou menos claro, rindo e palestrando, tão adaptados ao meio quanto o escasso tempo de permanência nos permitia.

Foi uns dez ou vinte minutos depois (para mim, eram seis horas da manhã) que o *Sereia* zarpou, avisando-nos por meio de uma oscilação mais violenta, precedida de um sinal metálico e comprido[xxxviii]. O madeirame, desde a quilha até à chaminé, começou a trepidar – trac-trac-trac-trac – e fez-se sentir o andamento do barco. Como uma só pessoa, corremos os sete para a vigia iluminada. No tombadilho, reinava[xxxix] uma algazarra de gritos e adeuses; a seguir, ouviram-se três apitos roucos – rhum-rhum-rhum – e assobios – fiu-fiu-fiu – e o barulho da fumaça saindo da chaminé. Pela vigia, uns trepados por cima dos outros, espiávamos a marcha em que íamos. O barco orçou[29] por um mo-

29 Nota do Org.: **Orçar:** nesse caso, significa voltar a frente do navio para o lado do vento.

mento e vimos o Cais do Porto que se distanciava... O olho esquerdo de Afonso tinha uma lágrima brilhante; limpei-a com o meu lenço e apertei eloquentemente a mãozinha fria do bom camarada. Em seguida, a proa do cargueiro arribou para a saída da Baía de Guanabara. A última coisa que vimos foi o Pão de Açúcar, destacando-se no céu cinzento – a seguir, só o mar esverdeado, uniforme, infindável, misterioso... O mar era tão verde que Afonso disse que ele parecia sofrer do fígado. Mas penso que isso foi uma asneirice sua – ou, então, porque estava disfarçando a dor que sentia por deixar a América...[xl]

– Desejo boa viagem a vocês todos! – disse o ex-ladrão, vencendo o opressivo silêncio. – Eu não estou triste por sair do Brasil[xli], não. Robespierre estava lá...

– Caluda! – sibilou Roberto, com um dedo nos lábios. – Estão abrindo o alçapão de cima!

– Escondam-se! – gritou o Rei Leão. – Se for o capitão Teodoro, esse pássaro bisnau, estamos perdidos! Ele tem um olho alerta que é uma coisa danada!...

Obedecendo ao conselho do chefe da Cruzada, ocultei-me no melhor ponto – próximo do alçapão, mas invisível para quem o abrisse – e os outros cruzados em vários cantos mais à mão. Uns dedos misteriosos continuavam a mexer no alçapão e uma boca, tão misteriosa como os dedos, praguejava com uma voz que parecia um murmúrio, abafada como estava pela tampa da escotilha. Essa voz ficou subitamente clara, ao tempo que[30] o alçapão se abria de um golpe. Apareceu, na abertura quadrada, uma cabeça ostentando um boné com botões dourados e oxidados, uma face gorducha, de bigodes sujos, com um olho maior do que o outro. Uma visão impressionante, cinematográfica.

– Quem está aí? – perguntou.

Nada.

– Quem está aí, com todos os diabos?

Nada.

O silêncio de nossa parte irritou ainda mais o homem. Blasfemou, bateu com a mão no dormente mais próximo, cuspiu para baixo. E voltou a falar, mais encolerizado do que antes:

---

30 Nota do Org.: **Ao tempo que:** mesmo que "ao mesmo tempo em que".

– Digo-lhes que vi esse traidor enfiar vocês aí dentro[xlii]! Se não os pilhei há mais tempo foi porque preciso de grumetes e marinheiros novos na coberta, trabalhando de graça[xliii]! Saiam logo, seus porcos! Saiam logo, antes que eu faça alguma asneira!

Intimidou-me tanto o acento raivoso da voz do homem que só por um grande esforço de vontade[xliv] permaneci calado e escondido. À minha esquerda, Afonso Rodrigues soluçou – e seu soluço foi afogado pela mão de outro, provavelmente o ex-rei da França[xlv].

– Com que então não querem sair?! – rugiu o oficial, debruçado na escotilha. – Pois saem debaixo de chuveiro, vão ver! Marinheiros! – voltara-se para quem o ouvia, na tolda. – Desta vez, vocês têm que me obedecer, com mil[xlvi] tubarões! Mão nas bombas reais! Deem um banho nesses ratos do porão!

Ainda as últimas palavras do homem não tinham perdido o eco e já o Rei Leão saía heroicamente de trás de um saco, apresentando-se a descoberto.

– Não se zangue, *seu* capitão! Olhe, sou eu, um pobre e inofensivo coitado, sem eira nem beira... Vou subir imediatamente, *seu* capitão, juro por Deus como vou!

O rosto inchado reapareceu na abertura do alçapão, com um dos olhos fulgurando, horrível[xlvii].

– Não me faça de idiota, seu pedaço de asno! Eu – está ouvindo? – *eu vi o resto da turma!* Não sou nenhum cego, sou[xlviii]? Acabo enchendo o porão de água fervente!

– Olhe, *seu* capitão Teodoro...

Não podendo conter-me, também saí do meu esconderijo, sendo imitado pelo resto da garotada, pálida e aflita. Não podíamos nem falar, de medo, mas aparentemente éramos uns heróis.

– Vamos subir – murmurou o Rei Leão. – É o diabo, sabe? Eu fiz o possível para ajudar vocês, mas o capitão Teodoro, apesar de ter um olho de vidro, enxerga melhor do que o colega Afonso com os seus quatro...

Capítulo IV

UM CAPITÃO CAMARADA

A Cruzada e o velho Teodoro – Rumo aos mares da aventura – O mistério das xícaras de café

Quando, trêmulos e angustiados como estávamos, subimos à coberta, já o capitão Teodoro havia desaparecido. Em compensação, rodeava-nos um grupo de marinheiros cujo aspecto bastava para intimidar qualquer pessoa. Um deles, um velho de cabelos grisalhos, que fumava charuto e tinha os braços tatuados, era o mais apresentável do grupo. Foi a ele que o Rei Leão se dirigiu, depois de vacilar um momento.

– Olhe, o cavalheiro poderá nos informar, por especial obséquio, onde será possível encontrar o ilustre comandante deste vapor?

O velho marítimo mastigou a ponta já muito mastigada do charuto, cuspinhou para um lado, e sorriu, mostrando os dentes mais sujos do mundo.

– O "ilustre" comandante, que o diabo o leve, vai querer falar com vocês, sim. Ele aprecia muito os clandestinos... Vocês vão ver só, daqui a pouco! Ah, ah, ah! Vocês vão ver só, daqui a pouco!

E riu-se, e voltou-se para os outros tripulantes, que também começaram a rir, ruidosamente. Nós, os pequenos heróis da grande Cruzada da Salvação, apertamo-nos uns de encontro aos outros, possuídos de um mal-estar crescente; contudo, os homens contentaram-se em chacotear da nossa figura e em dar-nos petelecos. Depois, o velho dos dentes sujos segurou o Rei Leão por um braço e arrastou-o até ao tombadilho, sempre seguido por nós outros e pelos marinheiros, que riam e nos propinavam tapas e experimentavam a moleza de nossos músculos. Envolvidos desta forma pela turba divertida e barulhenta[xlix], chegamos ao tombadilho; logo, à câmara do proprietário do navio, diante da qual paramos. Um marinheiro de chapelão de carnaúba e navalha na cinta, hercúleo, marcado por cicatrizes arroxeadas pelos ventos dos mares, bateu à porta e virou-se com uma expressão feroz no rosto.

– Miseráveis clandestinos! – bramiu ele. – A gente trabalha para vocês viajarem de graça! Tomem, de presente! Tomem! Tomem! Tomem!

Abriu a porta do camarote com um soco – e, contra vontade, entramos de cabeça baixa, sem tocar o pavimento, impulsionados por uma dúzia de pontapés. Eu fui jogado contra um barril de cachaça, que tombou fragorosamente, quase se quebrando; o Rei Leão caiu de bruços no chão, debaixo de Roberto e do *Condor*; o Tião e o Horácio atravessaram o recinto esvoaçando, rápidos como andorinhas, e enfiaram a cabeça num saco de farinha de trigo. E, afinal, Afonso foi atirado contra o capitão Teodoro – e os dois foram ao chão, abraçados como velhos amigos, junto com a mesa e tudo o que estava em cima dela.

– Olhe, parece até um episódio da Revolução Francesa – disse o Rei Leão, arredando de cima de si o *Condor* para se poder levantar, o que fez de espada em punho.

O dono do *Sereia* pôs-se de pé a seguir, vermelho de raiva, com Afonso grudado ao pescoço.

– Pelas barbas de meu avô[l]! – exclamou com voz de trovão. – Que modos são estes de se apresentarem ao seu comandante? Disciplina, minha gente, disciplina!

Com uma rapidez prodigiosa, a Cruzada da Salvação reuniu-se e cercou o obeso oficial, falando ao mesmo tempo coisas diversas, até que ele tapou os ouvidos, ergueu a mesa e assestou[31] sobre ela dois murros furiosos.

– Calem-se, com todos os diabos! Hum... vocês são os tais clandestinos do porão? Mas que vejo eu? Garotos?! Garotos a bordo[li]?!

– É que acontece que a gente...

– Calem-se, com todos os diabos! Hum! Quem de vocês é o chefe?

O Rei Leão tossiu e fez um movimento com a espadinha de lata. Mas, antes que começasse a explicar que era o chefe e que nós éramos gente honesta, graças a Deus, o capitão irrompeu numa torrente de exclamações e de berros que tiveram o dom de o acalmar. Mudou, então, de voz e dirigiu-se à Cruzada da Salvação do seguinte modo:

---

31 Nota do Org.: **Assestar:** nesse caso, mesmo que "acertar", "desferir".

– Meus meninos, vocês fizeram uma grande asneira ao embarcar ilegalmente neste meu velho *Sereia*. Meus meninos, meus meninos... Com mil diabos! Que vieram vocês cheirar[32] aqui?

– Quero que nos desculpe a intromissão, *seu* comandante – disse eu, recuperando uma ponta da antiga calma diplomática. – Mas é que se trata de uma Cruzada da Salvação, a qual...

– Cruzada da Salv...? E que é que tem o meu barco com essa Cruzada da Salvação, façam o favor de me dizer? Vieram pedir esmola para a salvação das almas pecadoras? Se é isso, fiquem sabendo que não estou a bordo!

– Nada disso, nada disso. Nós apenas queríamos uma passagem de graça até a África, até a Cidade do Cabo, sim, senhor...

– O quê? Que estão dizendo? Passagem de graça? O quê? Clandestinos! Clandestinos! Com mil diabos! Chamem o oficial de dia! Vou pô-los a ferros!

– Olhe, *seu* capitão... – aventurou o Rei Leão, intimidado pela história dos ferros. – Olhe, o senhor pode dar-nos trabalho, sabe? Não somos malandros, não. Pagamos a nossa passagem com trabalho, se o seu senso cavalheiresco não se revoltar ante o abominável crime de obrigar crianças a trabalhar, a morrer extenuadas, talvez...

– Para as profundas do inferno, estão ouvindo? – vociferou o capitão Teodoro. – Senso cavalheiresco, diz você? Hum! Senso cavalheiresco seria vocês viajarem comigo em brancas nuvens, não é? Hum! Venham cá. Sabem o que a lei ordena que eu faça em casos como este, não sabem?

– Sabemos, sim, senhor...

– Sim, senhor, e mais o quê?

– Sabemos, sim, senhor capitão...

– Muito bem. A disciplina é a base de tudo! Estou simpatizando com vocês... A lei ordena em casos como este que eu os repatrie, que eu os leve de volta ao porto de embarque. Mas... para o inferno com a volta ao porto de embarque! Vocês vão comigo para a África! Nunca em minha vida levei garotos a bordo e diz que dá sorte. Ouviram minhas razões? Vou levá-los como mascote!

32 Nota do Org.: **Cheirar:** aqui, com sentido de "pesquisar", "bisbilhotar".

– Muito obrigado, senhor capitão. Nunca pensamos que um dia íamos servir de ferraduras ou trevos de quatro folhas, senhor capitão...

– Vocês são uns grumetes respeitosos e eu gosto de rapazes assim. Já ouviram alguém cantar a balada da mãe d'água salgada? Não? Pois então ouçam lá, grumetes respeitosos que vocês são...

E o gordo comandante piscou o olho, gingou o corpo na cadeira de vime e, fazendo o compasso com os pés, cantarolou:

"A sereia é a dona destes mares,
ao luar seu cabelo se desata.
Vem, sereia, senhora destes mares,
vem sarar a saudade que me mata!"

– Que é sereia, gentes? – perguntou o Tião.

– A sereia é a dona destes mares... Escute aqui, moleque de uma figa: a sereia é a mãe d'água do mar alto! Compreendeu? É a senhora das ilhas e dos escolhos,[33] que canta para seduzir os navegadores. A sereia é a dona destes mares... Trá-lá-lá-lá... tá-tá-tá... Grumete! Varra imediatamente o tombadilho. Não aturo gente indisciplinada no meu barco, no barco comprado com o meu dinheiro! Se quiserem, podem matar-me! Ora, sabem do que mais? Vão para o diabo que os carregue!

Ficamos olhando uns para os outros, assustados, irresolutos, até que o capitão atirou a cadeira para trás, apoiou as mãos na mesa e fulminou-nos com o terrível olho de vidro esbugalhado.

– Que estão fazendo aqui? – gritou. – E a sonda?[34] Onde está a sonda? Não escutaram? Vão para o tombadilho e cantem em dueto a balada da mãe d'água salgada. Disciplina, meninos, que a disciplina é a base de tudo. Amanhã conversaremos; hoje estou com um sono danado... Manuel! Venha cá, seu focinho chinês, e tire-me as botas. A disciplina é a base de tudo! Podem ir, grumetes, e avisem-me quando houver navio à vista. Amanhã falarei mais calmamente com vocês, pois agora estou com muito sono... Passem e fechem a porta, vamos!

33 Nota do Org.: **Escolho:** rochedo submerso, recife.

34 Nota do Org.: **Sonda:** aqui, refere-se ao aparelho usado para determinar a profundidade da água.

Foi assim que abandonamos o comandante bêbedo, ficamos livres do porão e, por assim dizer, quase donos do navio. Que alegria senti eu ao respirar, na mais alta coberta, o ar fresco e salinado da manhã! Meus amiguinhos não estavam menos alegres. Atravessamos o navio da popa à proa e de bombordo a estibordo, divertidos, por entre os marinheiros que riam e cochichavam coisas; depois, endireitamos para o castelo da proa. O Rei Leão foi o primeiro a enxergar o piloto, na ponte de comando, com os olhos na bitácula[35] da bússola e os dedos ferrados nas malaguetas[36] do timão.

– Vamos ver como ele governa, minha gente? – sugeriu Afonso. – Quem sabe se ele não nos deixa dirigir um pouquinho, de camaradagem?

Aprovada a ideia, fomos conversar com o timoneiro. Este, um homem de seus cinquenta e tantos anos, mas ainda duro no serviço, admirou-se de nos ver ali, porque ignorava a nossa aventura de clandestinos. A conversa doce do *Condor* fê-lo sorrir e dar-nos mais atenção. Dentro em pouco ficamos amigos e Afonso chegou mesmo a governar o cargueiro, quase o botando a pique. O piloto olhou a bússola, passou uma corrente numa das malaguetas da roda do leme e sentou-se num rolo de cordas que fedia a alcatrão, disposto a ouvir a história da nossa Cruzada. O orador fui eu e parece que soube impressionar o homem: ganhamos nele um grande aliado da causa. Hora e meia depois, porém, estávamos enfadados daquela conversa mole e saímos a correr pelas cobertas, brincando de pique e esconde-esconde. Na companhia do timoneiro só ficaram dois: o Rei Leão e Roberto Souza.

O almoço da tripulação foi servido pelo próprio cozinheiro, às dez horas, mais tarde do que de costume – e nós aparecemos pelas proximidades da proa, onde ficava a cozinha, assim como quem não dá pela coisa... Tudo debalde: o cozinheiro enxotou-nos com um facão de péssimo aspecto e desistimos de comer por aquela via. Horácio alvitrou[37]

35 Nota do Org.: **Bitácula:** peça de forma variável onde fica encaixada a bússola. Pode ser, por exemplo, uma coluna de madeira ou metal em cuja parte superior haja um receptáculo para conter o citado instrumento de navegação.

36 Nota do Org.: **Malagueta:** aqui, refere-se aos pinos salientes presos à roda do leme, nos quais se firma a mão para realizar as manobras do navio.

37 Nota do Org.: **Alvitrar:** propor, sugerir, recomendar.

uma visita ao camarote do capitão Teodoro. Aprovado o alvitre, fomos lá e entramos silenciosamente, encontrando o comandante a dormir com uma garrafa de cachaça na mão. Havia diversas latas de biscoitos em cima da mesa; enchemos os bolsos e fugimos para o alojamento-porão. Chegados aí sãos e salvos, o *Condor* serviu um café gostosíssimo em canecas de papel. Almoçamos biscoitos, bolachas, carne seca, queijo e frios sortidos, além de um restinho de leite condensado que sobrara do café da manhã.

Esse dia foi um dos mais divertidos da minha vida de viajante. Auxiliado pelos outros rapazes, virei o cargueiro de pernas para o ar, como se costuma dizer, e achei jeito de examinar tudo o que constituía parte integrante do antigo veleiro. Só não examinei a quilha, a roda da proa, o leme e a hélice, devido ao fato de serem "obras vivas", isto é, a parte submersa do barco. De resto, porém, nada deixei sem uma inspeção de estudioso. Dei pancadinhas nas balizas, através dos pranchões, cheirei os dormentes por baixo do pavimento, mexi num ou noutro vão descoberto, tirei um chaço[38] [lii] do respectivo lugar, esgueirei-me por tudo quanto era escotilha, espiei as âncoras pendentes dos escovens[39]... e diverti-me fingindo ser o proprietário do navio em viagem de recreio. Para este último divertimento bom mesmo, muito contribuíram os outros garotos, que se faziam de piratas do Mediterrâneo, sob o comando de Afonso Henriques. Ajudado pelo ex-ladrão, meu contramestre de brinquedo, venci-os a todos e, ainda por cima, lhes tomei o navio corsário (que era um caixote de batatas, vazio) e só não o incendiei com receio do fogo propagar-se pelo *Sereia* (Roberto Souza foi o único a não brincar conosco e eu o lamentei imensamente, pois valia a pena). Levamos a tarde inteirinha nessa brincadeira, e foi, com efeito, uma tarde inesquecível.

O cargueiro riscava a flor d'água a sotavento,[40] com uma velocidade de nove a dez milhas horárias, e da ampla chaminé saía uma fumaça espessa, às baforadas. Segundo meus cálculos, estávamos com a Ilha Martim Vaz a bombordo, distanciando-se cada vez mais.

---

38 Nota do Org.: **Chaço:** termo náutico para peça que consolida o mastro real (ou, mais genericamente, duas peças quaisquer).

39 Nota do Org.: **Escovém:** aberturas no costado do navio por onde se passam cabos, amarras e correntes (das âncoras, por exemplo).

40 Nota do Org.: **Sotavento:** direção para onde o vento sopra.

Escureceu. O Rei Leão deu uma ordem e, cumprindo-a, descemos ao porão, acendendo o lampião de querosene. O jantar deu um golpe de morte no resto das nossas provisões. Por isso, resolvemos deitar cedo, pois, do contrário, sentiríamos falta da ceia e inveja da tripulação que tomaria, estalando a língua de gozo, um saborosíssimo chá noturno, na quentura deliciosa das suas câmaras. Às oito horas da noite, encontraram-nos dormindo – e penso que o vigia voluntário foi o Rei Leão. Um chefe consciencioso, esse Rei Leão!

Acordei ao despontar do sol, um minuto depois de Roberto, o qual ainda se espreguiçava. Sacudimos os restantes expedicionários e, quando todos já estavam mais ou menos despertos, organizamos uma assembleia para ventilar o problema da alimentação diária. Estava mais do que provado que o cozinheiro não simpatizara conosco.

– Eu, por mim, avançava nos víveres do porão – afirmou Horácio, piscando o olho. – Não dá muito trabalho: é só fazer um buraquinho e...

– Não! Isso não fica direito em grumetes respeitosos e disciplinados, como disse o capitão Teodoro... Eureka! O capitão! Vamos falar com o capitão!

– ...falar com o capitão! – repetiram num eco.

E fomos falar com o capitão.

Desde o começo do primeiro tombadilho, ouvia-se um cantarolar ritmado, que vinha da câmara do proprietário do *Sereia*. Ao acercarmos, a voz tornou-se mais clara e percebemos as palavras. Era uma velha cantiga de marinheiro:

> *Suspende âncora, colhe esse filame,*
>
> *segue a linha do vento e arriba assim...*

Batemos discretamente à porta e a cantilena silenciou. O capitão Teodoro estava sozinho, arrumando o camarote, e veio abrir a porta, pedindo que entrássemos à vontade.

– Desculpem-me os desatinos de ontem... (eis como ele se expressou.) Eu estava... hum... estava embriagado. Ligeiramente embriagado.

Vocês compreendem, não é? Restos de embriaguez... É fato. Ressaca, ressaca da pagodeira... depois da tempestade, vem a bonança... Hum! É isso mesmo... Vocês compreendem, não é?

Falamos qualquer coisa a respeito do bom gosto que teria um cafezinho matinal, e ele imediatamente nos convidou para a sua mesa, pois estava posta e à nossa disposição. Entre um e outro gole ruidoso de café, o homem do olho de vidro começou a conversa com as seguintes palavras:

– Vocês, ontem, se não me falha a memória, referiram-se a uma expedição que tencionam levar aos mares do sul... e querem ir à África ou coisa que o valha. Poderei saber ao certo do que se trata, meus valentes?

Estávamos admirados, perplexos, desconfiados pela súbita mudança operada no homem. O leão de ontem tinha hoje pele de ovelha – e, pelo visto, a pele de ovelha era verdadeiramente a sua pele (Aqui, entre parênteses, jamais encontrei em toda a minha vida um marinheiro mais camarada do que o capitão Teodoro antes de engolir um litro de bebidas alcoólicas...).

– Olhe, senhor comandante – disse o Rei Leão, tossindo e procurando com os olhos um lugar onde cuspir. – A verdade é que nós pertencemos a uma Cruzada da Salvação, que vai salvar uma garota na Sonda... Olhe, nós vamos com o senhor capitão até a África e daí...

– Hum... hum... – resmungou o homem, aquiescendo.

– E daí – prosseguiu o Rei Leão, cuspindo mesmo na parede –, e daí nós vamos para a Austrália... Esperamos que o senhor comandante não se zangue com este nosso heroico passo para o perigo. Aliás, não há razão para que menosprezem nossa atitude. *"Honny soit qui mal y pense"*[41], como já dizia o poeta...[liii]

– Hum... hum...

– Como o senhor comandante não se zanga, só nos resta agradecer o auxílio, e o agradecemos do fundo do nosso coração... Eu, como chefe da Cruzada da Salvação – e fez[liv] um floreio com a espada –, presto-lhe as maiores homenagens em meu nome e no de meus aliados. *Voilà*!

– Até aí, tudo corre sob a bússola – disse o capitão, influenciado pela lábia do nosso chefe. – Mas o que eu queria saber é que interesse

41 Frase francesa muito usada pelos ingleses e que significa mais ou menos: "Envergonhe-se aquele que mal pensar". É o lema da Ordem da Jarreteira, da Inglaterra.

tão grande têm vocês em ir salvar essa garota... Quero a história bem contada, se me fazem o favor...

– Este menino – e o Rei Leão designou-me com a ponta da espada – é irmão da tal pequena. Ele lhe contará tudo bem contado, senhor comandante...

E contei mesmo, começando pelo naufrágio do *Chesterton* e acabando na panela dos antropófagos. O dono do *Sereia* ouviu assobiando baixinho e, à medida que eu avançava na narrativa, seu olho são brilhava, quase emparelhando esse brilho com o do olho artificial. Quando acabei e tomei fôlego, o velho lobo do mar deu um soco no tampo da mesa, fazendo a louça dançar um samba, e exclamou ao mesmo tempo que nos oferecia mais café[lv]:

– Com um milhão de tubarões! Vocês, meus meninos, são da boa massa! Que valentes! Que heróis[lvi]! E ainda não desistiram dessa estupidez?

Sacudimos a cabeça.

– Ainda não, senhor comandante...

– Bravos! Assim é que eu gosto de ouvir falar! Ou passa entre os arrecifes ou rebenta a roda da proa! Bravos! Pois saibam: juro-lhes como não trocaria um de vocês por toda a minha tripulação danada, feita de indisciplinados! E não estou bêbedo, podem desiludir-se! Vocês, meus meninos, bem pesados, valem o peso em pérolas da Manila![lvii] Por Deus do céu, como valem! E agora estão no meu humilde barco... Bem-vindos sejam, meus valentes! Vamos, vamos, tomem mais um cafezinho...

Engolimos outra xícara da preciosa rubiácea. O capitão não se cansava de elogiar o nosso plano, e comparou-nos até aos grandes aventureiros, cientistas e piratas do século XVII. Acabou por oferecer mais uma taça de café, que era a última, e pedir que andássemos pelo "navio comprado com o seu dinheiro" a nosso bel prazer, porque o que era nosso era dele e o que dele era dele e da gloriosa Cruzada da Salvação. Com um aperto de mão bem forte, cimentamos uma grande estima para o futuro. Ao atravessarmos a porta, na saída, ainda o ouvimos:

– Meus meninos, corram, divirtam-se, pintem o sete. Espero que lhes agrade a comprida viagem à África. E, quando lá chegarmos, podem crer, meus meninos, espera-os uma surpresa! Uma grande surpresa! Sen-ti-do! De-bandar!

Acertou-nos uns tapinhas amigáveis nas costas e bateu a porta. Aí, o ex-ladrão esfregou as mãos, satisfeitíssimo.

– Está tudo arranjado e do melhor modo, viu? Não sei se a minha espada o intimidou, mas o fato é que ele acedeu, e bem depressa. Mesmo porque, se não acedesse, ia haver sururu no mercado!

– Ontem ele estava bêbedo – disse Roberto. – Mas hoje, na certa, está doido!

– Que doido coisa nenhuma! – replicou Afonso. – Aquele pássaro bisnau vive embriagado. Puxa! Vocês não repararam que ele só tomou as quatro xícaras de café porque lhes misturou cinquenta por cento de vinho do Porto?

Estava explicado o mistério.

Capítulo V

O PROFESSOR DE EGIPTOLOGIA

Casos de mestre Aníbal – Novos passageiros para o *Sereia* – A primeira menção à Ilha de Ahk-Manethon[lviii]

Os dias correram uns atrás dos outros tão uniformes como as conversas do velho piloto do *Sereia*, mestre Aníbal. Mestre Aníbal era a paciência em pessoa – e só agora, ao escrever este capítulo, o reconheço. Se acontecia o Atlântico estar sereno, o homenzinho amarrava a roda do leme pelas malaguetas e, sentando Horácio na perna, contava-nos singelíssimas narrativas do mar. Isso durou até que nossa curiosidade se insatisfez com tão pouco: então, ele começou a apelar para o trágico e para o sangrento, narrando casos de serpentes do mar, de baleias "antediluvianas", de motins marítimos famosos como o do *Bounty*[lix], nos mares do sul. Os seus casos de serpentes monstruosas, principalmente, interessavam-nos imenso. Os últimos destes casos que ouvimos de sua boca devem mesmo aqui figurar, porquanto tenho a intuição de que o monstro descrito pelo velho piloto era o mesmo que, mais tarde, encontramos na ilha misteriosa.

Foi no fim do penúltimo dia de navegação. A tarde caía, calma e bonita, a lua já se distinguia no céu suavemente iluminado, e o oceano apenas enrugava a superfície verde-garrafa sob a carícia da brisa. O piloto, ao lhe aparecermos em grupo, espiou a bússola encravada do outro lado do vidro da bitácula, imobilizou o timão com um cabo de alça e sentou-se perto de nós, deixando o barco navegar sozinho, a uma velocidade de dez milhas horárias.

– Boas tardes! – fez essa saudação apertando nossas mãos, uma por uma, longamente. – Desejo, meus filhos, que estejam todos bem de saúde...

– Boas tardes, mestre Aníbal... A mesma coisa lhe desejamos, mestre Aníbal...

Horácio e Afonso, irrequietos, foram logo pedindo o prometido caso da serpente marinha.

– Aconteceu deveras com o senhor, *seu* Aníbal? – perguntou o Tião, ajoelhando-se, para ouvir melhor.

– Sim, aconteceu deveras comigo. E lembro-me tão bem! Parece até que foi ontem! Ouçam, meus filhos...

Fizemos roda, com a atenção concentrada como se já fôssemos gente grande e capaz de selecionar as emoções e os pensamentos. A narrativa do timoneiro foi tão vibrante que nenhum de nós o interrompeu para pedir explicações ou pormenores. Eis o que ele nos contou:

– Eu tripulava um veleiro com oitocentas toneladas de deslocamento, propriedade de um armador português, em 1886. Era ainda simples grumete de onze anos. O veleiro, um tal *Rosa dos Mares*, arribava no Estreito de Bab-el-Mandeb, com rumo de Colombo, na Ilha Ceilão, de onde devia seguir para Cingapura pelo Estreito de Malaca. Estávamos no Mar de Omã, ao sul das Ilhas Laquedivas, gozando a monção de sudoeste, quando o vigia do Grande soltou uma série de gritos, sacudindo os braços fora da cesta da gávea, em direção ao traquete.[42] Olhamos, é natural, para o traquete, mas o mistério não estava neste mastro e sim além dele e na sua direção, a cem metros de distância da proa, no meio do mar. Levantaram-se ondas sobre ondas, molhando o gurupés[43][lx], e uma cabeça monstruosa emergiu, de súbito, dum redemoinho espumejante. Estava por demais próxima para que não a víssemos nitidamente: era horrível, diabólica! Uma cabeçorra parecida com a dos lagartos, chata, de olhos vivos e arredondados, pregada no alto de um pescoço comprido como o corpo de uma cobra... E esse pescoço estendia-se para o gurupés, quase que o tocava!... O capitão do veleiro subiu para a ponte de comando, armado de rifle, gritando para orçar ou iríamos de encontro ao estranho monstrengo. Os marinheiros trabalhavam nas velas com energia, lutando contra o vento firme e úmido, e o piloto deu o seu jeito no leme. Aquele pescoço ondulante e liso foi ficando para estibordo. O *Rosa dos Mares* jogava muito e quase que não se podia ficar em equilíbrio sobre as pernas. Nesse terrível momento de tensão nervosa, o monstro do mar esticou o pescoço para nós, por cima da

42 Nota do Org.: **Traquete:** mastro de proa, isto é, da parte da frente do navio.

43 Nota do Org.: **Gurupés:** mastro que se projeta quase que horizontalmente, à frente da proa do navio.

proa, abriu a bocarra guarnecida por uma fila de dentes agudos... e carregou com o capitão da ponte de comando! Vocês não acreditam? Isso mesmo, eu vi com estes olhos que Deus me deu; o monstro carregou com o capitão! Molhou todo o tombadilho de água salgada e levou-o na boca, pisca-piscando os olhitos brejeiros como se sentisse antecipadamente o gosto da carne humana! Foi coisa de segundos; quando o capitão atirou de rifle, já estava entre os dentes do bicho. Viva eu mil anos e nunca esquecerei aquela coisa horrível! O capitão, preso, quase cortado na cintura pelos dentes do monstro, acenava e pedia socorro, com os olhos dilatados, cuspindo sangue... Nada pudemos fazer: nossos braços estavam paralisados pelo nervosismo. Só o que fazíamos era olhar, olhar, olhar... E, soltando uma espécie de grunhido, o animal mergulhou, espadanando[44] [lxi] a água com uns braços esquisitos num corpo que não era de serpente e sim de elefante. A superfície do oceano aquietou-se, ficou mansa e cheia de sangue. O sangue do capitão operou na água como se fosse um *bushei*[45] de óleo, sossegando as ondas... Esta foi a primeira vez que topei com esse animal horrendo, meus filhos. A primeira vez, mas não a última...

– Onde o viu novamente? – perguntamos.

– A oeste de Madagascar. Eu tinha, então, vinte e um anos e servia como segundo piloto a bordo de um calhambeque[46] francês. Partíramos de Zanzibar e, após uma pequena, mas demorada travessia, em que bordejamos a Ilha Máfia, as Ilhas Gloriosas e outras menores, chegamos a Diego Suarez, onde ancoramos oito horas. Depois, içamos âncora e rumamos próximo à costa (a sonda acusava vinte braças de profundidade), para Tamatave[lxii], ponto final da viagem. Começavam a fazer-se visíveis as elevações da Ilha de Santa Maria, quando o vigia deu o alarme. A tripulação saiu para a tolda e tivemos ocasião de ver o pescoço cintilante e a cabeça chata do monstro, que parecia estar com vontade de nos enfrentar. Eu, que já o conhecia, não aguentei aquilo a sangue frio e berrei que ele era um comedor de carne humana. Não me atenderam[47] e o comandante ordenou mesmo que eu virasse de bordo e

---

44 Nota do Org.: **Espadanar:** jorrar, expelir jatos em forma de espada.

45 Nota do Org.: **Bushei:** medida de volume equivalente a aproximadamente 35 litros.

46 Calhambeque, verdadeiramente, significa navio costeiro e não barco velho e desarvorado, como muita gente pensa.

47 Nota do Org.: **Atender:** aqui, com sentido de "ouvir", "dar atenção".

oferecesse o gurupés àquele único espécime de uma raça extinta[48]! Gritei que era uma loucura, que era um suicídio – não adiantou. Tiraram-me da ponte de comando como desertor e o capitão segurou o timão, manobrando com habilidade. O calhambeque avançava sempre ao encontro do gigantesco animal, que vomitava água por entre os dentes separados. Pensei que fosse o meu fim e de meus companheiros. Mas não. Salvou-nos o aparecimento providencial de um navio de guerra português, vindo de Moçambique. Com a sua chegada, o monstro fugiu, chapinhando a água e mergulhando por vezes, perseguido por duas balas de canhão, das quais se esquivou instintivamente. E eu fui, depois da aventura, posto a ferros por tentar deter a caça de um "espécime antediluviano" em nome da ciência universal! Desde aí, nunca mais botei os olhos naquela baleia, serpente ou seja lá o que for, e juro como não tenho o mínimo desejo de...

As últimas palavras do piloto foram abafadas pelo apito do vigia da gávea. Estremecemos, ainda com a lembrança do monstro de mestre Aníbal na mente. O Rei Leão ergueu-se de um salto, com a espada nua, dirigida para o mar. Na plataforma de um dos dois mastros do navio, o vigia estava fazendo largos gestos para as bandas do horizonte, a bombordo, e falava qualquer coisa, com as mãos em concha. Quando duas palavras se tornaram mais claras e destacadas, o piloto Aníbal deu algumas ordens junto ao porta-voz que ligava a ponte de comando à casa das máquinas; depois, segurou na roda do leme e torceu-a para a direita com tanta facilidade que nós outros fuzilamos Afonso com olhos maus por quase nos ter metido a pique na ocasião de sua experiência como piloto.

Não vimos nada no horizonte, por mais que apertássemos os olhos. Nada – apenas as águas movediças, que não ofereciam mais a beleza dos primeiros dias de viagem, e os pontos de exclamação traçados na sua superfície pelo voo dos peixes voadores. Orientado por mestre Aníbal, o cargueiro mudava lentamente de rumo. O pavimento trepidava com mais frequência, pois a hélice aumentara seus giros. Íamos, agora, a onze milhas por hora.

48 É muito provável que o piloto do *Sereia* não tivesse inventado estas histórias, porquanto "realmente" alguns monstros marinhos foram vistos em nossos dias por pessoas idôneas. Houve mesmo quem acreditasse ter aparecido um desses monstros, há pouco tempo, em Loch Ness, um lago escocês existente entre os *Highlands* do Norte e os montes Grampianos.

– Que há no mar que eu não vejo? – perguntava Afonso, num fio de voz. – Pelo amor de Deus, não me digam que...

Sem largar o timão, mestre Aníbal olhou amigavelmente para ele e respondeu com fleuma:

– O vigia enxergou um ponto escuro no horizonte, que se assemelha a uma jangada. Provavelmente é um náufrago, talvez já cadáver... Ou um barril vazio... Logo mais o veremos.

E o barco continuou singrando as águas, que pareciam arrepiadas, como se o vento lhes fizesse frio. Ainda um bom pedaço de mar nos separava do tal ponto escuro, por isso arrisquei nova conversa com o timoneiro. Disse eu:

– Escute aqui, mestre Aníbal. Por que é que a tripulação deste vapor faz pouco caso do capitão? Reparei que ele nem tem camareiro, nem aparece para dar ordens... Francamente, não compreendo por quê!

– É mesmo – acrescentou Afonso. – O pobre pássaro bisnau vive[lxiii] xingando os marinheiros com tudo quanto é "raios", "coriscos" e "trovoadas"... Por que é, hein, mestre Aníbal?

O piloto franziu o sobrolho. Um sorriso doloroso apareceu nos seus lábios escuros e gretados.

– O pobre... É exato. O pobre capitão Teodoro! É isso mesmo, meus filhos: nós pecamos por bondade... Alguns homens são[lxiv] os bichos mais sofredores porque são os bichos mais bons, quero dizer, melhores deste mundo... Não digo isso para mostrar que estudei, não[lxv]. É verdade. O capitão Teodoro é a bondade em pessoa e o pessoal abusa. O capitão ofereceu-lhes o pescoço para eles não se afogarem e eles apertaram esse pescoço que os salvava!... Eis a história[lxvi]. A tripulação que vocês aí veem engajou-se em 1900. Era gente disciplinada e obediente – um mimo de gente. O velho Teodoro ama a disciplina. Mas... como vocês devem ter visto, vive embriagado. Eis aí o caso. Ainda há coisa de três anos, a tripulação obedecia bem; porém, notando que o velho era uma esponja em matéria de álcool, deu para desrespeitá-lo. E, como ele não tinha coragem nem lucidez para chamar ninguém à ordem, a indisciplina generalizou-se. Eis o caso[lxvii]. O camareiro passa os dias fumando, deitado no fundo de um escaler pendente dos turcos[49]... e é o próprio capitão quem arruma a cabina! Os marinheiros fazem o que querem dele e até o enfrentam com arrogância. Principalmente um tal Francisco; este é o cabeça deles todos – um sujeito terrível! A indisciplina chegou ao ponto em que vocês a veem... Não é para me gabar, mas, se não fosse eu, o *Sereia* estava desgraçado! Apenas eu e os homens da casa das máquinas gostamos da ordem e fazemos jus ao salário que recebemos. O resto é um Deus nos acuda. Não é que os marinheiros não trabalhem; porém, se trabalham, é lá a seu modo, sem admitir reprimendas nem indicações. Fazem tudo como se eles é que fossem os donos do navio...[lxviii] O capitão, para eles, não vale mais do que uma ostra – e uma ostra sem pérola. Eis a história[lxix]. E o culpado de tudo é esse assassino, esse Francisco! Mas ele que se acautele, ouviu? Ainda não tive ocasião de vê-lo desrespeitar abertamente as ordens, pois o velho Teodoro raramente aparece na ponte de comando. Mas quando vir, enfio-lhe uma carga de chumbo na barriga! Palavra de honra que enfio[lxx]! O velho Teodoro, coitado, anda sempre bêbedo... Afora isso, é o melhor comandante que encontrei nestes mares. Estou sob sua coberta há de fazer onze anos...[lxxi]

– E esse Francisco? Será que nós já o vimos?

Mestre Aníbal olhou para os lados e baixou a voz:

– Provavelmente. É um homem troncudo, com algumas cicatrizes no rosto e no peito, de camisa vermelha e chapelão de carnaúba. Anda sempre com a navalha na cintura, bem à mostra... Cristo! Deve ser uma navalha afiadíssima!...

– Já o vimos! – bradou Horácio. – É aquele que nos deu uns pontapés quando fomos ver o capitão pela primeira vez. O covarde! Se pego ele, eu lhe jogo uma pedra!

– Deixe de bancar valente, Horácio! – disse eu. – Outra coisa, pessoal: esta anarquia a bordo não está direito, não é mesmo?

– É...

– Precisamos restabelecer a ordem e aconselhar o capitão. Vocês não acham[lxxii]? Isto ainda pode acabar numa catástrofe!...

---

49 Nota do Org.: **Turco:** aparelho, peça ou braço metálico articulado utilizado para erguer grandes pesos, como âncoras e barcos salva-vidas (escaleres).

– Catástrofe? Que é catástrofe, gentes? – perguntou o Tião[lxxiii], sorrindo bobamente. – Nunca ouvi dizer que...

– Não amole! – repliquei, ríspido. – Como ia dizendo – prossegui, noutro tom[lxxiv]. – precisamos evitar coisinhas como estas e piores ainda. O comandante é um camaradão. É ou não é?

– É...

– Estamos combinados! Lembrem-me mais tarde... você me lembre, Rei Leão... para iniciarmos a bordo do *Sereia* uma política de saneamento, para depois termos um regime de paz, ordem e amor ao próximo[lxxv]. O cargueiro deve ser lavado por essa gentinha à toa! E o capitão deve largar de beber cachaça! Deve ou não deve?

– Deve. As bebidas alcoólicas fazem muito mal. Só os fracos de espírito, como disse o professor Narciso...

Afonso calou-se em meio da frase do professor Narciso, que ele queria repetir. Aliás, o que o fez calar-se fez-nos correr para a amurada, cheios de curiosidade. Ouviram-se gritos do vigia da gávea e sentiram-se modificações no trepidar do pavimento. O *Sereia* foi diminuindo a marcha, diminuindo, diminuindo... até que sua hélice parou. Agora, o barco apenas deslizava sobre as águas, pela força do impulso da corrida que vinha de fazer. Olhamos para o mar cheio de "carneirinhos" e não pudemos evitar um grito de estupefação. Eis o que nossos olhos acabavam de ver:

Uma pequena jangada, feita de tábuas mal pregadas e pedaços de lona encharcados d'água, balouçava-se ora nas concavidades, ora nas cristas das ondas, a poucos metros do nosso barco. Sobre essa frágil embarcação rústica, que nem ao menos tinha uma vela, dois homens estavam deitados, de bruços. Um deles, pela cor das mãos e do pescoço, mostrava ser um negro; estava estirado na borda da jangada, com a face mergulhada n'água – morto. O outro era branco, de um branco tostado pelo sol dos climas tropicais; estava no meio da jangada, bulindo os braços e rodando entre os dedos magricelas u'a maleta castanha. Essa maleta era o único objeto de viagem que acompanhava os dois homens sobre a armação de madeira semissubmersa.

– Cristo! – era Afonso, o medroso Afonso Rodrigues da rua São Bento, quem gritava. – Vocês estão vendo? Aquele preto deve estar morto! Quem ia aguentar tanto tempo com o nariz dentro d'água?!

– É, o africano bateu o trinta e um[50][lxxvi] – assentiu mestre Aníbal, que já ali estava ao nosso lado. – O outro, pelo visto, resistiu. Parece impossível! Que me dizem? Um velhote tão esquelético...

– Parece impossível! – estribilhamos[51][lxxvii] nós outros.

A tripulação do *Sereia* desceu pelo cabo do cabrestante e pelas correntes dos turcos e atirou, pendurada ao costado, vários ganchos à jangada. Eu e meus amigos arregalávamos os olhos, para não perder nem um detalhe das manobras. Vimos a jangada mover-se à flor do oceano... o sobrevivente da maleta tentar reerguer-se e cair extenuado; depois, as ondas cresceram, cercaram o estrado[lxxviii], e ele mergulhou lentamente... Veio à superfície de novo, mas duas ondas mais altas varreram-no[lxxix] de ponta a ponta e levaram o cadáver do negro na enxurrada... Por um segundo, ainda o vimos, rolando, rolando – aflorou à tona d'água... e submergiu de barriga para cima, tornando-se mais confuso à proporção que crescia o volume d'água entre ele e nossos olhos...[lxxx]

O único sobrevivente foi enrolado num cobertor marrom com listinhas azuis[lxxxi] e levado para uma cabina do tombadilho, onde os marinheiros acenderam um fogão para esquentá-lo, ao tempo que o cozinheiro lhe fazia uma sopa de verduras. O náufrago, antes de entrar na cabina, ao passar por nós, nos braços dos marinheiros, falava com voz fraca[lxxxii], sem largar a maleta escura e impermeável que devia encerrar grandes segredos:

– *I´m all right... Thank you... Are you Portuguese?* Oh! São brasileiros? *Well*, eu estou tonto de sono...

A noite caía, uma noite sem lua, de ar morno e doce. O *Sereia* recomeçara a marcha monótona através do mar desconhecido e negro. A Cruzada da Salvação jantou, enquanto o pobre náufrago descansava dos tormentos[lxxxiii] por que passara. Ao acabarmos de comer (nós fazíamos as refeições na câmara do capitão Teodoro), fomos para o porão traçar planos a respeito do "provável sobrevivente de algum naufrágio", que nos aparecera na jangada, "acompanhado pelo cadáver de um negro da África"...

---

50 Nota do Org.: **Bater o trinta e um:** expressão popular que significa "morrer".

51 Nota do Org.: **Estribilhar:** aqui, com sentido de "repetir".

– Vai ver que é um passageiro do *Chesterton*! – sugeriu Horácio, e olhou-me de soslaio.

– Não – repliquei, sacudindo a cabeça. – O *Chesterton* afundou muito longe daqui. No entanto... Só se algum transatlântico foi ao fundo nestes dias mais chegados... Mas quem será o náufrago? Já é de certa idade, não é[lxxxiv]? Cabelos brancos, pele enrugada, magrinho... Não é?

– É.

– E a maleta, então? Será algum tesouro? Vocês notaram como ele não a largava nem por um decreto?

– Na certa está carregada de documentos sobre a espionagem francesa[lxxxv] – adiantou o Rei Leão. – Olhe, vocês também notaram como ele usa lunetas de aro de ouro? Deve ser um diplomata parisiense...

– Também pode ser... – murmurei eu. – Ele falava em inglês, antes de saber a nossa nacionalidade. Conheço aquela frase do "all right". Quer dizer "está direito"...

– Gentes! Eu não achei nada direito, não!

– Cale-se, Tião! Ah! Agora por Tião[lxxxvi]: o pobre do outro, o negro, a água levou... Esse negro me causa espécie!

– É capaz dos dois nem se conhecerem. Salvaram-se juntos por acaso. Na hora do naufrágio, a gente se agarra ao que puder e nem vê quem é o seu companheiro de viagem...

– Também pode ser... tudo pode ser! Escutem aqui: vamos dormir agora, e bem cedinho acordamos e...

– E vamos visitá-lo no camarote?

– Isso mesmo. Mas deixem-me acabar: vamos visitá-lo no camarote e perguntamos quem é ele e quem era o negro que vinha em sua companhia. Será que o velhote é boa pessoa?

Ninguém soube responder. E fomos nos deitar, pensando no homenzinho[lxxxvii] da maleta e no negro afogado, que a água levara...[lxxxviii]

Às duas da madrugada, o *Sereia*, sempre singrando as águas iguais, estava muito para lá da Ilha Tristão da Cunha, nas primeiras águas africanas. A bordo, a maior parte da tripulação dormia. Verdadeiramente acordados só devíamos estar nós, o vigia da gávea e mestre Aníbal. Custava muito a acreditar que os tripulantes dormissem descansados, pois o *Sereia* era um barco demasiadamente pequeno para atravessar sem perigo os grandes oceanos. Entretanto, eles dormiam tão profundamente que os seus roncos se ouviam longe.

– Está na hora, pessoal! – avisei eu. – Sigam-me sem fazer ruído. Esse indisciplinado Francisco pode aproveitar-se da nossa excursão para fazer alguma das suas...

– Não diga isso, Célio! – gemeu Afonso. – Você fala de um modo que até mete medo! Esta noite fartei-me de rezar para que o Sr. Francisco vá embora daqui. Nunca simpatizarei com esse homem ruim. Vamos embora, vamos...

Atravessando, ocultos pelas sombras, o convés, chegamos sem novidades ao camarote onde tinham alojado o náufrago. A porta estava somente fechada no trinco e, tanto cá fora como lá dentro, imperava a escuridão (o cargueiro apenas tinha acesas as luzes do regulamento marítimo). Entramos, então, no alojamento do homem da maleta. Andávamos pé ante pé, que nem ladrões de segunda classe – ou, como diria papai, "larápios de baixo coturno". Em cima da cama, distinguimos um vulto quieto, respirando ritmadamente. O aposento era pequeno, baixo; nós hesitamos bem no meio dele, olhando para todos os lados, com ar misterioso[lxxxix].

– Olhe, eu acho que esse moço está dormindo – sussurrou o Rei Leão. – É melhor a gente voltar mais tarde...

– Não, eu não estou a dormir – disse o vulto, sentando-se na beira da cama e procurando com os pés nus umas chinelas inexistentes. – Eu estou completamente acordado...

Um arrepio – assim como que uma impressão meio gostosa, meio desagradável[xc] – percorreu minhas costas de alto a baixo. Não era medo de nada, não – apenas o susto. O Rei Leão, pousando a mão direita nos copos da espada, saudou o homem com a maior calma deste mundo:

– Como vai essa força, meu caro senhor? Olhe, nós somos a Cruzada da Salvação e vimos render-lhe as nossas felicitações pelo seu rápido restabelecimento... e viemos perguntar-lhe, se o meu caro senhor não se ofende, a razão de... da... do...

– Do meu drama, dizem? Meus amiguinhos – dirigia-se a nós outros –, antes de tudo, agradar-me-ia saber por que eu vejo meninos num navio de carga... Não estamos num navio de carga?

– Estamos, sim senhor – respondi eu. – Já lhe conto... estou louco por lhe contar. Ouça a nossa história...

E contei-lhe a história do naufrágio do *Chesterton* e da Cruzada da Salvação, exatamente com as mesmas palavras com que a tinha contado ao capitão Teodoro. O velhote não fez comentário: tossiu uma, duas, três vezes, e poliu o vidro das lunetas. Não quis acender a luz: estávamos no escuro e no escuro continuamos.

– Eu chamo-me Gabriel Wodlinghouse – começou ele, após uns minutos de concentração mental, falando com um sotaque misto de português e inglês. – Eu sou professor de egiptologia e arqueologia em geral, numa universidade de... *Well*, a minha narrativa é longa, mas eu vou resumi-la, sem lhes[xci] alterar o sentido. Não me interrompam mesmo que... mesmo que não compreendam algo referente à história antiga do Egito. *Well*, como eu lhes disse, eu sou o professor Wodlinghouse, nome ultimamente em evidência nos meios intelectuais europeus. Isto porque (o náufrago tossiu uma, duas, três vezes), porque, meus amiguinhos, eu ainda provarei ter existido efetivamente a Ilha Ahk-Manethon no Mar Vermelho! *Well*, assim jamais me compreenderão... A história é esta: há dois anos, eu parti no meu iate particular para o Mar Vermelho, em explorações arqueológicas. Eu sempre sustentei a veracidade dos papiros da XIV dinastia egípcia, ou seja: a existência de uma ilha, já há milhares de anos extinta, no seio do Mar Vermelho, ilha esta que serviu de erário[52] e provavelmente de túmulo ao faraó Timoeos de Manethon, nessa XIV dinastia do Egito Monárquico.

"Para que me entendam melhor, eu vou contar o acontecimento mais importante dessa dinastia, o qual orientou e fortaleceu minha hipótese mesmo antes de eu ter encontrado no Mar Vermelho o primeiro fragmento do colosso Ahk (Acqui, em grego). Principiava a XIV dinastia e principiava horrivelmente mal, com o Egito em decadência, ressentido pelos maus sucessos da época, as lutas contra os príncipes apeanos[xcii], que queriam assenhorar-se do poder. Reinava, por esse tempo, o faraó Timoeos de Manethon. Então, o Egito foi invadido por um

52 Nota do Org.: **Erário:** tesouro, local onde ficam guardadas as riquezas.

povo vindo da Síria, dos vales de Oronte e do Jordão, ao norte da Arábia (Tigre e Eufrates). *Well*, este povo saqueou e arrasou cidades e templos, trucidou um terço da população masculina e reduziu a escravos mulheres e crianças. Os egípcios chamaram tais vândalos de Shus[53] e ao chefe deles chamaram de Hiq-Shus[54]. Logo que tomaram Mannover e o Delta, os Shus elegeram um rei e fundaram a XV dinastia.

"É esta a síntese da história do reinado do faraó Timoeos de Manethon. Mas vários papiros encontrados por mim e pelo Conde Blomberg na areia da margem esquerda do Nilo contam mais alguma coisa que, em breve, eu juntarei à História Antiga do Egito. O escriba desses papiros, Al-ckedum Ibim, conta, nas suas "Epístolas que o Timoeos ditava", o paradeiro do fabuloso tesouro egípcio que os Shus em vão procuraram. Eis essa nova história: a oeste do Egito propriamente conhecido, nas costas da Abissínia de hoje, no meio do Mar Vermelho, existia outrora uma ilha sem nome, na qual o Timoeos mandou erigir um monumento sagrado que tinha forma humana. A ilha, de origem vulcânica como era, aparecera inopinadamente acima do nível das águas, exatamente quando o Timoeos começou a reinar nessa dinastia de Khsöu[55]. O faraó, então, acreditou que os deuses lha haviam enviado para um caso de emergência. E esse caso de emergência foi a invasão dos Shus. Ao saber que o seu reinado estava em perigo – é ainda Al-ckedum Ibim quem escreve – o Timoeos mandou apressar a construção do colosso na tal ilha, batizou-a de Ahk-Manethon (Ahk porque assim ele chamou o colosso de granito) e, enquanto os Shus depredavam cidades, mandou que os seus servos fiéis transladassem o tesouro real para ela, em segredo. Aí foi construído um palácio magnificente, em forma de mausoléu e com uma câmara indevassável, onde se depositou o ouro e as pedrarias mais valiosas da monarquia até aquela data. Ahk, o colosso, edificado à entrada desse mausoléu, foi eleito guarda do erário.

"*Well*, o Timoeos de Manethon faleceu mais tarde e talvez – eu posso quase garantir – o seu sarcófago esteja no mausoléu da ilha, porquanto apenas ele, seu escriba e a sua família o conheciam (os servos

53 Salteadores.

54 Rei dos Salteadores.

55 A XIV dinastia é oriunda de Khsöu (Sakka), cidade do Baixo Egito, situada ao centro do Delta. Durou 484 anos, compreendendo setenta e cinco reis, cujos nomes, pouco legíveis no papiro real de Turim, dão margem a diversas polêmicas científicas.

que locomoveram o tesouro e – quem sabe? – os operários que construíram Ahk e o palacete-mausoléu foram sacrificados nas águas do Nilo). Destarte, estando o tesouro na Ilha Ahk-Manethon, foi impossível aos Shus terem notícia do seu esconderijo.

O professor de egiptologia interrompeu a narração. Tossiu uma, duas, três vezes e continuou assim:

– Eu fui ao Mar Vermelho guiado pelo papiro "Anneh II" de Al-ckedum Ibim que o Conde Eric Von Blomberg me cedeu à hora da morte, mas inutilmente procurei a ilha. No local designado por Ibim, a superfície do mar estava limpa, isto é, não mostrava vestígios da Ilha Ahk-Manethon! Eu raciocinei. Era, como disse e repito, uma ilha vulcânica, formada durante alguma erupção submarina e, assim como apareceu, assim desapareceu. Eu revolvi, porém, o fundo do Mar Vermelho numa área de várias milhas! E... *well*, e eu encontrei um fragmento do pedestal do colosso Ahk! Nesse fragmento estavam gravados os três últimos caracteres do nome do faraó. O escriba Al-ckedum Ibim não mentiu! Eu prossegui nas minhas investigações, a bordo do meu iate, e, contratando escafandristas nas proximidades de Cheik Said, estreito de Bab-el-Mandeb, eu encontrei um outro pedaço do colosso: um antebraço inteiro! Eu digo-lhes, meus amiguinhos, que a Ilha Ahk-Manethon existiu e que o tesouro do Timoeos permanece no palacete-mausoléu, na sua câmara indevassável! Eu estou próximo a desvendar o segredo da Ilha Ahk-Manethon! Os diretores e os curadores dos museus que se riam! Ahk-Manethon existe em qualquer parte do fundo do Oceano Índico, para onde a carregaram as correntes marítimas!

– Muito bem, professor! – bradamos nós. – O professor nos buliu com os nervos, sim, senhor! Que discurso! Um homem corajoso que o senhor é, professor! A Cruzada da Salvação está pronta a ajudá-lo na medida do possível. Não está mesmo?

– Olhe – disse o Rei Leão. – Eu, por mim, esquecia a Sonda e ia para o Mar Vermelho. Não tem tanto perigo, sabe?

– Eu desaprovo! – grunhiu o professor de egiptologia. – Primeiramente, vocês devem ir buscar essa menina Iracema, se é que a encontram em alguma das ilhas desabitadas de Sonda. Eu conheço a Austrália, conheço aqueles recantos infernais de Java, os selvagens... *Well*, eu irei com vocês, proteger vocês, porque eu poderei entender-me com os nativos... Depois, voltamos juntos, indiscutivelmente. Eu perdi o meu iate e vai ser difícil... vai ser muito difícil...[xciii]

– Ah! Mas o professor ainda não nos contou nada a respeito desse naufrágio... Onde ocorreu e quais as suas causas?

O velhote ajeitou as lunetas no nariz e começou a falar[xciv]:

– Eu vinha do Mar Vermelho seguindo a linha dos paquetes de Nova Caledônia, quando uma tempestade, no meio do Atlântico, partiu o meu iate. *Well*, as ondas imprensaram o casco e o mar o sugou como uma ampola. O mar estava ora alto, ora baixo, visto assim do convés do meu iate. Repentinamente, o leme quebrou-se, antes que nós pudéssemos defendê-lo. Os meus ajudantes formaram a "esparrela"[56] [xcv], como se diz em português. Mas, com ou sem esparrela, o iate tinha que afundar e... afundou! A tripulação afogou-se toda, por não haver nenhuma chalupa,[57] e só eu e meu *valet*[58] abexim[59] conseguimos fugir do local, numa jangada feita às pressas com o material mais ao alcance da mão.

"Eu e o negro levávamos poucas provisões: bolachas, pão escuro e um cantil com litro e meio de água potável. Foi por serem escassos os mantimentos que M'latta (esse era o nome do meu *valet* abexim) recusou-se a comer ou a beber qualquer coisa, para que nada me faltasse a mim. Eu ainda não vi um *valet*, quase um escravo, ser mais fiel na bonança[xcvi] do que M'latta na tempestade. Inutilmente, eu ordenei que ele se alimentasse. Acabou apanhando febre. Mas nem mesmo assim ele aceitou a água que eu lhe punha ao alcance dos lábios. E olhem que as febres, nos trópicos, causam uma sede horrível! *Well*, ele apareceu morto dois dias depois: suicidara-se com um tiro no olho, usando o meu revólver, que ele me tirara durante o sono. Eu não tive coragem, nem força, para jogar o seu cadáver aos tubarões que cercavam a nossa débil jangada.

"O naufrágio do meu iate ocorreu – deixem-me lembrar... – ocorreu na quinta-feira passada. *Well*, só ontem, tanto tempo depois, fui salvo do mar por este vapor cargueiro do Brasil. Não passei muita fome, nem sede, diga-se a bem da verdade, mas desde o suicídio de meu *valet* que

56 Nota do Org.: **Esparrela:** leme improvisado, provisório.

57 Nota do Org.: **Chalupa:** antigo navio à vela, de dois mastros.

58 Nota do Org.: **Valet:** palavra francesa, refere-se a "valete", espécie de serviçal ou ajudante de senhor ou nobre.

59 Nota do Org.: **Abexim:** mesmo que abissínio, natural da Abissínia (atual Etiópia).

não consegui dormir duas horas seguidas, porque, se dormisse, eu acordaria no fundo do mar ou não acordaria nunca mais... Tudo passou, porém, e eu estou tão bom como antes de ter estado numa jangada, perdido no oceano cheio de tubarões... *Well*, agradeçamos a Deus por eu não ter morrido. Se eu morresse, o segredo de Ahk-Manethon continuaria impenetrável[xcvii] (eu trago na minha maleta os papiros "Anneh II" e os demais documentos de orientação) e eu jamais teria esperanças de encontrar a ilha desaparecida e a múmia do faraó Timoeos de Manethon. Sim, porque esta minha esperança é tão grande que só a morte a sufocaria! Eu ainda hei de rir face a face com o Dr. Porter Smith, o incompetente e mentiroso que me ultrajou como cientista diante de meus próprios alunos e que me chamou de "velho bode asmático", coisa com que eu não me pareço! Hum... hum... hum...

E o professor Gabriel Wodlinghouse cofiou nervosamente a barbicha de duas pontas e tossiu uma, duas, três vezes...

SEGUNDA PARTE

O MARINHEIRO FRANCISCO

Capítulo I

DISCIPLINA A BORDO

Chico da Baía, um homem perigoso – Do "Diário de Bordo" do Capitão Teodoro – Pilatos e Judas em segunda edição

Ao voltarmos para o porão, deixando em sossego o professor de egiptologia e arqueologia em geral, eu "senti" a presença estranha de uma personagem qualquer que nos vigiava da sombra. É muito difícil[xcviii], senão impossível, explicar esse "sexto sentido" – sem ser tato, nem olfato, nem paladar, nem vista, nem ouvido – que nos faz como que "sentir com todos os cinco sentidos ao mesmo tempo" a aproximação de alguém ou alguma coisa ainda com esse alguém ou alguma coisa invisível a nossos olhos. O fato é que eu "sentia" uma vigilância exercida sobre meus movimentos, e esse "sentimento" excitou-me e aterrorizou-me ao mesmo tempo. Olhei ao redor, disfarçadamente, procurando acostumar os olhos à escuridão, que era como um reposteiro negro estendido a cinco palmos da minha vista. Movido pelo impulso que cria os heróis – o impulso do medo nervoso –, toquei o braço do meu companheiro mais próximo, o Rei Leão, e este voltou-se lentamente, com a mão nos copos da espada. Seu rosto, quase colado ao meu, demonstrava agitação.

– Alguma pessoa está espionando a gente atrás daquele caixote! – disse ele, vindo ao encontro dos[xcix] meus pensamentos. – Olhe, talvez seja Danton, Robespierre ou Marat... Vou cercá-los pelas costas!

Fiz que sim com a cabeça, embora, no escuro, ele não me pudesse enxergar[c]. O chefe da Cruzada da Salvação tirou a espada da bainha e ia dar um passo, quando uma voz gutural o paralisou.

– Percebi essa manobra de abordagem! – disse a voz gutural a que me refiro. – Fique onde está, seu palhaço!

E, emergindo da escuridão, uma sombra larga e estranha riscou um fósforo e acendeu a lanterna de querosene. Era o homem do chapelão

E, emergindo da escuridão, uma sombra larga e estranha riscou um fósforo e acendeu a lanterna de querosene. Era o homem do chapelão de carnaúba e de navalha na cinta – o indisciplinado Francisco!

de carnaúba e de navalha na cinta – o indisciplinado Francisco! Ao reconhecê-lo, aqueles que conversavam e riam calaram-se e ficaram sérios enquanto o diabo esfregava um olho. Afonso mordeu um grito de susto.

– Ah! É o senhor?... – murmurei eu, fingindo que recebia uma visita como outra qualquer. – O senhor... está... passando... bem? Nós estamos con... ten... ten... tes... em... em...

– Sentem-se! – exclamou o visitante. E nós nos sentamos. – Estamos em nossa casa, não é, seus clandestinos?! O barco é como se fosse de vocês... Malandros! Não querem um cigarro? Ahn, não fumam! E um gole? Ahn, não bebem! Palavra de honra! Para que é que vocês vivem? Crianças, hein? Pois bem. Vamos falar como homens e não como crianças! Não lhes vou tomar muito tempo, não: temos que decidir isto agora mesmo! Só quero saber que diabo andam vocês arranjando com o capitão para que ele lhes dê de comer! Falem, expliquem-se!

O Rei Leão começou a suar frio.

– Meu senhor... meu caro senhor... Olhe, eu... isto é, nós, nós somos gente de bem, sabe? O capitão Teodoro...

– Para o inferno o capitão Teodoro! Como é? Vocês se explicam ou não se explicam? Mandei-lhes arrumar um escaler, estão ouvindo? Vocês partirão logo mais, sozinhos, estão ouvindo? Miseráveis clandestinos, eis o que vocês são! Eu percebi a manobra, percebi que vocês viraram a cabeça dele. São todos da mesma laia! Nenhum se aproveita, nenhum! Era só o que faltava, nós, os honrados marinheiros, sermos espezinhados – espezinhados, estão ouvindo? – por um capitão doido como vocês, um bêbedo, um irresponsável[ci], um velho mocho caolho!

– Desculpe – aventurou o Rei Leão, chocado –, mas eu não acho direito o senhor xingar o capitão Teodoro de velho mocho caolho. Doido, bêbedo, irresponsável, está certo. Mas velho mocho caolho é demais[cii]!... Nós temos em mira disciplinar este cargueiro, sabe? Não é isso mesmo o que nós temos em mira, cruzado Célio de Castro?

– É isso mesmo – murmurei, ainda com a voz tremente. – Mas... quero dizer... ter em mira é uma coisa e levar a efeito é outra, muito diferente...[ciii]

A face cortada por cicatrizes e mal iluminada do indisciplinado Francisco contorceu-se até formar uma expressão diabólica de ódio. Botou as mãos na cintura.

– Ahn!? Com que então vocês querem declarar guerra a este seu criado? É isso, hein, criancinhas? Pois vocês vão é sair agora mesmo do *Sereia*, tão certo como eu me chamar "Chico da Baía"! E vão embarcar no escaler da popa, de bombordo, onde o camareiro os espera, estão ouvindo? Sou eu quem manda!

O Rei Leão deslizou nas pontas dos pés e postou-se atrás do homem, enquanto eu piscava o olho e, candidamente, inquiria:

– E o senhor pensa que nós lhe obedeceremos? – fiz um sinal com a mão. – Ora! Deixe de ser tolo e caia aqui nos meus braços...

O Rei Leão compreendeu o meu sinal; sua espada desceu com rapidez contra a nuca do marinheiro e, com a pancada, entortou-se toda. Os joelhos do indisciplinado Francisco vergaram e ele tombou, desmaiado, em meus braços. Fui ao chão com o peso (que era maior do que esperava), mas logo me levantei, lépido e satisfeito. O marinheiro rebelde à ordem, no entanto, continuou fora de combate[civ].

– Olhe, eu acho que fiz bem em dar nele, não fiz? – falou o ex-rei da França, desamassando a espada. – Você não me tinha dito para que eu o lembrasse de manter a ordem a bordo, cruzado Célio? Estou lembrando isso, viu? Olhe, não é que eu me queira meter em barulhos, não... mas são três e meia da madrugada e já é tempo de se disciplinar a marinhagem. Ou, pelo menos, de se começar a disciplina...

– E é tempo, também, de se endireitar o capitão! – acrescentou Afonso. – Quando ele deixar de beber, a vida de bordo vai melhorar um pedaço...

– A tripulação daqui a nada está de pé...

– Esperem! – exclamou Roberto Souza, de súbito. – Vocês perceberam as palavras desse sujeito? – apontou com a ponta do pé o homem desacordado. – Ele disse que o camareiro está nos esperando perto do escaler da popa, a bombordo. No meu fraco entender, acho que, já que começamos agindo tão violentamente, devemos levar a violência até ao fim... e botar o camareiro em lugar seguro!

– Estou inteiramente de acordo! – gritou Horácio. – Vamos para o escaler, minha gente!

Antes, porém, o Rei Leão desarmou o indisciplinado Francisco e ele próprio guardou a navalha no bolso. Depois, separou-se da Cruzada e deu volta à coberta, pelo lado de estibordo. Nós outros fomos diretamente para a popa, onde, a bombordo, vimos um escaler sem a lona de proteção.

– É aquele! – sussurrou Afonso. – Cuidado com o camareiro...

– Não há nada, que eu me encarrego dele!

– Você vai é ficar quieto, Horácio! – acudi eu. – Deixemos tudo por conta do Rei Leão. Ele é que é o chefe, e vocês mesmos o proclamaram...

Paramos. Um homenzinho gordo, vestido de linho claro, com o tipo de um descendente de chineses, ergueu-se de um rolo de cordas à nossa aproximação e saudou-nos ironicamente, levando a mão ao boné:

– Viva os senhores cruzados!

– Viva! – respondi, também ironicamente. – Mas, se me permite a indiscrição... É o senhor o camareiro de bordo?

O antipático descendente de orientais jogou ao mar a ponta lambida do cigarro que fumara até ali e respondeu:

– E daí? Eu "fui" o camareiro de bordo!

– Perdão! – pronunciou o Rei Leão, que se apresentara nesse momento bem junto às suas costas. – O senhor "será" o camareiro de bordo!

E largou um golpe de espada na cabeça do homem. Só tivemos o trabalho de levá-lo, sem que ele desse acordo de si, para o porão, onde, depois de lhe extorquirmos um revólver de cabo de madrepérola, o estendemos junto do marinheiro Francisco. E ali ficaram os dois ao lado um do outro, como dois pedaços de pau[cv].

– Os principais responsáveis pela indisciplina estão fora de combate – disse eu. – Mas é necessário amarrá-los, senão eles voam... e promovem um motim a bordo, que nem nas histórias de mestre Aníbal. Tião, trate de passar uma corda nesses dois maus elementos!

O negrinho obedeceu, deixando os prisioneiros feitos num novelo de corda fedorenta. A seguir, o Rei Leão falou com a sua voz esganiçada:

– Agora, a gente deve examinar o problema alcoólico. Olhe, vamos revistar o camarote do capitão Teodoro e quebrar tudo quanto é vidro de bebida. Será para o bem dele mesmo.

– A ideia não é de todo má, não. Mas, se ele estiver dormindo, pode...

– Isso é que serve! – interrompeu Afonso. – Nós aproveitamos ele estar dormindo e...

– ...se ele estiver dormindo, pode acordar e expulsar a gente do *Sereia.* O melhor é esperarmos o dia e, quando o velho sair, o Tião vai lá e sacode as bebidas no mar.

– Esperar o dia? – volveu Afonso, torcendo o nariz. – Qual nada! Fica muito tarde e nós estamos com pressa. Mesmo ele dormindo, o Tião vai lá.

– Ou isso. Também precisamos tratar do resto da marinhagem. São todos uns indisciplinados de marca maior. Eu penso que...

– Você pensa que...?

– Falemos com mestre Aníbal e ele ordenará que a tripulação lave e arrume o cargueiro, acatando de hoje em diante todas as ordens do capitão...

– Mestre Aníbal? Nada disso! Mestre Aníbal só serve mesmo para aperfeiçoar o plano. O próprio capitão ordenará tudo. Assim, a vingança dele será maior...

– Ou isso. E o indisciplinado que não quiser obedecer, fica por conta do Rei Leão!

– Qual Rei Leão! Nós patrulharemos o navio e sapecamos o pau nos rebeldes. Bem. Parece que, assim, está traçado o plano...

– Está traçado o plano – aquiesci eu.

Escusado será dizer que todos os outros cruzados acataram nossas ideias. Esperamos ainda meia hora; depois, saímos em direitura da ponte de comando. Mestre Aníbal cochilava.

Quando sentiu nossa aproximação, o velho lobo do mar ergueu a cabeça; ao reconhecer-nos, seu rosto alargou-se num sorriso de pura amizade. Mestre Aníbal era, não me canso de dizer, o tipo do amigo sincero.

– Acordaram cedo, meus filhos? – perguntou ele.

– É verdade, mestre Aníbal; neste instantinho. E viemos fazer uma conspiraçãozinha na sua presença... e com o seu apoio...

– O quê? Novas ideias revolucionárias? Não me admiro, não. De meninos como vocês tudo se pode esperar...

– É a respeito da disciplina a bordo, mestre Aníbal. Precisamos acabar com as bebedeiras do capitão Teodoro e com a sujeira do *Sereia.* Nós temos um plano...

Mestre Aníbal sorriu[cvi].

– Escuto-os, meus filhos...

Desta forma, combinamos os detalhes do golpe que levaríamos a efeito uma hora depois. O Tião foi imediatamente escalado para a projetada visita à câmara do capitão. E nós outros, armados de cacetes e barras de ferro, dispersamo-nos pelo navio, à espera...

Vou abrir, agora, um parêntese para transcrever duas passagens do Diário de Bordo do Capitão Teodoro, particular, ambas escritas aos 25 de outubro, quase à vista da Montanha[cvii] "Table" de Cape Town. Tomemos conhecimento, em primeiro lugar, do trecho que diz respeito à campanha antialcoólica:

> *"Não existem mais bebidas alcoólicas a bordo. Essa garotada, que, como escrevi na página correspondente ao dia de seu aparecimento, mudou completamente a vida monótona de bordo, jogou os barris ao mar. Não sobrou nem um gole de rum. Meu camarote foi revistado por esses diabinhos em forma de gente e até descobriram a garrafa de* whisky *trancada no cofre forte. Acordei às quatro e quinze, sedento, e tive de beber essa água choca do porão. Os meninos têm boas intenções, lá isso têm, mas ignoram que, quando se pega um vício, não se quer largar mais... A Cidade do Cabo está próxima e sei que lá vendem um* brandy *formidável. Talvez as coisas endireitem... Dois meninos apareceram em meu camarote, às quatro e meia, e obrigaram-me a subir à ponte de comando. Eu sentia mesmo vontade de dar*

uma ordem qualquer. A tripulação tem abusado, e já era tempo de eu ficar mais regrado e mais enérgico na minha conduta. Acostumando a língua, a água choca não sabe mal. E mata a sede! Nunca pensei que água choca matasse a sede! Mas como não existem outras bebidas a bordo..."

Agora vejamos a passagem do Diário de Bordo que assinala a volta da disciplina ao cargueiro. Ei-la, copiada por mim mesmo do manuscrito original do nosso comandante:

"A tripulação estava toda acordada e começava a aparecer, saindo de suas câmaras para o corredor escuro de estibordo. Os meninos que me foram chamar pediram que eu esperasse a chegada do chefe da Cruzada da Salvação. Depois – acrescentaram –, eu deveria assumir seriamente o comando de meu próprio barco! Na ponte de comando apenas estava o piloto Aníbal, o meu velho camarada Aníbal, que me fez uma continência. Devia estar embriagado, para fazer tal coisa. Ou então é porque eu não o estou mais. Bom Deus! Há quanto tempo que ninguém me fazia continência! Com certeza o resto da tripulação também vai me receber com todas as honras... Esperei o chefe da rapaziada conversando com o piloto. Recordamos coisas passadas, o naufrágio do Capitão Euzébio, *a surra que apanhamos um dia em Porto Alegre... Notei que ele respeita muito o pessoal da Cruzada da Salvação e isto me alegrou, porque alguma coisa me diz que esse pessoal, ingenuamente, vai endireitar o* Sereia. *Um dos meus marinheiros, porém, causa-me inquietação: é o Francisco da Baía. Ele poderá fazer alguma judiação com os meninos. Tão pronto cheguemos a Cape Town, vou entregá-lo às autoridades marítimas inglesas. Será que elas o receberão? Esse sujeito é um perigo vivo, alerta. Tenho medo dele.*

O chefe da Cruzada da Salvação, como já tive ocasião de dizer à página 129, é aquele mulato excentricamente vestido, de capa e espada. Veio ter comigo na ponte de comando e disse-me que todos estavam a postos. Não compreendi bem o alcance dessas palavras. Então, ele explicou-me que os cabeças da revolta tinham sido aprisionados e que a Cruzada queria conhecer o resto dos indisciplinados para lhes meter o pau no lombo. Senti um calafrio. Pensando bem, eu próprio tenho sido mais ou menos indisciplinado... Mas espero agradar aos rapazes e livrar o lombo da surra. O Rei Leão (os meninos chamam o chefe de Rei Leão) pediu-me que ditasse algumas ordens estapafúrdias no porta-voz da casa das máquinas. O mar estava sereno[cviii]*. Dei ordem para aumentarem a marcha para dez milhas, orçarem, cortarem a corrida e fazerem marcha a ré, com pena de rebentarem as caldeiras. O pessoal da casa das máquinas obedeceu de pronto, com rara maestria. Gritei, então, para voltarem às nove milhas à proa. Minutos depois de executadas essas manobras, o chefe dos maquinistas, o meu velho chefe Teixeira, surgiu na coberta e veio dar-me os bons dias e avisar-me de que todos os trabalhadores*[cix]*da casa das máquinas haviam soltado um "hurra" em regozijo pela minha volta à ponte de comando. Agradeci a gentileza e o fiel camarada voltou ao calor dos porões.*

O piloto Aníbal estava com uma pistola na mão, ao meu lado, e o Rei Leão percorria o tombadilho[cx]*, sussurrando coisas aos ouvidos*[cxi] *de seus amiguinhos, que estavam todos armados de estacas e chaves-inglesas. Eu estremeci, palavra, com medo da bonança reinante a bordo. Eis que o Rei Leão volta para pé de mim e me diz:*

– "Agora o senhor comandante dê ordem para que a marinhagem se reúna no tombadilho e vá passar-lhe revista."

– "Não há perigo em ir?" – perguntei.

– "Nenhum perigo" – respondeu-me. – "O Roberto, que é dos nossos, revistou-lhes as câmaras e arrecadou-lhes as armas..."

– "Está bem" – resolvi. – "Farei o que vocês quiserem, já que aquele diabo do Francisco está preso e o camareiro Manuel também foi posto fora de combate..."

Dei, então, ordem para que a tripulação se reunisse no tombadilho. Os marinheiros obedeceram, sob a contínua vigilância da garotada. Percebi que alguns deles estavam irritados, naturalmente pelo fato de lhes ter desaparecido as facas. Só faltavam três: Francisco, o camareiro Manuel e um outro camarada. Soube depois que este último recusara-se a atender à minha ordem e que os cruzados lhe haviam partido a cabeça de pancada. Não gostei da falta de cuidado de alguns tripulantes em vestir a blusa e obriguei-os a se ajeitarem. Resmungaram, mas cumpriram a obrigação. Cada vez eu sentia mais vontade de dar ordens e mais ordens àqueles indisciplinados. Pedi a um deles que tirasse o cigarro da boca; ele grunhiu um desaforo e não satisfez o meu pedido. Acertei-lhe um tapa[cxii] *na boca e fi-lo engolir o desaforo junto com o cigarro. Em troca, apanhei uma dúzia de cascudos*[cxiii]*, que revidei na mesma altura. Logo, com a intervenção da Cruzada da Salvação, restabeleceu-se a ordem. O Rei Leão veio de novo até mim e me disse:*

– "Senhor comandante! Agora, suba à ponte de comando e faça um discurso, para ver se os acalma e consegue uma disciplina bondosa ao invés desta, tão violenta. Olhe, diga algumas piadas e cite os tempos passados, talvez surta efeito..."

Aquiesci e comecei o discurso. As palavras vinham a meus lábios quase sem fazer força. E, à medida que eu falava, mais vontade tinha de falar. Ao princípio, a tripulação ouviu resmungando. Quando comecei dizendo que parte da culpa me cabia a mim e ao álcool, o pessoal deu para sorrir. Ainda aludi à prisão de Francisco, "o miserável facínora[cxiv] *que queria a ruína do* Sereia *e da sua nobre tripulação", e acabei o discurso*[cxv] *com as seguintes palavras:*

– "Que um novo regime de ordem e tranquilidade dite os nossos atos! Aqui nada mais somos do que um pequeno povo lutando, entre o céu e o mar[cxvi]*, pelo seu próprio interesse! Comprometo-me a deixar a bebida, mas vocês devem comprometer-se a deixar a malandragem! A disciplina é a base de tudo. Vamos! Quem estiver de acordo comigo, venha apertar-me a mão. Estou ao dispor de vocês todos, camaradas!"*

Um a um, os tripulantes, numa atitude contrita e amigável, vieram estreitar minhas mãos. Apenas três ficaram no mesmo lugar. Então, ao vê-los irresolutos, os marinheiros chamaram:

– "Pedro! Oliveira! Baldo! Como é? Vocês querem...?"

– "Não, não queremos..." – responderam os três, amedrontados.

E vieram correndo apertar-me a mão, porque seus próprios companheiros já estavam arregaçando as mangas da blusa... As revoltas são assim mesmo: os revoltosos comem os legalistas e depois acabam se comendo mutuamente... Ao fim de tudo, eu sei é que fui carregado em triunfo. Em seguida, a pedido da rapaziada da Cruzada da Salvação, subi à ponte de comando e ordenei com voz peremptória:

– "Pedro! Oliveira! Baldo! Vão buscar água! Tragam o material de baldeação. Vocês todos, meus velhos camaradas[cxvii]*, vão embelezar o* Sereia *e deixá-lo feito um brinco antes de chegarmos a Cape Town! Mãos à obra!"*

Julguei que hesitassem e que aquela demonstração de fraternidade fosse fogo de palha. Mas falhei neste julgamento: os três rebeldes regenerados foram, ligeiros como pardais, buscar os baldes, as esponjas e as vassouras. E toda a tripulação atirou-se com denodo à baldeação, rindo, assobiando e cantando a minha balada predileta:[cxviii]

"A sereia é a dona destes mares,

Ao luar seu cabelo de desata.

Vem, sereia, senhora destes mares,

vem sarar a saudade que me mata!"[cxix]

O Rei Leão e o piloto Aníbal conversavam junto da bitácula. O resto da Cruzada da Salvação brincava, correndo, na coberta. Tudo entrara nos eixos. Tudo era paz e harmonia[cxx]*. Com o coração leve como o de uma juriti, encaminhei-me para o tombadilho, e daí para a minha câmara, entre continências da marujada. Pus a mão no fecho da porta e escutei com o ouvido adornado: alguém estava dentro do meu camarote, mexendo nas minhas bagagens! Um acesso de raiva invadiu-me o peito. Escancarei a porta. Mas a imprecação que ia soltar morreu-me nos lábios: perto da minha cama, que estava arrumada com cuidado, o camareiro Manuel fazia continência e piscava*[cxxi] *os olhos ligeiramente oblíquos.*

– "Com mil tubarões!" – exclamei. – "Que quer você, Manuel?"

– "Bom dia, seu *capitão" – respondeu, cortesmente. – "Estou trabalhando como de costume,* seu *capitão... O senhor não vai botar os sapatos de verniz para a chegada a Cape Town?"*

– "Bem... bem..." – resmunguei, ainda meio admirado daquela rápida capitulação.

Tirei o meu cachimbo de espuma-do-mar[60] [cxxii] *do fundo da gaveta do armário, ataquei-o e acendi-o à chama de um fósforo. Fiquei soltando baforadas sobre baforadas, deleitado e modorrento. O camareiro ia e vinha pelo camarote, atarefado com a limpeza mais cuidadosa do mundo. "Com os diabos!" – pensei com meus próprios botões – "jamais vi maior falta de vergonha*[cxxiii]*! Não é que este rebelde está brunindo*[61] *os metais de meu beliche?!". Então, recordei a minha vida antiga – calma, feliz, de bebedor moderado*[cxxiv] *– e as anteriores visitas feitas a Cape Town e a seus centros elegantes... Soltei um berro:*

– "Manuel! Venha cá, seu focinho chinês, e tire-me as botas! A disciplina é a base de tudo!"

E, quando o camareiro, pressuroso e diligente, curvou-se aos meus pés, dei-lhe umas palmadinhas no ombro, coisa que nunca em minha vida fizera a nenhum de meus subordinados!..."

Assim acabaram a indisciplina a bordo do cargueiro *Sereia* e o parêntese que abri para os trechos do "Diário de Bordo do Capitão Teodoro". Apenas Francisco, o indisciplinado Francisco, continuava preso no porão – e isto porque ele nos infundia um terror inconcebível. Poucos momentos depois da nossa vistoria, o capitão Teodoro tinha dito:

– Chegados a Cape Town, vou entregar Francisco às autoridades judiciárias coloniais. Creio que basta a minha palavra para condená-lo, mas, se não bastar, mostro-lhes o "Diário de Navegação" e a relação dos tripulantes, onde o nome de Francisco está seguido de algumas palavras pouco airosas para a sua conduta. Ele foi malandro e ladrão antes de se fazer marinheiro. O que nasce torto, tarde ou nunca endireita...

Foi com esta profecia do comandante na cabeça que desci, sem ser visto, ao porão, disposto a inteirar Francisco do destino que o esperava. Com enorme surpresa, constatei que o indisciplinado não estava sozinho: acompanhava-o o professor de egiptologia, Gabriel Wodlinghou-

60 Nota do Org.: **Espuma-do-mar:** nome de mineral usado na fabricação de cachimbos.

61 Nota do Org.: **Brunir:** polir, lustrar.

se. Ocultando-me atrás de uns sacos, logrei chegar até perto dos dois sem que minha presença fosse "sentida". O professor falava nesse momento:

– *Well*, o senhor tem realmente a certeza do que o senhor disse? Eu lhe agradeceria se tivesse a certeza, porque eu ficaria muito contente...

– Tenho certeza, sim, tenho a pura certeza! Pois se eu vi! O nosso barco parou e içaram a coisa para o convés. Era um cálice de madeira com uma porção de cortes esquisitos. E o capitão disse que era do Egito...

– Mas... *well*... as correntes marítimas...

– Qual nada! Garanto que o cálice subiu à superfície naquele instante. Se o senhor visse a força com que ele emergiu! Veio das profundas, aposto! Subiu com tanta força que deu um pulo de meio metro acima do nível d'água! Foi ali mesmo, sim, e eu aposto...

– Um momento! – interrompeu o professor de egiptologia, tossindo e empunhando papel e lápis. – Eu vou escrever para depois não esquecer... *Well*, onde foi realmente?

– O senhor tem um mapa? Bem. Estenda-o aqui no chão. Bem. Foi ali, a leste da Ilha do Grande Coco[cxxv]. No meio do Índico, como lhe disse...

– No meio do Índico? Muito, muito interessante! No meio do Índico... Eu agradeço-lhe as informações. Eu estou a pensar...

Vendo que o professor se dirigia para a escada de saída, o indisciplinado Francisco teve um sobressalto e retesou-se todo, forçando as cordas que o subjugavam.

– Espere! E eu? Não vai me desamarrar?

– Desamarrar? – repetiu o professor, voltando-se e pondo as lunetas. – Desamarrar? *By* Ménès[cxxvi]! Eu não amarrei o senhor...

– Que diabo é isso?! O senhor tinha prometido me desamarrar se eu lhe esclarecesse qualquer coisa a respeito da ilha desse Timeus, Timioeus ou o diabo que seja!

– Mas eu não fiquei esclarecido! Eu fiquei mais atrapalhado ainda... No meio do Índico! *Well*, eu vou embora, que eu preciso estudar o papiro "Anastasi II", "Regozijos por ocasião da volta de Menephtah I". Eu aprecio os papiros do gênero lírico, dos quais tenho fiéis cópias...

Aí, o indisciplinado Francisco não aguentou mais e abriu a língua:

– Miserável diabo gringo! – gritou ele. – Velho cachorro pelado! Você me paga, animal! Bode caduco! Bode caduco! Bode caduco!

O professor Gabriel Wodlinghouse, que já estava trepado na escadinha da escotilha, voltou-se indignado:

– Cale a sua boca! Eu não sou bode caduco! Olhe que eu faço queixa ao capitão e ele mata o senhor! *By* Ménès! Eu não sou bode caduco, eu sou o professor Gabriel Wodlinghouse!

E desapareceu pela escotilha.

– Bom dia, senhor Francisco – disse eu, aparecendo então. – Manhã movimentada esta, não é verdade? E a ordem venceu, não é verdade? Que me diz a isto, senhor Francisco?

A fisionomia colérica do indisciplinado foi se mudando, se mudando, se mudando, até ceder lugar a uma expressão de pura tristeza. Murmurou, com a voz mais humilde que um marítimo pode usar, enquanto me olhava de soslaio:

– Juro como não entendo nada disto, querido menino... Que houve a bordo? Por que me amarraram? Estou feito prisioneiro? Calcule! Eu cheguei a dizer para mim mesmo: "Chico, abre o olho! Aqueles meninos te enganaram também...". Um pensamento horrível, não acha? Ah! Pobre de mim, pobre de mim! Pobre do velho "Chico da Baía"!

– Afinal, por que o senhor se lastima?

– Não havia de me lastimar?! – as palavras do homem tornaram-se cheias de calor. – Vida de cachorro é o que é esta minha vida! Sou sozinho no mundo, não tenho ninguém que pense em mim, que me compreenda... sou o ente mais infeliz que o céu cobre! Infeliz que eu sou! Nenhuma alma me auxilia, só me batem, me enganam, me escorraçam...

– Você não quis acatar as ordens do capitão!

– Eu não quis acatar as ordens? Querido menino, pense, compreenda! Veja, você já é um homem e deve conhecer as desgraças que alquebrantam[62] o ânimo dos homens... Eu sempre vivi espezinhado... como se fora um réptil... como se fora um farrapo. A tripulação fez de mim

62 Nota do Org.: **Alquebrantar:** quebrar, abalar, abater.

o que queria... Que era eu? Diga-me: que era eu? Um nada! Eu nunca passei de um nada. Tenho vivido muito, tenho sofrido muito... Você é homem feito e deve olhar para estas coisas acabrunhantes. Veja o estado em que estou... Um estado lastimável, não é exato? Poderei eu fazer algum mal? Diga-me: poderei eu fazer algum mal?

– O capitão Teodoro é quem manda e ele acha que você é um sujeito torto, que tarde ou nunca endireita...

– Tem razão, tem toda a razão! O velho Teodoro é o melhor capitão que existe nos sete mares! Palavra de honra! Você gosta dele e tem razão de gostar... Sim, senhor, tem toda a razão! É pena ele abusar da bebida. Bebe que nem um peru!

– Bebia. Não bebe mais.

– Exatamente! Você agora disse tudo: não bebe mais! E vocês gostam dele... Eu o invejo, porque de mim ninguém gosta – ninguém! Ah! Por que Deus me teria botado no mundo? Sou o ente mais afastado de Deus, querido menino. Pobre do velho Francisco...!

– É, sim, você não tem sido nada feliz...

– Nada de nada de nada! Veja, querido menino: tenho mulher e filhos no Brasil, todos na miséria, apenas sustentados pelo meu soldo de marinheiro. E agora me sucede uma desgraça destas! O capitão Teodoro terá razão de me despedir: todos me acusam... E minha pobre mulher, e meus inocentes filhinhos...! Oh, como a vida é cruel! Eles vão morrer de fome negra, os meus pobres filhinhos inocentes...

– Coitadinhos...

– Os inocentes, os castos, os puros! Tudo por minha culpa exclusiva! Meu Deus! Se ainda houvesse um jeito, eu me regeneraria...

– Você voltaria ao bom caminho? Duvido muito.

– Fui uma vítima das circunstâncias, querido menino. Apelo para o seu bom coração, pois sei que você tem um coração de ouro[cxxvii]... Oh, salve-me! Salve meus pobres filhinhos!

– Como vou salvá-lo, senhor Francisco? Não vejo nenhum jeito...

– Solte estas cordas, peça compaixão ao comandante, desculpem meus erros humanos! Ah, esta vida ingrata! Meus filhinhos... Solte-me! Solte um pai que chora... chora... chora...

E começou chorando mesmo. Hesitei, com a mão no canivete. Mas seu choro era de cortar o coração da gente. Capitulei. E, com a lâmina de apontar lápis, cortei as cordas que o tolhiam. Aí ele segurou minha mão entre as suas e aproximou seus lábios da minha testa.

– Solto-o – disse eu, emocionado –, mas lavo as mãos como Pilatos...

E o bandido[cxxviii] beijou-me como Judas!

Capítulo II

O HOMEM DA NAVALHA

Crime com testemunha – Papeladas em Cape Town – À busca de Francisco[cxxix]

Ao entardecer, o vigia da gávea avistou terra no horizonte. Foi uma festa de arromba a bordo do cargueiro. A terra em questão era a África, que se aproximava; para nós, cruzados, meio caminho feito na busca das ilhas de Sonda. O capitão Teodoro, satisfeitíssimo, envergando a sua melhor farda branca, apareceu no tombadilho e ficou palestrando conosco até às nove horas da noite. Cape Town, a Cidade do Cabo, ainda ficava a algumas milhas de distância e o comandante resolveu que ancoraríamos, de madrugada, ao lado de um navio de passageiros ali fundeado. Em seguida, subiu à ponte de comando, falou um bocado com o mestre Aníbal e deu várias ordens no bocal da casa das máquinas. A marcha do cargueiro baixou para sete milhas e meia. Pegando uma oportunidade de jeito, chamei o capitão, em particular, e contei-lhe, medrosamente, que soltara Francisco. O velho Teodoro levou as mãos à cabeça.

– Você soltou Francisco? Bom Deus, bom Deus, você soltou Francisco!

– Ele disse que se regeneraria – desculpei-me. – Ele disse que nunca mais na vida dele...

– Disse! E você acreditou no que ele disse, meu menino? Bom Deus! Como teve a ousadia de soltá-lo? E onde está ele agora, com todos os diabos?

– Está por aí... Perdoe-me, senhor capitão. Tenha piedade do coitado do Francisco...[cxxx] Ele tem mulher e filhos no Brasil, e um desses filhos é aleijado da perna direita!...

– Filho aleijado da perna direita?!

– E um outro acho eu que tem um olho de vidro e está quase cego, o pobrezinho... E vão ficar na miséria... Piedade! Piedade!

O capitão franziu a testa[cxxxi] e tornou a levar as mãos à cabeça.

– Mulher e filhos doentes no Brasil? Bom Deus! Quem lhe impingiu tamanha mentira?

– Mentira, não senhor. Foi ele mesmo quem falou!

– Pois ele mesmo lhe mentiu! Fez você de bobo! Ele nunca se casou, nem no Brasil, nem na China! O miserável enganou-o para que você o libertasse.E agora... agora, sabe Deus onde estará de tocaia!

– Enganou-me? E eu que pensava...

– Vocês, crianças, são muito frágeis de coração e qualquer conversa chorosa os comove. A prova aí está: você deu a liberdade a Francisco, você deu a forquilha a Satanás!

– Mas ele está desarmado...

– Que importa? Amanhã estará com uma navalha de novo e matará todo mundo a bordo. Compreendeu? Ninguém escapa à sua vingança!

– Ninguém escapa?... Que quer o senhor dizer?

– Quero dizer isto mesmo. Estamos com o pé na cova, é o que eu quero dizer! Que mil tubarões me engulam se chegamos a ver o sol de sexta-feira! Que idiotice você cometeu, meu menino! Você é o maior idiota do mundo, depois desse sujeito que pensa ter sido rei da França!

Senti que corava, envergonhado, e respondi com voz sumida:

– Sou, sim, senhor capitão... Agora é que estou vendo que fui mesmo muito idiota. Que é que a gente vai fazer?

– Veja, ao menos, se descobre onde esse diabo se meteu. Precisamos matá-lo, antes que ele nos mate!

– Matá-lo, antes que ele nos mate?! Vou parlamentar, quero dizer, falar com o Rei Leão e ele manda a espada nele. Não gosto mais de Francisco, que é um mentiroso sem coração! E eu acreditando que tivesse mulher e filhos!... Ah, ele me paga! Ele me paga, tão certo como dois e dois serem quatro!

– Bem, eu vou dando o fora, antes que suceda alguma coisa por aqui. Não se esqueça, ouviu? Procure Francisco e... não! Peça ao Aníbal que o mate, porque não fica direito crianças matando por aí gente grande... Boa noite, grumete!

E o capitão Teodoro, com o olho falso muito dilatado e o cachimbo fumegando que nem a chaminé do *Sereia*, esgueirou-se, colado aos tabiques, até a sua câmara. Perscrutou as cercanias e entrou, batendo a porta. Tenho a certeza de que ia preparado para uma insônia...

– Procurar Francisco? – monologuei eu. – Não, decididamente não me meto mais com esse indisciplinado satanás e embusteiro!

Só então dei conta de que estava sozinho no convés. A noite, escura e densa, envolvia o barco por todos os lados. Não pude reprimir um movimento de susto; logo deitei a correr para a escotilha do porão, berrando que um demônio invisível andava solto pelo *Sereia*.

Malgrado o medo que me possuía, nessa noite dormi como um justo. De manhã, ao acordarmos[cxxxii], estávamos em águas africanas, ancorados em frente ao porto da Cidade do Cabo. Espiando pela vigia de bombordo, enxerguei o navio de passageiros a que já me referi: estava amarrado (com as duas âncoras submersas) de popa para nós. O mar era bastante escuro e, mais para a beira do cais, tinha uma porção de manchas de óleo, as quais minha retina e o jogo de luz da manhã faziam multicores[cxxxiii]. Amanhecia. Na coberta, acima das nossas cabeças, recrudescia o surdo barulho de passos. Afonso alvitrou:

– Vamos para o tombadilho, pessoal? De lá nós vemos melhor o resto do amanhecer... Que é que vocês acham?[cxxxiv]

Subimos. Os tripulantes corriam de um lado para outro, feitos num bando de baratas tontas. O piloto Aníbal pensava, com os braços cruzados e o queixo apoiado na roda do leme. A seu lado, o capitão Teodoro falava qualquer coisa, fazendo largos gestos, com as feições transtornadas[cxxxv] e o olho de vidro arregalado.

– Que será que houve, gentes? – perguntou o Tião. – Me parece que... Que será?

Não lhe respondemos, nem sequer olhamos para ele. Roberto Souza percebeu qualquer anormalidade; empalideceu, arredondou os olhos e correu no rumo da ponte de comando. Chispamos atrás dele, aflitos, temendo o mistério de não sabermos o que temer.

– Que aconteceu, senhor capitão? – era Roberto que interpelava o dono do *Sereia*. – Houve algum acontecimento de importância a bordo? Se não houve, parece.

O capitão Teodoro olhos para nós e, fixando-me particularmente, redarguiu:

– O homem da navalha cometeu um crime!

– *O homem da navalha?!*

Não posso contar direito o que foi que, meio angústia e meio terror, correu pelo meu corpo. Parecia um formigueiro[cxxxvi]. Certamente fiquei branco como o papel deste livro[cxxxvii], pois Roberto Souza fuzilou-me com o olhar e:

– Que sabe você a respeito desse homem da navalha? – interrogou. – Não pode ser Francisco. Ele está... ele estava...

– É o Francisco, sim. Eu... eu o soltei, por causa do filho dele, que é um pobre paralítico. Pelo menos foi o que ele me disse...

– Você o soltou? – exclamou Roberto, ao mesmo tempo que os outros cruzados todos. – Você... você... Meu Deus do céu! – trovejou, ainda, Roberto. – Então o tal demônio solto no cargueiro era Francisco? E eu julgando que fosse uma brincadeira sua! Você é... positivamente, você é...

– Calma, minha gente, calma no Brasil! – interpôs-se o comandante, vendo que aquilo podia acabar em briga[cxxxviii]. – Levemos tudo com calma e disciplina. Não paga a pena discutir, que diabo! Temos que encontrar Francisco antes que ele nos encontre... antes que ele seja a única pessoa viva neste navio! Eu tive sorte, não tive? Podia começar por mim...

– Afinal, quem foi a vítima? – perguntei eu, para dizer alguma coisa.

O capitão Teodoro respondeu:

– Foi o camareiro Manuel. Se vocês vissem! Encontraram-no no corredor de estibordo, estendido de bruços, com o gasganete[63] cortado como o de uma galinha... Como estava junto da escada que comunica com os beliches dos oficiais, penso que montava guarda à minha porta, o pobre Manuel, e morreu, na certa, defendendo a minha vida...

– Bem que ele se passou logo para o nosso lado! Era um bravo que Francisco quis perder. Ninguém assistiu à... como direi?... à execução, senhor comandante?

---

63 Nota do Org.: **Gasganete:** garganta, goela.

– Infelizmente, ninguém!

– *Well* – pronunciou alguém, que se ocultara atrás do castelo da proa. – Desculpem-me, meus amiguinhos... Eu acho que eu sou... como é que se diz?... eu sou testemunha "oculista"...

E o professor de egiptologia adiantou alguns passos, cruzou os braços e tomou uma atitude elegante. Sua calva luzia e reluzia à luz, porque ele, meio curvado de espinha como era, fazia grandes esforços para se conservar direito em linha vertical[cxxxix]. Vestia a mesma roupa que tinha ao ser salvo do mar – uma roupa preta, de corte inglês: casaco surrado e pequeno, colete de fantasia[64] e calça justa às pernas magríssimas.

– É sério o que me diz? – rosnou o capitão. – Se pensa que eu estou bêbedo, está muito mal enganado! Quero que andem direito comigo, ouviram? Responda, professor ou o que o senhor é! É sério o que me diz?

O professor titubeou, meio assarapantado.[65]

– Eu... eu assisti no escuro... Eu reconheci... *well*, eu julguei reconhecer as espáduas desse senhor Francisco, quando ele deu o golpe...

– Quando ele deu o golpe? – repetimos, emocionados.

– Certamente. Eu vi ele matar...[cxl] Os senhores não viram? Ele vinha vindo com a navalha de barbear na mão... assim... e eu estava a espreitar... assim... pela porta do meu beliche. Eu estava nervoso de ver aquilo... Então, o chinês percebeu e ia gritar... assim... mas não gritou... *Well*, o senhor Francisco desceu as escadas, fez assim... zim-bim-tloc... cortou-lhe o pescoço... e saiu correndo... e eu, movido por um impulso humano, corri também... *well*... pelo corredor oposto. Eu fui acabar a noite sobre um rolo de cordas...

– Compreendo o seu susto – disse o capitão, enchendo a boca com a fumaça do cachimbo. – Seria mesmo Francisco?

– Era, sim. *Well*, eu opino que era um marinheiro, pelo menos...

– Muito obrigado pelas informações – agradeceu o Rei Leão, que até ali se contentara em ouvir calado. – Olhe, professor. Nós ficamos na mesma, se quer que lhe diga...

---

64 Nota do Org.: **Colete de fantasia:** colete abotoado normalmente (no caso de homens) vestido sob o terno ou blazer.

65 Nota do Org.: **Assarapantado:** atrapalhado, atordoado.

– Bom Deus! – tornou o capitão Teodoro, assustado. – Vamos tomar uma decisão. Isto assim não pode continuar! Escutem, grumetes: no meu camarote existe uma caixa de madeira cheia de revólveres e de munições. Nesta hora melindrosa, em que a nossa vida está presa por um fio, só tenho confiança em vocês, meus meninos! Vão lá, peguem nas armas e... Sabem manejar revólveres de tambor?

– O senhor quer dizer revólveres *Smith and Wesson*? Conhecemos, sim senhor... Não sabemos manejar, não senhor...

– Pouco importa, contanto que saibam apertar o gatilho... O resto é por conta da sorte. Pois bem. Vocês irão ao meu camarote, um de cada vez, para não dar nas vistas... Armem-se e patrulhem o *Sereia* da popa à proa e de bombordo a estibordo, fazendo o possível por encontrar Francisco... Quem o encontrar ganha um doce que eu trarei de Cape Town...

– Mas, agora, que vai fazer o senhor?

– Eu? Vou imediatamente para terra, apresentar-me às autoridades do porto e mostrar a minha documentação. Ficarei lá até amanhã, enquanto o pessoal das docas descarrega o porão... É verdade! Vocês, meus meninos, precisam se esconder quando fizerem revista a bordo, coisa que não demora... E senhor, professor ou o que o senhor é? Vai desembarcar? Estamos em sua pátria, por assim dizer...

– Não, eu não desembarco nem tampouco escondo-me. Eu falo com as autoridades... com meu amigo Gordon, que é superintendente. Eu vivi em Cape Town cinco anos, a explorar aquela montanha – e apontou a Montanha da Mesa. – Eu pago ao senhor a minha passagem até a Sonda...

– Até a Sonda? – estribilhamos nós, os cruzados, boquiabertos pela admiração.

– Até a Sonda, certamente. O capitão vai levar-nos até a Sonda no seu barco, depois de desembarcar as mercadorias aqui...

– Como é que o senhor descobriu o meu segredo?! – bramiu o velho Teodoro, levando as mãos à cabeça. – Com mil trovoadas[cxli]! Eu sonhei falando ou o senhor é clarividente, se faz o favor de me dizer? Isso era um segredo, compreende? Era uma surpresa que prometi à Cruzada da Salvação!

– Eu compreendo – assentiu o professor, calmamente[cxlii]. – Quer saber? *Well*, eu descobri o segredo porque o senhor não mandou desembarcar os meninos que querem ir a Sonda... Eu peço desculpas.

– Está desculpado. Mas, para outra vez, não repita isso, ouviu? Com mil diabos[cxliii]! Nem no meu próprio barco[cxliv] posso ter um segredo! Mudando de conversa: vou mandar que desçam ao mar um escaler com o corpo do pobre Manuel. Irei, juntamente, para terra. Quando os guardas[cxlv] chegarem, você, meu velho Aníbal, fale com eles... Volto amanhã. Tomem cuidado na hora do descarregamento... Aníbal! Dirija a amarração do *Sereia*; uma âncora apenas não aguenta... Bem, meus meninos, façam o que eu lhes disse a respeito das armas... Até amanhã. Aníbal! Não se esqueça da outra âncora! Meus meninos, as armas devem ser apanhadas com cuidado... Até amanhã!

Apertou as mãos de todos e foi dar ordens na boca do barco. Nós outros ficamos debruçados na amurada, quedos[66] e mudos. O cadáver do camareiro foi descido, por meio do cabrestante, até ao escaler que flutuava; depois, o capitão Teodoro e dois auxiliares embarcaram... e o escaler afastou-se sob a força de dois pares de remos, em voga picada.[67] O seguinte ruído, que nos despertou da ensimesmação em que estávamos, foi o da âncora raspando nos escovéns e na raposa de ferro.[68] Esta segunda âncora mergulhou n'água com um "glu-glu" e prendeu-se a vinte ou trinta braças de profundidade. Na ponte de comando, mestre Aníbal sentou-se, com um suspiro, junto à bitácula e começou[cxlvi] a lubrificar cuidadosamente o revólver.

– Lá se foi o capitão! – disse Afonso. – E nós, hein? Vamos ou não vamos buscar as pistolas? Meu Deus! Creio que é contra a religião a gente pensar em matar os outros, mas... O capitão disse, não foi?

– Foi. Não podemos voltar atrás...

– Pois então vamos buscar as pistolas. Quem vai primeiro?

Roberto Souza disse que iria ele. E, assobiando despreocupadamente, dirigiu-se para a câmara do capitão, ao alto da ponte de comando. Ninguém o observava, de modo que entrou sem sobressaltos. Dois minutos depois, voltou para junto de nós. Enchemo-lo de perguntas.

---

66 Nota do Org.: **Quedo:** mesmo que "quieto".

67 Nota do Org.: **Voga picada:** expressão marítima para "ritmo rápido, exaustivo".

68 nota do Org.: **Raposa:** nome, em navios antigos, para as saliências de ferro ou madeira do costado onde descansam as unhas da âncora.

– É verdade – respondeu. – Existe lá dentro um verdadeiro arsenal de pistolas, numa caixa de madeira. Contei doze armas e tirei duas. Mas, como nós somos sete...

– Cada um tira duas! – disse Afonso.

– Não pode ser – retrucou o *Condor*. – Se cada um tirasse duas, precisávamos de quatorze! O melhor é a gente comprar mais dois revólveres a qualquer desses marinheiros, não acham?

– Que esperança! Aqui não se vende nada; além disso, o capitão não havia de gostar. A melhor solução é o Tião ficar sem armas. Ele é muito bobo e pode se machucar...

– Está feito. Quem vai, agora, buscar outra arma?

– Vou eu! – anunciou Afonso.

E foi. Depois dele, foi Horácio; depois de Horácio, foi o *Condor*; depois do *Condor*, fui eu; depois de mim, e por último, foi o Rei Leão.

– Eis como vocês estão em pé de guerra – disse, ao fim, o professor Gabriel Wodlinghouse, que observava nossos manejos na surdina. – Eu quero, porém, avisar-lhes uma coisa: usem o menos possível essas armas, para evitar... *well*, para evitar acidentes.

– Não há nada que eu sei atirar! – replicou Horácio, ofendido.

– *Well*, eu não estou dizendo... Eu estou avisando, porque é difícil o manejo de uma arma tão grande com u'a mão tão pequenina...

– Muito obrigado pelo seu aviso, mas nossas mãos são suficientemente grandes para matar um sujeito ruim como Francisco!

– Vocês sabem onde encontrar o senhor Francisco? – retorquiu o professor de egiptologia, mudando, assim, o rumo da conversa.

– Ainda não. Mas, na hora da onça beber água, nós saberemos!

– Eu, porém, sei onde encontrar o senhor Francisco!

– O senhor sabe, professor? – acudiu Afonso.

– Eu sei, certamente. Eu deduzi, valendo-me dos processos de Sherlock Holmes, e eu calculo que... *well*... que... É melhor eu não contar!

– Conte, professor! – implorou Afonso. – Conte que só assim a gente pega o bicho de uma vez...

– Oportunamente, eu lhes contarei. Agora, eu queria perguntar uma coisa ao senhor piloto Aníbal...

– Pois pergunte! – disse este, que ouvia a conversa sem se fazer notado.

– Eu queria perguntar-lhe – começou o egiptólogo, tossindo e botando a mão na boca – por que o capitão Teodoro não age conforme as leis náuticas estabelecidas. Eu queria saber por que ele não atracou ao cais, por que ele não esperou o piloto na entrada da barra, por que ele não aguarda as autoridades que aí vêm, por que ele vai a Sonda sem licença especial, por que ele...

– Ora, *seu* professor! Se o senhor vai atrás do que o velho faz e manda fazer, acaba maluco! Todo mundo conhece as excentricidades do capitão Teodoro. Conhece e admite. Mas, no fundo, é um ótimo comandante. Acha que o fato de não atracar naquele imundo cais é contra a lei?

– Eu ignoro a lei. Eu não estou dizendo, porém... Eu fiquei amigo do capitão desde que ele salvou minha vida. Muitíssimo amigo!

– Então, basta por hoje. Olhem! Eis que chegam as autoridades marítimas, naquela lancha... Deem o fora, meus filhos!

Obedecemos prontamente. Escondidos no porão, daí a pouco ouvimos a polícia marítima conversando em inglês com o professor Wodlinghouse e com o mestre Aníbal. Não fomos descobertos. Mais tarde, enquanto aguardávamos a chegada dos barcos que descarregariam o *Sereia*, o professor de egiptologia contou-nos uma história da XI dinastia do Egito, já no Período do Antigo Império Apeano, a qual era precisamente uma dinastia de Manethon, formada pelos príncipes apeanos. Essa dinastia interessava ao professor devido a um dos seus dezesseis reis, Entew Aa I, que mandara construir uma pirâmide no deserto. Nessa pirâmide fora encontrada uma *stela*[69] do quinquagésimo ano de seu reinado, onde ele figurava junto de quatro de seus cães, tendo na fronte o *uroeus*[70] – e, segundo pesquisas do professor, pertencia a um altar destruído no qual também figurava um símbolo privado de Manethon (o *khothen*, que era uma pirâmide cercada por seis estrelas iguais).

69 Nota do Org.: **Stela:** palavra grega (estela, em português) que significa "pedra erguida". Em contexto arqueológico, costuma designar objetos de pedra com esculturas em relevo ou textos.

70 Víbora enroscada que adornava a coroa dos deuses e dos reis da antiguidade egípcia.

– O senhor quer dizer que esse rei Entew era o pai do nosso Timoeos da Ilha Ahk-Manethon? – perguntou, nesse ponto, Horácio Magalhães.

– Não, ele reinou muitos anos antes. Entre Entew Aa I e o Timoeos reinaram aí uns... *well*, uns cento e cinquenta reis, pouco mais ou menos, e floresceram duas dinastias inteiras, uma de duzentos e treze e outra de quatrocentos e cinquenta e três anos. Só depois é que veio a XIV dinastia. Destarte, cerca de mil cento e cinquenta anos é a bagatela de tempo que separa Entew Aa I do Timoeos, porque ele só apareceu no fim da XIV dinastia apeana. Mas, não obstante, eu digo que ambos pertenciam à mesma família de Manethon.

– Muito tempo, de verdade – disse eu. – É, um não podia mesmo ser pai do outro. Não ligue, professor. Horácio não sabe o que diz e mete-se sempre onde não é chamado... – fiz uma pausa. Depois:[cxlvii]

– São muito interessantes essas histórias do Egito, não são mesmo, pessoal?

– São...

O professor ficou muito satisfeito.

– Se quiserem, eu conto-lhes outra, instrutiva, a respeito dos Shus, os salteadores. Vocês vão gostar muito[cxlviii]. *Well*, foi na XV dinastia, com o primeiro rei chamado Shalit. Este rei escolheu Mannover para capital do Egito e[cxlix], uma vez entronado, enviou seus exércitos para as ruínas de Hâuâr...

– Olhe, professor! – interrompeu o Rei Leão. – Parece que aí vêm as caçarolas para desembarcar o carregamento do *Sereia*. É melhor o senhor deixar essa história do Shalit para mais tarde, viu?

Era a expressão da verdade aquilo que dizia o ex-ladrão: vários barcos encostaram, por estibordo, ao *Sereia* e o timoneiro Aníbal correu a ajudar o descarregamento. Tivemos que acabar com a palestra – e fizemo-lo com satisfação, porque (aqui entre nós) as histórias do professor eram tão cacetes![71]...

Desalojados da coberta, fomos nos refugiar num camarote vazio. O professor de egiptologia acompanhou-nos, cofiando a barbicha de bode e tossindo coisas do antigo Egito. Ao chegarmos ao camarote,

71 Nota do Org.: **Cacetes:** aqui, com sentido de "chatas".

porém, a sua atitude mudou radicalmente. Pediu-nos para fechar a porta. Obedecemos – e o egiptólogo disse o seguinte:

– Vocês estão olvidando as ordens do senhor comandante! Ele pediu para vocês patrulharem o barco e descobrirem o senhor Francisco, que, quem o descobrisse, ganhava um doce de terra... *well*, um doce que ele traria de terra... E vocês devem patrulhar o barco, porque o senhor Francisco certamente quer matar o senhor capitão e revoltar os senhores tripulantes. Eu reparei que o senhor Francisco é um homem de muito mau caráter, capaz de cometer muitos delitos puníveis...

– Mas, *seu* professor, onde vamos nós procurar Francisco?! Ele deve estar bem escondido de nossas vistas, que não é tão tolo como a gente pensa...[cl]

– Engano, lamentável engano! O senhor Francisco não está escondido como vocês imaginam[cli]. Ele não está nem no fundo do porão nem dentro de um escaler; ele está bem diante da vista de vocês, porque assim ele poderá vigiar vocês sem ser vigiado, e sem receio de ser encontrado no fundo do porão ou dentro de um escaler. Ele, enfim, é um dos marinheiros em atividade a bordo!

– Disfarçado? – perguntei eu.

– Disfarçado! – respondeu ele.

– Que nem nas *Aventuras de Nick Carter*. Então ele é um dos marinheiros, hein?... Está bem! Veremos quem ri por último. Admira é o capitão Teodoro ainda não ter desconfiado de nada...

– Durante esta noite – prosseguiu o professor –, vocês devem estar de olho aberto na câmara do senhor capitão e não deixar ninguém entrar sem identidade esclarecida. Se vocês reconhecerem o senhor Francisco, apontem a pistola para os pés dele, que acertarão na cabeça... Eu falei com meu amigo Gordon, "super", e contei-lhe particularmente os fatos. Eu assumo toda a responsabilidade se o senhor Francisco for morto em águas coloniais inglesas!

– Compreendemos toda a trama, como não? Compreendemos perfeitamente[clii]. Mas... Olhe, *seu* professor, já é tarde... E se nós fôssemos almoçar, hein?

Assim falou o Rei Leão. Eu respondi:

– Almoçar? Agora por isso... Vejam as horas: duas horas da tarde! Com esta história do indisciplinado Francisco estar solto, esquecemos até de almoçar!

– Antes tarde do que nunca – citou Roberto Souza.

E debandamos para a câmara do capitão. O egiptólogo almoçou em nossa companhia e eu nunca vi homem para falar com a boca cheia como ele. Conversou infatigavelmente acerca do indisciplinado Francisco, acerca do desenvolvimento da indústria australiana e malaia, acerca dos principais episódios da sua vida de cientista – e acabou por se lembrar do reinado do Shalit. Aí, quis recomeçar a história desse egípcio, interrompida momentos antes; mas o Rei Leão tornou a interrompê-la na hora das ruínas serem ocupadas pelo exército dos Shus, porque o almoço acabara. E nós corremos livremente pelo cargueiro, a ver o descarregamento, a brincar de esconder e a vigiar os tripulantes, deixando o professor Gabriel Wodlinghouse mastigando um resto de bolachas e murmurando que o Shalit, escolhendo Mannover para capital, enviara seus exércitos para as ruínas de Hâuâr...

No resto desse dia não ocorreram novidades dignas de citação. E nem mesmo durante a noite, que eu soubesse no momento, o indisciplinado Francisco deu um ar de sua graça. Com certeza ele calculou que a Cruzada da Salvação estava patrulhando severamente o *Sereia*, de pistola na mão e medo no coração. O medo, às vezes, é muito mais perigoso do que a valentia... e ele devia saber disso.

Capítulo III

A TEMPESTADE E A ILHA

O bilhete do marinheiro Francisco – Vai a pique o *Sereia* – O Cabo Serpente – Lágrimas de marinheiro

Só à hora do almoço, no dia seguinte, enxergamos o escaler do capitão a cortar as águas moles, vindo do cais de Cape Town. Corremos todos para a amurada, deixando o professor de egiptologia a cacetear mestre Aníbal com a história do rei Shalit e das ruínas de Hâuâr. Quando o escaler grudou ao casco do *Sereia*, o capitão Teodoro ergueu-se penosamente do banco, deu um viva à república e outro viva à monarquia e cantarolou:

Suspende âncora, colhe o filame,

Mete o barco na linha do vento...[cliii]

Estava completamente bêbedo! A custo os seus auxiliares o puseram, são e salvo, na coberta. Tão pronto nos viu, sua face empalideceu e o cachimbo fumegou-lhe ainda mais entre os dentes amarelos[cliv].

– Não acreditem no que eles disserem[clv]! – exclamou, antes que algum de nós tomasse a palavra. – Eles é que estão embriagados, ouviram? Esponjas,umas verdadeiras esponjas! Encheram-se de *brandy*, os malandros! Hum! Afinal de contas, que têm vocês a ver com a minha vida, façam o favor de me dizer? Vão para o inferno e deixem-me em paz! Não tenho contas a dar a ninguém, ouviram? Já estão me amolando a paciência!

– O senhor andou bebendo, capitão?

– Capitão e mais o quê?

– Andou bebendo? – acudiu o Rei Leão, com a mão direita nos copos da espadinha de lata. – Acho melhor que responda se andou bebendo!

– Um pingo à toa... Com mil demônios, eu sou um homem ou um bicho?! Sou um homem, vocês não acham? Ora, um homem tem o direito de beber o que lhe der na veneta! Hum! Bebi porque fiquei muito satisfeito, está aí[clvi]! E não se fala mais nisso...

– Muito satisfeito? – estranhei eu. – À custa de quem?

– De quem havia de ser senão daquele gaiato do Francisco da Baía? Graças a Deus que ele se foi de uma vez!

– Hein? Que está dizendo?

– Suspende âncora, colhe o filame...

– Chega de cantorias! Que é feito do indisciplinado Francisco? Ele se foi de uma vez para onde?

– Para Blocimfontein[clvii], trabalhar nas plantações de um *Mister* John-não-sei-de-quê. E devia ter ido há mais tempo, ora se devia! Hum! Agradeço-lhe, menino Roberto, o favor que me fez de mandá-lo embora. Ele degolou o camareiro Manuel porque este o traiu[clviii], prometera-lhe o comando do navio e, ao invés disso, se passou[clix] para o nosso lado...

O capitão Teodoro interrompeu-se para soprar uma baforada de fumaça tresandando a álcool. Nós o ouvíamos anelantes.[72] Apagou o cachimbo e, enfiando a mão no bolso, extraiu dele um pedaço de papel que me entregou.

– Ele lhe mandou isto... Aníbal! Onde se meteu você, Aníbal?! Rápido! Dê ordens para desamarrar. Partimos dentro de... hum... dentro de meia hora. Nesse ínterim, chegarão os víveres que adquiri... Faremos uma viagem de um mês, quase...

– Às ordens, senhor capitão! – respondeu mestre Aníbal, depois do que se afastou ligeiro.

Também me afastei alguns passos para ler o bilhete do indisciplinado Francisco, sem que meus curiosos companheiros se debruçassem

72 Nota do Org.: **Anelantes:** aqui, com sentido de "ansiosos", "ansiosamente".

sobre meu ombro. A mensagem estava bem ruinzinha em matéria de gramática, mas compreendi tudo perfeitamente. Ei-la, no original:

> *"Menino que me soltou! eu de madrugada fui, ajudado pelo mossinho que se xama roberto, e elle me ajudou a fugir de bordo na xallupa auçiliar eu dezembarkei bem e, vou trabalhar aqui em cape taunne, se Deus quizer! Lhe pesso desculpa mais me portei muinto mal trahidoramente concigo.*
>
> *Só cortei o manuel de Raiva! e estou arependido. Fallei com o senhor capitão, e elle perdoame. Até a Vista, Menino, de lembranssas ao mossinho roberto, que não teve medo de fallar e me ajudar. Me desculpem o mau geito... Do seu amigo attento as ordems*
>
> *Chico da Baía"*

Rasguei o papel em pedacinhos, que esvoaçaram no rumo da brisa. A Cruzada da Salvação auxiliava o velho Teodoro a entrar na câmara; apenas Roberto Souza me fazia companhia. Olhei para ele e ele olhou para mim.

– Você fez bem – murmurei com uma voz que a mim mesmo parecia dolorosa. – Ele era um perigo, como dizia o capitão...

Roberto meneou afirmativamente a cabeça.

– Encontrei-me com ele na noite passada, quando o procurava entre os marinheiros em atividade. O coitado estava mesmo roído pelos remorsos e me pediu ajuda para ir tentar fazer vida honrada em Cape Town ou em outro qualquer lugar da África. Não estou arrependido do que fiz: você, se é que tem coração, o faria do mesmo jeito. Auxiliei-o a soltar a chalupa e ele foi embora, deixando-me a navalha como recordação. Joguei-a n'água.

– Você fez bem, você fez muito bem...

– Ele agora não volta mais a fazer mal a ninguém. No fundo do peito, pode crer, tem um bom coração...

– Sim, ele agora não volta mais...

– Mas que é isso? Você está sentido porque ele foi embora?

– Eu? Não. É que... eu queria... eu jurara matá-lo!

Roberto olhou-me com estranheza e acabou por abanar a cabeça e soltar uma risada. Ao compreender a asneirice, ri também. E logo o professor de egiptologia veio, correndo, saber de que estávamos rindo. Respondi que era de um bode engraçado que Roberto criara em pequeno. O sábio não gostou da piada, mas, em compensação, aproveitou a oportunidade:

– Bichos engraçados são os passageiros daquele vapor ali ancorado – disse ele. – Vocês sabem por que ele não atracou ao cais? Está de quarentena... Peste a bordo!

– Peste? Jesus[clx]! Precisamos fugir daqui!

Foi a vez do egiptólogo rir até chorar e entupir a garganta asmática... Velhote bobo, sem graça!

Daí a pouco chegava o carregamento de víveres. Embarcaram-no. Um quarto de hora depois, zarpamos.

O capitão enfiara-se no camarote e passara provisoriamente o governo a mestre Aníbal. Mesmo que uma pessoa estivesse a cinquenta milhas marítimas do *Sereia*, havia de escutar a voz roufenha do velho Teodoro, que recitava e tornava a recitar:

A sereia é a dona destes mares,
ao luar seu cabelo se desata.
Vem, sereia, senhora destes mares,
vem sarar a saudade que me mata!

Eram duas horas quando o Rei Leão, cansado de ouvir a velha cantilena, foi em busca de um balde d'água e propinou um banho ao comandante. Só assim este sossegou e consentiu em que nós o deitássemos e lhe servíssemos um café sem açúcar, amargo e grosso de meter medo. Depois de uma nova dose de café, às quatro horas, ele pôde, enfim, apoiar-se sozinho nas pernas e responder mais coerentemente às nossas perguntas. Pediu muitas desculpas pelo sucedido, que lamentava do fundo d'alma, mas fora uma fraqueza peculiar à humanidade, uma das coisas que nenhum mortal, em sua "via crucis", pode evitar nem odiar... E ajuntou:

– Para que vocês aquilatem o grau de meu arrependimento e vejam o quanto ele é sincero, meus meninos, vou deixá-los esquadrinhar o forro da minha farda... Aí encontrarão cinco garrafas de *brandy*!

Encontramos, de fato. E, além dessas cinco, encontramos mais três nas pernas das calças e mais uma no quépi.[73] O Rei Leão quebrou-as todas e atirou-as ao mar... e o capitão ficou olhando tão languida e tristemente para os círculos que marcavam, na superfície das águas, o local onde elas haviam afundado – que eu tive até vontade de me transformar em vinho do Porto para confortá-lo. Isto, no entanto, resultaria inútil, porque depois desse episódio, o velho Teodoro readquiriu o seu caráter amável e nos divertiu com um dedo de prosa no tombadilho, enquanto, além, Port Elizabeth desaparecia a pouco e pouco na bruma quente e asfixiante...

Posso quase jurar como ainda não houve Cruzada sobre a terra – ou sobre o mar – que fizesse uma viagem mais comprida e mais enjoada do que a nossa. Pouca gente aguentou a aventura sem entortar os olhos e correr para a amurada... Vinte dias e vinte noites navegou o cargueiro nos mares revoltos do oceano Índico, sem que qualquer novidade ou sobressalto suavizasse a monotonia de tal viagem (nós já nos tínhamos acostumado às oscilações do *Sereia*, de maneira que elas deixaram de ser sobressaltos). Mas, embora tivessem passado esses vinte dias e o capitão fixado o termo da chegada às Ilhas Keeling, não alcançamos o nosso destino tão calmamente como pensávamos. Vou explicar por quê.

Ao vigésimo primeiro dia de viagem, o sol não apareceu. Estava bastante calor. O mar agitava-se como sempre, porém, agora, parecia um gigante acordando com um pesadelo. O capitão Teodoro, grunhindo coisas e mordendo o canudo do cachimbo, subiu à ponte de comando, onde mestre Aníbal rodava o timão na luta contra as vagas. Os dois homens encararam-se fixamente e deram começo a uma conversa em voz baixa. Parecia que o céu se abaixara para imprensar o *Sereia* de

73 Nota do Org.: **Quépi:** chapéu militar do tipo boné, também conhecido por "quepe".

encontro à água. As nuvens eram gorduchas, escuras e atemorizadoras;[74] o ar cada vez mais dava a ideia de rarefeito; o oceano mostrava-se escuro como de noite à luz das estrelas.

Toda a Cruzada da Salvação se reuniu na tolda, junto dos marinheiros. Ninguém conversava, porque o momento não era para conversas; só nos mirávamos de esguelha, furtivamente, e não perdíamos de vista nem um gesto do capitão Teodoro, que ainda confabulava com o piloto. Sentia-se a vizinhança de uma tragédia marítima e, nessa hora, eu confiava no comandante como se confia num deus. E não se assemelham mesmo a deuses esses homens do mar, responsáveis, perante o mundo dos outros homens, pelas vidas de seus passageiros? Intimamente, eu jurava cumprir à risca as ordens desse deus humano e evitar o pânico, porque estava farto de saber *"que nos perigos grandes, o temor é maior, muitas vezes, que o perigo"* – como já lá dizia o poeta[clxi].

Horácio segurava meu braço com uns dedos que tremiam feito taquaras. Ciciou-me[75] ao ouvido, soprando "ais" nos intervalos das palavras:

– É uma tempestade, Célio. A gente está frita!

– Qual frita nem meia frita! Tudo se ajeita, você verá... O capitão não é sopa, meu caro, e conhece pessoalmente as ventanias destas bandas como se fossem as palmas das mãos dele...

Roberto Souza avisou, lá de onde estava:

– Conservem-se nos seus lugares! O comandante quer falar qualquer coisa a vocês!

Esperamos o deus humano, que se aproximou fumando furiosamente o cachimbo. Assim perorou[76] ele:

– Vamos jogar uma cartada muito séria daqui a umas poucas horas. Aproxima-se uma tempestade, das endêmicas nesta latitude do Índico. Segundo presumo, estamos a dois dias de viagem das Ilhas Keeling, se não levarmos em conta as correntes marítimas. Caso consigamos sair desta tormenta a tempo, alcançaremos provavelmente o arquipélago depois de amanhã, segunda-feira. O furacão vem de sudoeste e, se ti-

---

74 Nota do Org.: **Atemorizador:** que provoca temor, medo.

75 Nota do Org.: **Ciciar:** sussurrar, cochichar.

76 Nota do Org.: **Perorar:** discursar, defender uma causa.

ver a violência que calculo, levar-nos-á para onde queremos em menos tempo do que cogitamos. Mas nós não nos podemos fiar nesta tempestade, porque, se lhe der na veneta, ela até nos pode jogar nas costas das Ilhas dos Cocos em menos de doze horas. Temos, também, que levar em linha de conta as correntes marítimas, como a Corrente Equatorial do Sul, que traz em si as do Pacífico, que passam entre a Austrália e Java. Em suma: ficaremos meio atrapalhados com esta tempestade..., mas, com calma e jeito, poderemos conjurar[77] o perigo. Somente lhes quero pedir o favor de envergarem sem tardança os salva-vidas. Tudo pode acontecer nestas regiões do diabo!

Muito imponente, o capitão rodou nos saltos dos sapatos e foi reatar a conversa com mestre Aníbal. O professor de egiptologia e arqueologia em geral apareceu minutos depois, embrulhado até ao pescoço em cintos de cortiça e trazendo no ombro magro um salva-vidas pintado de branco. Tentou acalmar nosso nervosismo:

– Não tenham medo, meus amiguinhos. *Well*, não há de ser nada.... Eu, por mim, estou tranquilo...

Acendeu um charuto que mestre Aníbal lhe dera e ficou tirando uma porção de esguichos de fumaça. Afonso virou para ele os óculos embaciados pelas lágrimas e pelos chuviscos das ondas mais altas.

– Quer me dar uma coisa dessas, professor? – pediu ele.

– Que coisas dessas? – retrucou o sábio inglês. – O salva-vidas?

– Sim, professor. Estou ficando com medo...

– Você é um poltrão, meu jovem; mas, na sua idade, eu também tinha um medo doido das trovoadas. Tome lá este salva-vidas todo pintadinho a óleo, tome lá...

Afonso agradeceu o presente e saiu à cata de um cabo. Como, porém, o salva-vidas era muito largo, amarrou-lhe uma extremidade da corda e jogou-o n'água. A corda deu de si, rebentou, e o salva-vidas bateu na água e afundou como se fosse um prego!

– Professor! – gemeu, de novo, Afonso. – O salva-vidas rompeu a corda e foi ao fundo do mar!

---

77 Nota do Org.: **Conjurar:** aqui, com sentido de "afastar", "desviar" o perigo.

– Não faz mal, meu jovem, eu lhe dou outro... Quê? *By* Ménès! Afundou[clxii]? Isso não pode ficar assim! Depois desta tempestade passar, eu vou queixar-me ao senhor comandante do material de bordo estar em péssimo estado de conservação! Isso não pode ficar assim!

Entrementes, tanto nós como a marinhagem envergáramos os cintos de cortiça e aguardávamos o inevitável com resolução. A esperança não nos abandonava: continuávamos a ser crianças como dantes.

Às duas horas da tarde, começou a dança macabra sobre o oceano, que acordara com fome. Colunas de água brilhante e espumosa apostavam altura com os mastros do *Sereia* e os ventos apostavam corrida. Na coberta, encharcados d'água, frios por fora e frios por dentro, todos víamos em cada minuto o segundo do Juízo Final. Os que não eram cristãos blasfemavam contra a tempestade[clxiii], e os que o eram, rezavam pela bonança. Eu não sabia, tão horroroso era o momento, se devia rezar ou blasfemar. Preferi fazer como o professor Wodlinghouse. E, entrincheirando-me sob uma tábua e umas lonas, comecei a falar comigo mesmo. O temporal aumentava a olhos vistos. Quebrou-se e caiu, fragorosamente, o Mastro Grande – e, na queda, rachou a chaminé de alto a baixo. Nem sabíamos mais onde tínhamos a cabeça. O piloto Aníbal fazia força, pendurado nas malaguetas da roda do leme; o capitão Teodoro expelia, por entre os dentes, baforadas e baforadas de fumaça. Todo mundo estava molhado e arrepiado. No meu esconderijo, eu escutava as fervorosas palavras de Afonso Rodrigues:

– Ave Maria, cheia de graça, o Senhor é convosco... ui! que onda desgraçada!... bendita sejais vós entre as mulheres... tire o pé de cima de mim, Horácio!... bendito seja o vosso nome...

O Rei Leão aguentava Horácio pelos sovacos, para que ele não fosse arrastado pelas vagas que brincavam perigosamente de pular carniça por cima do barco. Quando o tombadilho ficou um pouco mais calmo, o professor Wodlinghouse[clxiv] correu para seu camarote e voltou com a maleta de couro impermeável. Nesse preciso instante, uma onda mais violenta varreu o tombadilho... e atirou com o sábio, de pernas para o ar, dentro de um rolo de cordas. A sua preciosa maleta foi-lhe arrancada das mãos pela água revolta; eu ainda a localizei, presa a um gancho da amurada – mas logo apareceu uma nova e violenta carga d'água. E levou a maleta, de roldão, para longe do cargueiro...

E a tempestade continuou, como um castigo dos céus.

O resto do dia e metade da noite foi o espaço de tempo em que essa borrasca fez das suas. Ao fim de dezoito horas de luta, durante as quais todos nós havíamos ficado nos nossos respectivos postos, ouvi o capitão Teodoro gritar:

– Atenção, piloto! Vira de bordo! Você está cego? Não enxerga os escolhos? Que ilha é esta? Hum! Parece a Ilha dos Cocos... Meus meninos, este arquipélago, o arquipélago das Ilhas Keeling, compõe-se de cerca de 23 ilhotas madrepóricas,[78] situadas em círculo ao redor de um remanso de 16 quilômetros e com uma superfície de 122 quilômetros quadrados. Foi descoberto em 1609, por William Keeling, um grande...

– Onde ficam situadas as Ilhas Keeling? – perguntou Afonso, interrompendo momentaneamente as suas orações.

O capitão Teodoro já não o ouvia. Fui eu quem elucidou Afonso, respondendo[clxv]:

– No oceano Índico oriental, a 800 quilômetros a SO de Java e a 150 quilômetros da entrada do Estreito de Sonda. Mas reparem como o vento leva a gente depressa em cima das ondas... reparem só...[clxvi]

– Olhe – falou o Rei Leão –, se o *Sereia* fosse um veleiro, a gente não estava navegando deste modo: estava era tudo no fundo do mar!

A voz do comandante voltou a cobrir o ruído das ondas e o sibilar do vento. Eis o que ele berrava:

– Marinheiros, preparados para abandonar o barco! Estamos adernados, o leme não funciona e não temos tempo para improvisar um leme de fortuna! Navegamos a uma velocidade aproximada de cinquenta nós! Bom Deus, não veem que é uma loucura?! Se continuarmos neste pé, entramos pela Austrália adentro!

Sua voz sossegou um minuto; logo ele soltou um urro de cólera, outro de dor e outro de desespero:

– A droga da bitácula partiu-se, Aníbal! Temos a bússola inutilizada, Aníbal! Aonde nos leva este vento, Aníbal?!

E, em seguimento, lastimando-se:

---

78 Nota do Org.: **Madrepórica:** refere-se a madrépora, designação dada a corais-pétreos muito comuns em mares tropicais e de grande importância na formação de recifes de coral.

– Onde estaremos, Bom Deus[clxvii]?! Já passamos a Ilhas dos Cocos... sim, certamente... Breve estaremos no meio da corrente que vem do Pacífico! Não sei se...

Novo alarido de vozes abafou o resto da frase: eram os homens das máquinas, expulsos dos porões pela água. Vinham arfando de cansaço e de calor, completamente encharcados d'água.

– Senhor capitão – preveniu o chefe deles, chamado *seu* Teixeira. – A água inunda a casa das máquinas! Há um rombo a estibordo, abaixo da linha d'água! A caldeira está sob grande pressão!

Era a velha conversa dos naufrágios. O capitão Teodoro respondeu:

– Ponham os salva-vidas e arriem os escaleres logo que se apresente a primeira oportunidade! Diabo de água! É inútil utilizar as bombas reais. Vão em paz. Eu fico, com todos os diabos!

– Eu ficarei também! – acrescentou mestre Aníbal.

– Nós, os cruzados, também ficamos! – Resolveu, arbitrariamente, o Rei Leão, contagiado pela onda de heroísmo[clxviii].

Mas os marinheiros[clxix], a uma ordem do capitão, sacudiram-nos no fundo dos escaleres, onde ficamos todos quietinhos. O *Sereia* não jogava tanto como antes – mesmo na passagem do Cabo da Boa Esperança jogara muito mais –, mas afundava irremediavelmente, sempre adernado para estibordo. Apressada, nervosa, a tripulação encheu os escaleres de comidas e bebidas e entrou para fazer-nos companhia. As correntes dos turcos rangeram e os botes foram pousados nas cristas das vagas que, felizmente, os afastaram do navio[clxx].

Apareceu o solo, tão depressa como desaparecera dois dias antes. E qual não foi a alegria que sentimos ao avistar, pouco distante, um promontório[79] de uma ilha que entrava pelo mar em coleantes[80] ziguezagues (e ao qual o *Condor* apelidou logo de "Cabo Serpente") e uma bela praia deserta que se estendia ao lado desse promontório, a poucos metros dos nossos escaleres, convidando a um descanso seguro e restaurador! Às nossas costas, subitamente, o *Sereia* submergiu com estrondo. Olhamos para trás e não vimos mais nada.

– Arrebentou a caldeira – disse, a meu lado, um dos marinheiros. – As caldeiras do *Sereia* eram das melhores do mercado inglês, compra-

79 Nota do Org.: **Promontório:** elevação, parte mais alta.

80 Nota do Org.: **Coleante:** sinuoso, serpenteante.

das diretamente numa fábrica da Inglaterra. A única paixão na vida do velho Teodoro era esse barco, e não via despesas para deixá-lo cada vez mais bem remodelado...

– Que o mar seja leve ao senhor capitão Teodoro e ao senhor piloto Aníbal, porque eles eram bons! – exclamou o professor Wodlinghouse, que estava no nosso escaler. – Eu penso que deve ser horrivelmente triste eles morrerem desta maneira... mas a Natureza é cruel e, mais tarde ou mais cedo...[clxxi]

– Não diga bobagens! – atalhou o marinheiro. – O capitão e o piloto vêm no último escaler. Você pensa que ele é algum otário para se deixar morrer assim por dá cá aquela palha?[81]

– Eu não permito-lhe a familiaridade de me tratar por você! – foi a vigorosa réplica do cientista.

E o silêncio caiu entre nós, angustiante. Daí a pouco, os escaleres abicaram[82] na areia grossa e suja. Saltamos para terra, numa volúpia de movimento, enquanto o bote que trazia mestre Aníbal e o comandante Teodoro se aproximava, cortando as ondas, por trás do Cabo Serpente.

– Não se afastem da praia! – ordenou o professor Wodlinghouse, ao ver nossas atitudes de gamos selvagens. – Esperemos as ordens do senhor capitão, ex-comandante do ex-*Sereia*, porque certamente ele tem ordens a dar-nos.

O último escaler dobrou o Cabo Serpente e abicou na praia; seus dois tripulantes saltaram para fora. O capitão deu alguns passos vacilantes e caiu de joelhos. Lenta, dolorosamente, ele se voltou e espraiou o olhar pela imensidade verde-garrafa do oceano. Aí, eu me aproximei, movido por um impulso interior.

– Senhor capitão!

Ele não mexeu um músculo sequer; dir-se-ia que nem respirava, só para ver o local do nosso trágico naufrágio. No outro lado do Cabo Serpente, ainda flutuava um ou outro destroço do *Sereia.*

– Tinha esse barco há trinta anos – murmurou o velho Teodoro. – Desde quando ele era veleiro...

---

81 Nota do Org.: **Dá cá aquela palha:** expressão popular que quer dizer "coisa pouca, insignificante, sem importância ou valor".

82 Nota do Org.: **Abicar:** encalhar em terra, tocar a praia com o bico de proa.

Talvez fosse uma ilusão de ótica, talvez o reflexo do sol, mas tive a impressão de que até o olho de vidro do velho Teodoro derramava uma lágrima rebelde...

Silenciou um instante, abanou a cabeça, tirou o boné e continuou:

– Era como se fosse um pedaço de mim mesmo... Pobre *Sereia*!

Arregalei os olhos, espantado.

– O senhor está chorando, capitão?

– Eu? Veja lá como fala, meu menino! Hum! Você já viu um lobo do mar chorando, com todos os diabos?! Marinheiro não chora, não!

Talvez fosse uma ilusão de ótica, talvez o reflexo do sol, mas tive a impressão de que até o olho de vidro do velho Teodoro derramava uma lágrima rebelde...

Capítulo IV

OS NÁUFRAGOS DO *CHESTERTON*

Primeiro reconhecimento de terreno – O "diário" escrito em inglês – Reunião de náufragos

A voz do capitão Teodoro acordou-me; esfreguei os olhos, espreguicei-me e botei em dia os pensamentos. Tínhamos armado umas tantas barraquinhas na praia, entre o Cabo Serpente e uma pequena baía natural, e havíamos dormido um sono reparador. Olhei à roda: a tempestade que afundara o *Sereia* tinha se afastado[clxxii] e o silêncio voltara ao céu e ao mar. Horário: três horas da tarde. O velho Teodoro, pausadamente, desgostosamente[clxxiii], fazia a chamada dos cruzados, depois de haver feito a de seus marinheiros:

– Alcunhado Rei Leão!

– Presente!

– Roberto Souza!

– Presente!

– Afonso Rodrigues!

– Pronto, senhor capitão! Eu quase quebrava os óculos, mas consegui salvar-me também e...

– Célio de Castro!

– Presente!

E a chamada prosseguiu, indo acabar no professor Gabriel Wodlinghouse. A seguir, o comandante leu o nome dos que faltavam. Tinham morrido, ou desaparecido na tempestade, três marinheiros: Luiz de tal, Clarimundo de Oliveira (o amigo do Rei Leão, que nos metera[clxxiv] a bordo do *Sereia*) e um outro, apelidado *Chupeta*. De resto, todos estávamos bem de saúde e prontos para outra. O capitão Teodoro assumira a chefia do grupo.

– E eis como ficamos senhores absolutos de uma ilha desconhecida, em pleno oceano Índico, entre as ilhas de Sonda e a Austrália Ocidental!

Roberto Souza franziu o nariz ao ouvir estas palavras do nosso comandante. E resmungou[clxxv]:

– Ilha desconhecida? Entre as ilhas de Sonda e a Austrália?... Em que se baseia o senhor para afirmar tal coisa? A bússola partiu-se durante a borrasca!

– Baseio-me no mapa do oceano Índico! – respondeu o capitão Teodoro, certo de fazer a gente ficar perplexo.

E estendeu um mapa de bolso na areia, empunhou um lápis sem ponta e indicou três pontos do Índico, à medida que dizia:

– O furacão pegou-nos aqui assim... hum... pois é... aqui, nós ainda tínhamos a bússola intacta e, além disso, vimos as Ilhas dos Cocos... hum... pois é... e, segundo a velocidade surpreendente do *Sereia* e as horas transcorridas, quero crer que estejamos aqui... Ora, como aqui o mapa não assinala nenhuma ilha, somos levados a supor que...

– Tá, tá, tá!... Mas esta ilha pode ser muito pequena e o mapa não a indicar. É coisa mais provável desta vida...

– Você, menino Roberto, empenha-se em descrer que esta ilha seja desconhecida da Humanidade? – o capitão estava falando empolado no mínimo para convencer Roberto. – Pois bem, com todos os diabos! Vamos levar a efeito um reconhecimento e então eu lhe direi como e por que cargas d'água surgiu esta ilha anônima!

– Sim, senhor. E podemos batizá-la de "Ilha da Salvação". É um nome muito bonito, acho eu...

– É bonito, não resta dúvida. Mas... Bem, deixemos de lado esse assunto. Vamos é comer um bocadinho e sair por aí. No último escaler, temos onze rifles de repetição, dos moderníssimos... Eu esperava qualquer coisa no gênero do nosso naufrágio e comprei-os em Cape Town, junto com abundante munição... e embarcaram clandestinamente entre os fardos de víveres. Vocês ainda conservam os seus revólveres, grumetes?

– Conservamos, sim senh... Conservamos, não senhor: a água molhou tudo. Assim a pólvora não pega fogo, pois não?

– É, assim não pega. Limpem direitinho os cartuchos com um pano seco. Creio que, para a nossa exploração, onze rifles chegam de sobra. Vamos comer e depois formaremos o grupo explorador, do qual serei chefe.

– Viva Buffalo Bill! – exclamou Horácio, grande admirador das façanhas de Buffalo Bill, Texas Jack, Sherlock Holmes, Nick Carter, Nat Pinkerton, Rafles, Fantomas[clxxvi] etc.

– Viva o capitão Teodoro! – retrucou Afonso, esfregando alegremente os óculos no forro do bolso da calça.

Ao ouvi-los, o nosso antigo capitão de bordo ficou tão contente que, esquecendo o naufrágio do *Sereia*, começou a cantarolar:

Suspende âncora, colhe o filame,

Mete o barco na linha do vento...

Felizmente, tudo correu dentro dos respectivos eixos[clxxvii]. Após a refeição (carne de conserva, meia lata de biscoitos e um pouco d'água), organizamos a "guarda avançada" para o reconhecimento, a qual ficou constituída do seguinte modo: chefe – o capitão Teodoro; subchefe – o Rei Leão; ajudantes – eu, Roberto, o *Condor*, Horácio e quatro marinheiros. O piloto Aníbal e o resto do pessoal ficaram no acampamento, tomando conta. Afonso Rodrigues não foi, com medo dos selvagens, e o Tião porque nós não deixamos, por causa dele ser muito criança e muito enjoado. Quanto ao professor de egiptologia, como ganhara também um rifle de repetição, resolveu sair em explorações arqueológicas, pois isso de arqueologia era o seu fraco. Assim se dividiu em dois o grupo de náufragos do *Sereia*.

Uma vez completa a turma de exploradores, seguimos em direitura[83] duma pequena montanha nua de vegetação, quase uma muralha divisionária da ilha. Pelo caminho, o capitão Teodoro ia se abaixando junto a pequenos poços de água morna e explicando:

– É água do mar, porém, como vocês veem, o sol a esquenta devagarzinho e a evapora. Vocês não se admiram, meus meninos, de encon-

83 Nota do Org.: **Direitura:** aqui, com sentido de "direção".

trar água salgada tão longe da praia? Pois eu lhes explicarei este mistério, caso encontre mais indícios que fortaleçam minhas hipóteses...

E continuamos a marcha, rumo ao sopé do monte. Mais adiante, quando uma parte deste pareceu se abaixar vários metros à nossa aproximação, mostrando um vale, Roberto Souza teve um sobressalto que se transmitiu a nós outros. E apontou o dedo em riste:

– Espiem! Fumaça!

Era verdade. Ao longe, do outro lado da pequena montanha e na altura do seu vértice, elevava-se um rolo de fumaça, branco e quase transparente. Assustei-me, pensando em selvagens antropófagos e em caldeirões de carne humana. O professor Wodlinghouse quis tranquilizar-me:

– É um vulcão em estado latente – disse ele. – Talvez seja fácil eu ir até ele. Eu já percebera que esta ilha é de origem vulcânica.

– Há perigo, professor? – inquiriu o *Condor*.

– Se esse vulcão entrar em erupção, e mormente se existirem mais vulcões, o mínimo que nos pode acontecer é... *well*, é sermos queimados pelas lavas...

– Virgem Maria! – exclamamos nós outros (exceto o velho Teodoro e os marinheiros, que eram disciplinados para não terem medo).

Estava um calor formidável. Todos transpirávamos em bica, principalmente o capitão, cuja testa se via gotejante de suor. O *Condor* dizia que o vulcão estava expelindo lavas, e que o solo estava tremendo, e que nós íamos morrer queimados se avançássemos mais um único passo. Avançamos, no entanto, duzentos passos, sem que nada acontecesse. O professor, de vez em quando, remexia o chão com o cano do rifle e examinava pequenas pedras que se deslocavam a torto e a direito.

– Não adianta a gente avançar mais! – falava o *Condor*, como se fosse um discurso decorado para afastar-se da expedição. – Já vimos tudo: tem água quente, tem vulcão, tem montanhas, tem...

– Vamos dar a volta ao monte! – interrompeu o destemido Roberto Souza. – Certamente do outro lado existem novidades, não acham?

– Isso mesmo! Vamos dar a volta ao monte! – apoiou o capitão Teodoro. E soprou um fio de fumaça do cachimbo. – Mas pelo lado da praia, grumetes, que é o mais seguro... Mesmo pelo centro da ilha, a passagem é impraticável devido a esta cadeia de montanhas...

O *Condor* não queria ir, queria era voltar para o acampamento. Resolvemos aceder aos seus desejos. O Rei Leão ia tomar-lhe o rifle, quando o capitão Teodoro bateu na testa e exclamou:

– Que distração, Bom Deus! O Aníbal e os outros ficaram sozinhos na praia e nem lhes deixamos armas para uma defesa eventual! Vá, meu menino, e leve-lhe quatro ou cinco armas. Quem quer ceder o seu rifle?

Ninguém queria, está claro. Mas o capitão tanto insistiu que[clxxviii] logrou comover nossos corações. Os espoliados foram Horácio, o Rei Leão, o professor de egiptologia e dois marinheiros. O *Condor* despediu-se logo, antes que a gente mudasse de ideia, e saiu correndo[clxxix] com as armas de fogo. Em breve, nós outros, com cinco rifles apenas, chegávamos à beira da praia[clxxx]. A pequena montanha tinha aí sua base lateral. Vimos logo uma passagem de poucos metros de largura, entre a montanha e o mar, e endireitamos[84] por ela, atrás do capitão Teodoro.

– Isto do *Condor* virar medroso de repente não me cheira bem – disse Horácio. – Ele sempre foi um rapaz corajoso... Não foi, Célio?

– Foi, sim. E me admira também...

– Aqui há gato escondido! – tornou Horácio, pensativo, encerrando o diálogo.

Continuamos na caminhada para a outra banda da ilha, com a arma ao ombro, genuínos bandeirantes que éramos – quando o professor Wodlinghouse interrompeu nossos passos com as seguintes exclamações:

– Olhem acolá, na praia! Olhem! Olhem!

Olhamos, e a princípio não vimos nada. Depois, discernimos um pouco de fumaça que saía de certo ponto do areal. Mas era uma fumacinha tão à toa que nem nos preocupou.

– Um débil fio de fumo – disse o sábio inglês. – Eu quero que esperem aqui, enquanto eu vou ver o que é. Eu volto já, já...

Dito isso, partiu em desabalada corrida. Nós outros quedamos espiando de longe o seu vulto: esticava as pernas como uma girafa e grita-

---

84 Nota do Org.: **Endireitar:** aqui, com sentido de "avançar", "encaminhar-se", "ir a algum lugar".

va como um porco. Vimo-lo agachar-se na praia como um caranguejo, remexer a areia como um tamanduá, ficar de bruços como um lagarto e, afinal, levantar-se como um urso.

– Que é que há? – perguntamos, com a mão em porta-voz.[85]

Ele não ouviu, ou fingiu não ouvir; ficou um pedaço olhando para o chão; em seguida, desatou a correr para nós, brandindo um caderno de capa escura. Cercamo-lo imediatamente[clxxxi], cheios de curiosidade.

– Achou o quê? Este caderno?

– Sim, meus amiguinhos, eu achei este caderno perto de um acampamento pequeno, desfeito há poucas horas...

– O quê? – bradou o capitão Teodoro. – Um acampamento?

– Certamente. E este caderno é um diário de um passageiro meu patrício, de bordo de um certo navio que afundou aqui perto... Olhem para o que está na capa!

Vimos escrito, na capa do caderno, em letras douradas: *"Mr. Joseph William Shesterbourns, English Citizen, London-Sidney"* e a data do ano. Mais abaixo, em letras brancas, lemos também: *"Rice, Cotton, Tobacco, and any other product"*. O professor de egiptologia, brunindo as lunetas com vigor, pigarreava e dizia:

– Eu li tudo o que este diário particular tem escrito na minha língua natal... Eu lhes dou parabéns, meus amiguinhos: a Fortuna os auxilia!

– Com todos os diabos! – exclamou o capitão Teodoro. – Explique-se, homem de Deus!

O professor fez um sinal de assentimento.

– Eu explico-me. O *Chesterton*, o navio que procuram, afundou aqui perto. Nós estamos em uma ilha desconhecida, junto da corrente marítima que vem encontrar-se com a do oceano Pacífico... Nós estamos entre a Sonda e a Austrália, ao centro do triângulo formado pelas ilhas Keeling, Timor e o Cabo Steep, na Austrália Ocidental... O *Chesterton*, puxado pelas correntes marítimas, foi a pique exatamente a...

– Basta! – gritou o capitão, exasperado. – Isto está escrito em inglês, essa língua desgraçada!

85 Nota do Org.: **Porta-voz:** aqui, indicando o gesto de se colocar a mão junto à boca, para aumentar o volume do som ou seu alcance.

O professor Wodlinghouse cresceu para ele.

– Eu não permito que minha língua natal seja maltratada! – exclamou. Mas o capitão Teodoro fez que não ligava.

– Cale-se e faça o obséquio de traduzir, pelo menos, as últimas páginas desse diário!

Aí, o professor baixou a crista.

– Eu traduzo... porém, eu lhes afirmo desde já que o dono do caderno é... *well*, era passageiro do *Chesterton*, que também foi a pique...

Abriu a primeira página do caderno (depois da capa ainda úmida) e lemos, por cima de seu ombro, estas palavras: *"S.S. Chesterton, English Ship"*. Era verdade! Acabávamos de encontrar indícios precisos do naufrágio do *Chesterton*! Iracema ia ser salva!

– Eu estou a traduzir para o português a última página deste diário – continuou o professor.

E traduziu-a da seguinte maneira:

> *"Quase ao fim do dia, o vapor* Chesterton*, completamente adernado, afundou. Eu, as senhoritas Daisy, Elizabeth e Marguerite, as meninas Linda, Mary, Iracema, Bárbara e mais oito, os meninos Jack*[clxxxii]*, Billie e Leon, além de quatro marinheiros cujos nomes eu desconheço, salvamo-nos no escaler* Promise*, encontrando, depois de algumas horas de luta com o mar, uma ilha desconhecida, onde fizemos acampamento. Nessa noite, nós nada pudemos fazer..."*

O velho e seco egiptólogo interrompeu a tradução para falar:

– Não diz mais nada de interessante, porque eles dormiram sem novidades. Na manhã seguinte, eles exploraram a ilha, mas nada encontraram. Com medo, eles não querem embrenhar-se na ilha. As últimas páginas foram rasgadas às pressas e nós não podemos saber o que se seguiu.

– Ouviram? – exclamei eu para os outros cruzados. – No caderno está escrito o nome de Iracema!

– Está nada! – arguiu Roberto. – Eu não ouvi...

– Então é porque você é cego! Juro pela minha felicidade – e beijei os dedos em cruz – como o nome de Iracema está aí! Quer ver? Professor, me empreste esse caderno um instantinho...

O sábio anuiu[clxxxiii] e eu li bem alto, no ouvido de Roberto, que me escutava interessadíssimo:

– Ouça: *"...babies Linda, Mary, I-ra-ce-ma"* – está vendo? – *"Barbara, and..."* não sei mais o quê...

– É mesmo! Iracema está aqui! Iracema está aqui! Viva! Viva!

– Eu não dizia que nós a encontraríamos numa ilha deserta?! Viu como eu tinha razão, viu? Está aí!

– Olhe, vamos procurá-la, e ao resto dos náufragos – sugeriu o Rei Leão, endireitando garbosamente o cobertor nos ombros.

– Vamos embora! Toca! À procura! – bradaram os outros.

E continuamos a andar, rente à praia, beirando o sopé do monte ao qual o Rei Leão quis dar o título de "Monte do Regime do Terror que ocorreu dentro da Revolução Francesa". Como era um nome muito comprido, não serviu – e mestre Aníbal opinou pelo de "Montanha do Naufrágio".

Eu estava espiando de soslaio o professor Wodlinghouse e vi quando ele chamou o capitão à parte e lhe segredou umas tantas coisinhas misteriosas. O nosso comandante sacudiu a cabeça, dizendo que sim, e respondeu em voz natural:

– Eu já percebera esses fenômenos... É uma ilha surgida de uma hora para outra. Aliás, nestas paragens, isso é comum[86]. Há vulcões submarinos em erupção e nascem ilhas de um momento para outro, assim como somem... Até lembra a "Ilha Jardins"[clxxxiv], que os japoneses têm no Pacífico, a setecentos quilômetros a nordeste das Marianas. Essa ilha está desaparecida, não está? Ou já a encontraram de novo?

Nesse instante, atrás de um *atoll*[87] que ficava a sudoeste da ilha, surgiu uma curiosa ave esbranquiçada, que tombou aos nossos pés. Estava morta.

– Com todos os diabos! – exclamou o capitão. – Que vem a ser isto? Urubu?

---

86 Com efeito, não é de agora que a Ciência tem registrado casos sísmicos dessa natureza entre a infinidade de ilhas de Sonda.

87 Ilha de coral.

– Parece uma águia albina – disse Roberto, brincando. – Com certeza descende de um casal de primos...

O professor Wodlinghouse pegou no animalzinho inerte, estudou-o e disse:

– É uma águia, morta de estar muito cansada. Eu digo que a Austrália não está longe, porque este espécime é legitimamente australiano. Não é albina, menino Roberto, é australiana. A coloração das penas e a... *By* Ménès! Olhem, mais aves![clxxxv]

Era mesmo, era ave em penca. Uma porção de pássaros, cansados de tanto voar pelo espaço. E eles começaram a cercar a gente por todos os lados como uma legião dos demônios do capitão Teodoro. Uns estalavam a língua que nem um chicote; outros assemelhavam-se a galinhas e tinham o pescoço pelado, fino e comprido; outros davam gritos parecidos com as gargalhadas humanas. O professor de egiptologia ia apontando-os e explicando com verdadeira satisfação de estudioso:

– Eu conheço estas aves todas, todas. Austrália está próxima! Aquelas que estalam são Buftalmos[clxxxvi] e essas aves marinhas de pescoço delgado são Bernicles Jubate[clxxxvii], exemplares de uma fauna quase tão rica como a das Novas Hébridas e da Amazônia...

– Está bom – disse o capitão, doido por explorar a ilha de uma vez. – Está bom, mas vamos andando logo...

Fomos andando. Então, lembrei-me de uma coisa:

– Agora, devemos armar um grande acampamento e procurar um tesouro, como no oitavo fascículo do *Tesouro Misterioso*, do Corsário Morgan...[clxxxviii]

Ninguém prestou atenção ao meu dito espirituoso – pois isso queria ser um dito espirituoso. O capitão Teodoro estava perscrutando a paisagem e lastimando não ter um binóculo; o Rei Leão examinava a espada de lata e a capa-cobertor com olhares críticos; o professor de egiptologia xereteava[88] [clxxxix] as pedras, que tinham um restinho de mau cheiro de enxofre; Roberto Souza, ensimesmado, pensava provavelmente em Iracema; e os marinheiros pareciam viver no mundo da lua. Fiquei, e com razão, zangado e sem jeito por ter falado sem que me ouvissem. E já estava resolvido a dar o fora com o rifle, para percorrer

88 Nota do Org.: **Xeretear:** aqui, com sentido de "bisbilhotar", "fuçar", "examinar".

a ilha sozinho e mostrar que não precisava de ninguém – quando o capitão deu um grito deste tamanho:

– *Aí vêm eles!*

Foi um susto. Horácio deu um pulo de atleta e abraçou-se apertadamente ao cangote de um dos marinheiros, berrando que os selvagens aí vinham... Mas, ao notar que ninguém se assustara tanto assim, ficou muito envergonhado e pediu desculpas ao marinheiro,prometendo pela vida da sua avó que não tornaria a abraçar mais ninguém deste mundo em tal situação. Está-se vendo que não eram selvagens o que o capitão havia visto se aproximar: era gente branca! Eram os náufragos do *Chesterton*, prisioneiros naquela ilha misteriosa!

O pessoal apareceu por trás do "Monte do Regime do Terror que ocorreu dentro da Revolução Francesa", como diria o Rei Leão, e veio chispado em nossa direção, abanando os braços e se sacudindo todo. Na frente dessa tropa engraçadíssima, corria um homem gordo e de faces vermelhas, armado de espingarda *Winchester* e com as roupas tão rasgadas como as dos outros náufragos. Atrás dele vinham vindo três marítimos que empunhavam bastões de madeira; a seguir, duas moças bonitinhas e uma velha gorda, de óculos; depois, três meninos e onze meninas. Fechando o grupo, marchava um outro marítimo, barbado, de camisa de meia, olhos ligeiramente tortos, que brandia um baita facão de meter medo.

– *Welcome!* – gritava o inglês das faces vermelhas, sacolejando a espingarda de contentamento. – *Welcome! Welcome!*

– Olhe, que é que ele está grasnando? Diz que "come", que come a gente! "Came" é "comer" na língua dele! – falou o Rei Leão.

– Diz nada! É nada! – repliquei eu. – Ele está usando um vocábulo inglês que quer dizer "Sejam bem-vindos"!...

– Bem-vindos, hein? Bem-vindos numa hora destas? Está zombando da gente! Olhe, eu sapeco a espada nele, daqui a pouco!

Roberto Souza havia parado no meio do caminho, pálido e horrorizado, e com vontade de fazer qualquer coisa que não fez. Entendi tudo e também fiquei pálido e horrorizado: Iracema não estava entre aquelas meninas!

Peguei jeitosamente na mão de Roberto e, para esconder a minha própria perturbação, perguntei bobamente se ele não queria brincar de

Na frente dessa tropa engraçadíssima, corria um homem gordo e de faces vermelhas, armado de espingarda *Winchester* e com as roupas tão rasgadas como as dos outros náufragos.

pique. Quase pegávamos a chorar juntos, de tristeza e decepção. Mas, de súbito, Iracema apareceu correndo, com um pedacinho de madeira na mão. Era ela, sim, era minha irmã[cxc]! E valente como o irmão, modéstia à parte! Como ficara bonita! Bonita, mesmo! Estava quase de tanga, com os cabelos negros despenteados e a cara toda afogueada... Bonitinha, de fato! Tanto que eu fui o primeiro a abraçá-la e a dar-lhe um beijo cheio de sorrisos e de lágrimas. Depois, ela jogou fora o pedaço de pau e abraçou Roberto com um abraço tão demorado que fui obrigado a separá-los, porque o irmão era eu e não ele. A gente quase não falava nada, mesmo porque não podia, de tanta emoção. Era só olhar e abraçar, abraçar e olhar de novo... A voz não saía da garganta nem por um decreto.

Iracema parecia ter mais de quatorze anos e ser mais velha do que eu, principalmente porque era mais alta. Só ela soube levar a bom termo o nosso encontro. Eu e Roberto começamos a baralhar as frases que foi um caso sério – e apenas depois de um tempão enorme conseguimos virar cruzados valentes outra vez. Todo mundo estava trocando cumprimentos e sorrisos: fizeram-se muitas apresentações, como manda a etiqueta. O Rei Leão chegou mesmo a beijar muitas moças que não conhecia, o que lhe valeu uma bofetada da senhorita inglesa gorda e de óculos. Eu, Roberto e Horácio começamos logo a conversar com Iracema sobre fatos de antigamente, dizendo-lhe que o *Condor*, o Joel O'Connor, do 35 da esquina da Rua dos Ourives, assim como o Afonso Rodrigues, aquele dos óculos, estavam ali também.

– Estão, é? – falou minha irmã. – E o Romeu? E os outros? Que é feito deles[cxci]?

– Esses não vieram, de medo. Eu sempre disse que o Romeu era um mulherzinha! Ah, é verdade! O Tião, aquele negro ignorante, também veio...

Iracema fez uma careta.

– E por que o trouxeram? Eu não simpatizo nada com ele! Que bobagem trazer o Tião! Ah! Vocês sabem?...

– Não sabemos, não...

– É uma coisa muito triste. A família Travassos morreu todinha afogada e eu estive este tempo todo só com essa gente inglesa que não me compreende. Apenas existe aí uma menina chamada Linda, que é portuguesa e conversa comigo...

– Linda? – quis certificar-se Horácio. – E ela é linda mesmo?

– Com efeito, Horácio! Mas com efeito! Que pergunta tola! A gente não deve ligar o nome à pessoa! Linda é até feiazinha, porém, é muito bem-educada: uma ótima criatura! Depois eu a apresento a vocês... Sabe como se chama aquela inglesa gorda e míope?

– Como?

– Elizabeth Longsight. Elizabeth Longsight quer dizer Izabel da Vista Longa. Por aí vocês veem como o nome nada diz: ela usa óculos...

O Rei Leão, cuja face ainda tinha a marca da bofetada da inglesa de óculos chamada Vista Longa, e que acabara de discutir com ela sem que nenhum dos dois percebesse patavina dos desaforos do outro, deu uma ordem que o capitão lhe transmitira:

– Vamos embora, colegas!

O capitão Teodoro, o professor Gabriel Wodlinghouse e o homem de bochechas vermelhas do *Chesterton* – que, afinal de contas, era o tal *Mister* Joseph William Shesterbourns do "diário" – conversavam na frente. Ou melhor: *Mister* Shesterbourns conversava em inglês e o professor fazia as vezes de intérprete para o capitão. Assim chegamos ao pequeno acampamento de sudoeste da Ilha da Salvação (por enquanto, esse nome estava na berlinda), onde o resto do nosso pessoal esperava. Foi um alegrão o encontro dos dois grupos de náufragos. Os marinheiros brasileiros, demonstrando um espírito essencialmente cordial, logo fizeram camaradagem com os ingleses e australianos, levando a cabo trocas de roupas e de víveres. Depois, resolvemos fazer um acampamento melhor e mais espaçoso do que aquele, para caber todo mundo.

Chegou a noite. Tudo sossegara por aquelas bandas. Ou porque se esquecera, ou porque não tivesse tido tempo, Iracema não chegou a apresentar-nos à tal garota portuguesa chamada Linda. Mas eu a vi, e cheguei mesmo a conversar com ela – e a prova é que levei um bruto pontapé, por tê-la chamado de "galega" e de "cachopa vira-lata"...

Próximo das nove horas, à luz de uma fogueira que mestre Aníbal acendera com os destroços do nosso escaler, procuramos dormir e comer ao mesmo tempo, porque o sono era forte e a fome era negra. Ninguém sabia falar direito a língua do parceiro, depois que nos havíamos juntado aos náufragos do *Chesterton*, mas isso não impedia que fôssemos muito amigos. "Não se precisa ser poliglota para conhecer o mundo", como diz meu pai[cxcii], que é filósofo.

Daí a pouco dormíamos a sono solto. Ficaram alerta três sentinelas; o capitão Teodoro, o marinheiro australiano estrábico Jack Beel e o professor Gabriel Wodlinghouse. O capitão velava porque era, digo e repito, um chefe consciencioso; o marinheiro australiano porque havia recebido essa ordem e o professor porque andava com uma insônia danada...

Capítulo V

É A ILHA AHK-MANETHON!

Iracema de Castro e Linda Rodrigues – Mais um pouco de egiptologia – A cúpula de marfim – À maneira do Padre Anchieta

Suspende âncora, colhe o filame,

Mete o barco na linha do vento...

– Quem está cantando aí? – perguntou mestre Aníbal, esfregando os olhos inchados, porque acordara nesse instante.

– Que tem você com isso, renegado? – replicou o capitão Teodoro. E voltou a cantar, ainda com mais força:

Suspende âncora, colhe o filame,

Mete o barco na linha do vento...

O comandante estava na praia, rabiscando a areia pedregosa com a ponta do bastão. Mestre Aníbal acabara de sair da sua tenda, onde compartilhava o espaço com três marinheiros. Quanto à Cruzada da Salvação, acordada desde as sete horas da manhã (deviam, então, ser oito e pouco), pedia comida por favor ao cozinheiro do extinto *Sereia* e à senhorita inglesa Elizabeth da Vista Longa, também cozinheira e que sabia fazer um doce de bolachas dormidas que era uma gostosura. Eles dois haviam preparado a águia australiana da véspera e nós a comemos lambendo os beiços...

Somente depois de almoçados é que pudemos ter ânimo de brincar de pique e de pescadores com uma linha de costura e um alfinete torto. Esta última brincadeira reuniu o útil ao agradável, porquanto pescamos diversos peixes para o jantar – e o cozinheiro resolveu aproveitar a ideia, pedindo aos náufragos ingleses para irem pescar a sério. E eles foram, mas não pescaram nada.

Quando nos aproximamos do capitão Teodoro, ele estava escrevinhando na praia, repetidamente, o nome de seu navio afundado:

Sereia Sereia Sereia Sereia

Sentia saudades, no mínimo. Combinamos, em voz baixa, não o incomodar, coitado, mesmo porque ele poderia ficar bravo com a gente. Foi então que demos pela falta de Iracema e do *Condor*. Não os tínhamos visto naquela manhã; na certa, ainda dormiam. Ou estariam passeando no outro lado do acampamento? O Rei Leão resolveu:

– Olhe, vamos procurar o menino *Condor*. Sempre queria saber por que ele, ontem, deixou a expedição em meio, fingindo que tinha medo... Será que é cúmplice de Robespierre?

– Lá volta você com a velha história da Revolução Francesa! – redargui eu. – Cale a boca, Rei Leão; você já está ficando pau[89] com isso! Deixe de pensar que a gente ignora que a Revolução Francesa foi em 1792 e, portanto, você ainda nem tinha nascido!

– Olhe, eu não falo mais, não. É brincadeira minha. Juro. Eu sei que a Revolução Francesa rebentou há muitos anos e Maria Antonieta foi decapitada em 1793, mas... não fique zangado comigo, viu?

Comecei a rir, pois apenas nessa hora tive certeza de que o Rei Leão era efetivamente lunático. Mas não contei a ninguém essa descoberta, mesmo porque o Tião, se eu falasse em lunático, podia perguntar ao ex-rei da França onde é que ele usava as lunetas... Esse bestinha do Tião, com a sua ignorância, era um negrinho perigoso.

Saímos todos à cata do *Condor* e encontramos, por acaso, Iracema. Estava conversando com a portuguesinha Linda Rodrigues.

– Bom dia, Iracema. Como vai você?

– Viva, amigos! – falou minha irmã. – Apresento-lhes aqui a menina Linda Rodrigues, de quem já lhes falei...

---

89 Nota do Org.: **Ficando pau:** aqui, com sentido de "ficando chato, irritante".

Apertaram-se as mãos. Acho que Linda já havia esquecido o pontapé que me dera, pois apertou-me longamente a mão e sorriu. Fiquei tão zangado com este seu modo de proceder que a xinguei de "galega" e lhe fiz uma careta. Se não fosse Iracema dizer que galego não é português e que não se deve ofender os outros com caretas, juro que dava nela ou ela dava em mim – das duas, uma. Mas não houve nada de grave, graças a minha irmã.

– O seu sobrenome é mesmo Rodrigues? – perguntou Afonso.

– É, sim – respondeu a portuguesinha. – Chamo-me Linda Maria de Assunção Rodrigues. Por que está o senhor a preguntar[cxciii]?

– Por nada. É que devemos ser parentes. Eu também me chamo Rodrigues. Seu avô não é um senhor de óculos e de cabelos brancos?

– Óculos? Cabelos brancos? Parece-me a mim que sim...

– Pois o meu avô também. Bom, mas isso não quer dizer nada: há tantos Rodrigues no mundo!

– Ouça, Linda – acudiu Horácio. – Que é feito daqueles meninos ingleses que se salvaram mais você? Eu gostava[cxciv] de falar com eles...

– Eles só falam inglês – respondeu Iracema. – Você não os compreenderia. Além disso, são muito bobos e não gostam de aventuras, e são muito cheios de "não-me-toques"...

– Gente rica, não é? – tornou Horácio. – Está bem! Eles devem estar dormindo: que durmam! Eu não entendo inglês!

E não perguntou mais pelos inglesinhos cheios de "não-me-toques".

– Iracema – disse, então, Roberto Souza. – você quer vir daí conosco procurar o *Condor*? Não sei onde ele se meteu...

– Se você for, eu também vou. Posso levar Linda?

– Pode. Vamos logo, que talvez lhe tenha sucedido qualquer coisa...

Junto com minha irmã e com a portuguesinha antipática que me dera um pontapé, saímos do acampamento sem sermos vistos pelo capitão Teodoro, que continuava sentado na praia, de bastão em punho, riscando a areia grossa de cascalho. Não sabíamos ainda ao certo para onde dirigir os passos. Aí, Afonso ajeitou os óculos e disse que estava vendo uma coisa no litoral (o litoral era a grande área que ia do acampamento até a cadeia de montanhas do fundo).

– Que é que você está vendo? – perguntou Horácio.

– É gente! Espiem! Dois vultos, ali, atrás daquela pedra! Um é o professor Gabriel do Egito e o outro é...

Horácio firmou a vista e interrompeu o outro menino:

– É o *Condor*! Estou vendo! O *Condor* e o professor! Que será que eles estão esburacando?

– Esburacando? – estranhei eu. – Devem estar à procura de algum tesouro oculto. Mas como podem fazer isso sem roteiro? É esquisito...

– Vamos até lá e ver?

– Nem se pergunta! – acudiu Roberto. – Depressa, Iracema!

Corremos, tropeçando nas pedras, subindo e descendo as inclinações do terreno, rindo e brincando. Ao chegarmos perto dos dois vultos, vimos que se tratava efetivamente do arqueólogo inglês e do nosso colega *Condor*.

– Olá! – gritamos.

Quando escutaram nossas vozes e ergueram o olhar, os dois disfarçaram de comum acordo e começaram assobiando, conversando e passeando de roda. O professor estava em mangas de camisa; seu casaco achava-se estendido no solo. De repente, o *Condor* fingiu que só então tinha percebido nossa presença e saudou-nos molemente:

– Olá!

Perguntamos o que é que eles estavam fazendo ali, e por que o professor tinha botado o casaco no chão, em cima de qualquer coisa volumosa...

– Não é nada, não – disse o *Condor*, muito contrafeito. – Eu e o professor Wodlinghouse estávamos conversando acerca da décima terceira dinastia do Egito Antigo...

– Mentira! – exclamou Horácio, de supetão. – Conversando coisa nenhuma! Estavam é esburacando! Mentiroso!

– Cale a boca, Horácio! – gritou o *Condor*, vermelho de raiva. – Não me chame de mentiroso! Olhe que eu conto ao capitão que você é malcriado e nunca mais você viaja com a gente!

— Vejam só os modos dele! — zombou Afonso. — Todo mundo diria que está com o rei na barriga! Sua Majestade sente-se indisposta?

— Deixem-me em paz, por favor!

O professor de egiptologia interveio. Alisou a cabeça do *Condor*, ameaçou-nos com o dedo e discursou de um fôlego só:

— Eu estava, claramente[cxcv], conversando com este menino a respeito da XIII dinastia apeana do Egito — dinastia que também merece as minhas especiais atenções, porque é a antecedente àquela em que os Shus, Shasu, Mentiü, Satiü, ou outros nomes que lhes deem[90], invadiram o reinado do Timoeos de Manethon. Essa dinastia, a XIII, foi fundada por Sevekhotep I Râkhutaiü e ficou mais ou menos célebre pela razão de que, no Museu do Louvre, em Paris, está a estátua maravilhosa de Sevekhotep III, que foi um dos mais notáveis reis, estátua essa encontrada em Pabast, no Delta. A XIII dinastia também contou com o falado Sevekhotep Râkhemkhutaiü, igualmente chamado Sevekhotep IV de Brugsch, o qual mandou inscrever pela primeira vez, no observatório de Semneh, o nível das águas do Nilo durante quatro dos anos de seu reinado, e fez erigir alguns colossos na ilha de Argo, localizada no País de Kush...

Já estávamos sinceramente enjoados dessa história, onde entram tantos nomes esquisitos, porém, ninguém tinha coragem de interromper o orador: ele falava com satisfação, e a gente gosta de ouvir falar com satisfação. E o egiptólogo prosseguiu na lenga-lenga:

— ...Um desses colossos da ilha de Argo era um deus em forma humana, sem nome no papiro real de Turim ou em outro qualquer documento, cuja forma anatômica o Timoeos aproveitou, copiando--a, para erigir o seu colosso Ahk na Ilha Ahk-Manethon... Eu sou de opinião que, contrariamente às ideias absurdas do doutor Porter Smith — bode asmático é ele! — os colossos de Argo, por sua vez, não tinham formas originais, pois já na primeira dinastia do período mannoweriano existiam colossos em forma perfeitamente humana, no tempo de Ata (Ouénéphés, como disseram os gregos), que se seguiu a Athôtis I (lançador dos alicerces do palácio de Mannower). Ata foi o egipciano que ordenou a construção das pirâmides de Kô Komê nos subúrbios

90 H.G. Wells, na sua "História do Mundo", falou nuns reis-pastores semitas, os Hyksos, que também devem ser os Shus com o nome um pouco diverso — provavelmente tirado de Hiq-Shus, ou "rei dos Shus".

da aldeia[cxcvi] de Saqqarah, e no tempo dele existiam diversos colossos, muitos dos quais ruíram no reinado do "Verdadeiro"[91], herói do papiro médico que eu li em Berlim, na Alemanha...

– Chega, professor! – implorou Afonso. – Pelo amor de Deus, chega! Isso tudo é uma boa conversa fiada, isto sim! Nós queremos saber[cxcvii] o que é que o professor e o *Condor* estavam fazendo aqui, às escondidas da gente. É isso o que nós queremos saber!

– Eu não estava fazendo nada – desculpou-se o cientista. – Eu estava segredando...[cxcviii]

– Segredando? Que quer o senhor dizer com "segredando"? Tem algum segredo?

– Sim, meus amiguinhos, eu e este menino temos um grande segredo que ele me revelou, e eu estou muito contente...

– Não diga nada, professor! – acudiu o antipático *Condor*. – Pode ser coisa que valha...

Ao ouvir isso, eu me revoltei e me senti possuído de cólera contra esse Joel O'Connor, que assim ocultava uma coisa que valha à Cruzada da Salvação. E gritei na cara dele:

– Judas! Indisciplinado Francisco! Traidor! Bárbaro! Mau elemento! Mefistófeles! É assim que você paga o que fizemos por você? É assim que você nos trata, a nós, que somos amigos de você, sangue do seu sangue, carne da sua carne, pão do seu pão?! Deixe estar, jacaré, que a lagoa há de secar! Não quero o seu nome inglês! Ouviu? Não quero o seu dinheiro! Delator! Bandido! Eu acabava lhe metendo o braço, se Iracema não estivesse aqui e você não fosse tão forte!

– Calma! – pediam os outros! – Calma no Brasil!

– Deixem de criancices! – falou Roberto. – Não briguem à toa! Vocês nunca deixarão de ser umas crianças!

– Segurem-no que ele verá! – prossegui eu, aos gritos. – Onde já se viu um mentiroso assim? Falso! Ouviu, *Condor*? Você quer trocar de mal comigo, não quer? Pois poderia evitar isso. Você é indigno – in-di-gui-no – dessa cruz de cruzado que tem no peito e que você próprio comprou na cidade! Vou exautorá-lo (eu lera este termo difícil na "Vida

91 Cognome de Hesepti, de cujo reinado data o capítulo LXIV do Livro dos Mortos, descoberto em Sesun, na IV dinastia, por Hor-dudu-w, filho de Menkerâ.

de Dreyfus", folhetim de um jornal carioca)[cxcix], como compete fazer num caso de traição destes!

O *Condor* ficou muito assustado, pois desconhecia o verbo "exautorar" e pensava que era para nós batermos nele. Decidido a levar o caso a sério, chamei o Tião (o soldado raso da Cruzada) e mandei que tirasse a cruz gamada da blusa do *Condor.* A cerimônia ia ter início, quando o professor Gabriel Wodlinghouse resolveu ser franco conosco.

– Eu quero evitar jogo de pancadaria entre meninos – falou ele. – A Cruzada da Salvação promete não contar nada a mais ninguém e eu explicarei tudo. Os meus amiguinhos prometem não contar?

– Prometemos.

– Antes de contar, porém, eu quero que o menino Célio e o menino Joel O'Connor fiquem amigos e não guardem ressentimentos, que é muito feio...

– Só se ele me pedir desculpas pelas ofensas! – disse eu.

Roberto Souza arregalou dois olhos deste tamanho.

– Mas ele não ofendeu você!

– Porque não teve tempo. Quero que retire o que disse, senão, nunca mais falo com ele!

– Está bem – concordou o *Condor.* E começou a gritar: – Mefistófeles! Fantasma da Ópera! Bobo! Falso! Pronto, agora peço desculpas e retiro o que acabei de dizer...

Também retirei o que havia dito e abracei o *Condor.* Depois pedi ao professor de egiptologia para contar o segredo sem receio, pois entre nós não havia espiões. A menos que a portuguesinha Linda Rodrigues...

– Eu me responsabilizo por Linda! – falou Iracema.

– E eu me responsabilizo por Iracema! – falou Roberto.

O cientista inglês, então, sentou-se numa pedra e começou a narrar a história, ao tempo que cofiava a barbicha de bode:

– O menino Joel O'Connor, ontem, esteve passeando por aqui, sozinho, logo que acordou, antes da chamada do capitão Teodoro. *Well*, então ele tropeçou em algo e, ao ver o que era, viu uma laje oval encravada na terra. Ele removeu a terra dos lados e ficou admirado, por se tratar de uma espécie de caixa arredondada feita de um material branco e resistente. Ele, então, mais tarde, foi conosco explorar a ilha e simulou estar com medo do vulcão para poder voltar ao acampamento e assim prosseguir na descoberta daquilo que vira encravado no solo. Voltando com os rifles de repetição, ele foi deixá-los no acampamento, com o timoneiro Aníbal, e correu para aqui, exatamente para este lugar, continuando a examinar o estranho achado. Depois de escavar mais um pouco, ele ficou com medo de que fosse um túmulo, e...[cc] fugiu para o acampamento. Hoje de manhãzinha, ele veio contar-me tudo em segredo e nós viemos aqui e encontramos a cúpula de marfim...

– Cúpula? Que é cúpula, gentes? – perguntou o analfabeto Tião.

– Cúpula é a parte superior de um edifício – instruiu o professor. – É uma cobertura em forma de... *well*... de cuia virada de cabeça para baixo.

– Não lhe dê atenção, professor – disse eu. – Ele nasceu ignorante e ainda não se curou desse defeito horrível. Nós queremos ver a cúlpula...

– Não é cúlpula, é cúpula, cú-pu-la! – emendou Iracema.

– Não ensine latim ao vigário, sua boba. Sei muito bem como é, mas a língua não dá... Pode-se ver a cúlpula, a cúpula do edifício? Está aí, debaixo do seu paletó?

O sábio inglês respondeu que sim, deu uma risadinha enjoada, tirou o casaco de cima da descoberta do *Condor* e acrescentou:

– Vocês vão cair para trás de espanto. Eu fiz a maior descoberta do século XX! Olhem com seus próprios olhos!

Era uma superfície polida, assim como uma monstruosa bola de bilhar cortada pelo meio, com mais de três metros de circunferência, surgindo misteriosamente da terra morna. Soltamos um grito de assombro, mas não caímos para trás – corremos foi para a frente, apalpando a curiosa pedra.

– Eu calculo o que isto quer dizer – continuou o professor de egiptologia e arqueologia em geral. – É a cúpula de algum monumento sagrado dos ascendentes dos malaios, talvez dos Incas. Os Incas estiveram aqui! Vocês, meus amiguinhos, não compreendem o alcance desta descoberta? Eu sempre disse que isso era possível[92]! Um monumento sagrado! E eu e o menino Joel o descobrimos! Eu vou remover esta cúpula e visitar o monumento aqui soterrado, conseguindo uma prova das minhas asserções, que o Pastor Clarence Burroughs julgou falsas, seguindo-me pela voz corrente da ciência menos abalizada, que só conhece a origem dos colossos da Ilha da Páscoa por hipótese e xinga os doutos de velhos bodes caducos!

– Olhem aqui uma inscrição gozadíssima! – bradou Horácio, que estava cavoucando um buraco ao lado da cúpula.

O cientista inglês calou-se e ficou pálido, mais pálido do que era. Uma inscrição! Ia ser desvendado o mistério da ilha e da cúpula de marfim amarelado pelos séculos!

– Inscrição? Que diz essa inscrição?

– Não sei, não senhor. São uns bonecos mal desenhados, com as pernas tortas e os braços abertos e espichados... Gozado mesmo!

– *By* Ménès! – bradou o professor[cci], olhando para o que Horácio apontava. – Hieróglifos! Egito!

Senti um friozinho na espinha dorsal e um gosto esquisito na boca. O sábio da arqueologia, agora, estava decifrando os hieróglifos da cúpula. Ao pôr-se de pé outra vez, precisamos segurá-lo: tinha jeito de quem ia desmaiar de um momento para o outro.

– Não é nada... *Well*, deixem-me... já passou... Eu... eu sou o homem mais feliz da Terra! Este palacete é o erário de Timoeos de Manethon! Meus amiguinhos, nós estamos na Ilha Ahk-Manethon! Está descoberto o segredo de Ahk-Manethon! Está descoberto o segredo de Ahk-Manethon!

– O segredo de Ahk-Manethon[ccii]? Não brinque, professor! Que é que o senhor está dizendo?

– O senhor está doido? – arguiu Roberto Souza. – Aqui é o sul, a Austrália. O Egito fica lá para o norte, do outro lado do oceano Índico, no Mar Vermelho! Pensa que eu não estudei geografia?!

– Eu sei. Eu não estou... Eu estou sonhando ou eu não conheço hieróglifos nem arqueologia! Veja o que está gravado na cúpula: "Ahk

92 O professor sustentava a teoria de que os Incas haviam vivido em todos os mares do sul, os Maias em todos os mares do centro e os Astecas em todos os mares do norte da Terra.

a esta altura". Quer dizer que o colosso Ahk erguia-se defronte deste palácio, com altura aproximada do edifício. É Egito, não pode deixar de ser Egito!

– Mas explique, explique!

– Eu sei! Agora eu entendo tudo! É o erário do Timoeos morto! Eu sei! Eu entendo! Eu explico!

E explicou:

– Depois do grande abalo sísmico que provocou a imersão da Ilha Ahk-Manethon no Mar Vermelho, as correntes marítimas carregaram o palacete, pelo fundo do mar, até ao oceano Índico, onde, por sua vez, outras correntes das grandes profundidades, que vêm do Golfo Pérsico, arrastaram-no pelo Índico na direção do sul, até aqui, onde uma outra erupção vulcânica submarina fez aparecer esta ilha, com o erário no bojo...

– E essa viagem do palacete foi feita com tanta facilidade? – perguntou Roberto, duvidando, e muito.

– Facilidade? Pelo contrário! Antes do palacete-erário chegar aqui, transcorreram séculos e mais séculos, transcorreram tantos anos quantos anos separam a nossa civilização da mais antiga civilização egípcia! Eu venci! Eu vou esfregar a múmia do faraó Timoeos no nariz do doutor Porter Smith!

– Múmia? – perguntou Horácio. – Aí dentro tem múmia?

– Certamente – respondeu o sábio, brunindo as lunetas e tossindo de um modo irritante. – Graças aos papiros "Anneh II" e aos outros papiros do escriba Al-ckedum Ibim[93] que eu e o conde Blomberg achamos junto ao Nilo, há vários anos, eu sei que o erário era um palacete magnificente guardado por Ahk, onde o Timoeos havia posto, ao lado de seus tesouros, as múmias de seus antepassados. Ora, eu tenho a convicção de que onde está o pai, está o filho! A múmia do faraó tem que estar aqui, debaixo desta terra, num palacete deserto de vidas, mas cheio de pedrarias valiosas! Esse palacete resistiu, em parte, às pressões submarinas; ele deve estar todo rachado e inundado pela água do mar. Mas nós o esvaziaremos com a ajuda do capitão Teodoro e dos marinheiros!

93 "Epístolas que o Timoeos ditava".

– Se o palacete for grande, é trabalho para um dia inteiro – disse Roberto, pensativo.

Mas ninguém prestou atenção ao que ele disse.

– Vamos chamar o capitão e o pessoal, minha gente? – sugeri eu, com uma vontade doida de visitar logo duma vez o palacete das múmias[cciii].

– Vamos! – foi a resposta unânime de meus amiguinhos de menor idade.

– Eu, Iracema, Linda e o professor ficamos aqui, deslocando o tampo do palacete – resolveu[cciv] Roberto. – Não demorem muito, ouviram?

– Ouvimos. Vamos num pé e voltamos no outro.

E deitamos a correr, em bloco, unidos uns aos outros, cada qual mais perplexo do que o colega, mesmo porque os últimos acontecimentos eram de molde a deixar perplexos homens grandes, quanto mais homens pequenos como nós...

O capitão Teodoro ainda estava na beira do mar, com o bastão em punho, escrevinhando na areia, cheio de nostalgia. Agora, ao redor dele viam-se cerca de cinquenta nomes, assim:

Sereia Sereia Sereia Sereia

Sereia Sereia Sereia Sereia

Sereia Sereia Sereia Sereia

etc.

TERCEIRA PARTE

BLOQUEADOS DENTRO DA TERRA

Capítulo I

WALLYAMY E O LAGO CENTRAL

Enfim, o erário de Manethon – Múmias, sarcófagos e outros assombros – Wallyamy se junta ao grupo – Surpresas de mundos perdidos[ccv]

Tratava-se, com efeito, do erário-palacete-mausoléu do Timoeos de Manethon, como afirmara o professor Gabriel Wodlinghouse. Era um casarão de granito, de marfim e de um concreto desconhecido em nossos dias. Estava encravado no chão e meio de banda, com um ângulo de inclinação de trinta e três graus, aproximadamente. Todos nós ajudamos a esvaziar o interior desse edifício quebrado, cheio de água salgada, areia e raízes de plantas submarinas. Este trabalho prolongou-se pelo dia todo e apenas quando o sol estava prestes a fugir no horizonte é que o erário egípcio pôde ficar mais ou menos em condições de ser visitado.

– Quem me acompanha? – perguntou o professor Wodlinghouse, pronto para descer, pela cúpula, ao palacete, seguro na corda que servira para o seu esvaziamento.

– Eu vou! – resolveu o Rei Leão, ameaçando mundos e fundos com a espada de lata que lhe dera o *Condor*.

– Também vou! – acudi eu, com o intuito de escrever a continuação desta novela. – Iracema vai comigo. Você desce, Roberto?

– Claro que desço. O capitão também quer descer?...

– Certamente – falou o sábio inglês, metendo-se na conversa. – Vamos eu, capitão, Rei Leão, meninos Célio e Roberto e menina Iracema. Os outros esperam nós subirmos de retorno...

– Perfeitamente – assentiu mestre Aníbal. – Nós ficaremos aqui em cima, para prevenir qualquer sucesso[94] desagradável...

94 Nota do Org.: **Sucesso:** aqui, com sentido de "acontecimento", "aquilo que sucede".

O professor, então, pegou no rifle que o comandante lhe estendia e desapareceu pela cúpula. Depois, desceu o capitão com outro rifle; depois, Roberto e Iracema com um rifle apenas; depois, o Rei Leão com a espada – e, no fim, desci eu, sem rifle nem espada. Estava muito escuro lá embaixo; além disso, a água não fora esvaziada de todo e ainda nos dava pelos joelhos. A inclinação era tão grande que a gente tinha de andar quase de cócoras, com água pela cintura, a fim de não perder o equilíbrio. O professor acendeu um fósforo, para nos orientar e espiar de roda. A cena clareou logo.

Estávamos numa sala enorme, redonda, com os seus oito metros de altura. As paredes, pintadas de cores exóticas e meio desbotadas, tinham altos e baixos relevos egípcios: imagens de camponeses em cenas agrícolas (bois com arados, homens semeando, ceifando etc.); carros de duas rodas, que nem as bigas romanas, tirados por cavalos de formas esbeltas; homens magricelas sentados e fumando num canudo; obreiros batendo, com malhos antiquados, em bigornas de pedra – coisas de se ver! Eu estava com um pouquinho de medo e não prestei maior atenção a estes detalhes: a água morna que me batia na cintura e a catinga da atmosfera (um cheiro ruim de limos podres) faziam-me náuseas. Estive vai não vai para desistir, mas fiquei com receio de que me chamassem medroso – e resolvi enfrentar tudo, pela honra de meu nome. Eu já fizera quinze anos e era um homem com "H" maiúsculo!

– Olhe! – soou, de repente, a voz do Rei Leão. – Há uma porta quebrada à esquerda! Tem uns restos de pano cobrindo...

– Eu vi – acudiu o professor de egiptologia, jogando fora o fósforo que se apagara. – Panos?[95] Devem ser restos do pirão[96] interior. Este salão equivale ao *hall* das casas modernas. Ali está um pequeno altar, destruído na viagem do palacete... Vamos para o outro recinto?

– Vamos embora!

Segurando-nos uns aos outros, andamos em direitura da esquerda, no meio da mais profunda escuridão. O Rei Leão, que passara a encabeçar o grupo, deu com a testa na parede e gritou de dor. Pensamos que tinha achado a porta e avançamos; o capitão Teodoro, porém, segurou-nos a tempo.

---

95 Nota do Org.: **Pano:** aqui, com sentido não de tecido ou fazenda, mas sim de parte plana de parede entre duas barras ou pilastras.

96 Pirão era, na antiguidade egípcia, a grande porta dos templos, feita de planos inclinados.

– Com mil demônios! Onde está o raio dessa porta? Acenda outro fósforo, professor! Não vê que a gente assim não enxerga nada?!

A luz do fósforo mostrou que estávamos pertinho da porta. Endireitamos para ela e penetramos por uma brecha que havia entre a pedra e o "pirão". O fósforo do professor apagou-se; o capitão riscou outro, para acender o cachimbo e iluminar o novo salão do erário.

Este novo salão do erário pareceu-nos mais horrível do que o primeiro. Era o cemitério, isto é: o mausoléu do palacete! Vendo onde nos achávamos, quase que um desmaio geral nos acometia! Era – como direi? – uma dependência em forma de meia-lua, cuja parte côncava (não sei se é côncava que se diz, mas compreende-se onde quero chegar) unia-se à parede do primeiro salão. Pelos muros havia diversos sarcófagos escuros, de pé ou dentro de nichos, e, mesmo no chão, vimos três deles, quebrados, com as feias múmias à mostra. Os trapos dessas múmias estavam soltos e boiavam na água. Aí,o fósforo queimou os dedos do capitão: jogou-o fora. Tudo ficou escuro de novo, mais escuro ainda do que antes dos fósforos.

Voz de Iracema:

– Quem está me segurando?

Voz de Roberto Souza:

– Sou eu. Não se assuste...

Voz do Rei Leão:

– A múmia está se mexendo!

Voz do capitão Teodoro:

– Com todos os diabos, que negrume desgraçado!

Começamos a correr, espavoridos, como ratinhos numa ratoeira. E procurávamos a porta, aos socos, pedindo socorro em altos brados. Mas ninguém conseguiu fugir. O professor Gabriel Wodlinghouse riscou outro fósforo, iluminando o salão. O velho Teodoro, com Iracema ao colo, estava encostado à parede do fundo; o Rei Leão, deitado aos pés do professor, e Roberto, abraçado a uma das múmias, pensando que fosse Iracema. Eu e o professor éramos os únicos em boa posição: ele examinava um sarcófago, à chama do fósforo, e eu estava de pé, no centro do mausoléu, com as mãos nas ancas. Roberto, quando viu que segurava um cadáver embalsamado em vez de minha irmã, deu um salto e um grito de susto, que nos arrancou gostosas gargalhadas.

O professor de egiptologia virou-se para nós.

– Eu estou procurando a múmia do Timoeos – disse ele. – Eu vejo as múmias dos vassalos e da família do faraó. Onde está, porém, o sarcófago do rei?

– Você viu por aí o sarcófago do rei? – perguntei ao Rei Leão, com uma ponta de riso e de ironia na voz.

– Não. Olhe, quem foi que perdeu?

– Ninguém perdeu, seu bobo! O professor é que quer achar e dá dez tostões a quem ajudar... Não dá, professor?

– Eu dou, certamente... Ei! Olhem ali! O que estará brilhando naquele canto? Olhem ali!

– É um pedaço de azulejo verde – disse o capitão Teodoro, depois de botar Iracema na água.

– Azulejo verde? Eu não entendo... Repita, por favor.

– Azulejo verde, sim, com trezentos diabos! Não sou relógio de repetição! Venha ver! Hum! Quem quer vai, quem não quer manda...

– Eu vou ver... *By* Ménès! Eu penso que achei o sarcófago do Timoeos! Eu vou ver de perto...

E pôs-se a andar. No percurso, o fósforo apagou-se. O capitão Teodoro acendeu um, Roberto acendeu outro, Iracema outro, o Rei Leão outro e eu um quinto – todos tirados da caixa do capitão que, por sinal, ficou vazia. Entrementes, o egiptólogo examinava o "azulejo verde", no entender do capitão.

– É, efetivamente, basalto verde[97], como eu desconfiei. É o sarcófago do Timoeos de Manethon! Rei Leão, ajude-me a levantá-lo.

– Eu preferia não segurar em múmias, sabe?

– Ajude o homem, seu mulato de uma figa! – ordenou o capitão.

O ex-rei da França ficou cinzento.

– Não precisa gritar comigo! Olhe, se o senhor fosse um aristocrata, eu o guilhotinava aqui mesmo!

97 Em geral, os sarcófagos dos antigos reis do Egito eram feitos desse curioso basalto verde a que se referem os egiptólogos.

– Não gosto de conversa fiada! – retrucou o velho Teodoro, botando ponto final no diálogo.

Com o auxílio do Rei Leão, o professor tirou o sarcófago de basalto da água e depositou-o em cima de uma espécie de prateleira embutida na parede. O sarcófago era uma caixa quase oval, sobrecomprida,[98] quebrada em vários pontos, de maneira que não era preciso abri-la para a gente ver a múmia do faraó. Esta achava-se bem conservada, embora lhe faltasse um braço, com certeza quebrado nos choques da acidentada viagem do palacete-mausoléu pelo fundo do Mar Vermelho e do oceano Índico.

– Eis o Timoeos de Manethon! – exclamou o professor, quebrando o silêncio respeitoso que se fizera. – Eu encontrei o Timoeos de Manethon! Eu descobri o segredo de Ahk-Manethon! Eu consegui...

– Alto lá, oh, timoneiro! – interrompeu o capitão Teodoro. – E nós? Nós não fizemos nada? O senhor tem a desagradável mania inglesa de usar muito a primeira pessoa dos pronomes pessoais!

– Eu retifico: agradeço a todos o auxílio e curvo-me diante da coincidência.[99] Eu vou levar a múmia do Timoeos para cima!

– Não vai levar coisa alguma! Amanhã nós trataremos disso. Bom Deus! Quero saber é do tesouro que estes meninos disseram que o senhor disse que lhe haviam dito que existia aqui!

– Eu creio piamente na existência do tesouro! – retrucou o sábio inglês. – O erário deve estar intacto e eu reparto... Vou procurar... *well*, vamos procurar!

– Olhe, *seu* professor – falou o Rei Leão. – Se não se importa, eu vou abrir o sarcófago e dar uma espiada na múmia... Não é por nada, não. Eu gostava.

– Pode abrir, cavalheiro...

O ex-rei da França não esperou por mais nada e meteu o pé no sarcófago; depois, cutucou o corpo do Timoeos com a ponta da espada, dos pés à cabeça. Na testa da múmia estava um curioso diadema que o professor explicou ser o tal *khothen*, símbolo privativo de Manethon

98 Nota do Org.: **Sobrecomprido:** muito comprido, comprido na parte superior.

99 Nota do Org.: **Coincidência:** aqui, não com significado de "combinação" ou de "simultaneidade", mas sim de "concorrência para um mesmo fim" (isto é, a ajuda de todos concorrendo, coincidindo para a descoberta da múmia).

(as seis estrelas ao redor de uma pirâmide), cravado no *uroeus*, que era o diadema dos reis e dos deuses egípcios. O *uroeus*, uma víbora enroscada, servia de sustentáculo ao *khothen*. Ambos os símbolos eram confeccionados em ouro[100] e o Rei Leão tratou de embolsá-los, embora com desaprovação do professor, que via naquilo não os quilates do vil metal, mas o valor estimativo de um *uroeus* com um *khothen* pregado no frontispício.

– Olhe, agora podemos ir ver o tesouro – disse o Rei Leão, após cometer aquele sacrilégio de não oferecer nenhum pedaço do *uroeus* aos amigos. – Este tal de *khothen* e *uroeus* eu guardo, viu? É que, às vezes, gosto de bancar o egiptólogo...

– Escute, professor – acudiu Iracema. – De que são feitas estas múmias, hein?

– As múmias são homens embalsamados – explicou o cientista.

– Homens mortos? – tornou Iracema, perguntona como ela só.

– Homens mortos, certamente. O doutor Porter Smith discutiu comigo, durante uma *tournée* pelo interior do estado do Amazonas, no Brasil, a respeito de certas solenidades egípcias em que, diz-se, os homens rebeldes à religião eram embalsamados vivos, em honra às divindades Osíris, Ísis, Hórus, Amon-Rá etc.[101] Mas eu provei ao doutor Porter Smith que um homem, depois de embalsamado, não pode ficar vivo! Ninguém pode ser embalsamado vivo!

– Ora, que novidade! É claro que não pode! Mas responda, professor: como eram embalsamados os egípcios?

– A fórmula é secreta até hoje, minha amiguinha. Eu somente posso dizer o que outros disseram antes de mim – uma parte diminuta da grande obra!

– Diga, professor, diga assim mesmo. Como era?

---

100 O ouro egípcio tinha sua procedência na Etiópia e no interior do continente africano, de onde também provinha o marfim.

101 Osíris, ou Phtat, era encarnado, em Mênfis, pelo boi chamado Ápis, e significava o Sol, o deus-primeiro, o Criador, o Benfeitor, "o que tudo sabe e tudo vê", o que existe desde o Princípio, a mais alta divindade entre todas as outras. Ísis, mulher de Osíris, era a Lua. Hórus, filho de Osíris e de Ísis, era o Sol-Nascente. A tradução de Amon é "sol" – logo, Amon-Rá (em Tebas) também era o Sol, o deus de Tebas. Amon-Rá, comumente, era figurado com cabeça de carneiro. O Egito Antigo tinha, além desses, outros deuses em quantidade, e daí se diz ser adepto do "politeísmo" (religião com muitos deuses).

– *Well*, os reis eram embalsamados em câmaras especiais, onde trabalhavam operários especializados nesses misteres.[102] Estes operários guardavam consigo, sob juramento, os segredos das essências vegetais usadas na conservação quase perpétua das múmias. A operação do embalsamento era como se fosse um rito sagrado, pois os egípcios acreditavam que a alma das pessoas mortas não abandonava inteiramente o corpo enquanto este permanecesse direito, sem o estado de putrefação. Diz-se que o deus Osíris foi o primeiro a ser embalsamado no Egito e, depois dessa cerimônia, depositaram-no com toda a pompa em um monumento gigantesco e muito bonito[103]. Depois de Osíris, os grandes homens começaram a ser embalsamados. *Well*, os embalsamadores recebiam o corpo do morto e faziam-lhe um corte no lombo, entre as costelas e os ossos da bacia. Por esse corte, eles esvaziavam o interior do cadáver. O cérebro era extraído pelos ouvidos, pelo nariz e pelos olhos. Quando o corpo já pouco tinha de entranhas, eles enchiam-no de aromas (essências vegetais cuja fórmula é um segredo desafiando o tempo), davam-lhe um banho de natro[104] e envolviam-no em tiras de pano fabricado com fibras resinosas previamente embebidas no granito das rochas quando em estado pastoso. Após estar completamente amortalhado com essas tiras, o corpo era encerrado em um ataúde de madeira, gesso ou basalto, conforme a posição social que o homem tivera em vida. E estava pronta a operação. Junto com a múmia, eles punham o "Livro dos Mortos", um papiro que pedia clemência aos deuses pela alma do finado...

– "Livro dos Mortos"? – disse o Rei Leão. – Olhe, aqui não há livro de mortos algum...

– Não há, não? Vamos procurar, minha gente!...

Mas não houve tempo para mais nada; nessa horinha exata, o capitão avisou que mestre Aníbal estava assobiando na entrada do erário e que alguma coisa acontecera na superfície da terra. Acrescentou que devíamos voltar imediatamente, se não quiséssemos virar múmias.

– Espiem aqui uma escada! – avisei eu, depois de ter dado uma bruta cabeçada num degrau.

---

102 Nota do Org.: **Mister:** atividade, ofício.

103 Osíris, segundo reza a tradição, depois de morto por Set, deus da noite, foi embalsamado e depositado no monumento chamado Serapeum.

104 Nota do Org.: **Natro:** mesmo que natrão. Mineral formado por carbonato de sódio hidratado.

Vi diversas prateleiras encravadas na parede, umas por cima das outras, até sumirem no alto. Não era propriamente uma escada, mas servia. Resolvi adiantar-me a todos e comecei trepando por ali acima. A escuridão envolvia-me e os fósforos apagaram-se lá embaixo. Mas continuei subindo, subindo, subindo... até que, a certa altura, minha mão parou de encontrar apoio: tinham-se acabado as prateleiras. Levantei a cabeça e dei uma pancada no teto do palacete; logo um "galo" me cresceu bem no cocuruto. Havia chegado ao fim da escada. Com infinitas precauções, suspendi a mão e fiz força. E, ante minha surpresa, um pedaço do teto gemeu e levantou-se dois centímetros. Mas era pesadíssimo e só depois de um grande esforço consegui abrir uma espécie de portinhola com meio metro quadrado de tamanho. Um vento morno acariciou-me as faces e os cabelos; a lua começou a brilhar acima de minha cabeça. Esgueirei-me pela abertura e achei-me na superfície da ilha! Tinha descoberto outra entrada para o erário sepultado! Atrás de mim saiu o capitão Teodoro, apoiando-se no rifle; depois, saiu Roberto; depois, Iracema; depois, o Rei Leão; por último, o professor de egiptologia.

Então, apressamo-nos a ir ao encontro dos outros náufragos. Mestre Aníbal, depois que lhe explicamos existir uma segunda passagem secreta no teto do palacete, levou o capitão para uma das tendas do acampamento, com jeito de estar excitado. O professor Gabriel Wodlinghouse, o Rei Leão, eu, Roberto e Iracema seguimo-los, também muito excitados.

Quando entramos na tenda, vimos que o caso era sério: mestre Aníbal aprisionara um selvagem, na ilha, durante nossa visita aos antigos domínios do faraó Timoeos! Um australiano bárbaro em carne e osso!

O selvagem estava sentado no chão, falando com *Mister* Joseph William Shesterbourns, o gordo e vermelho náufrago do *Chesterton*. Era um rapaz ainda, magro, os cabelos lisos e negros, a pele escura, a cara comprida, os olhos vivos e ariscos, feio que nem um macaco, com a barriga meio inchada. Como vestimenta, trazia um cinto de *opossum*,[105] uns enfeites nos cabelos, uma tanga de penas de cacatua e uma pequena capa de pele de canguru (ou *wollaroe*, como eles chamam). Quem o visse

105 Nota do Org.: **Opossum:** pequeno marsupial conhecido entre nós como "gambá".

assim de repente, pensava que fosse um malaio, desses que se veem nos livros didáticos ilustrados e que são conhecidíssimos como pescadores de *trepang*[106] [ccvi] nas costas que vão da Melanésia à Malásia.

O professor Wodlinghouse, useiro e vezeiro[107] em negócios com os nativos daqueles sítios, adiantou-se com toda a solenidade, abaixou-se junto do selvagem, esfregou o próprio nariz no nariz dele e fez sinal para que fizéssemos o mesmo. Nós o fizemos, a contragosto, e, no fim, o selvagem estava com o nariz vermelho como um pimentão. Mas ainda assim ria, feliz, mostrando uns dentes brancos e afiados.

Dentro em pouco o cientista falava animadamente com ele, usando o dialeto de sua tribo misturado com o idioma inglês. O professor perguntou, perguntou, perguntou; o aborígene respondeu, respondeu, respondeu. Acabada a conversa, o professor dirigiu-se a nós outros com estas palavras:

– O homem é australiano. A Austrália está a um sol e uma lua (um dia e uma noite) em piroga, andando para lá – nordeste. Ele chama-se Wallyamy e pertence à tribo dos *Mahoones*. Ele contou-me a sua história, mas eu antes quero que o timoneiro Aníbal diga como o encontrou a ele...

– Apareceram três pirogas no horizonte, cheias de selvagens – contou mestre Aníbal. – Quem viu foi a senhorita Marguerite Mendelson, que estava namorando com *seu* Teixeira, o chefe das máquinas. Eu, então, me escondi atrás das rochas. Vi os selvagens das pirogas saltarem na areia, rezarem um minuto com a barriga no chão, empurrarem este camarada para a ilha, na direção do vulcão, e voltarem para as pirogas, fugindo a toda força dos remos. Então, chamei o...

– Isso basta! – atalhou o professor. – Eu vou contar-lhes, agora, a história de Wallyamy. Como lhes disse, Wallyamy pertence à tribo dos *Mahoones*, que habita o noroeste da Austrália. Este nosso rapaz está enamorado da filha do chefe, chamada Djika-Emú, com a qual quer casar-se. O *kerredais*[108] da tribo, porém, de acordo com o pai da moça, que é um tirano muito grande, não o abençoou para marido, não obstante ele haver

106 Nota do Org.: **Trépang:** animal marinho (do Filo Echinodermata, Classe Holothuroidea) conhecido como pepino-do-mar.

107 Nota do Org.: **Useiro e vezeiro:** expressão que significa "aquele que tem hábito ou costume de fazer alguma coisa".

108 *Kerredais*, feiticeiro das tribos australianas.

cumprido a tradição da tribo e descadeirado[109] a noiva[110]. Pelo contrário, o malvado *kerredais* o julgou como traidor à religião, ao chefe e à noiva, pois esta última é *tabu*[111]. Ela, no entanto, não é *tabu* senão na boca mentirosa do feiticeiro e do próprio pai. Pois bem: o *kerredais* condenou Wallyamy à morte, em holocausto aos deuses, na Ilha do Juízo Final...

– Juízo Final? Que é Juízo Final, gentes? – perguntou o Tião, enquanto lavava uma ferida que o australiano tinha na perna.

– Cale a sua boca! – redarguiu o professor. – A Ilha do Juízo Final, a Ilha da Morte, é esta ilha em que nós estamos. Segundo eu depreendi das palavras deste rapaz, esta ilha é a morada dos deuses maus da religião *mahoone*. O vulcão da ilha é o *wiami* – ou inferno –, onde habita o Tugal[112]. Existe um lago no centro da ilha, ao qual chamam *liami*, que é a morada do Patayan[113] comedor de gente...

– Deus do Céu – gemeu Afonso, que estava ouvindo aquilo tudo com lágrimas dependuradas nos óculos. – Vamos fugir daqui!

– A história deste rapaz é razoável – continuou o professor. – Os corsários da antiguidade puniam os companheiros desembarcando-os, com um pouco de pólvora e uma espingarda, em uma ilha deserta e distante, num completo abandono...

– É mesmo! – disse eu. – Já li, numa das aventuras do corsário Morgan, que os piratas pegaram num aristocrata das Ilhas Barbadas e botaram ele numa ilha anônima...

Horácio acudiu, ligeiro:

– Isso é plágio do Capitão Drake, um corsário palaciano inglês! Li num livro que...

– Puseram, então, Wallyamy nesta ilha para que morresse de fome? – falou o capitão Teodoro, puxando uma baforada do cachimbo. – Bom Deus, isso é uma crueldade!

---

109 Nota do Org.: **Descadeirar:** aqui, com sentido de "bater até deixar a pessoa desconjuntada, incapaz de se levantar ou se sentar".

110 Fala-nos uma tradição antiga dos mares do sul, a qual tende a desaparecer como quase todas as tradições rústicas, que é comum o noivo tocaiar a mulher eleita e propinar-lhe uma surra até deixá-la desmaiada. É uma prova bárbara de amor a que a noiva se submete sem guardar ressentimentos do noivo que tanto a maltrata.

111 A noiva, sendo considerada *tabu* ou *taboo* (sagrada), não se pode casar e tem mesmo de ficar titia para o resto da vida.

112 Gênio mau.

113 Outro gênio mau.

– Ele diz que o puseram aqui porque esta é a Ilha do Juízo Final e que o Tulugal vai queimá-lo e o Patayan do *liami* vai comê-lo como comeu... *well*, como comeu vinte amigos seus desaparecidos nesta ilha no espaço de dois meses, que é de quando data a sua emersão.

– Pelas barbas de meu avô – grunhiu o comandante. – Vamos ver de perto esse vulcão e esse lago do centro da ilha. Às vezes pode ser...

– *Nardoo!* – pediu, de repente, o selvagem. E repetiu em voz bastante alta: – *Nardoo! Nardoo*!

– *Nardoo* é você, seu cara de macaco! – replicou o *Condor*, julgando-se ofendido.

– Ele está pedindo comida – apaziguou o professor. – Ele não está ofendendo ninguém. Menino Tião – ajuntou, voltando-se para o moleque. – você fica tratando dele enquanto nós vamos olhar o vulcão e o lago central. Não o deixe fugir, compreendeu?

Dito isso, saímos todos, deixando junto do selvagem apenas a cozinheira Izabel da Vista Longa e o Tião, servindo-lhe o que tínhamos de melhor em matéria de comidas e bebidas: bolachas duras e água choca.

Fomos marchando. O capitão ia na frente, de rifle engatilhado; o Rei Leão atrás de todos, arrastando no solo a capa sujíssima. Devia ser meia-noite quando chegamos ao outro lado das montanhas. A lua clareava um pouco o caminho, mas era muito pouco. O calor não abrandara nem um tiquinho – naqueles climas tropicais, penso que ele é tão eterno como os mosquitos.

– Aqui estamos! – disse o capitão. – A ilha não é tão pequena assim: deve ter os seus doze quilômetros quadrados...

O lago apareceu aos nossos olhos, no meio das montanhas que o emolduravam: era um lençol de água verde-clara, medindo uns 800 metros na parte mais larga, todo cheio de pequenas ondas. Não havia vento nem qualquer outra razão, à primeira vista, capaz de originar essas ondas, de modo que nós ficamos admirados.

– Alguma coisa vive no lago e faz as águas tremerem – aventurou o capitão. – O senhor não acha, professor?

– Eu acho. Aliás, o vulcão é um vulcão como outro qualquer. Mas o lago, o lago...

– Ao surgir a ilha... – começou o capitão, querendo bancar o professor de geologia, mas foi interrompido pelo sábio inglês:

– Ao surgir a ilha, eu sei, o lago formou-se no seu interior, vedado pelas terras que apareceram por todos os lados...

– Isso mesmo! – aprovou o Rei Leão, pegando a mania de aprovar tudo o que já estava aprovado. – Isso mesmo! – repetiu. – Olhe, era justamente o que eu pensava: vedado pelas terras que apareceram por todos os lados...

– *Well*, agora resta saber se, ao formar-se o lago, não ficou prisioneira alguma baleia, que mata os selvagens jogados aqui na ilha...

– Estou vendo! – bradou mestre Aníbal, apertando os olhos na direção do lago. – Estou vendo uma coisa!

– Que é? Que é?

– Isso queria eu saber! Vejam! Está se aproximando...

– Caramba! É uma cabeça enorme!

– Uma cobra!

– Um pescoço!

– O Patayan dos selvagens!

– Fujamos!

– Um monstro!

– Virgem Nossa Senhora!

Demandamos a correr, feito uns doidos, trepando na montanha e esfolando as mãos. Um dos marinheiros ingleses, náufrago do *Chesterton*, não foi suficientemente ligeiro e escorregou – e levou um tombo. Entretanto, de cima da montanha, nós outros, entrincheirados, ficamos a observar o tal Patayan do *liami*. Era mesmo um monstro pré-histórico. O professor Gabriel Wodlinghouse, muito dado a coisas antediluvianas, esfregava as mãos de contente, botava e tirava as lunetas, coçava a cabeça, assobiava por entre os dentes: fiu, fiu, fiu-u-u-u, fiu-u-u-u... Mestre Aníbal estava horrorizado, porque, como sabemos, encontrara por duas vezes, em suas viagens maravilhosas, monstros iguais àquele, se não o mesmo.

O marinheiro inglês, que escorregara e levara um tombo, estava trepando outra vez pelas arestas da montanha. Mas agora era tarde; vi a cabeça do plesiossauro esticar-se para o lado do pobre homem.

– É um plesiossauro[ccvii]! – exclamou o professor de arqueologia. – Eu vacilo em classificar esta miragem de paleontologia ou zoologia... Um plesiossauro!

Era um animal gigantesco, com perto de dez metros de tamanho. Tinha a cabeça parecida com a de um lagarto, achatada e relativamente pequena; os olhos cintilantes no lusco-fusco da noite; os dentes de jacaré feitos num serrote; o pescoço comprido e ondulante como o de um cisne, ou melhor, como o de uma jiboia; o corpo pesado, em forma de barril de vinho, lembrando uma tartaruga, ou antes, um jabuti que crescesse demais. Não tinha pernas; estava apenas munido de largas natatórias (uma espécie dessas natatórias dos peixes, só que eram mais fortes), e seu couro era liso e brilhante d´água.

– É um plesiossauro! – tornou a exclamar o professor de arqueologia. – *By* Ménès! Um plesiossauro vivo!

– Cale-se, homem de Deus! – rugiu o capitão. – Não vê que o seu patrício pode ser apanhado?!

Com efeito. O marinheiro inglês, que escorregara e levara um tombo, estava trepando outra vez pelas arestas da montanha. Mas agora era tarde; vi a cabeça do plesiossauro esticar-se para o lado do pobre homem. – e fechei os olhos. Então, escutei, trêmulo de susto, este grito de horror partir de todas as bocas:

– Pegou!

Reabri os olhos a tempo de enxergar o monstro do lago mergulhar de ponta-cabeça na água, soltando um ronco surdo. E o marinheiro inglês não estava mais subindo a montanha!

As pernas do capitão tremiam como bambus. Por aí se calcula como não estariam as minhas e as pernas dos outros cruzados... Resolvemos fugir daquelas paragens. Não tivemos tempo de visitar o vulcão, e nem pensamos nisso; apenas batizamos o lago de “Lago Iracema”, não sei por que, e o vulcão de “Teodoro”, por causa da fumaça da cratera lembrar o cachimbo do ex-comandante do *Sereia*.

Depois, voltamos. Ninguém falava, ninguém ria, ninguém brincava. Ao chegarmos ao acampamento, eram duas horas da madrugada. Fomos dormir; penso que todos tiveram sonhos antediluvianos. Eu, pelo menos, tive...

Capítulo II

A VOLTA DAS PIROGAS

Investigando as pirogas dos selvagens – O ataque dos dingos – Batalha pelo acampamento – O tesouro do Timoeos de Manethon[ccviii]

Na manhã seguinte – eram 11 horas na "cebola"[114] de mestre Aníbal – acordei com o alarido feito pelo selvagem Wallyamy, que estava perguntando ao *Condor* como era o nome do Tião. Usando o pequeno número de palavras inglesas que conhecia, o *Condor* respondeu da seguinte maneira:

– *The black boy has the name of* "Negro Sujo".

– *What?* – tornou Wallyamy. – *Woogy! I don´t understand...*

– Ele se chama "Negro Sujo" – falou então o *Condor*, muito envergonhado por não ter sido compreendido.

Aí, o australiano deu uma gargalhada ruidosa.

– *Oh! Yes! I know!* "Negro Sujo"! *That´s a fine name! Koo-wo-wa-ma-â-â!*

– É melhor o senhor se calar e não dizer bobagens, *seu* Wallyamy! – replicou o *Condor*, incomodado com esse "koo-wo-wa-ma-â-â".

E deu o fora, assobiando na surdina.

Wallyamy saiu à procura do Tião – e eu no seu encalço, doido por soltar também uma gostosa gargalhada. O antipático, sujo e ignorante negrinho estava ajudando a cozinheira Elizabeth Longsight – Izabel da Vista Longa. Iracema pedia ao Tião que lhe fizesse uma sopa de ostras, pois ela se pelava por ostras. Roberto, Afonso e Horácio também lá estavam, botando olho comprido na comida.

Wallyamy chegou e, sem cerimônias, abraçou o Tião, gritou e disse:

– Negro Sujo! Negro Sujo!

---

114 Nota do Org.: **Cebola:** ou "cebolão"; aqui, com significado de "relógio".

Foi uma chacota geral. O professor Gabriel Wodlinghouse, atraído pelo ruído e pelo cheiro do almoço, apareceu e explicou a Wallyamy que "negro sujo" era um pejorativo, ou seja, uma ofensa que a gente não deve dizer aos outros. Mas o selvagem da tribo dos *Mahoones* não quis saber de nada. E repetiu em alto e bom som:

– Negro Sujo! Negro Sujo!

Aí, o Tião, muito encabulado, quase chorando de tanta raiva, pegou num prato de madeira e foi para a praia abrir ostras. Entretanto, o professor de egiptologia segurava no braço de Wallyamy e levava o pobre ignorante selvagem para o outro lado do acampamento. Assim teve fim aquela inocente brincadeira que tanto me divertia.

De repente, soou um grito de alarme: era a voz do capitão Teodoro. De cima de um rochedo, na praia, ele berrava com toda a força dos pulmões:

– Apaguem o fogo! Com mil bombas! Apaguem o fogo sem fazer fumaça! Estamos em perigo de vida!

Apagamos imediatamente o fogo. Eu e Roberto corremos, em seguida, para a praia. Já ali estavam reunidos todos os demais náufragos, espiando o horizonte, à direita de quem olhasse para o mar. Espiei também e vi – nunca me esquecerei daquele espetáculo! – vi uma porção de pirogas negras que se dirigiam para nós, para a nossa ilha! E essas pirogas estavam cheinhas assim de selvagens!

– Canibais! – gritou Afonso, graduando os óculos aos olhos.

– Jesus Cristo que estais no céu, tende piedade de nós! Estamos no mato sem cachorro!

– Cale-se, meu menino! – disse o capitão Teodoro, ao tempo que apagava o cachimbo, para não fazer fumaça. – Peço a todos vocês que se calem e fiquem quietos em seus lugares, ouviram? Com a morte não se brinca...

Obedecemos e ficamos calados[ccix], na perspectiva de algo horroroso: no mínimo, de um caldeirão cheio d´água onde seríamos cozidos vivos. As pirogas aproximavam-se com ligeireza – movidas, cada uma delas, por três pares de remos – e em breve chegavam à ilha. Não abicaram, porém, perto de nós; dirigiram-se todas para o outro lado da ilha, por trás do monte principal (batizado Montanha do Naufrágio por mestre Aníbal) e daí a pouco sumiam de vista. Não fomos percebidos pelos selvagens, certamente porque estavam muito preocupados com eles mesmos. O Rei Leão, que se juntara a nós outros, perguntou então:

– Podemos espiar os manejos desses canibais australianos, senhor comandante?

E o capitão Teodoro:

– Hein? Que é que você pensa espiar? Bom Deus! Quer fazer notar a nossa presença?

– Qual nada! – intrometeu-se Afonso. – Nós queremos espiar por espiar...

– Pois então vão espiar no diabo que os carregue, meus meninos! Eles podem também querer espiar. E se vocês espiarem quando eles estiverem espiando... nem faço ideia do que possa acontecer!

– Não há nada, que eu sei espiar direito! – acudiu Horácio.

O professor Wodlinghouse resolveu a situação; arrepanhando[115] os pelos da barbicha de bode, disse:

– Eu vou com os meninos e Rei Leão e não deixo os selvagens verem-nos. Eu quero saber com que espécie de aborígenes teremos que nos avir[116]...

O capitão Teodoro concordou que a medida era razoável.

– Bom – tornou ele. – Como o senhor é um camarada experiente, dou licença... Mas veja lá o que vai arranjar, hein?! Com a morte não se brinca...[ccx]

Uma vez tudo combinado, saímos do acampamento num grupo assim constituído: o professor de egiptologia, o Rei Leão, eu, Horácio Magalhães e Afonso Rodrigues. Levamos os revólveres convenientemente municiados e um rifle de repetição. À última hora, Wallyamy lastimou-se tanto[ccxi] que nós o deixamos ir também, mesmo porque ele devia ser bamba nessa história de selvagens australianos ou malaios...

As pirogas negras haviam abicado e o mar estava deserto outra vez. Era meio-dia. O sol afogava a ilha e nossos corpos num mormaço enjoado, dardejando raios verticais sobre o mar, que os refletia em pequenas

115 Nota do Org.: **Arrepanhar:** puxar e repuxar, fazer dobras.

116 Nota do Org.: **Avir:** aqui, com sentido de "conciliar", "harmonizar", "colocar em acordo".

cintilações. A atmosfera pesada dava até náuseas na garganta da gente e, ainda por cima, pairava no ar[ccxii] um cheiro penetrante de maresia. Enfim, um verdadeiro inferno[ccxiii]. Fomos andando, suando, esbracejando e conversando para espantar o calor. O sábio Wodlinghouse atendia, solícito, às perguntas do selvagem Wallyamy, que não compreendia bem a razão da vergonha[ccxiv] das senhoritas inglesas ao vê-lo de tanga de penas de cacatua, pois elas também estavam quase do mesmo jeito – e diz o ditado que o roto não ri do esfarrapado[ccxv]; Horácio e Afonso falavam de viagens maravilhosas na cordilheira do Himalaia, por cima do Monte Everest (8.848 metros de altitude[ccxvi]), sempre ambiciosos e descontentes com as próprias aventuras; eu e o Rei Leão, por último, discutíamos a respeito do monstro do lago central, o Patayan do *liami*, que eu dizia ser apenas um tronco de árvore carnívora e ele sustentava tratar-se do carrasco de Danton, disfarçado em bicho peçonhento... Cada vez mais eu me convencia de que o pobre mulato estava mesmo doido. Por fim, contei-lhe as minhas dúvidas, se é que ainda as tinha[ccxvii].

– Você se engana comigo, meu nego! – retrucou ele. – Não estou louco, não senhor! É uma força interior, uma força psíquica e nervosa, sabe, que me obriga a dizer isto e a pensar, em certas ocasiões, que fui o rei da França. Estou com o sistema nervoso alterado devido a um trabalho que empreendi no Rio de Janeiro, há poucos meses atrás. Eu era curador de uma baita Enciclopédia Francesa, num museu. Aprendi a ler e, um dia, quis decorar aquela história toda. Não lhes conto nada!... Para mim, até as buzinas dos automóveis eram gritos de gente guilhotinada!... Olhe, o bulício[117] da cidade[ccxviii] faz o camarada ficar meio "gira". É o que lhe digo, Célio[ccxix]: o meu desequilíbrio cerebral é todo psíquico. Compreende?

– Não.

– Bem, oportunamente eu lhe contarei tudo. E... agora não me amole mais, sabe?!

Caminhando sem ruído, chegamos à base do "Monte do Regime do Terror que ocorreu dentro da Revolução Francesa", como diria o meu companheiro. Todos os seis estávamos suados e cansados de andar naquele terreno duro, estéril, esfumaçante, de onde se desprendia um curioso cheiro de enxofre como se fosse o cheiro do próprio inferno.

---

117 Nota do Org.: **Bulício:** grande ruído ou agitação.

A Ilha da Salvação, afinal de contas, não era tão hospitaleira como nos havia parecido. Tudo na vida é assim: a gente pensa que vai alcançar uma grande coisa e só depois que a alcança é que nota que ela está cheia de defeitos...

– Professor – disse Afonso, de súbito. – estou com medo de que apareça o monstro do lago... Wallyamy não disse que ele saía do lago e vinha comer os outros[ccxx]?...

– Fábulas, invencionices! – respondeu o sábio inglês. – O monstro não pode sair do lago. Ele está preso e cercado, porque só vive dentro d´água. Os selvagens que seus inimigos jogaram aqui é que foram à procura do monstro e... *well*... morreram! Vencidos pela fome, pelo cansaço, pelo desespero e principalmente pela sede, eles preferiram aproximar-se do lago, na ânsia de água potável, e aí o monstro os comeu como comeu o marinheiro meu patrício... O monstro deve ter uma fome devoradora, sempre insatisfeita!

– Isso me tira um peso de cima – retrucou Afonso, passando o dedo nos óculos como se o peso estivesse neles. – Espiem! Um passarinho! – acrescentou em voz alta, de nariz no ar.

Seguimos a direção de seu olhar[ccxxi]: uma ave tonta pousara pouco adiante de nós, palpitando de cansaço. Com toda certeza seguira a esteira das pirogas dos silvícolas e agora desejava tirar uma soneca descansada. Ao vê-la, e ao notar que era uma águia australiana igualzinha à outra que tínhamos comido, Horácio engatilhou o revólver e preparou-se para pespegar um tiro na pobrezinha. O professor Gabriel Wodlinghouse, porém, segurou-lhe o braço a tempo e tirou-lhe a arma, dizendo:

– *By* Ménès! O menino[ccxxii] não deve fazer tal coisa, para não atrair a atenção dos selvagens que estão do outro lado do monte! Eu vou ficar com o seu revólver, pelas dúvidas...

Como trazia outra arma escondida debaixo da blusa, Horácio não se incomodou; meteu dois dedos na boca e soltou um assobio agudo. O Rei Leão deu-lhe um tapa e recebeu um pontapé nas canelas que o fez ver estrelas. Desde aí não houve mais nenhum incidente para perturbar a boa marcha da expedição. O professor de egiptologia tomou a frente da turma e, para nos incutir coragem, começou a cantarolar uma marcha[ccxxiii] guerreira australiana:

"It's a long way to Tiperary,
It's a long way to go..."

Chegamos quase ao fim da estreita passagem existente no sopé da Montanha do Naufrágio, que a separava da praia saibrosa. Aí, fizemos alto e o professor Wodlinghouse calou a boca, olhando ao redor com ar de susto. Desse ponto, trepando nas arestas da rocha, podíamos ver a olho nu o local de desembarque das pirogas. Eis o que vimos:

Os selvagens estavam no meio de uma construção de estacas – uma paliçada – em redor de um terreno mais ou menos plano e o mais próximo possível do mar. Aí empilhavam os troços descarregados das pirogas. O professor Wodlinghouse, de comum acordo com Wallyamy, explicou serem aqueles os últimos representantes da tribo dos *Mahoones*. Eram uns tipos curiosos de homens, parecidos com os papuas, esqueléticos, de nariz ligeiramente esborrachado, caras chupadas, pele muito morena e pintada com cores vistosas[ccxxiv], cabelos corridos, negros como um pedaço de azeviche[118] e untados com um óleo estranho que, mais tarde, soube ser óleo de eucalipto. Usavam colares e adereços de coral, cintos de *opossum*, capas de pele de canguru, penas na cabeça e nos tornozelos. Alguns nem traziam tanga. No centro da paliçada em construção estava caído um grande saco de fibra, com parte da boca aberta, deixando ver um cativante pedaço de carne crua. Perguntei ao sábio inglês que carne bonita era aquela, ao que ele me explicou:

– É um saco de fibra de coqueiro selvagem com a comida deles, porque eles são carnívoros, mas não antropófagos. É o *casoar* australiano, o *kulbaroe* e o *wollaroe* – carnes muito gostosas. *Casoar* é a ema, o avestruz; *kulbaroe* é o urso; *wollaroe* é o canguru... Eles também devem trazer frutas naqueles outros recipientes. Eu adoro as frutas australianas...

– E bebidas alcoólicas, também trazem? – perguntou Afonso, na certa pensando no capitão Teodoro.

– É provável que tragam. Eles bebem um suco de plantas fermentadas cujo nome eu não recordo no momento...

118 Nota do Org.: **Azeviche:** substância mineral de cor muito escura, usada para fazer adornos.

Já estávamos olhando novamente para o acampamento provisório dos selvagens. Não sabíamos, porém, o que fazer nem o que pensar. Wallyamy, o nosso "Segunda-feira" (a adaptação era de Horácio Magalhães, que lera com afinco a obra de Daniel Defoe, *Robinson Crusoé*, e gostara do "Sexta-feira"), achava-se excitadíssimo, pois aqueles selvagens eram seus irmãos de tribo e entre eles devia estar sua noiva Djika-Emú, assim como o *kerredais* e o chefe da tribo (que se chamava Ballari e era, como sabemos, pai de Djika-Emú). Na verdade, eu via muitas mulheres indígenas entre os australianos, mas elas eram tão parecidas entre si que nenhum ocidental seria capaz de distingui-las e adivinhar quem era a filha do rei, a Djika-Emú do coração de Wallyamy. As mulheres estavam adornadas com brincos de pau colorido e carregadas de pintura ocre, para ficarem mais feias ainda. Uma pequena tenda de fibra e de peles de animais fora erguida à esquerda do acampamento, com a entrada para o centro da paliçada. Essa entrada, sobre a qual tombava uma pele de *wollaroe*, tinha dos dois lados bizarras carantonhas[119] de madeira pintada. Devia ser a barraca do chefe Ballari[ccxxv].

A gente permanecia em silêncio, com medo ser descoberta, quando Wallyamy (que vigiava as cercanias) deu um pulo e três gritos:

– *Wô-hô-lá! Warrangal! Wô-hô-lá!*

– Que está esse negro dizendo? – perguntou Afonso. – Mande ele se calar, professor. Não gosto nada destes gritos!

– Olhe, parece que ele está dizendo que vai lá – explicou o Rei Leão, por sinal muito mal explicado. – *Warrangal* deve ser... deve ser...

– Dingos! – era o professor Wodlinghouse quem falava. – Wallyamy está a dizer-nos que nós tomemos cuidado, pois vêm aí uns dingos. É uma raça de cachorros selvagens da Austrália, cachorros que também são conhecidos por *warrangal*. Eu acho que eles são os guardas do acampamento...

Dentro em breve ouvíamos latidos bravos, que se distinguiam cada vez melhor – prova de que se aproximavam. O Rei Leão trepou de novo nas arestas do monte e espiou muito a medo, para ver qual seria o nosso futuro. Ao descer, sua face mulata estava mais clara[ccxxvi]. Disse baixinho:

---

119 Nota do Org.: **Carantonha:** carranca, cara feia, careta.

– Olhe, são três cachorros magricelas e dentudos e um selvagem armado com um machadinho de pedra. Acho que é melhor a gente pegar eles e...

– Emende o seu português – acudi eu, apesar da situação crítica. – Não se diz "pegar eles" e sim "pegá-los". Aprenda, bichão! Se você insistir no erro, eu lhe dou nota zero! Você verá se dou ou não!

– *Well* – falou de novo o professor de egiptologia. – nós devemos pegá-los eles e levar o selvagem para o nosso acampamento. Wallyamy conversará com ele e nós saberemos tudo a respeito da vida deles...

– Eu mato! Eu esfolo! Eu amasso! – respondemos todos nós, os cruzados de menor idade.

– Deixa eu matar, Célio? – pediu Horácio, vacilante. – Juro que eu mato sem fazer barulho... Deixa?

– Seja feita a vossa vontade! – respondi, quase crendo que era outra vez o chefe da garotada da rua São Bento.

Os três dingos esfaimados surgiram à distância e correram para nós. Escondemo-nos atrás do monte. Apenas Wallyamy ficou parado no mesmo lugar, como uma estátua. Afonso esperou que os dingos cheirassem as canelas do selvagem e, então, assobiou para atraí-los. Logo que o primeiro chegou perto dele, mandou-lhe uma pedrada certeira no crânio, matando-o instantaneamente. Os outros dois cachorros atiraram-se às canelas de Horácio e do Rei Leão. Ajudei Horácio a matar o animal que o atacara; o Rei Leão pegou no pescoço do terceiro, que lhe cabia por sorte, e caiu com ele para o outro lado do sopé da montanha. O selvagem *mahoone* aproximava-se, armado de *tomawak*[ccxxvii] (o machado de pedra), e Wallyamy gritou ameaçadoramente:

– *Ko-o-mo-hô-ô-ô-é-é-é!*[120]

O inimigo parou um segundo, ergueu o *tomawak*, e respondeu:

– *Ko-o-o-mo-hô-ô-ô-é-é-é!*

E os dois se engalfinharam.

Eu, Afonso, Horácio e o cientista inglês corremos em auxílio de Wallyamy – e o professor conseguiu desarmar o inimigo, pregando-lhe

120 Grito de guerra de algumas tribos selvagens da Austrália.

uma dentada no pulso. Como Wallyamy era mais robusto, acabou a briga, botando o outro desmaiado com um soco nos queixos. E o Rei Leão? Esse ainda lutava com o dingo, mordendo, rugindo, cuspindo, pulando... E quem estava levando a melhor era o cão selvagem, pois ferrara o dente no pescoço do ex-Rei da França e o mataria na certa se Wallyamy não fosse mais ligeiro e não lhe decepasse a cabeça com o *tomawak*.

Acabada a luta, voltamos triunfantes para o acampamento, onde fomos festivamente recebidos. Recordo-me de que o Rei Leão aproveitou a festa para beijar outra vez a cozinheira Elizabeth da Vista Longa, e recebeu em troco uma segunda bofetada – mas uma bofetada tão bofetadinha, tão fraqüinha, tão camaradinha, que até ficou com medo de que ela pedisse "bis"...

O capitão Teodoro acendeu de novo o cachimbo e veio falar conosco, expelindo amplas e malcheirosas baforadas de fumaça pelos vãos dos dentes. Cantarolava, na surdina, a sua canção predileta:

A sereia é a dona destes mares,

ao luar seu cabelo se desata...[ccxxviii]

Mister Joseph William Shesterbourns estava lubrificando a sua linda espingarda *Winchester* e também acorreu, ao ver o prisioneiro australiano que trazíamos nos braços. Levamos este último para uma das tendas do acampamento e aí ele voltou a dar acordo de si. Auxiliados por Wallyamy, o professor Wodlinghouse e *Mister* Shesterbourns interrogaram-no. Ao cabo, exatamente quando Roberto Souza e minha irmã Iracema entravam, o sábio da egiptologia explicou-nos as palavras arrevesadas do australiano[ccxxix]:

– Este homem disse que a tribo *Mahoone* está fugida da Austrália Ocidental, que é onde ela habitava!

– E por que está fugida, façam o favor de me dizer? – perguntou o capitão Teodoro.

– *Well*, está fugida porque os *squatters*[121], os *bushrangers*[122] e algumas tribos degeneradas cooperaram para expulsá-la de suas terras. Eles, os selvagens, foram corridos pelas armas de fogo até à costa e aí foram vencidos em luta sangrenta. Eles perderam cinquenta e poucos homens, pegaram nas suas pirogas mais resistentes e fugiram para o mar, para as ilhas. Eles estão zangados com o Governo do Grande Chefe Branco[123] porque não auxiliou sua luta contra os invasores, como seria de direito. Eles, assim, fugindo nas suas pirogas, vieram ter à Ilha do Juízo Final e, depois de *kerredais* pedir clemência ao Tulugal e ao Patayan, aqui acamparão até amanhã ou depois, que é quando partirão para Java. Os selvagens estão com um medo horrível do Tulugal do *wiami* e do Patayan do *liami* e este *mahoone* crê que nós somos Barinai[124] e não lhe vamos fazer mal.

– Quer dizer que vão ficar pouco tempo aqui na Ilha da Salvação e depois nos deixam em paz? Com mil diabos, eis aí uma novidade alvissareira!

– Certamente. Eles só ficam até amanhã, para descansar. Amanhã, partirão embora, para Java...

– Pois vamos deixá-los sossegados, para que não se metam com quem apenas quer paz e harmonia. Não é medo, não, é previdência. Eles não devem saber da nossa presença, ouviram? Deixemo-los por lá...

– Mas que falta de solidariedade humana! – exclamou Afonso (aposto como lera essa "solidariedade humana" em algum livro e pegara de memória). – Esses selvagens incultos, analfabetos como o Tião, sujos como o Tião, comendo frutas e carnes de animais gostosas, bebendo licores e...

– Bom Deus! – interrompeu o capitão Teodoro, com o olho de vidro muito arregalado. – Bebendo licores? *Licores*?

– É a pura verdade! – acudiu Horácio. – Licores de suco de plantas fermentadas, cujo nome o professor não recorda no momento...

121 Proprietários de terras.

122 Ladrões de mineiros, assaltantes.

123 O governo do Rei Jorge V da Inglaterra. Sendo a Austrália uma colônia inglesa, seus habitantes devem obediência às leis coloniais britânicas.

124 Gênio bondoso.

– Com duzentos naufrágios! – volveu o comandante. – Acho melhor nós atacarmos esses incultos, analfabetos e sujos australianos!

O professor de egiptologia sacudiu a cabeça.

– *Well*, eles são quase cem! Nós somos menos de vinte, sem contar os inglesinhos e as inglesinhas... meus e minhas patrícias... e sem contar as mulheres, as senhoritas... nem as crianças cruzadas...

– Crianças, vírgula! – repliquei eu. – Tenho quinze anos feitos e era o chefe da Cruzada da Salvação! Além disso, nós não somos crianças cruzadas e sim crianças "da Cruzada", porque...

– Cale-se, se não quer levar umas palmadas quadriculadas, meu menino! – replicou o nosso comandante, que, como se vê, ficou muito espirituoso depois de ouvir falar em licores...

– Mas que faremos com este prisioneiro? – perguntaram, ao mesmo tempo, Roberto e Iracema.

– Eu opino... *well*, eu opino que o soltemos e lhe digamos que nós somos gênios!

– Gênios? Eu? Nós? Gênios de onde? – volveu o capitão Teodoro. – Só se formos gênios do mar...

– É isso o que eu penso, precisamente: gênios do mar. Nós somos *tabu*, gênios bons, *Barinai*. Esse aborígene há de convencer-se disso na sua cabeça dura. Depois, ele falará a seus semelhantes e eles vão acreditar e, benzendo-se, eles fugirão ou nos darão presentes. E nós ficaremos em paz e harmonia...

– Apoio esta sugestão! – disse o nosso comandante, sacolejando a cabeça. – Soltaremos o homem e o resto Deus mandará. Assim como assim[125], o perigo já existe e a Providência quer... a Providência dá... a Providência manda...

Interrompeu-se e não prosseguiu porque já se extinguia o seu depósito de vocábulos para essa frase – e não queria sair mais nada de jeito. *Mister* Shesterbourns, o professor Wodlinghouse e Wallyamy explicaram tudo ao prisioneiro, elogiando as virtudes do capitão Teodoro. O australiano riu-se, sacudiu o coco pelado (a cabeça dele era lisinha que nem um ovo) e esfregou o nariz no nariz do capitão, em sinal de amizade. Após, falou o seguinte:

125 Nota do Org.: **Assim como assim:** expressão que quer dizer "de qualquer maneira".

– *Yes, Tuluma friend! Ka-ã-ã-lã, Barinai! Hydi-hi-ô-th! Barinai samo-kimby! Barinai samo-kimby!*

– Não se pode confiar num índio destes – disse o *Condor*, meio zangado. – Francamente! Nós lhe damos liberdade e que fez ele? Machuca o nariz do capitão[ccxxx], provocando, e chama-nos de "*Ka-ã-ã-lã*" e de "idiotas". Sujeito mal-agradecido, esse!

Enfim, soltamos o selvagem. O professor Wodlinghouse ainda lhe deu algumas recomendações na sua língua nativa e ele, em resposta, disse apenas que se chamava Tuluma Colowako.

Depois que o aborígene voltou para a companhia de seus irmãos de raça, caiu o sossego sobre os dois acampamentos. Os australianos, porém, passaram a saber da nossa presença e de vez em quando um deles aparecia, ao longe, para espionar a vida da gente. E o dia se passou, dividido em conversa fiada, refeições, pequenas explorações e conversa fiada de novo.

Às oito horas da noite (nós sabíamos as horas graças ao relógio de prata de mestre Aníbal, que era certeiro e garantido por um ano), começou a fase mais aventuresca e cheia de sobressaltos da Cruzada da Salvação: o ataque dos selvagens. Continuando este capítulo, passo a relatar os fatos como eles se deram:

A noite mostrava-se brumosa. Quase não se enxergava nada a um palmo do nariz. Havíamos resolvido dormir cedo, para acordar cedo no outro dia (a gente miúda[ccxxxi] deve dormir, no mínimo, oito horas seguidas). Mas nem chegamos a aprontar as camas: mestre Aníbal, que se encontrava na praia, contando um caso a Horácio, notou qualquer anormalidade no mar e deu o alarme:

– Atenção! Alguma coisa se aproxima!

O capitão Teodoro mandou que pegássemos nas armas e nas munições; nós pegamos e ficamos de sobreaviso para o que desse e viesse. Repentinamente, ecoou um brado da banda do oceano:

– *Ko-o-o-mo-hô-ô-ô-é-é!!*

Era o grito de guerra dos selvagens! E o pior é que eles estavam nos cercando, porquanto a mesma exclamação foi repetida do lado da Montanha do Naufrágio, desta forma:

– *Ko-o-o-mo-hô-ô-ô-é-é!!*

Era o sinal de ataque dos selvagens! Com o susto, nossos músculos se paralisaram:
ia ter início a guerra da morte!

Era o sinal de ataque dos selvagens! Com o susto, nossos músculos se paralisaram: ia ter início a guerra da morte! O capitão Teodoro não perdeu a calma e começou logo dirigindo as manobras de defesa. Postou mestre Aníbal e os marinheiros do *Chesterton* na praia, cobertos por pequenas dunas de cascalho e armados até os dentes, sob o comando de *Mister* Shesterbourns, cuja *Winchester* já era uma garantia; deixou as moças, os meninos ingleses e as meninas no centro do acampamento, protegidos das armas primitivas; e ele próprio comandou seus marinheiros e nós, os cruzados, numa linha do lado de terra. E o tiroteio espocou. A pouco e pouco discernimos os selvagens; avançavam em massa, sem nenhuma tática militar. As balas zuniam – zim-bim-zim-bom – e os australianos caíam feridos. Afonso conseguiu, depois de muito tiro perdido, acertar um gigantesco selvagem – e ficou tão contente, e deu tanto pinote, que por pouco[ccxxxii] levava com uma azagaia[126] pela cabeça. As armas dos australianos eram primitivas, embora muito perigosas: azagaias, bumerangues[127] e flechas embebidas no veneno vegetal chamado xantorreia[128] e adornadas com penas de cacatua e *milvus*.[129] Os *tomawaks* estavam sendo reservados para a luta corpo a corpo. Eu tinha um medo horrível desses *tomawaks* e pensava que os selvagens escalpelavam[130] os inimigos – mas, ao mesmo tempo, pensava que, se isso acontecesse, *Mister* Shesterbourns nada sofreria: já notara que ele usava cabeleira postiça...

O tiroteio e a defesa do nosso acampamento duraram perto de duas horas sem que os australianos conseguissem avançar dez metros mais do que os quinhentos já avançados. Até ao momento, dos nossos homens apenas haviam morrido dois (um marinheiro brasileiro e um inglês), o primeiro vitimado por um bumerangue e o segundo por uma flecha. O capitão Teodoro e o Rei Leão estavam feridos no braço, Roberto tinha uma perna machucada (Iracema o tratava e tenho a

---

126 Nota do Org.: **Azagaia:** pequena lança usada para arremesso.

127 O bumerangue, ou *wouguin*, é um galho de árvore, duro como ferro e dobrado numa extremidade, o qual é atirado sobre o alvo, acerta e, evoluindo no ar, volta sozinho às mãos do atirador. O manejo do bumerangue requer muita prática: até hoje nenhum homem branco conseguiu atirá-lo direito.

128 Nota do Org.: **Xantorreia:** árvore de caule grosso, resistente ao fogo, da família das Liliáceas.

129 Nota do Org.: **Milvus:** trata-se de uma ave de rapina mais comumente conhecida como Milhafre. Milvus é o nome de um dos gêneros da família Accipitridae, a que a ave pertence.

130 De "escalpelar", uso comum principalmente entre os Peles-Vermelhas da antiga América do Norte. Esses Peles-Vermelhas pegavam seus inimigos mortos ou feridos e lhes cortavam a pele da testa, das fontes e da nuca, em círculo, destacando-lhes o couro cabeludo, que guardavam na cintura como troféu.

certeza de que ele até estava contente por se ter machucado), mestre Aníbal amarrara um pano na testa cheia de sangue (ninguém o tratava e tenho a certeza de que estava furioso por ter sido ferido), e *Mister* Shesterbourns queixava-se de uma pedrada que quase lhe desarticulara a clavícula (o que fez todos nós ficarmos de olho comprido na sua linda *Winchester*, pois bem podia ser que ele morresse...). De resto, nada mais tínhamos sofrido. Mas, assim mesmo, o capitão Teodoro disse que não podíamos aguentar por mais tempo a avançada dos australianos, pela razão muito simples de que eles eram cem e nós, menos de vinte.

Só então surgiu o professor Gabriel Wondlinghouse, para dar palpites. O sábio inglês havia se escondido debaixo de umas caixas, ao soar o primeiro tiro; agora, aparecia como se fosse o herói da festa.

– Eu detesto brigas – disse ele. – Mas tenho uma ideia: eu acho que nós devemos nos esconder dos selvagens e esperarmos eles irem--se embora daí. *Well*, eu opino que procuremos refúgio no mausoléu soterrado no Timoeos!

Era uma ideia muito sensata, tanto que o velho Teodoro a aplaudiu, avisou todo mundo e perguntou ao egiptólogo:

– O palacete tem seteiras?

– Que é seteiras, gentes? – perguntou[ccxxxiii] o intrometido Tião, sem que lhe dessem ouvidos.

– Ele tem a cúpula – falou o professor, respondendo à pergunta do capitão. – Nós podemos atirar pela cúpula e matar muitos inimigos...

– Muito bem, professor. Os selvagens estão acendendo fachos para iluminar o campo de batalha. Bom Deus! Vamos fugir daqui antes que estejamos completamente bloqueados...

– Precisamente: fugir o quanto antes... Os fachos dos australianos iluminam quarenta a cinquenta metros em redor: são ramos de *banksia*[131] acesos...

O capitão juntou-se a mestre Aníbal e os dois deram ordens aos demais. Calculamos a situação do mausoléu soterrado e, então, num só grupo, levando as moças e as crianças no meio[ccxxxiv], corremos todos para o norte da ilha, até tropeçarmos na cúpula de marfim. O professor de egiptologia foi o primeiro a entrar, seguido pelas mulheres e pelos

131 Nota do Org.: **Banksia:** gênero de planta da família das Proteaceae.

inglesinhos. Nós outros entramos por último e o capitão Teodoro fechou a cúpula. Uma porção de azagaias, flechas e bumerangues caiu sobre o marfim com um barulhão esquisito, que ribombou por todo o palacete do Timoeos de Manethon. Já estávamos, porém, em relativa segurança, e fizemos caretas de desprezo. Afonso chegou até a botar a língua de fora, embora eu o julgasse um menino bem-comportado.

A seguir, levou-se a efeito a chamada, para se saber ao certo a proporção das nossas perdas. Um menino inglês desaparecera (um tal chamado Leon) e as baixas eram de três: os dois marinheiros a que já me referi e uma senhorita inglesa de nome Daisy Green, morta por um bumerangue quando corríamos para a cúpula salvadora.

– Aqui dentro não há perigo – disse[ccxxxv] o capitão, para acalmar quem estava nervoso (eu, por exemplo). – Mais tarde, veremos...[ccxxxvi] O caso não é para desesperar: trouxemos munições e, tão cedo, não... tão cedo, não...

– Penso que esquecemos o principal, senhor comandante – interrompeu o Rei Leão, ao tempo que amarrava um lenço (emprestado por *Miss* Elizabeth Longsight) no braço contundido. – O que é que a gente vai comer, não é mesmo?

– Bom Deus! Não temos o que comer!

Ouvindo isso, Afonso abriu num berreiro, e gritou, e esperneou, e disse que estava com fome e com sede – mas estava apenas com manha, e muita. Roberto fê-lo calar-se, ameaçando dar-lhe uma gostosa múmia da XV dinastia para que ele lhe chupasse os ossos. Aí, Afonso calou o bico e limpou os óculos no vestido da senhorita Barbara Steelson, só de vingança por ela não chorar também.

– Eu opino – disse o professor Wodlinghouse ao capitão – que o senhor capitão, mestre Aníbal, *Mister* Joseph Shesterbourns, o marinheiro Jack Beel, as moças e as crianças tomem conta da cúpula. Não devemos esquecer que a cúpula é a nossa trincheira, por assim dizer...[ccxxxvii]

– E que vão fazer os senhores? Que fará o senhor com os meninos, Wallyamy e esse rei falsificado?

– *Well*, nós vamos encontrar o tesouro do faraó Timoeos de Manethon, cuja procura foi interrompida, ontem, pela chegada do senhor Wallyamy...

– Vá lá que seja – concedeu o capitão. – Mas não se percam no interior deste raio de cemitério cheio de sarcófagos! Se encontrarem o tesouro, avisem o seu capitão, meus meninos. Não sejam maus, nem se esqueçam de mim e do bem que lhes quero...

– Não esqueceremos, senhor comandante[ccxxxviii]. Pode ficar descansado.

Dito isso, eu, o egiptólogo, o Rei Leão, Wallyamy, Roberto, Horácio, o *Condor* e Afonso preparamo-nos para nos embrenhar no palacete soterrado, que ainda estava de banda e com água por toda parte. Iracema foi convidada para ir também, mas não quis: estava passando um pito no moleque Tião porque este não lhe fizera a sopa de ostras pela qual se pelava. E xingava-o:

– Moleque sem-vergonha! Malandro[ccxxxix]! Peste! Imprestável! Traste! Coisa ruim!

O Tião ouvia tudo sem reclamar, mesmo porque, se reclamasse, Iracema o surraria. Para evitar que o nome da Cruzada da Salvação ficasse desmoralizado, o *Condor* tirou a cruz de cetim vermelho do peito de Tião e botou-a na blusinha de Iracema. Todos nós batemos palmas, saudando a nova companheira de Cruzada.

Em seguida é que nos embrenhamos no palacete, chapinhando e espargindo[132] a água para todo lado. Caminhamos, silenciosos, pelo compartimento redondo, iluminados por fósforos. Ao chegarmos ao "pirão", que cobria a entrada do outro compartimento (o que tinha a forma de meia-lua), o professor Wodlinghouse parou e:

– *Well* – disse. – nós devíamos ter avisado o senhor capitão que existe outra entrada para o erário, a entrada secreta que o menino Célio descobriu...

– É melhor não avisar[ccxl] – retruquei eu. – Pode ser que a gente precise dela em segredo, não é mesmo? "O segredo é o alicerce número um do comércio humano"[ccxli], como papai costuma dizer...

132 Nota do Org.: **Espargir:** espalhar, borrifar.

– Ué! Seu pai é filósofo? – perguntou o Rei Leão. – Olhe, eu também era, mas mudei de gênio. Devido à filosofia é que sou o que sou, sabe?

Apesar de não saber o que ele era, na verdade, sorri para fingir que tinha compreendido onde queria chegar. E ia reencetando[133] a marcha quando o professor de egiptologia e arqueologia em geral falou de novo:

– Eu estou a deduzir[ccxlii], valendo-me dos processos de Sherlock Holmes e de Edgar Allan Poe... Se este erário tem um compartimento redondo e junto, ao noroeste, outro compartimento em forma de meia-lua... deve existir um terceiro compartimento a sueste,[134] igual ao de meia-lua...

E existia, de fato. O professor levou-nos, em sentido contrário, pelo compartimento redondo, e encontramos um novo "pirão" que dava acesso ao verdadeiro erário. O tesouro estava debaixo de nossos olhos, mas não o podíamos ver: uma grande laje com uma espécie de fechadura de segredo obstava a nossa visão e a passagem de nossos dedos. Havia nessa laje vários hieróglifos que o professor traduziu, cheio de emoção, e os quais corroboravam a sua primitiva suspeita. Era ali mesmo o famoso erário do Timoeos de Manethon, onde estava guardada a grande fortuna em pedras preciosas acumulada havia muitos séculos, desde a 1ª dinastia no Período Mannoweriano até à 14ª dinastia no Período Apeano do Egito Antigo! Quem conseguisse descobrir o segredo da laje do erário podia se considerar multimultimilionário!

Mas nenhum de nós conseguiu descobrir o segredo da pedra. E continuamos pobres, e tristes, e, ainda por cima, prisioneiros. E com uma fortuna a vinte ou trinta centímetros das mãos – do outro lado da laje trancada!

---

133 Nota do Org.: **Reencetar:** recomeçar.

134 Nota do Org.: **Sueste:** mesmo que sudeste.

Capítulo III

A MÚMIA QUE ANDAVA

Por que Mestre Aníbal odiava as pérolas – Wallyamy assassina o chefe dos *Mahoones* – Prisioneiros... e salvos pela múmia

A cambada de selvagens australianos continuava sitiando a gente, como cachorros agarrados ao osso. Estávamos todos presos no palacete soterrado, junto à cúpula, procurando distrações para alegrar a tristeza da situação. Nós, os náufragos de menor idade, queríamos brincar de esconder e de pique – mas o espaço era pequeno e não o permitia. O professor Gabriel Wodlinghouse lamentava-se continuamente por haver perdido, no naufrágio do *Sereia*, a maleta de couro onde guardava documentos de grande importância – e queria, à viva força, prosseguir na história do Rei Shalit, que fora o primeiro rei dos Shus. *Mister* Joseph Williams Shesterbourns, o gordo cidadão inglês da espingarda *Winchester*, queria contar como ocorrera o naufrágio do transatlântico *S. S. Chesterton*, tim-tim por tim-tim, pois fora romancista e sabia narrar uma coisa com muita cor, mas nós não compreendíamos a sua língua. E o Rei Leão, por seu turno, fazia empenho em proceder ao estudo de uma fase da Revolução Francesa que muito o tinha impressionado. O capitão Teodoro, pitando nervosamente o cachimbo, quase sem fumo no barril, limitava-se a cantarolar:

Suspende âncora, colhe esse filame,

Mete o barco na linha do vento...[ccxliii]

A Cruzada da Salvação resolveu, depois de ligeira conferência, ir falar com mestre Aníbal e mostrar-lhe uma pequena pérola que Horácio encontrara, solta no chão, perto da laje do erário do Timoeos de Manethon. Queríamos saber o seu valor, sem suspeitar da ojeriza que mestre Aníbal votava[135] às pérolas e sem suspeitar que essa ojeriza nos proporcionaria uma interessante história da pesca desses valiosos grãos. Mostramos[ccxliv] o achado a mestre Aníbal e perguntamos que valor ele lhe dava. Mestre Aníbal olhou a pérola com olhos maus, franziu as sobrancelhas e fez um gesto de desgosto.

– Pelo amor de Cristo, meus filhos, não me falem em pérolas! Se vocês soubessem[ccxlv]!... Meu pobre irmão Carlos morreu por causa da pesca dessas malditas!

– Que história é essa, mestre Aníbal? – perguntei eu, cheio de um interesse facilmente compreensível. – Que história é essa que lhe punge o coração e o deixa tão triste? Conte, conte...[ccxlvi]

– Conte, mestre Aníbal, conte para a gente ouvir! – insistiu Afonso.

Mestre Aníbal espiou na cúpula para ver se os selvagens não iam fazer um ataque inesperado – e, vendo que não, contou a nova história marítima, pausadamente, desta maneira:

– Eu era piloto a bordo do *Rey Neptuno*, uma corveta em navegação no oceano Índico, há mais de vinte[ccxlvii] anos, muito antes de ser contratado para o *Sereia*. Meu irmão Carlos, que tinha apenas dezoito[ccxlviii] anos de idade, era o escafandrista. Naquele tempo, evidentemente, os escafandros não estavam tão aperfeiçoados como hoje em dia, e o seu emprego trazia muitos perigos. A profundidade máxima em que um mergulhador podia trabalhar satisfatoriamente era de trinta metros[ccxlix]. O *Rey Neptuno* fazia o serviço da Ilha Ceilão, tendo por porto Colombo. Vocês devem saber, meus filhos, que a pesca de pérolas em Ceilão é uma das mais concorridas do mundo inteiro. Os bancos de coral pertencem ao Estado e é o Estado que dita leis entre os pescadores[ccl]. A estação da pesca começava[ccli] comumente no mês de fevereiro e ia[cclii] até fins de abril (atualmente, só é permitida essa pesca durante 40 dias em cada dois anos)[ccliii]. Antes de fevereiro, as praias de Ceilão viviam[ccliv] desertas, ou quase desertas; logo que corria[cclv] a notícia da abertura da estação de pesca, porém, chegava[cclvi] gente de toda parte do mundo, formando um vasto acampamento de casinholas, onde se podia encontrar[cclvii] uma cosmopolita mistura de gente, desde negociantes indianos, norte

135 Nota do Org.: **Votar:** aqui, com sentido de "dedicar".

e sul-americanos, europeus e nativos, até aborígenes mergulhadores e celerados de todas as espécies (o local de Ceilão mais procurado, hoje em dia, é uma praia desabitada perto do Estreito de Manaar. Naquele tempo, porém, qualquer lugar era bom...)[cclviii]. Pois bem. O *Rey Neptuno* chegou a Ceilão em princípio de março e estava aberta a temporada de pesca. Milhares de chalés, casinhas, barracões, tendas, palhoças, cabanas, hotéis, restaurantes, teatros e casas de jogo, tudo improvisado, alinhavam-se nas praias. O capitão da nossa corveta, um tal Gonzales Blanco[cclix], resolveu que devíamos aproveitar a oportunidade e ir pescar também. E reservou uma chalupa para dois nativos mergulhadores, meu irmão, eu e quatro outros camaradas da tripulação do *Rey Neptuno*. Para encurtar a história: partimos ao surgir do sol, nessa chalupa que tinha oito metros de ponta a ponta e mal aguentava[cclx] a primitiva maquinaria de ar do escafandro de Carlos. Os nativos – *coolies*[cclxi] – indicaram o local e prepararam-se para o trabalho. Sim, porque meu irmão só ia de reserva, para um caso de emergência. Os dois *coolies*[cclxii] eram práticos no mister e iniciaram os mergulhos do seguinte modo: um deles botou a bolsa de arame ao pescoço e empunhou a resistente faca própria para a profissão – uma faca de nove centímetros, folha larga e maciça. Depois, segurou a corda da descida, firmando os pés numa laje amarrada na sua extremidade[cclxiii], e mergulhou conforme a laje e a corda mergulhavam, manejadas pelo segundo nativo. A dezoito para vinte metros encontrou fundo e pôs-se a tirar as ostras da rocha, com a ponta da faca. Ficou apenas um minuto dentro d'água; logo apareceu um tubarão. O homem[cclxiv] defendeu-se com a lâmina em punho, mas irritou de tal maneira o bicho que este lhe comeu uma perna e o matou. Nós outros, na borda da chalupa, estávamos acompanhando, através do balde do outro *coolie*[136] [cclxv], a luta dos dois, pescador e esqualo,[137] e vimos os dedos do homem largarem a ponta da corda. Imediatamente seu corpo foi puxado para longe, envolto na mortalha das águas sangrentas, e nunca mais o enxergamos. O outro nativo, que ficara conosco na chalupa, e era um chingulês[138] muito supersticioso, começou dizendo

136 Mestre Aníbal queria se referir ao "periscópio" dos pescadores de pérolas, um balde com fundo de vidro, o qual, metade imerso n'água, serve para a gente enxergar, com mais nitidez, o que se passa debaixo da superfície do oceano.

137 Nota do Org.: **Esqualo:** gênero de peixes do tipo do tubarão.

138 Nota do Org.: **Chingulês:** outra forma para "cingalês". Refere-se a uma das etnias que habitam o Sri-Lanka (Ceilão).

que aquele lugar era Tabu, que a Morte guardava os mexilhões e não sei mais o quê. Meu irmão Carlos, no entanto, não se intimidou e disse que ia descer, pois aquele local era pródigo em moluscos bivalves.[139] Nós não o queríamos deixar ir, mas acabamos por ceder, para que o capitão Gonzales Blanco não estrilasse conosco. Meu irmão botou o capacete de aço do escafandro (já havia envergado a roupagem de cautchú[140]) e desceu a trinta metros de profundidade. Mais tarde soubemos que tinha grande necessidade de dinheiro e queria arriscar a sorte, para ver se descobria alguns mexilhões com pérolas. Pois bem. Carlos mergulhou e nós ficamos girando a manivela da bomba de ar e espiando, no balde, a sua descida. Estava ele em meio do trabalho quando o tubarão voltou a aparecer, em meia-água. Mas desta vez não vinha sozinho: ao seu lado avançava um temível polvo, uma espécie de octopus[cclxvi] incomum naquelas regiões. Meu irmão pressentiu o perigo e assustou o esqualo com uma descarga de ar; o polvo, porém, não tardou a envolvê-lo nos tentáculos possantes. Eu assisti a tudo e dei o alarme. Rapidamente, içamos o escafandro para salvar meu irmão da morte nos braços do octopus – e essa rapidez de ação foi, em parte, prejudicial. Vocês devem saber que o grande perigo para o mergulhador está na hora de voltar à superfície: precisa ser içado devagar, para que o organismo se adapte pouco a pouco à mudança de pressão. Mas, no caso de Carlos, nós o içamos muito depressa para o libertar do polvo – e seus vasos sanguíneos estalaram, pois o azoto[141] do sangue foi violentamente expelido, arrastando parte do líquido sanguíneo pelo nariz e pelos ouvidos. Quando lhe tiramos a carapuça de aço, após cortarmos, um por um, os tentáculos[cclxvii] do enorme polvo, que ainda estava agarrado a ele, vimos ser inútil tornar a descê-lo[142] para salvá-lo da morte. Os vasos sanguíneos de seus pulmões tinham rebentado e ele botava sangue pela boca. Morreu no caminho de volta para o *Rey Neptuno*. Ao abrir-lhe a mão crispada, achei uma pequena ostra. Pois bem. Essa ostra continha uma pérola cor de rosa[cclxviii], que foi vendida, no leilão local, pela quantia de dois mil dólares! Mas essa pequena fortuna absolutamente não devolveu a vida a meu irmão! Desde esse momento, eu aprendi a odiar as

139 Nota do Org.: **Bivalve:** concha com duas partes.

140 Nota do Org.: **Cautchú:** substância de origem vegetal usada na fabricação de borrachas, gomas, látex, etc.

141 Nota do Org.: **Azoto:** nitrogênio.

142 Quando o escafandrista sofre a brusca mudança de pressão, o melhor remédio é descê-lo novamente à mesma profundidade em que esteve, pois assim todo o seu mal-estar desaparece.

pérolas, esses grãos infernais que tantos dramas ocasionam para acabarem bobamente no colar de uma velhota cheia de dinheiro!...

Mestre Aníbal calou-se. As recordações daquele acontecimento faziam-no sofrer. Percebendo isso, Roberto (que só chegara a tempo de escutar o finzinho da história) resolveu interromper-nos. E disse que o selvagem Wallyamy estava me chamando no erário, e para eu ir junto com os outros cruzados. Ele, Roberto, não ia porque tinha urgência em dizer umas tantas coisas a Iracema... Eu e os demais cruzados despedimo-nos de mestre Aníbal depois de consolá-lo (ele estava tão triste por ter recordado a história da morte do irmão que eu até fiquei[cclxix] com remorsos de lhe haver pedido para contá-la), e saímos todos. O Tião foi em nossa companhia por causa de um especial pedido de Wallyamy, e o professor de egiptologia também foi porque era o único que entendia a linguagem complicada do nosso "Segunda-feira".

Encontramos Wallyamy sentado na laje do erário de Ahk-Manethon, a misteriosa laje de segredo que ocultava o tesouro. O *mahoone* esperava-nos com os olhos brilhantes, sinal de que descobrira qualquer coisa. Aí, o professor Wodlinghouse adiantou-se, majestoso, fazendo jus ao papel de intérprete que lhe coubera na aventura, e travou uma palestra com ele. Depois de muito papaguear[143] e nada explicar, voltou-se para nós e disse:

– Wallyamy descobriu[cclxx] uma outra passagem secreta neste aposento do palacete, uma espécie de mirante, e quer que nós[cclxxi] vamos com ele buscar sua noiva Djika-Emú na aldeia dos selvagens...

– Esse sujeito está doido![cclxxii] – acudi eu. – Como é que a gente pode ir?

– Pode, se ele encontrou mesmo uma nova passagem secreta – disse Afonso. – Pela cúpula nem é bom pensar nisso[cclxxiii]: está muito vigiada...

– E cadê as armas? – rosnou Horácio, puxando a cintura das calças como se elas ameaçassem cair dos suspensórios. – Eu só tenho um revólver *Smith and Wesson* e não sei atirar direito. Se nós pegássemos um dos rifles de repetição do capitão Teodoro[cclxxiv], era ouro sobre azul[144]...

---

143 Nota do Org.: **Papaguear:** falar como papagaio, tagarelar.

144 Nota do Org.: **Ouro sobre azul:** expressão popular que significa "perfeito", "maravilhoso".

– Está aí! Eu vou buscar os rifles!

– Você vai, Célio? Oba[cclxxv]! Viva o Célio, que vai buscar os rifles! – gritou o *Condor*, entusiasmado.

– Viva! Viva! – respondeu em coro o resto da turma, menos Wallyamy, que não compreendia nada daquilo e preferia escutar calado[cclxxvi].

Acabados os "vivas", dirigi-me cautelosamente para a cúpula, onde nossos companheiros de maior idade atiravam nos selvagens, e fiz mão baixa[145] em cinco dos rifles de repetição que Iracema estava municiando junto com a portuguesinha Linda Rodrigues. Pedi a minha irmã, a Linda e a Roberto (que estava próximo[cclxxvii]) o grande obséquio de não dizerem nada. Iracema e Roberto não queriam deixar, mas a portuguesinha intrometeu-se e pediu, em meu nome, a Iracema que deixasse. Iracema deixou – e Roberto, quando Iracema deixou, deixou também[cclxxviii]. Agradeci o auxílio à antipática portuguesa e virei-lhe as costas. Em lugar dos rifles deixei alguns dos revólveres que estavam em nosso poder, avisando Iracema para dizer ao capitão Teodoro, caso ele perguntasse, que os rifles tinham encolhido devido à temperatura e virado revólveres. Não estava muito certo de que ele acreditasse, mas sempre era melhor dar uma satisfação...

Depois, voltei para junto da Cruzada[cclxxix], do professor de egiptologia e de Wallyamy. Entreguei um rifle a Horácio, outro a Afonso, outro ao *Condor* e outro ao sábio inglês, ficando com o último para mim mesmo. Ao cabo, Wallyamy guiou-nos na escuridão e, trepando por uma outra espécie de escada (vinte e poucas prateleiras de pedra sobrepostas), abriu um pedaço do teto do erário: era o mirante do palacete[cclxxx]! Sentimos uma corrente de ar fresco acariciar nossas faces e vimos a lua brilhar, semirredonda, num céu bonito como quê; então, trepamos pelas prateleiras sobrepostas e saímos, pelo mirante, para o ar livre. Não havia nem uma sentinela *mahoone* à vista. Wallyamy ordenou, por meio de mímica, que rastejássemos na direção da praia, ou seja, do nosso antigo acampamento. Nós rastejamos e chegamos ao acampamento sem novidades; tudo estava deserto e silencioso. Olhando para trás, enxergamos uma porção de luzinhas cercando a cúpula do palace-

145 Nota do Org.: **Fazer mão baixa:** roubar.

te soterrado[cclxxxi]: eram nada mais e nada menos do que as fogueiras dos *mahoones*[cclxxxii] que sitiavam o erário do Timoeos. Afonso não se conteve; ameaçou, com o dedo, à distância, e disse ferozmente:

– Os bandidos! Se eu pego eles, eu lhes jogo uma pedra e lhes dou um tiro de rifle! – olhou à roda, franziu o nariz e acrescentou: – É mesmo[cclxxxiii]: por que é que o acampamento está vazio e silencioso?

– É que os selvagens estão atacando o palacete – expliquei. – Mas... aposto o meu canivete[cclxxxiv] contra um fio da carapinha do Tião como vamos encontrar algum vigia por aqui!

Falava como se adivinhasse, pois dito e feito: quando chegamos à praia, notamos a presença de uma sentinela *mahoone*. Era um selvagem gigantesco, armado do *tomawak* e de azagaia enfeitada; estava sozinho na praia, andando de cá para lá e de lá para cá. Wallyamy fez-nos sinal para que ficássemos quietos[cclxxxv] e puxou resolutamente da sua faca de vinte centímetros, que era quase um facão – e começou a rastejar lentamente em direitura da sentinela. Nós outros ficamos apreciando, com o coração palpitando na garganta, de medo: Wallyamy era um camarada valente e sentiríamos muito se fosse morto pelo outro *mahoone*.

Rastejando, ele chegou perto da sentinela e, de súbito, deu um pulo e levantou o braço, onde a faca cintilou, anunciando uma tragédia horrível. Mas, em seguida, seu braço caiu, a sentinela também abaixou as armas, os dois *mahoones* se abraçaram... e nós ficamos sem compreender coisa alguma! Só depois é que Wallyamy nos chamou e disse, apontando a sentinela:

– *My brother! Koo-wo-ma-a! Ballari kurro-sônkay je! Right!*

– Que quer ele dizer, professor? – perguntou Horácio, em nome de todos os cruzados presentes. – Não percebo nada dessa língua levada da breca...

– Ele diz que este selvagem é seu irmão, dele, e gosta muito dele. Este selvagem vai auxiliar-nos a ir ao acampamento, pois também odeia Ballari, que é um chefe mau... Wallyamy diz que tudo está direito...

– Então viva o irmão de Wallyamy! Vamos salvar Djika-Emú. Puxa! Até parecemos o mocinho e seus amigos salvando a mocinha, no quarto episódio de *O Tesouro do Pirata*...

– Vamos, pessoal! – ordenei.

O irmão de Wallyamy guiou-nos[cclxxxvi] até uma piroga atracada na margem da praia, embarcou conosco e pôs-se a remar, auxiliado pelo nosso "Segunda-feira", sempre próximo dos arrecifes da Ilha da Salvação. Dentro em pouco chegamos à paliçada dos selvagens e desembarcamos sem fazer barulho. O irmão de Wallyamy, então, disse em voz baixa:

– *Ballari gê! Ballari gê!*

Caminhamos em grupo, sem falar nada. Wallyamy e o irmão iam na vanguarda, um empunhando o facão e outro o *tomawak* e a azagaia florida com penas da cacatua. Assim chegamos à tenda do chefe. A todas as mulheres que perguntavam quem éramos nós, o irmão de Wallyamy respondia que éramos prisioneiros prontos a entrar na faca.

Subitamente, Wallyamy parou de andar e caiu de joelhos, rindo e chorando ao mesmo tempo, fazendo mil caretas gozadíssimas. É que a pele de *wollaroe* da entrada da cabana acabara de ser levantada e aparecera uma selvagem *mahoone* pintada de ocre, com muitos colares de metal no pescoço, tantos que seu pescoço estava duro e esticado. Quando essa selvagem viu Wallyamy, também se ajoelhou, religiosamente. Wallyamy disse:

– Djika-Emú!

A selvagem do pescoço esticado respondeu:

– *Wallyamy dincka!*

Os dois se abraçaram, esfregaram vigorosamente os narizes e entraram juntos na tenda do chefe Ballari. Também entramos, e o irmão de Wallyamy ficou de guarda à porta, com a azagaia em punho. O interior da tenda estava fracamente iluminado por um archote metido dentro de um recipiente de barro. Pelas paredes havia muitas carantonhas de madeira, armas cruzadas, pedaços de carne crua pendurados e diversas outras coisas engraçadas. Cinco ou seis peles de dingos cobriam a quarta parte do chão e, a um canto, em cima de uma almofada de penas de cacatua, estava sentado um cavalheiro maneta de respeitável aspecto. Ao entrarmos, ele se levantou indolentemente e fixou Wallyamy com os olhos arregalados. Mas não disse nada. Era alto e gordo, tinha a cara pintada, *noute-nouver*[146] no nariz, plumas de pássaros nos tornozelos e nos pulsos e um colar de dentes ao peito. Usava um capacete de penas de *milvus*, uma bonita capa de *warrangal* e um saiote de sariga[cclxxxvii]. Na mão esquerda, empunhava uma fruta australiana semelhante à nossa manga[147], metade comida e metade por comer. Era maneta, como disse: perdera a mão direita e, em vez dela, ostentava um toquinho à toa de pulso. Seu nome todo era Koo-Thaly Ballari.

Wallyamy e ele fixaram-se durante um minuto. Então, o chefe dos *Mahoones* tornou a sentar-se na almofada de penas de cacatua e acabou de comer a fruta que tinha na mão, tirando uma *margotata*[148] de uma espécie de fruteira depositada no solo. Deu uma grande dentada nesse novo fruto e esperou os acontecimentos. Wallyamy pegou em Djika-Emú por um braço e empurrou-a para perto do pai. Depois, começou a fazer um verdadeiro discurso num dialeto australiano[cclxxxviii]. O chefe *mahoone* ouviu aquilo tudo ao mesmo tempo que comia a bonita *margotata*, cuspia para uma banda e abanava negativamente a cabeça adornada pelo capacete de penas de *milvus*. Wallyamy pediu, Wallyamy implorou, Wallyamy ameaçou: o cavalheiro maneta dizia com a cabeça que não, que não e que não.

O nosso "Segunda-feira", vendo que estava perdendo tempo com palavras, resolveu mudar de tática[cclxxxix]. Puxou de um punhal (o tal facão de vinte centímetros de comprimento com a lâmina larga e afiada que nem uma navalha do marinheiro Francisco) ao mesmo tempo que soltava um grito. O chefe dos *mahoones* meteu de novo um dente aguçado na fruta e disse que não, sacudindo energicamente o capacete. Então, o nosso "Segunda-feira" ficou cinzento de raiva, esfregou com toda a força o narigão[ccxc] no narizinho de Djika-Emú, levantou o braço com o punhal – e lascou uma facada no peito do cavalheiro maneta. Resultado: Koo-Thaly Ballari[ccxci] sacudiu a cabeça afirmativamente e soltou o último suspiro. Sua morte foi tão instantânea que ele ficou com metade da *margotata* na mão e outra metade na boca.

---

146 *Noute-nover* é um pequeno osso que os aborígenes da Austrália enfiam nas cartilagens do nariz, como enfeite.

147 *Tagon-tagon*, fruto australiano.

148 Outro fruto australiano, parecido com a banana.

Esta cena foi rápida e inesperada, tal a maneira como a relato. Nenhum de nós outros teve tempo de dizer palavra nem de rezar uma oração pela alma do pobre coitado. Senti um friozinho nas costas e pareceu-me[ccxcii] que a cabana onde nos achávamos rodava, rodava e tornava a rodar[ccxciii], junto com o cadáver apunhalado do chefe maneta (desde esse momento, aquele cadáver me perseguiu em todos os pesadelos e passei a sonhar que ele se levantava e corria atrás de mim e eu queria correr e não podia, porque meus pés não se moviam...). Afonso, ao ver que Wallyamy assassinara mesmo o chefe Ballari, abriu num berreiro, lastimando-se e dizendo perversamente que, agora, os selvagens iam nos matar e meter o professor Gabriel Wodlinghouse no caldeirão, para lhe comerem os ossos.

– Wallyamy fez mal – falou o professor de egiptologia, pouco se incomodando com o que Afonso dizia. – Wallyamy fez muito mal porque ele matou o chefe desses selvagens. Agora, eles certamente vão meter-nos em apuros...

Ao ouvir aquilo de "meter-nos em apuros", ficamos mais assustados ainda. O professor estava ainda falando sobre o perigo dos *mahoones*, quando o *Condor* interrompeu:

– Não há nada que eu me encarrego deles! – disse resolutamente, porque era, de todos nós, o que estava mais calmo.

– Que se encarrega nada! – replicou Horácio. – Você não tem força nem para se encarregar da sua gordura, quanto mais para se encarregar de mil e trezentos e vinte e cinco selvagens, no mínimo...

– Deixe de me ofender, Horácio! Você, como é um medroso, um mulherzinha, pensa que todos também são. Acabo lhe metendo a mão na cara para mostrar quem é homem aqui!

– Pois meta, se é capaz! Não tenho medo de suas banhas!

O *Condor* fez uma careta e cuspiu no chão, traçando, com a ponta da botina, uma linha imaginária em redor da saliva. E, virando-se para Horácio, bramiu:

– Se você é homem, pise neste cuspe! Juro que lhe mando a mão, se pisar[ccxciv]!

Horácio estava levantando a perna para responder ao desafio, quando o Rei Leão o segurou e disse:

– É melhor não brigarem num momento destes, sabe? Ninguém deve brigar, para não gastar energias. Olhe. O primeiro que ameaçar briga, leva um golpe de espada no cocuruto!

– Ninguém vai brigar, não – respondeu o *Condor*, dando uma risada com pouca vontade. – Eu e Horácio estávamos apenas brincando de limpar cuspe. Não é mesmo, Horácio?

– É, sim – replicou Horácio. E, sem que ninguém desse conta, passou o pé no cuspe de *Condor*. – Mas nenhum de nós deve lutar com os selvagens. Wallyamy tem o dever de nos tirar destes apuros, já que nos meteu neles. Não acham que a razão está comigo?

– Achamos! – respondemos a um tempo só, mesmo porque, naquela emergência, acharíamos a razão com qualquer pessoa.

E pedimos ao professor Wodlinghouse que intercedesse junto ao selvagem que matara o chefe *mahoone*. Wallyamy estava, muito calmamente, comendo as frutas da fruteira do morto e esfregando o nariz de sua noiva Djika-Emú com o próprio nariz. Respondeu qualquer coisa, que o professor traduziu assim:

– Ele diz que o que temos a fazer é fugir daqui antes que os selvagens voltem e deem pela nossa presença. Ele diz que também vai fugir conosco e o irmão dele vai proteger a nossa fuga. Agora, ele é o chefe presuntivo,[149] porque matou o Koo-Thaly Ballari e só o *kerredais* é contra o seu poder...

– Nada disso interessa! – redarguiu o *Condor*, cada vez mais egoísta. – O que interessa de fato é a fuga. Não estou para levar uma flechada na barriga por causa dos desatinos do senhor Wallyamy!...

– Wallyamy! – exclamou o professor, empertigado na roupa esburacada. – *Let´s go*[ccxcv]*! Lumby sinth, Iagô!*

O nosso "Segunda-feira" e a "Terça-feira" ("Terça-feira" era a selvagem Djika-Emú) foram os primeiros a sair da tenda; em seguida, saímos nós. O irmão de Wallyamy estava na porta, de lança em riste, e ajudou-nos a abrir caminho por entre as mulheres, os anciães e as crianças selvagens. Em vez de voltarmos por mar, fizemo-lo por terra,

149 Nota do Org.: **Presuntivo:** presumível, pressuposto.

porquanto a praia estava coalhada de pirogas com australianos armados até os dentes (no mínimo, haviam dado pela nossa fuga do mausoléu e o *kerredais* nos mandara perseguir). Precisamente quando estávamos a meio caminho da cúpula de marfim, ouvimos um grito penetrante:

– *Ko-o-o-mo-hô-ô-ô-é-é-é!!!*

Após este brado de guerra, um grupo de selvagens, com lanças, *tomawaks* e tochas de *banksia* acesas, nos cercou, ululando e saltando. O Rei Leão foi o único a fugir; nós nem tivemos tempo de lutar, para vender cara a nossa prisão: fomos presos gratuitamente. Os australianos nos tiraram os rifles, nos amarraram, nos bateram num lugar que tenho vergonha de dizer e nos carregaram de volta à paliçada[ccxcvi], onde nos sacudiram em cima de um estrado de madeira.

Eu não sabia as horas e inquiri[150] do *Condor*, o qual perguntou ao professor de egiptologia. Este não compreendeu direito e respondeu que as escoras do estrado eram de ramos demasiado resistentes para que as pudéssemos quebrar. Adiantou que, naquelas paragens, era muito comum os antropófagos[ccxcvii] comerem carne de crianças e de missionários, por serem as mais gostosas...

Esta explicação do professor deixou-nos mais assarapantados do que na hora da captura. Afonso Rodrigues começou molhando os óculos de lágrimas, berrando, torcendo-se nas cordas e chamando pelo pai, que ficara no Brasil... O *Condor* limpou os olhos na manga da blusa e perguntou, para disfarçar, por que é que os selvagens não usavam dinheiro. Horácio Magalhães fingia que desamarrava as cordas que o tolhiam[ccxcviii], mas estava era fungando; eu sentia-me bastante contrafeito, quase desmaiado; o Tião parecia um moleque branco como nós. E o professor de egiptologia[ccxcix] deu para contar, incoerentemente, histórias do Rei dos Shus. Como se vê, a situação não era nada interessante...

O estrado sobre o qual nos encontrávamos media cerca de dois metros de altura; e eu até cheguei a pensar que os selvagens iam tocar fogo por baixo, para evitar o trabalho de esquentar água num caldeirão. Roído pelas dúvidas, pedi ao professor Wodlinghouse que perguntasse a Wallyamy se a raça *Mahoone* era mesmo comedora de gente. O sábio perguntou; o nosso "Segunda-feira" respondeu que não era, mas que tinha a inocente mania de exercitar a pontaria das flechas na pele dos

---

150 Nota do Org.: **Inquirir:** mesmo que perguntar; aqui, perguntar pelo Condor.

prisioneiros de guerra. Como é fácil calcular, as dúvidas continuaram a me roer por dentro – e cada vez mais forte e mais dolorosamente. Então, dei por falta do irmão de Wallyamy, a sentinela *mahoone* que nos guiara ao acampamento. Perguntei por ele.

– *By* Ménès![ccc] – exclamou, em resposta, o egiptólogo. – Desapareceu! Eu acho que o mataram! Não! Olhem! Olhem para lá!

Olhamos. Uma fogueira enorme crepitava bem no meio do acampamento. À luz dessa fogueira, seguro a um tronco fincado no solo, estava o irmão de Wallyamy. Tinha uma flecha enterrada no peito, mas ainda vivia, e estava gritando qualquer coisa (provavelmente xingando seus agressores). Viramos a cabeça para não assistir à cena, pois um outro *mahoone*[ccci] apontava uma flecha na direção de seu olho esquerdo. Passou-se um minuto; depois, tornando a olhar[cccii], vimos que o irmão de Wallyamy estava morto e que os selvagens riam e conversavam, como se nada tivesse acontecido. Aquela barbaridade fez-me dar um grito de horror... e desmaiei...

Quando voltei a dar acordo de mim, estava deitado no centro do acampamento, próximo da fogueira e rodeado por meus companheiros, que dormiam a sono solto. Apenas Wallyamy não estava presente. Amanhecera havia muito e, segundo meus cálculos, eram oito horas da manhã de quarta-feira: eu passara toda a madrugada desmaiado – ou dormindo por causa do desmaio! Quis mover a perna esquerda, a perna direita, o braço esquerdo, o braço direito, a cabeça... estava amarrado que nem um chouriço!

– Alô, minha gente! – gritei, tonto de sono e de fome. – Os selvagens já foram embora?

– *Woho tuzah! Kupô-ô!* – respondeu uma voz, perto do meu ouvido.

Era um *mahoone* antipático, armado de *tomawak*! Tornei a desmaiar.

O professor Gabriel Wodlinghouse, sacudindo-me o braço, tirou-me deste segundo desmaio. Agora, estávamos com os braços soltos e tínhamos diante dos olhos uma vasilha com carne assada e uma lata de bebida. Comemos sem abusar da bebida, que era forte como cachaça e queimava na garganta. Depois de engolir um bom pedaço de carne, lambuzando-se todo, o *Condor* me disse:

1- NOSSO ACAMPAMENTO
2- ERÁRIO DE AHK-MANETHON
3- LAGO “IRACEMA”
4- VULCÃO “TEODORO”
5- ACAMPAMENTO MAHOONE
6- PIROGAS APICADAS NA PRAIA
7- ATOLL
8- ILHOTAS DE CORAL
9- MONTANHA DO NAUFRÁGIO
10- CABO SERPENTE

– Você não viu nada, Célio. Durante a noite, esses selvagens fizeram uma grossa farra. Foi uma algazarra! Puxa vida! Jamais vi outra em todos os vinte e um Estados do Brasil!...[ccciii]

– E que festa é que eles fizeram, professor? – perguntei.

O cientista me olhou, abanou a cabeça e respondeu:

– *Well*, eles dançaram uma dança australiana chamada *Corrobori*, comeram carne, *winkara*[151], goma de certas árvores, *lerp*, fruta que cai dos eucaliptos, e *pekurn*[152], beberam suco de plantas fermentadas, cantaram canções australianas bárbaras...

– Eu não percebi nada. Não é que desmaiei?! Santo Deus! Papai sempre me disse que não me metesse em aventuras. Estou ficando arrependido por ter vindo parar aqui...

– Agora não se pode fazer mais nada – retorquiu o *Condor*, com a boca cheia de carne de canguru. – Devemos levar a aventura até ao caldeirão...

– Pelo amor de Deus, não me fale em caldeirão[ccciv]! Você não vê que papai ia sentir muito se eu morresse longe dele?

Aí, Horácio se meteu:

– Papai também. Não há ninguém no mundo que goste mais da gente do que os pais, não é? Eu fico triste só em pensar que vou para o caldeirão sem me despedir de minha mãe...[cccv] Coitadinha dela!

– Minha querida mãe me aconselhava sempre, sempre! – falou Afonso, com os olhos rasos d'água. – Mamãe dizia: "Afonso, não faça isto! Afonso, não faça aquilo!", e eu fazia isto – e eu fazia aquilo[cccvi]! Era pessimamente comportado e não sabia corresponder direito aos zelos de minha mãe[cccvii]. Não sei por quê, agora sinto que devia ter sido mais obediente. Mamãe era um anjinho que Nosso Senhor botou junto de mim, para me guardar[cccviii]. Só quando a gente está longe da proteção de nossos pais é que lhe sabe dar valor...[cccix] Meu pai vai morrer de desgosto quando souber que eu fui acabar no estômago desses miseráveis canibais!

– Meu pai não vai sentir falta de mim, não[cccx] – disse o Tião, aproveitando a emoção geral para tirar uma casquinha da conversa. – Nem meu pai, nem minha mãe...

151 Raiz semelhante à batata. Os australianos comem-na, assando-a nas cinzas.

152 Gênero de cogumelos não venenosos.

– Então, seus pais são ruins; cruz, credo! – exclamou Afonso, horrorizado. – Nunca vi pais assim!

– Não são ruins, não! É que eles já morreram[cccxi]... Me deixaram sozinho... Ninguém se incomoda comigo no mundo, não. Papai batia *nimim* de relho, quando era vivo, mas eu fugia de casa e voltava logo que mamãe mandava eu voltar. Mamãe era lavadeira, sabe[cccxii]? Me escondia na tina de roupa, para papai não lascar o relho *nimim*...[cccxiii]

– Xiu! – interrompeu o professor Wodlinghouse. – Aí vem o *kerredais* e um outro aborígene!

Vinham mesmo. Largamos de comer e de conversar e esperamos os acontecimentos. O *kerredais* era um selvagem de metro e oitenta de altura, robusto, vestido de penas de cacatua e de *milvus*, de peles de *warrangal*, de *wollaroe* e de *sariga*. Trazia uma grande máscara de madeira e de palha, que lhe escondia as verdadeiras feições[cccxiv]. Sua figura era imponente e metia medo só da gente a olhar. Ele vinha andando com passo certo e ritmado, na frente do outro selvagem, e, ao passar diante da fogueira, curvou-se e jogou um punhado de folhas secas no fogo, dizendo, em voz baixa, três palavras cabalísticas. Uma grande fumarada saiu da fogueira e elevou-se no espaço, onde se desfez ao[cccxv] sopro do vento. Chegando perto de nós, o *kerredais* abriu os braços em cruz e disse em inglês, com sotaque australiano:

– *I'm kerredais mahoone!*

– Mande uma pedrada nesse sujeito! – pediu Afonso ao professor Wodlinghouse. – Não estou simpatizando nadinha com essa carapuça sarapintada![153]

– Deixe disso, Afonso! – redarguiu Horácio. – Às vezes, pode ser o carnaval dos *Mahoones*... Ninguém deve se meter com o carnaval dos outros!

– Xiu! – fez o professor, pedindo novamente silêncio. – Ele disse que é o *kerredais*. Naturalmente quer falar-me...

Dito isso, pôs-se de pé, equilibrando-se nas pernas amarradas. O *kerredais* olhou-o pelos orifícios da grande máscara e acrescentou outras palavras inglesas às que já pronunciara:

– *Come on! Are you the chief?*

---

153 Nota do Org.: **Sarapintado:** cheio de pintas variadas.

– *Yes, I am!* – replicou o professor, sem pestanejar.

– *Come on!*

O sábio da egiptologia, esquecendo-se de que estava com os tornozelos amarrados, tentou seguir o bruxo *mahoone*, mas perdeu o equilíbrio e caiu com o nariz na areia. Então, o *kerredais* pediu ao selvagem, seu ajudante, para lhe desamarrar as pernas. O selvagem resmungou qualquer coisa, cheio de má vontade, mas obedeceu[cccxvi], soltando o professor, que agora estava vermelho de cólera por ter levado aquele tombo. Em seguida, o *kerredais*, o professor e o ajudante do primeiro entraram na cabana do falecido chefe Ballari.

Djika-Emú estava perguntando a todo mundo:

– *Where is Wallyamy? Where is Wallyamy?*

O *Condor*, malgrado ser filho de ingleses, conhecia muito pouco o idioma dos pais. E retrucou:

– *Wallyamy non where is.* Wallyamy sumiu, senhorita perguntona!

– *Hack-limno! I don't understand!* – replicou Djika-Emú. E resolveu ficar quieta e calada.

– Escute aqui, *Condor* – disse Horácio. – Tenho um mau pressentimento. Esses selvagens danados são capazes de ter matado Wallyamy! Eles estão com medo das artes do *kerredais* e fazem tudo o que ele manda. Vocês sabem, não é? O *kerredais* quer se apoderar do trono e é feiticeiro, além de também ser inimigo de morte de Wallyamy[cccxvii]. Ora, eu estou dizendo que...

– Você está dizendo bobagens – acudi eu. – Não assuste a pobre Djika-Emú. Você vive dizendo bobagens, em vez de pensar em coisas sérias, Horácio! Com franqueza! Não vê em que situação nos achamos?[cccxviii] Diga: é matéria para brincadeiras este estado de coisas? Você é um infantil!

– Infantil, não senhor! Infantil é você![cccxix] Só porque você era o chefe do nosso[cccxx] grupo na rua São Bento, pensa que manda nos outros assim sem mais nem menos! Olhe, quer saber de uma coisa? Agora o chefe é o Rei Leão e você não vale mais nada. Está ouvindo? Mais nada!

Acordado pelo ruído estridente desta discussão, um selvagem que estava deitado perto de nós levantou-se de um salto, cantarolando:

Papa-pa kirra-a bub pera-ra

Moolva kurda pera-ra welgooane!

Depois, caiu outra vez e adormeceu, com os beiços cobertos de baba e de suco de plantas fermentadas. Era um dos participantes do banquete dessa noite e seu estado de saúde mostrava que o fandango,[154] na verdade, fora bem animado... Quando menos se esperava, Afonso Rodrigues deu um grito que nos assustou tanto que eu quase desmaiei pela terceira vez:

– Jesus Cristo! Estou cego!

– Hein? – perguntou Horácio. – Que tem você? Não grite assim, Afonso! Que houve?

– Estou... cego! Anhm... anh... Custaram trinta mil réis! Foi papai quem comprou... Meus óculos!... Anhm... Eu perdi meus óculos... anh... anhm... Onde estão? Onde estão?

– Vamos procurar os óculos de Afonso, pessoal! – exclamou o *Condor*. – Assim, ao menos, já temos com o que nos distrair...

Gatinhando[155] pelo chão, em roda, pusemos mãos à obra. Levamos uma porção de tempo procurando e acabamos por desistir: os óculos não eram encontrados em parte alguma. Afonso tornou a abrir o berreiro e nós o consolamos enchendo-lhe a boca de gostosa carne assada. Só assim, com o gasganete entupido, ele se calou.

Um minuto ainda transcorreu, na expectativa: logo, o cientista Gabriel Wodlinghouse apareceu, seguido pelo *kerredais* mascarado e pelo outro selvagem. A fisionomia do professor demonstrava claramente o seu desassossego. Chegando perto de nós, ele falou em português, de maneira que o *kerredais* não compreendesse:

– O feiticeiro tenciona jogar-nos no *liami*, o lago central da ilha, para que o Patayan, o plesiossauro, nos devore! Diz que, acalmando o Patayan e oferecendo-lhe a nossa carne em holocausto, ele deixará em paz os seus guerreiros. Isso é um crime! Eu vou chamar a polícia!

– Que polícia?

O professor não respondeu. Sentou-se pesadamente a meu lado, agarrou na mão de Djika-Emú e disse que Wallyamy estava na tenda

154 Nota do Org.: **Fandango:** baile, divertimento.

155 Nota do Org.: **Gatinhando:** mesmo que engatinhar.

Através dela passou um corpo humano, marchando lentamente para o nosso lado. Não quis acreditar no que meus olhos viam e esfreguei-os repetidas vezes com as palmas das mãos. Mas era verdade! Tratava-se nada mais nada menos do que da múmia do Timoeos de Manethon!

do falecido chefe Ballari[cccxxi] e só esperava uma oportunidade para fugir. Quando o selvagem, auxiliar do *kerredais*, estendeu as cordas para amarrar novamente o egiptólogo inglês, a oportunidade de Wallyamy chegou – e a nossa oportunidade também. Ouvimos um grito de espanto, vindo do outro lado da fogueira, que ainda se conservava acesa, e enxergamos um *mahoone*[cccxxii] a correr na direitura do *kerredais*, gesticulando como um desesperado. Seus olhos estavam tão arregalados, tão arregalados, mas tão arregalados mesmo, que a gente só esperava o momento deles caírem das órbitas para pegá-los e jogar bola de gude.

– *Tulugal awhko! Tulugal awhko!* – gritava o pobre *mahoone*.

O *kerredais* ficou imóvel pelo susto: depois, ergueu o braço e sacudiu um novo punhado de folhas secas na fogueira, como que para afastar um mau espírito. Outra vez uma densa fumarada saiu do fogo; agora, porém, através dela passou um corpo humano, marchando lentamente para o nosso lado. Não quis acreditar no que meus olhos viam e esfreguei-os repetidas vezes com as palmas das mãos. Mas era verdade! Tratava-se nada mais nada menos do que da múmia do Timoeos de Manethon!

Havia mais um grande segredo na Ilha Ahk-Manethon! E não era mentira da minha vista. Afonso, o *Condor* e Horácio bradaram ao mesmo tempo:

– É a múmia! A múmia do mausoléu! Está andando! Está andando!

Com passo duro e compassado, o Timoeos, morto havia séculos, morto havia milênios, acercou-se do *kerredais* e disse num inglês muito estropiado:

– *I am the Tulugal of wiami!*

– *By* Ménès![cccxxiii] – gritou o professor Wodlinghouse. – O Timoeos é o gênio mau do vulcão! Será[cccxxiv] que nós estamos delirando? Mas... eu não posso deixar solta esta múmia rara! Segurem-na! É um espécime que arrastará multidões ao Museu de Melbourne! O Timoeos está vivo! O Timoeos não morreu![cccxxv]

O *kerredais* e os outros dois aborígenes da Austrália não esperaram por mais nada para sair correndo com toda a ligeireza das pernas, fazendo uma aposta para ver qual dos três gritava mais alto. Nós, os brancos, e o moleque Tião, que também estava branco de susto, ficamos, sozinhos e desarmados, diante da múmia ressuscitada do faraó Timoeos de Manethon!

– *How do you do?* – perguntou-lhe o professor, saudando-a cortesmente, para ocultar a própria perturbação.

– *I am right!* – replicou a múmia com voz cava, assassinando a língua inglesa na hora da pronúncia.

– *Well, good bye!* – tornou o egiptólogo, desejoso de ver esse fantasma pelas costas o mais breve possível.

– *Good bye, sir. I beg your pardon...*[cccxxvi] – e a múmia que andava curvou-se, cheia de gentileza, deu meia-volta e afastou-se em perseguição dos selvagens. Rápido como um relâmpago, o sábio inglês nos desamarrou as pernas. Depois, ordenou:

– Fujam, meus amiguinhos! Se demorarmos, a múmia pode ter a ideia de voltar e matar-nos de susto. Wallyamy saiu da tenda e já ali vai correndo para o palacete soterrado onde estão os nossos amigos... Eu vou buscar os rifles na cabana do *kerredais*, aqui perto, e em seguida eu fujo também.

– Vá, vá buscar os rifles,[cccxxvii] que nós esperamos – respondi eu. – A Cruzada da Salvação não o abandonará na hora do perigo. Não estamos com tanta pressa assim, não...

É claro que estávamos com pressa, e não era pouca; mas o susto que a múmia do faraó nos pregara fizera com que nossas pernas ficassem moles como geleia de morango...

O sábio da egiptologia partiu, feito uma flecha, para a cabana do *kerredais*, e, segundos depois, voltou com os rifles e um *tomawak*, perseguido pela múmia que andava. Vendo esta última, afastamos a moleza das pernas e rompemos carreira em sentido contrário. Pelo caminho encontramos uma porção de *mahoones*, mas quando os percebemos, já era tarde para enfrentá-los: havíamos passado por eles à razão de sessenta quilômetros à hora, deixando-os na rabeira... À nossa frente, sempre à nossa frente, ia o professor Wodlinghouse, berrando a plenos pulmões:

"It's a long way to Tiperary,

It's a long way to go!..."

Capítulo IV

REVOLTA DOS DESESPERADOS

Célio de Castro banca o juiz da história infantil – De volta ao palacete soterrado – O grito do Ipiranga – Debandada em inglês e português[cccxxviii]

Correndo da múmia do Timoeos e dos selvagens (que também corriam da múmia como o demônio da cruz), eu, o professor Wodlinghouse, Djika-Emú, o *Condor*, Horácio, Afonso e o Tião chegamos a cerca de cem metros da cúpula de marfim, que assinalava, no solo da Ilha Ahk-Manethon[cccxxix] – o local em que estava enterrado o palacete-erário. Aí, tivemos de parar: aquelas paragens estavam infestadas de inimigos! Eram *mahoones* em penca, armados até os dentes[cccxxx]. Nós nem sabíamos mais onde tínhamos a cabeça, de tanta afobação[cccxxxi] – e, para cúmulo do azar, Afonso Rodrigues chorava porque perdera os óculos e precisava ser guiado pela mão como um bebê. Este contínuo choramingar de Afonso irritava-nos por duas razões: primeira, porque nossos ouvidos mal o suportavam; segunda, porque os selvagens, ouvindo-o, acabariam por nos descobrir atrás dos acidentes de terreno em que nos tínhamos ocultado.

O sol estava a pino e iluminava o litoral da ilha com uma luz fraca, mais quente do que propriamente clara. Suávamos em bica, na testa e por baixo das roupas, e daríamos de bom grado quinhentos mil réis (se os tivéssemos) para tomar um sorvete de creme em casquinha de tostão. Mas ali não existia sorveteria, como se sabe; além disso, os aborígenes da Austrália não usam sorvetes de creme em casquinha de tostão, ou, se usam, não os vendem a estrangeiros. Tendo certeza disso, o *Condor* desistiu de comprar sorvete e guardou os níqueis de que se prevenira para a viagem[cccxxxii]. A pouco e pouco estávamos nos acostumando com o clima daqueles trópicos, porque as crianças e os animais – não sei quem foi que disse – a tudo se acostumam e se adaptam.

Eram, no mínimo, nove horas da manhã – e o capitão Teodoro, junto ao resto do pessoal, devia estar cheio de cuidados[cccxxxiii] com a nossa ausência. Foi isso o que eu disse ao professor Wodlinghouse. O sábio respondeu em voz baixa, com medo de ser ouvido pelos selvagens:

– Eu opino que nós esperemos[cccxxxiv] uma ocasião propícia para entrar no palacete soterrado pela abertura do mirante, que ainda é desconhecida dos australianos...

– Mirante? – quis saber Afonso, fechando a torneira de lágrimas. – Que mirante, professor? Está aí uma coisa que eu não conhecia...

O professor sorriu.

– O mirante que Wallyamy descobriu, meu amiguinho. Eu refiro-me à segunda passagem secreta do palacete. Ela deve ficar à nossa esquerda... sim, sem dúvida... exatamente à nossa esquerda...

– À nossa esquerda tem selvagens[cccxxxv], professor. Não tem mirante nenhum, não.

– Tem mirante! – repliquei eu. – Você quer saber mais do que o professor, que é cientista e sabe tudo o que diz respeito a mirantes? Não seja espírito de contradição, Afonso! Não vê que o professor sabe distinguir muito bem um selvagem de um mirante? O melhor que se tem a fazer é esperar...

– Esperar, esperar, esperar! – arremedou o *Condor*. – Se eu esperar muito tempo, crio raízes no chão, e aí vai ser um caso sério para sair do lugar...

O professor de egiptologia botou um dedo nos lábios.

– Xiu! Os aborígenes estão atacando a cúpula de marfim e podem nos massacrar! Que coisa horrorosa! Nunca em minha vida eu passei por uma aventura tão emocionante como esta! A Ilha Ahk-Manethon... o erário soterrado... o plesiossauro do lago...[cccxxxvi] os selvagens em pé de guerra... a múmia do Timoeos andando... Eu não sei o que pensar, sinceramente[cccxxxvii]!

O tiroteio em redor da cúpula de marfim era ensurdecedor[cccxxxviii]. Nossos amigos estavam se defendendo como leões, numa luta tão empolgante como as maiores aventuras dos artistas de cinema. Era uma batalha memorável, digna de figurar na História Universal com letras de ouro! Cem australianos brigavam contra uma dúzia de homens brancos prisioneiros da terra! Eu via, e revia, e tornava a ver, massas negras – eram dez, cem, mil selvagens! – rodeando estreitamente a cúpula emersa do solo, ululando e saltando, espinoteando[156] e berrando:

– *Ko-o-o-mo-hô-ô-ô-é-é-é! Ko-o-o-mo-hô-ô-ô-é-é-é!!!*

De vez em vez, quando menos se esperava, um daqueles negros infernais abanava os braços e caía, atravessado por uma bala – e eu dava um suspiro de alívio, ao tempo que Afonso, o inconsciente, batia palmas e gritava entusiasmado:

– Aí, mocinho! Força! Ótimo! Formidável!

Em dado momento[cccxxxix], depois de ouvir tantos gritos, o *Condor* ficou por conta. E, beliscando o braço do outro menino, rosnou:

– Não faça tanto barulho, Afonso[cccxl]! Os selvagens podem pensar que você está falando mal deles e vir aqui meter a faca na gente! Puxa, que grito mais extemporâneo!

Afonso arregalou os olhos[cccxli].

– Hein? Que quer dizer extemporâneo?

– Não sei. Aprendi num livro. Você julga que a gente é obrigada a saber tudo o que diz? Se fosse, estava bem[cccxlii] arranjada! Ninguém poderia dizer "eletricidade", porque ninguém sabe o que é a eletricidade![cccxliii]

Horácio, que não tirava os olhos do local do tiroteio, interrompeu a prosa:

– Espiem! Um selvagem está sapecando o machadinho de pedra na cúpula! Que força[cccxliv]! Daqui a pouco o marfim racha!

– Racha? Que é racha, gentes?

– Cale a boca, Tião! Este não é um momento próprio para explicações. Sê[cccxlv] ignorante! Digo que a cúpula vai rachar!

– Não racha! – contrariou o *Condor*. – O marfim é velho, porém, é um material muitíssimo resistente e não racha com tanta facilidade[cccxlvi].

---

156 Nota do Org.: **Espinotear:** dar pinotes, espernear.

– Racha!

– Não racha!

– Racha!

– Não racha!

– Quer apostar como racha?

– Está feito! Aposto dez mil réis que não racha!

– E eu aposto o meu apito de barro como racha! Vamos botar o dinheiro e o apito na mão do Célio e, se o selvagem rachar a cúpula, todos são testemunhas de que eu ganhei a aposta!

– Que aposta mais extemporânea! – exclamou Afonso. E olhou para o *Condor*, esperando que este falasse qualquer coisa.

O *Condor* não falou nada; junto com Horácio, pôs sua aposta na minha mão. Depois, ambos os contendores foram espiar de perto o selvagem, que conseguira evitar os tiros e encarapitara-se na cúpula. Ele estava brandindo o *tomawak* de tal jeito que fazia sair faíscas do marfim amarelecido pelo tempo e pelas intempéries submarinas. A cúpula estremecia sob as suas pancadas firmes e certeiras; e eu estava a ponto de entregar as apostas a Horácio, quando o *Condor* levantou o rifle, mirou com o maior cuidado e premiu o gatilho. O coice da arma atirou-o de pernas para o ar, mas a bala acertou direitinho na cabeça do selvagem e este tombou morto, largando o *tomawak*.

– Está vendo como não rachou? – disse o *Condor*, levantando-se todo lampeiro. – Ganhei a aposta sem fazer força!

– Ganhou nada, que assim não vale! – berrou o Horácio. – Quero o meu apito de volta! Célio! Célio, você bem viu que ele matou o selvagem! Assim não vale, não é mesmo?

– Vale, Célio! – acudiu o *Condor*. – Você não acha que vale? Eu não fazia tenção[157] de matar o pobre australiano. Estava apenas limpando o rifle e ele disparou sem querer... Valeu, não valeu?

– Não sei – retorqui eu, fazendo "pose" de juiz. – Vou dar atenção às suas queixas, senhores constituintes. Não têm advogados? É, não precisa. Vamos ver os autos... Eu mesmo faço de jurados. O *veredictum* é o seguinte: você não ganhou, Horácio, porque a cúpula não rachou conforme seu anterior depoimento...

157 Nota do Org.: **Tenção:** plano, intenção, intento.

– Então eu ganhei, não foi? – arguiu o *Condor*.

– Não – prossegui no mesmo tom de voz. – Você também não ganhou, *Condor*, porque matou o selvagem. Nenhum de vocês ganhou. Só lhes resta remover o "corpo do delito"... se tiverem coragem para isso...

– Mas, se ninguém ganhou, como é que vai ser? – perguntaram os dois. – Se ninguém ganhou, nós...

– Ninguém ganhou, vírgula. Eu ganhei!

E sem esperar por mais nada, botei o apito na boca e os dez mil réis no bolso, bancando o macaco-justiceiro das histórias infantis. O mais interessante é que o *Condor* e o Horácio aceitaram o meu julgamento e não se falou mais naquilo. Assim, vale a pena a gente ser juiz...

– Vejam quem vai ali, meus amiguinhos! – era o professor Wodlinghouse que nos assustava com outra das suas inesperadas exclamações. – Que coisa incrível eu vejo com os meus próprios olhos!

Olhamos todos a um tempo na direção de seu dedo esticado – e vimos a múmia do faraó Timoeos de Manethon dirigindo-se corajosamente para a segunda passagem secreta do palacete, o mirante descoberto por Wallyamy! Agora esse estranho ser tinha uma porção de flechas espetadas no corpo, o que mostrava que os indígenas australianos, vencendo o terror supersticioso, haviam-no atacado. Essas flechas, porém, não lhe deviam ter feito grande mal: ele andava firmemente, em linha reta, e parecia não se incomodar muito com elas.

– É a múmia! – berrou Horácio. – É a múmia que anda! Vai atacar nossos amigos pela retaguarda! Que horror! Temos que dar um jeito! Múmia desgraçada! Se eu pego ela, eu lhe jogo uma pedra!

– Não vai atacar nossos amigos – discordou o professor. – Sossegue. Ela vai se reunir às outras múmias, no recinto em forma de meia-lua do palacete de Ahk. Escutem. Nós vamos aproveitar a fuga dos selvagens para entrarmos no palacete pelo mirante atrás da múmia... A entrada secreta descoberta pelo menino Célio está vigiada por muitos selvagens e não pode ser utilizada por nós. Nem a cúpula. Só nos resta entrar no palacete pelo... *well*, pelo mirante, atrás da múmia...

– Atrás da múmia não vou! – choramingou Afonso. – Pois se eu quero precisamente fugir desse fantasma, como é que vou andar atrás dele?!

– É a nossa "chance", meu rapaz...

– A nossa... quê? Não, também não quero ir por aí[cccxlvii]! Não... quero! Vamos esperar mais um pouquinho...

– Nada de esperar! – bradou o *Condor*. – Esperando, morreu um burro de fome! Vamos, pessoal! Ou vai ou racha!

– Não racha! – acudiu Horácio, crente de que alguma coisa estava racha não racha[cccxlviii] e ele podia reaver o apito numa nova aposta.

– Deixe de ser tolo, Horácio! Como é? Você nos acompanha ou fica, Afonso? Eu vou com o professor, atrás da múmia!

– Também vou! – disse Horácio.

– Vamos logo, minha gente! – incitei eu, segurando o Tião e Djika-Emú pelos pulsos, porque sabia que eles iam mesmo que não quisessem.

Aí Afonso abriu a torneira:

– Anhm... anh... Vocês vão atrás da múmia... anhm... e me deixam sozinho... Anhm... Gente ruim que vocês são! Anh... Eu também vou... também quero ir! Anhm... anhm... anhm...

Ninguém precisou de ser avisado para agir ao mesmo tempo. Naquela hora, todo mundo queria agir primeiro e o resultado deu certo: saímos todos correndo em direitura do mirante do palacete, atravessando como bólidos os grupos de selvagens ainda assarapantados pela visão da múmia que andava. Por felicidade, a entrada secreta do mirante estava aberta desde a passagem do Timoeos e nós entramos sem empecilhos e fechamo-la a seguir, o mais rápido possível. Imediatamente uma chuva de azagaias, de bumerangues e de *tomawaks* bateu em cheio de encontro à pedra, que nos serviu de escudo. Após trancarmos bem trancada a pesada laje, deixando-a à prova de violação, respiramos fundamente,[158] de alívio. Dentro do palacete estava bastante escuro, porém, quem acabasse de sair do inferno como nós, teria rido da escuridão como rimos. Descemos velozmente pelas prateleiras encaixadas na parede de granito; só então nos lembramos uns dos outros.

– Há alguém morto ou ferido? – perguntei eu, dirigindo-me aos cruzados. – Se houver, responda!

Ninguém respondeu, pois ninguém estava morto nem ferido. Então, o professor Wodlinghouse pediu a palavra:

---

158 Nota do Org.: **Fundamente:** mesmo que "profundamente".

– Nós podemos dizer que nascemos neste momento. Eu não posso cogitar sequer como nós logramos sair vivos desta aventura fantástica. Agora, devemos ir avisar o senhor capitão Teodoro da nossa volta em bom estado...

Aceito o parecer, fomos avisar o velho Teodoro, entrando pelo compartimento central do palacete cantando o Hino Nacional, assim:

Ouviram do Ipiranga às margens plácidas
De um povo heroico o brado retumbante,
E o sol da liberdade, em raios fúlgidos,
Brilhou no céu da Pátria nesse instante...

Nossos aliados conservavam-se em seus lugares. Ninguém morrera ainda. Mestre Aníbal recebera uma "bumerangada" na testa e estava zonzo, com dois panos, sujos de sangue, na cabeça: tal e qual esses artistas de cinema que a gente vê nas fitas de guerra e de piratas. Era a segunda vez que mestre Aníbal se machucava e isso o deixava muito zangado. Nós entramos por entre o pessoal cantando:

Oh Pátria amada,
Idolatrada,
Salve! Salve!

E o pessoal respondeu em coro:

Terra adorada,
Entre outras mil,
És tu, Brasil,
Oh Pátria amada!

O capitão Teodoro, logo que nos viu e ouviu aqueles cânticos que nos enchiam de nostalgia pelo Brasil distante, saltou da "ponte de comando", junto da cúpula semiaberta, e veio abraçar-nos, quase chorando de alegria.

– Meus meninos, meus meninos! – disse ele. – Pensei que vocês tivessem sido assassinados por essa horda de canibais! Por que fugiram de minha companhia, daqui de perto de mim, façam o favor de me dizer? Não sabem que serei o responsável por tudo quanto lhes acontecer? Como vocês fizeram o velho Teodoro sofrer! Com mil diabos! Não tornem a cair noutra, ouviram?

– Ouvimos, sim, senhor capitão...

– Assim é que se fala! Eu amo a disciplina. Vocês já sabiam que a disciplina é a base de tudo? Pois é, meus meninos. Perfilem-se! Bem, fiquem à vontade... E o senhor, professor? Também andou brincando de fugir com os meninos? O senhor não tem vergonha? Um homem desse tamanho!

O professor de egiptologia ficou muito mais pálido do que era, mas ouviu tudo calado, e apenas quando o capitão Teodoro se acalmou, explicou, tossindo e cofiando a barbicha, o motivo da nossa aventura e como ela se desenrolara.[cccxlix]

Nós também teríamos nossa dose de surpresas, pouco depois: segurando as próprias lágrimas, enquanto o capitão Teodoro – após ouvir a história do professor Wodlinghouse – seguia soltando impropérios e repetindo sem cessar cantilenas sobre "a importância da disciplina", mestre Aníbal nos contava que, cansados de passar fome e desesperançados de tudo, os marujos do *Chesterton* e do *Sereia* haviam-se reunido em uma turba revoltosa (eu podia imaginar a confusão da mistura do seu inglês e do seu português do mar) e deixado a todos eles – as crianças e as mulheres do naufrágio e mais alguns poucos que aos amotinados não se quiseram juntar – sozinhos e desprotegidos no palacete. Iam à busca de víveres, armas e equipamentos que pudessem encontrar para proteger a própria vida (a verdade é que haviam perdido a confiança no antigo capitão do *Sereia*...). Partiram a despeito, claro, dos mais veementes protestos do velho pássaro bisnau.

Com um aperto no coração, olhávamos todos para o capitão Teodoro, mais uma vez consternado, quase tanto quanto quando soçobrou o *Sereia*... mas seguimos o conselho de mestre Aníbal e não falamos nada nem perguntamos coisa alguma a ele a respeito dos marinheiros revoltados.[cccl]

QUARTA PARTE

O GRANDE CATACLISMO

Capítulo I

A CONSTRUÇÃO DO "S.O.S."

O segredo da múmia é revelado – O "S.O.S" que não foi – A volta dos marinheiros revoltados[cccli]

Escrevi o título deste capítulo crente de que ele estava de acordo com o miolo; mais tarde, porém, vi que a construção do "S.O.S." apenas aconteceu na nossa imaginação. O título do capítulo, portanto, devia ser outro – mas agora é tarde para emendá-lo e fica esse mesmo. Vou, pois, contar como foi que se pensou e deixou de construir o "S.O.S.". Foi assim:

Ao amanhecer de sexta-feira, resolvi fazer alguma coisa para melhorar a situação crítica em que estávamos metidos. Mas o que poderia fazer, ali, no fundo da terra, um garoto morto de fome, de sede e de medo? No momento em que escrevo estas páginas, raciocinando calmamente, penso que um garoto, naquelas circunstâncias, não faria nada além de não fazer nada, o que já é fazer alguma coisa; penso que o dito cujo garoto choraria como um bezerro desmamado e dormiria um sono cheio de sobressaltos.

Mas, qual o quê! Meu atual raciocínio, lúcido e calmo, não vale nada diante do que aconteceu, naquela hora, na Ilha Ahk-Manethon! Eu fiz alguma coisa mesmo! Está visto que só a gente se vendo metida em apuros é que faz alguma coisa heroica, "algo que o raciocínio calmo não adivinha nem concebe", como diria papai. E eu me tornei um herói, mercê das circunstâncias.

Ninguém queria ajudar-me; todos os outros prisioneiros da cúpula, fracos e esfomeados, não prestaram atenção às minhas palavras de estímulo e todos os meus discursos, gritados bem nos ouvidos deles, não surtiram mais efeito do que surtiria uma bomba estourada na Rússia para um homem que estivesse no Brasil.

Vai daí, resolvi agir sem o auxílio de pessoa alguma. Eu já fizera quinze anos e era um homem feito, de maneira que poderia muito bem tratar da minha salvação e da salvação dos outros sem prestar contas a ninguém. Assim pensando, aproveitei o estado de abatimento do velho Teodoro (que era, por assim dizer, o meu Anjo da Guarda) e esgueirei-me pelo palacete soterrado. Subi à cúpula, cuidadosamente, e espiei... Havia poucos selvagens nos vigiando, muitíssimo menos do que na noite anterior. Era um bom sinal. Arrisquei uma espiadela mais ampla e nada me aconteceu; arrisquei levantar a cúpula e nada me aconteceu; arrisquei botar a cabeça de fora e nada me aconteceu. Quando dei pela coisa, já estava fora do palacete, arrastando-me pela superfície da terra, respirando a plenos pulmões o ar puro e salinado e procurando o que mastigar. Os *mahoones* conservavam-se à distância, confabulando em torno das cinzas duma fogueira, e eu era demasiado pequeno para ser visto por eles. Tive uma sorte única: o acampamento do selvagem de quem o capitão Teodoro roubara a lata de bebida ainda se achava armado e sem sentinela à vista. Era um ótimo sinal. Arrastei-me até ele e fiquei mais de quinze minutos comendo carne assada e chupando ervas frescas, que me acalmaram a garganta sedenta. Ao cabo, completamente outro, sentindo-me novamente o Célio de Castro da rua São Bento, sempre alegre e bem disposto, levantei-me dum pulo e dei um brado que exprimia todo o meu regozijo:

– *Ko-o-o-mo-hô-ô-ô-é-é-é!*

Foi um grito bobo e perigoso, além de bastante extemporâneo. Ouvindo-o, os aborígenes *mahoones*, que estava confabulando ao longe e assim continuariam por muitas e muitas horas, lançaram mão das armas e vieram correndo atrás de mim, gritando, rugindo e exclamando:

– *Ko-o-o-mo-hô-ô-ô-é-é-é! Ko-o-o-mo-hô-ô-ô-é-é-é!*

Parecia um eco da minha própria voz – mas um eco sem graça nenhuma. Um arrepio já muito meu conhecido percorreu-me o corpo desde os pés até a raiz dos cabelos. E corri para a cúpula de marfim, perseguido pelas azagaias e pelas flechas, e envolvido pelos bumerangues, que zuniam juntinho de meus ouvidos. Nunca me vi tão angustiado na minha vida. E o pior é que o capitão Teodoro julgou, no mínimo, que eu fosse algum selvagem disfarçado e recusou abrir a cúpula! Só depois de jurar cinco vezes que era eu mesmo e lhe pedir pelo amor de

Deus que me acudisse, é que o comandante resolver dar-me abrigo. Já não era sem tempo: os *mahoones* estavam tão próximos, tão próximos mesmo, que se ouviam as suas respirações entrecortadas. Eu e o capitão Teodoro, afobados, batemos o tampão de marfim e descemos para lugar seguro. Nos dois minutos seguintes só se ouviu, ribombando pelo interior do palacete de Ahk, a pancadaria dos selvagens sobre a cúpula. Passados estes dois minutos, o ex-comandante do *Sereia* me puxou as orelhas e:

– Para outra vez, não saia sem avisar! – advertiu. – Que é que você está pensando? Você não está no Rio de Janeiro, meu menino! Todo o cuidado é pouco. Não sabe, então, que... hum... os nossos inimigos não poupam ninguém? Previno-o de que se alguma coisa lhe acontecer, grumete, eu lhe darei uma surra como não há memória nas... hum... histórias marítimas! A disciplina é a base de tudo, ouviu? Seja respeitoso para com o seu chefe. Hum! Você acaso conhece a balada da mãe d'água salgada? Não? Vou cantar para você ouvir. Escute. "A sereia é a dona..."

Iracema, graças a Deus, veio correndo do interior do palacete e me levou dali, alisando-me, cheia de meiguice, a orelha dolorida, e dizendo que o capitão era muito ruim, que eu não me importasse, que brevemente nós voltaríamos para o Brasil, que eu não chorasse, que tudo acabaria bem, que eu estava mais gordo, e não sei mais o quê... Respondi, fungando:

– Não tem nada, não. Estou quase chorando, mas é por causa de você... Você não... você não está mais se sentindo mal? Não está, não?

– Que nada! Acostumei-me com a fome; só ontem é que a senti. Não precisa ter cuidados, Célio... A gente se acostuma...

– Por falar nisso – acudiu Roberto Souza, que também parecia ter-se acostumado com a fome – vocês conhecem a história do cavalo do inglês? Esse cavalo[ccclii] estava sendo amestrado para não comer nunca mais na vida dele. Ora, quando ele se acostumara a não comer... morreu de fome! Quá! Quá! Quá!

– Com efeito, Roberto! – exclamou minha irmã, amuada. – Mas, com efeito! Você quer me ofender com isso do cavalo inglês?

— Perdoe-me, Iracema! — implorou Roberto, pondo-se muito vermelho[cccliii]. — Não tive intenção de ofendê-la. Juro pela minha felicidade! Eu pensei que você ia achar gozada a história do cavalo do inglês... — E tornou a dar uma risada.

Iracema, porém, estava muito ofendida com a história.

— Pois enganou-se redondamente; não achei graça nenhuma! Para outra vez, pense três vezes antes de falar, escutou?

E, suspendendo o queixo com altivez, cruzou os braços; mas escorregou na água, caiu[cccliv] e tomou um banho. Roberto e o Tião correram logo em seu auxílio. Roberto levantou-a com todo o cuidado. Dos cabelos de Iracema escorria água para as faces, encarnadas de vergonha.

— É sua culpa, negro Tião! — gritou ela. — Desde que você apareceu, só me tem sucedido desgraças! Já na rua São Bento era a mesma coisa. Você dá azar; basta que olhe para a gente... Vá-se embora! Suma-se[ccclv]!

O Tião sumiu-se. Então, Linda Rodrigues meteu o bedelho na conversa. E disse, com a sua engraçada pronúncia lisboeta:

— Não foi o negro quem te atirou ao chão, Iracema. Ou tu não viste que escorregaste na água e, perdendo o equilíbrio...

— Não se meta! — cortei eu, violentamente. — Isto já é desaforo, você querer contrariar minha irmã! Deixe de ser "estraga-prazeres"! Galegas como você não entendem nada disto[ccclvi]! Veja se se enxerga, veja! Se minha irmã disse que foi o Tião, é porque foi o Tião... e está acabado! Só porque você é ignorante como ele, quer defendê-lo! Que menina[ccclvii]!

— Eu não estava a defender o negrinho, senhor Célio. Não há razão para que eu o defenda. Ele não tem culpa nenhuma... Então, não viu que Iracema escorregou e, perdendo o equilíbrio...

— Há razão para que você o defenda, e muita! E... não quero que me chame "senhor Célio", porque já lhe disse que isso não se usa entre cruzados!... Ah, desculpe! Eu tinha me esquecido de que você não é cruzada...

— Vamos fazer Linda também uma cruzada? — alvitrou Iracema, batendo palmas[ccclviii].

– Não, que não há mais emblemas...

– Não é preciso – tornou minha irmã. – Penso que não é um simples emblema que faz a pessoa ser da Cruzada da Salvação. Linda fica sendo da Cruzada, mesmo sem a cruz de cetim que vocês têm...

– Concordo – resolvi. – Você não se lembra do que papai dizia? Dizia que "não é a medalha que faz o herói, o herói é que faz a medalha". É um pensamento muito bonito, não é mesmo? Linda Rodrigues, de agora em diante, fica sendo da Cruzada da Salvação[ccclix].

– Viva! – gritou Iracema.

– Vivô-ô-ô! – foi o eco de Roberto Souza.

Não bem tínhamos acabado os "vivas", e um grito penetrante soou a pouca distância. Viramos a cabeça para o "pirão" da esquerda (o "pirão" da entrada do depósito de múmias) e enxergamos o capitão Teodoro com o olho de vidro muito arregalado e quase caindo da órbita, a espiar para dentro do mausoléu-cemitério.

– Que foi? Que houve? Que aconteceu?

– A múmia! – bradou o nosso comandante. – A múmia que anda[ccclx]!

Já estávamos em volta dele, fazendo um milhão de perguntas ansiosas. Mestre Aníbal deixara *Miss* Marguerite Mendelson e *seu* Teixeira, com os quais conversava, e agora queria inutilmente furar o "pirão", que era resistente como quê. Aí, o professor Gabriel Wodlinghouse chegou e, calmamente, segurou na borda do tecido egípcio e puxou-o para um lado, descobrindo a entrada com a maior facilidade deste mundo. Todos nos precipitamos e caímos de cambulhada[159] dentro daquele verdadeiro cemitério de sarcófagos. No alto da prateleira que eu próprio descobrira, a luz do dia brilhava, iluminando o recinto: o mirante estava aberto! O velho Teodoro, excitado, bradou:

– A múmia saiu! A múmia do Timoeos! O Timoeos da múmia!

Aproveitei o ensejo. E falei:

– Não há razão para fazer disto um bicho de sete cabeças, senhor comandante. Eu conheço o segredo da múmia!

Foi como se uma bomba estourasse dentro do palacete.

---

159 Nota do Org.: **De cambulhada:** de maneira confusa, desordenada.

– Você conhece o segredo da múmia, meu menino? – e o capitão fuzilou-me com o terrível olho de vidro. – Que segredo, se me faz o favor? Como se atreve a guardar segredos de mim; eu, que sou tão seu amigo[ccclxi]?

– Vamos – incitou-me mestre Aníbal. – Conte tudo o que sabe, meu filho. Pode ser que seja alguma coisa importante. A gente nunca deve saber nada sozinho. Que é que você sabe?

– Eu sei tudo, tudo e tudo! Tudinho!

O capitão Teodoro acudiu:

– Tudo o quê? Vamos...[ccclxii] Desembuche logo de uma vez, com todos os diabos!

– Está aí! Só desembucho se o senhor jurar que não me puxa mais as orelhas!

– Bem, juro que não puxo mais – aquiesceu ele. – Mas vá dizendo logo o que sabe[ccclxiii].

Conformado, pedi atenção e comecei a falar:

– Sei que alguém, um de nós, retirou o miolo da múmia e tomou o seu lugar, para fingir-se de faraó de Manethon, o que conseguiu, como vimos. Pois bem. Esse alguém fingiu-se de múmia e nos assustou, salvando-nos do caldeirão dos selvagens. É, portanto, nosso aliado. Primeiro, pensei que fosse o senhor capitão; agora, porém, vejo que não, pois a múmia acaba de sair daqui e o capitão não saiu; logo, a múmia não pode ser ele, já que ele não poderia ser a múmia, e esta, por sua vez...[ccclxiv]

– Vamos sair pelo mirante! – interrompeu o *Condor*. – Não adianta nada ficar aqui[ccclxv] fazendo... como é que se diz mesmo?... fazendo conjeturas...[ccclxvi]

– Achei! Estava aqui! Estava aqui! Achei[ccclxvii]!

– Quem é o indisciplinado que está gritando à popa? – perguntou o capitão Teodoro com maus modos.

– Sou eu, senhor capitão... – era Afonso Rodrigues, sorridente, malgrado a palidez da fome. – Achei meus óculos. Estavam aqui, caídos dentro da blusa, e eu pensava que tinha perdido eles lá fora... Agora, já posso ver melhor[ccclxviii]!

– Então vá ver se eu estou na esquina, grumete! Que é que têm seus óculos com a múmia do Timoeos de Manethon? Não têm nada! Bem, vamos subir por estas prateleiras e ver em que param as coisas lá em cima do estai[160]... Talvez encontremos o que comer, ou talvez não encontremos. Hum! Quem tiver fome que me siga!

O capitão disse "quem tiver fome que me siga", mas parece que o pessoal entendeu "subam todos ao mesmo tempo", ou coisa que o valha, pois houve uma batalha feroz e todos queriam ser os primeiros a subir. Resultado: os mais fortes subiram primeiro, depois os cruzados e os meninos ingleses, depois as moças e as meninas, e, por último – somente por último –, o capitão Teodoro, todo pisado e amarrotado.

Ao atingirmos o nível da terra, sentimos a sensação que sentiríamos como viajantes no Saara. Não havia um único *mahoone* à vista; a múmia também desaparecera. Estávamos sozinhos naquele trecho da Ilha Ahk-Manethon, tão sozinhos como dias antes, por ocasião do naufrágio – só que, agora, éramos dois grupos de náufragos, em vez de um apenas[ccclxix]. E o pior é que não tínhamos comida à vista, o que era muito mais angustioso.

– Cadê a múmia do faraó, hein, professor? – perguntou Horácio. – Parece que se evaporou de uma vez por todas, deixando a gente em paz. Até que enfim! Vai ver que era mesmo algum de nós, como disse o Célio...

– Eu suspeito profundamente de um dos nossos – redarguiu o professor, cofiando a barbicha de bode[ccclxx]. – A ciência é contrária à hipótese de que um corpo morto se possa locomover como... *well*, como qualquer mortal ainda vivo. Por isso, eu opino que...

– Não opine, por enquanto! – interrompeu o capitão Teodoro. – Mais tarde o senhor pode opinar à vontade[ccclxxi]. Vamos é andar por aí e revistar o nosso antigo acampamento. Tenho o palpite de que os *mahoones* deixaram algum alimento esquecido por lá. Bolachas, por mais duras que sejam, não me sabiam[161] mal numa ocasião destas... E a vocês, grumetes? Sabiam mal?

– Oh, não, certamente que não! – respondemos. – Uma lata de bolachas, agora, no jejum, era uma mão na roda...

---

160 Nota do Org.: **Estai:** cabos usados para sustentar a mastreação ou para manter de pé certas peças de equipamento em um barco.

161 Nota do Org.: **Saber:** aqui, com sentido de "sabor", "paladar".

O capitão concordou, acrescentando:

– Venham daí até ao acampamento. Aníbal! Desça ao palacete. Desça com Aníbal, Teixeira! Tragam as armas, porque todo o cuidado é pouco! Ligeiro!

Assim foi feito. De posse das armas de fogo que nos restavam, entre as quais a linda *Winchester* de *Mister* Joseph William Shesterbourns, fomos para o nosso antigo acampamento, abandonado pelos *mahoones*. A sorte começava a sorrir-nos: achamos várias latas de biscoitos e recipientes cheios d'água potável. Todo mundo matou a fome e a sede. Então, a alegria voltou a reinar entre os náufragos, e até o professor Wodlinghouse perdeu o resto da sua austeridade e começou a contar anedotas egípcias aos que tinham a infelicidade de estar ao alcance de sua voz.

Tudo continuaria muito bem se continuasse assim; todavia, próximo da uma hora da tarde, a múmia do faraó Timoeos de Manethon[ccclxxii] voltou a dar sinais de vida. Quem a viu primeiro foi o sábio da egiptologia.

– Atenção! – gritou. – O fantasma do faraó de Manethon está vindo para o nosso lado!

A múmia aparecera, saindo detrás de um acidente de terreno, e encaminhava-se para nós a passos marciais – um-dois, um-dois, um-dois –, oscilando dentro da armação de granito, como se estivesse numa armadura medieval. Não existem palavras capazes de gravar a sensação angustiosa que senti ao pensar num ataque daquele monstro ressuscitado, embora tivesse a convicção[ccclxxiii] de que ele era alguém, um de nós, e não o faraó Timoeos de Manethon, morto tantos séculos antes. Apurei nervosamente os olhos: não era uma visão, era a múmia mesmo! Ficamos todos calados, com o olhar pregado no vulto cada vez mais próximo[ccclxxiv]. Mentalmente, eu dizia, para criar coragem: – "É um de nós! Bobagem, ter medo. É um de nós! É um de nós! É um de nós!". Mas não adiantava coisa alguma: o medo não desaparecia. E a múmia veio vindo – um-dois, um-dois, um-dois. Chegou perto da gente, abaixou-se e pegou numa bolacha de uma lata aberta. Aí, o professor de egiptologia não se pôde conter:

– Largue essa bolacha! – gritou, com a barbicha tremendo de ira. – Que o senhor assuste-nos, eu concordo; que o senhor salve-nos, eu concordo; que o senhor ressuscite, eu concordo; agora, que o senhor coma as nossas bolachas, isso eu não concordo!

– *I am the Tulugal of wiami!* – exclamou a múmia. E deu uma dentada na bolacha, partindo-a pelo meio.

– *I know that you are!* – berrou o professor. – Pode tirar esse disfarce, senhor *kerredais*!

– *Kerredais*? Eu não sou o *kerredais*! – a múmia deu outra dentada na bolacha. – Olhe, vocês estão enganados comigo. Eu sou o Rei da França pela morte de Maria Antonieta! *"Honny soit qui mal y pense!"*.

Reconhecemos a voz e a mania do homem. E o professor correu para ele, tirando-lhe as roupagens de múmia: era o Rei Leão, em carne e osso!

– Você?! – gritei, tinindo de raiva. – Eu sabia que era você, não é novidade! O fato de você nunca estar presente quando a múmia aparecia andando o condena. E para que se fantasiou de múmia, hein[ccclxxv]?

– Sim, para que se fantasiou, com todos os diabos? – bradou o capitão Teodoro. – Recolha-se ao porão! Aníbal! Qual era o intuito deste pobre louco... hum... que julga ter sido rei na Europa há mais de um século?

– Olhe, eu explico tudo – interrompeu o Rei Leão, sinceramente arrependido de seus atos. – Não foi por mal, sabe? Era só de brincadeira...

– Como foi que você fez? – perguntou mestre Aníbal.

– Pelo amor de Deus, não me façam mal! Juro que conto a verdade toda, toda! Foi de brincadeira, sim senhor...[ccclxxvi] Eu tive a ideia de bancar a múmia só para meter um susto nos meninos... Olhe, eu tirei o miolo da múmia e tomei o seu lugar. Mesmo, a múmia já não tinha quase miolo... Então...

– Eu não concordo! – exclamou o professor de egiptologia, arrepanhando os cabelos das fontes. – O senhor Rei Leão estragou-me o exemplar da múmia que eu ia esfregar no nariz do cabeçudo doutor Porter Smith! Eu não sei onde estou que não faço[ccclxxvii] uma asneira!

– ... tomei o lugar do miolo da múmia – prosseguiu o Rei Leão, depois de uma pequena pausa. – e saí para assustar os meninos. Mas, como viram, fiz coisa melhor, isto é: salvei-os da morte. Olhe, a história é esta. E agora só vim aqui porque estou com uma fome danada!

– Bem – rosnou o velho Teodoro. – está explicado o caso da múmia que andava e tudo se encaminha para uma solução definitiva. Hum! Não temos mais nada a temer, além dos selvagens e do oceano encapelado[162] a boroeste...

– Dá licença, capitão? – pedi eu. – Acho que o professor fez mal em desmascarar o Rei Leão. Vê-se bem que ele desconhece a técnica dos romancistas, não é mesmo? Nunca se deve desmascarar uma personagem em meio da obra ou da fita de cinema; e sim nas últimas cenas. Assim, tudo perde o interesse. Nós estamos fazendo um romance da vida real e não fica direito fugirmos às regras de famosos escritores, tais como Ponson du Terrail, Xavier de Montepin, Emilio Salgari etc.[ccclxxviii] Devíamos esperar o fim da aventura para então desmascarar o Rei Leão. Não concordam?

– Olhe, se quer que lhe diga, não concordo! – respondeu o Rei Leão. – Você pensa que eu ia aguentar até ao fim do romance a bruta fome com que estou? Acha que tenho cara de trouxa? Pois sim[ccclxxix]!

– Está bem, está bem; se é isso, não se fala mais no assunto...

E não se falou mais no assunto. Abicadas na praia, em frente ao nosso acampamento, havia três pirogas, balançando docemente. Aquelas embarcações botaram água na nossa boca, por assim dizer. Estávamos no limite das forças e seríamos capazes de atravessar o oceano a nado, quanto mais em três bonitas pirogas! Continuar preso na ilha é que ninguém queria. O professor Wodlinghouse, porém, fez ver os inconvenientes de uma ação precipitada e disse que os barcos eram demasiadamente pequenos e frágeis para aguentar conosco. Resolvemos, então, que construiríamos uma barcaça à vela, utilizando a madeira das três pirogas.

– É uma ótima ideia[ccclxxx]! – apoiou o capitão Teodoro. – Estive estudando, graças a um "relógio de sol", a posição aproximada da ilha, e vi que não nos achamos muito longe da Austrália. Estamos mais ou

---

162 Nota do Org.: **Encapelado:** agitado, encrespado.

menos a cento e dezoito graus de latitude leste, Greenwich, por quatorze graus de longitude austral. Hum... Aníbal, dirija a construção da barcaça! Arme o esqueleto! Levante o traquete[163] e a gávea! Estenda as velas! Vamos batizá-la!

– Ainda é cedo para batizar! – discordou mestre Aníbal, rindo. – Que gente apressada! Ainda nem bem pensamos no serviço e já pensam na conclusão! Ainda é cedo... calma... ainda é muito cedo...

– É cedo nada! – acudiu o *Condor.* – Vamos batizar o barco antes de construí-lo, para dar sorte. Senão, eu não ajudo!

– Mas batizar com que nome? – perguntou Horácio.

– Por mim, batizo-o de "Iracema" –disse eu.

– Não. Vai ser é "Salvação"!

– "Albatroz"!

– "Arca de Noé"!

– "Papagaio"!

– Deixem disso! – falou Roberto Souza, apaziguando nosso entusiasmo.

– Olhe, "Deixem Disso" não é título que se apresente – criticou o Rei Leão. – Eu dava, antes, o nome de "S.O.S."... Vocês não acham?

– S.O.S.? Que é S.O.S., gentes? – inquiriu o Tião, que deixara de ser cruzado, mas nem por isso de ser ignorante[ccclxxxi].

– S.O.S. é... quer dizer... Que quer dizer S.O.S., professor? – falou o *Condor.* – Eu penso que S.O.S. é... Como é mesmo? Eu sei, mas não me ocorre... O senhor sabe, professor?

–*Well*, S.O.S. é uma expressão... S.O.S. são umas iniciais do alfabeto Morse, que significam, em inglês, *"Save our souls".*

Pausa[ccclxxxii].

– E que quer dizer *"Save our souls"*? – volveu o *Condor.*

–*"Save our souls"* quer dizer, em português, "salve nossas almas".

Outra pausa.

– E que quer dizer "salve nossas almas"?

163 Nota do Org.: **Traquete:** maior vela (ou mastro) da proa da embarcação.

– Não seja[ccclxxxiii] perguntão, *Condor*! – atalhei eu. – Você nunca deixará de ser uma criança! A gente pensando no modo mais racio... no modo mais racional de fugir daqui e você perdendo tempo com bobagens! O melhor modo de viajarmos sem empecilhos de qualquer natureza, como disse o corsário Morgan...

– Basta, oh, inconsciente! – exclamou Roberto Souza, interrompendo meu discurso com um gesto de mão aberta, que por pouco[ccclxxxiv] me acertou na cara. – Deixe os mais velhos pensarem! Você nem parece ter a idade que tem, Célio! Com franqueza! Se não fosse por causa de sua irmã, nem sei o que faria! É preciso que a gente reflita conscienciosamente...

– Certamente – acudiu o professor Wodlinghouse. – Nós vamos refletir[ccclxxxv]. Como se vai construir a barcaça com as pirogas, se não existem pregos?

–Nem martelos...

– Nem velas...

– Nem estaleiro...

– Nem esqueleto – acrescentou Afonso, para mostrar que conhecia teoria de construção naval.

A portuguesinha Linda Rodrigues, que estava me namorando com o olhar, falou, toda cheia de dedos:

– Estou cá a pensar... E se primeiramente embarcasse metade de nós nas pirogas e, depois, a outra metade? O peso diminuía cinquenta por cento, os senhores não acham?

E baixou os olhos, envergonhada de ter falado tanto.

– Não achamos, não senhora –contradisse eu. – Deixe de dar palpites errados, ouviu? Isto é um concili... líbulo de gente crescida! Não se meta!

– Conciliábulo[164] – emendou Iracema. E acrescentou: – Creio que estamos mal encaminhados em nossas ideias. O capitão Teodoro que fale...

– Bem – disse o ex-comandante do *Sereia*, segurando o boné pela pala[165] e passando os dedos nos cabelos. – minha ideia é lei nesta em-

---

164 Nota do Org.: **Conciliábulo:** aqui, com sentido de "assembleia", "reunião".

165 Nota do Org.: **Pala:** Parte inferior traseira do boné ou quepe.

barcação... e a disciplina é a base de tudo! Ela deve reger nossos atos, para que eles saiam a contento. Hum! Opino – e olhou para o professor de egiptologia, como se lhe pedisse conselhos sobre esse "opino". – que as crianças e as mulheres embarquem nos salva-vidas. Eu e a tripulação internacional ficaremos a bordo da ilha, à espera de reforços. Hum! Meus meninos, o comandante de um navio faz um juramento muito sério perante si mesmo e perante sua pátria! Que o diabo engula os desertores – referia-se aos marinheiros sublevados. – e a tempestade lave a bujarrona![166] Aníbal, meu velho, estamos num brigue sem leme!

A seguir, quem falou foi mestre Aníbal:

– O capitão está no seu estado normal, ou seja, bêbedo, e não se deve tomar a sério suas palavras. Evidentemente, meus filhos, esta situação não é nada invejável; mas temos de sustentá-la com heroísmo[ccclxxxvi]. Devemos ser francos, acima de tudo. Minha opinião é esta: ninguém deve se sacrificar numa separação de forças. Nenhum de nós deve sofrer nesta ilha ou em alto mar – e em alto mar o perigo aumenta – nenhum de nós deve sofrer, repito, e muito menos crianças!

– Muito bem! Muito bem! – bradamos nós, os cruzados, inclusive Linda Rodrigues.

Mister Joseph William Shesterbourns não compreendeu direito o pequeno discurso de mestre Aníbal e, consequentemente, o motivo da nossa manifestação, e começou a fazer um milhão de perguntas encrencadas ao professor Wodlinghouse, a Wallyamy e a Djika-Emú. Estes três lhe explicaram, em inglês, o que ocorria – segundo me pareceu. O homenzinho da espingarda *Winchester* continuou impassível: os ingleses são muito reservados nas suas emoções e só riem para dentro.

Depois do discurso de mestre Aníbal, todo mundo quedou calado e mudo. Refletíamos sobre o futuro. De súbito, dando um salto, Horácio ameaçou o marinheiro australiano Jack Beel com o punho cerrado, ao tempo que gritava:

– Vá olhar para o diabo, seu inglês vagabundo de uma figa! Nunca me viu? Para que está me olhando de soslaio? Não basta o seu todo[167]

166 Nota do Org.: **Bujarrona:** vela triangular içada entre o mastro à frente do barco e a proa.

167 Nota do Org.: **O seu todo:** o seu conjunto; "você todo é um estrangeiro ignorante".

de estrangeiro ignorante? Deixe de me olhar assim, ouviu? Deixe de me olhar assim!

– *But... but... but...* – respondia o marujo, atrapalhado, sem poder sair desse *"but"*.

Na verdade, Jack Beel não estava olhando de soslaio para Horácio. É que o pobre marinheiro australiano – como já expliquei na primeira parte desta novela – tinha os olhos tortos. Daí parecer a Horácio que ele o estava olhando de esguelha...

O resto do dia se passou assim. Continuamos senhores do acampamento, sem que os selvagens se metessem a valentes nem tentassem arrancar-nos essa supremacia. E a noite, cálida e mansa, desceu sobre a tristeza da Ilha da Salvação, Ilha do Juízo Final ou Ilha Ahk-Manethon...

Cerca das sete horas da noite (era ainda a "cebola" de mestre Aníbal que nos punha no horário do resto do mundo), diversas silhuetas humanas apareceram pelas cercanias do acampamento, pedindo, em inglês e português (e seriam capazes de pedir até em chinês, aposto), que lhes déssemos um pouco de comida pelo amor de Deus. Eram os marinheiros revoltados. Chegaram até a jurar que Pedro e Baldo, os chefes da revolta, seriam enforcados à vista de todos. O capitão Teodoro, porém, mantinha muito alto o lema "A disciplina é a base de tudo" e não se deixou comover pelos rogos dos desesperados, respondendo:

Suspende âncora, colhe o filame,
Mete o barco na linha do vento...

Era uma resposta sugestiva, tão sugestiva que os revoltados, como cachorros corridos a pedradas, suspenderam o cerco, colheram as lamúrias e, na linha do vento, meteram o barco para as montanhas... Fiquei com muita pena deles e decidi ir, na mesma hora, falar com o capitão e implorar-lhe que os readmitisse, pois estavam realmente arrependidos da loucura que haviam feito, tanto que um até elogiara a sua conduta, a conduta dele, capitão...

Era mentira, mas nem sempre a verdade salva a gente da forca... Quando cheguei à barraca do velho Teodoro, ouvi, no entanto, os seus resmungos e resolvi aguardar outra oportunidade para abordar o caso dos revoltados. O ex-comandante do *Sereia* estava falando sozinho, sem chegar a uma solução:

– Impossível! S.O.S. Sós. Primeiro mulheres e crianças! Não, com todos os diabos! Não posso construí-lo, por falta de material! Constrói-se ou não? Sim! Não! Não! Sim! Constrói-se ou não? Não posso construí-lo, por falta de material! Não, com todos os diabos! Primeiro mulheres e crianças! Sós. S.O.S. Impossível[ccclxxxvii]!

Capítulo II

MORTE DE UM HERÓI NEGRO[ccclxxxviii]

O sumiço de Iracema – Nova reunião da Cruzada da Salvação – Resgates bem-sucedidos e outros nem tanto[ccclxxxix]

À frustração que se seguiu ao nosso "S.O.S" que não houve e à desesperança que dominou o capitão Teodoro em seu tagarelar solitário pelas areias, não nos calhou outro remédio que não fosse tentar dormir um pouco. Cada um se ajeitou lá como pôde para atrair o sono – o Rei Leão tentando conseguir alguns biscoitos com a senhora Elizabeth Longsight, Horácio resmungando mais impropérios contra o vesgo marinheiro Jack Beel, mestre Aníbal acalmando o ainda bêbedo capitão – e logo pouco se ouvia no acampamento.

A escuridão era ainda completa, o dia longe de raiar, quando senti que me puxavam a perna. Um grito formou logo em minha garganta, pois, entorpecido pela sonolência, só me vinha à mente a lembrança da múmia de Manethon (que todos já sabíamos ter sido invenção do Rei Leão, mas que minha consciência, ainda não de todo restabelecida, teimava em desconsiderar).

– Célio! Acorde!

No mesmo instante, reconheci a voz de Roberto Souza, que parecia alarmado por algum perigo que meus olhos pesados não de pronto me revelavam. Imediatamente, pensei em um novo ataque dos selvagens ou talvez alguma incursão velhaca do temível plesiossauro. Mas a nova ameaça à Cruzada da Salvação era algo bem pior...

– Célio, ande, levante-se! Iracema sumiu, Célio! Fui ver se ela estava bem, lá junto à esteira onde se ajeitou com a portuguesinha Linda Rodrigues, mas... mas...

Imediatamente, tomei domínio da situação, não me deixando contaminar pelo evidente desespero que transparecia das ações e palavras do namorado de minha irmã. Caminhando rapidamente com ele até o local onde haviam se deitado as duas moças, vi que realmente Iracema desaparecera mais uma vez. Linda Rodrigues estava lá, acordada, mas como que catatônica, profundamente apavorada com o que parecia ter visto acontecer.

Na areia, muitas pegadas de grandes pés descalços, uma outra pena de *milvus*, e sinais de luta. Não havia dúvida: os *mahoones*, aproveitando-se de nosso sono e da completa escuridão, haviam se aventurado no acampamento e, com os piores motivos imagináveis, sequestrado minha querida e doce irmã Iracema. Mas não me fiz de rogado, não senhor! Nesta altura, Afonso e Horácio já haviam se juntado a nós, assustados com todo o nosso movimento e agitação. Depois de explicar-lhes rapidamente o trágico ocorrido, exclamei[cccxc]:

–[cccxci] Vamos avisar o Rei Leão e Wallyamy. Depois, vamos atrás dos selvagens e lhes daremos uma surra bem puxada! Agora sim, agora é que a coisa vai ficar gostosa!

– Meu Deus do céu! Meu Deus do céu! – lastimava-se Roberto. – Que foi acontecer! Que coisa horrível! Minha querida namor... minha boa ami... Meu Deus do céu! Meu Deus do céu!

– Quero dar uma ideia, posso? – inquiriu Afonso, levantando o dedo no ar como a gente faz nas escolas para ir lá fora. – E se a Cruzada da Salvação se reunisse de novo, como há dois meses no Rio? A gente podia ventilar o gravíssimo problema, não podia?

Horácio concordou logo:

– É mesmo! A situação é igualzinha, não é? Agora também se quer salvar Iracema...

Não tardei a concordar:

– A ideia é boa. Vamos convocar uma reunião nos fundos do acampamento. Todos vocês estão convidados. Compareçam imediatamente!

Assim disse eu; o pessoal aprovou logo. Fomos para um local previamente escolhido e nos reunimos. O Rei Leão foi eleito presidente do conselho; tiveram início os discursos e as discussões, no sentido de melhor cooperarmos para a salvação de minha irmã, que devia estar nas garras dos aborígenes da Austrália. O *Condor* lembrou de chamar os marinheiros revoltados, para que nos auxiliassem no combate aos *mahoones*. Esse alvitre não foi aprovado devido ao medo que nos infundia as descomposturas do capitão Teodoro. E a reunião prosseguiu. Ao fim de vários palpites, inaproveitáveis por isto ou por aquilo, trepei no bloco de pedra (que fazia as vezes de tribuna) e falei da seguinte forma:

– Vocês estão mesmo decididos a salvar minha irmã pela segunda vez, não estão? Pois bem. O nosso caso é muito... como é que a gente diz?... muito delicado, muito melindroso. Precisamos, não só do entusiasmo que uma boa ação cria, como também de armas e munições – coisas que não é qualquer boa ação que cria... Desta maneira – *ipsis verbi*, como dizia o Padre Gonçalves[cccxcii] – precisamos de larga cogitação para chegar a um resultado positivo...

– Apoiado! Bravos! Muito bem! Que é que você quer dizer com isso?

Nessa hora precisa, enxerguei o moleque Tião (que se afastara por não ser mais cruzado) a correr pelo litoral da ilha, rumo ao sopé da Montanha do Naufrágio. Fiquei um momento indeciso, pensando um milhão de coisas ao mesmo tempo; depois, saí chispado atrás dele, mesmo sem avisar o resto da Cruzada. Alcancei o negrinho na passagem entre a Montanha do Naufrágio e o oceano. Então, segurei-o brutalmente pelo braço, gritando:

– Que é que você vai fazer?!

Ele se encolheu todo, que nem um mico selvagem[cccxciii].

– Não me bata, *seu* Célio. Me deixe... Eu vou... eu vou buscar Iracema. Eu gosto dela... Eu quero... Os selvagens...

Quase caí das nuvens ante aquela revelação! Como é que aquele moleque ignorante queria salvar minha irmã? Ah, não! Essa honra eu não lhe devia dar, para que depois ele não começasse bancando o herói. Não! Não! Se ali tinha que haver um valente, eu é que o devia ser!

– Só deixarei você ir se eu for também, está ouvindo? – retruquei. – Era só o que faltava!...

O negrinho acabou acedendo.

– Como quiser, *seu* Célio – disse ele, tomando a dianteira. – Deixe eu ir na frente, que eu entro na aldeia, você me espera, e eu volto com Iracema...

– Não precisa me dar instruções, moleque pretensioso! Sei muito bem o meu papel. Vamos! Marche!

O Tião marchou e eu o acompanhei. Em breve chegamos à vista do acampamento *mahoone*. Reinava ali uma grande calma, tão completa que nem se tinha a impressão de que aquele território pertencia a uma perigosa tribo de selvagens. Apesar de não fazer sol – pois a noite ia alta – o calor era tão forte como de dia (até hoje acho que, na Oceania, o barômetro não diferencia os graus de calor ao sol e à sombra). O mormaço, amolecendo nossos nervos, deixava-nos com pouca vontade de andar e de bancar os valentes. Entretanto, fazendo das tripas coração, como se diz, lutando contra o clima e contra o medo, eu e o Tião prosseguimos na avançada silenciosa, cada vez mais próximos do acampamento dos australianos. Arrastando-nos laboriosamente no terreno plano e correndo quando atrás das elevações calcárias, logramos alcançar a paliçada circular. Aí, o silêncio era quebrado pelo bater de um pilão (algum selvagem devia estar esfarelando qualquer coisa). O Tião segurou no meu braço e ciciou:

– Fique aqui, *seu* Célio, e não se afaste, não. Me deixe ir ver onde está Iracema que eu volto logo...

Esgueirou-se por um vão da paliçada e desapareceu, confundindo-se com o escuro. Fiquei à espera, uma espera nervosíssima, que parecia cheia de ciladas, pior do que quando a gente aguarda, no gabinete de um dentista, a hora de arrancar um dente.

Ao princípio, pensei que a Cruzada da Salvação vinha em meu encalço. Mas logo vi que não podia ser: tudo estava calado ao redor e o próprio bater do pilão acabou por não se ouvir mais. Cinco minutos transcorreram assim; passado este pedaço, vi Iracema, que emergia do vão da paliçada. Estava tão branca e tão trêmula que até me assustei. Acenou com o dedo e corri a ajudá-la. Já nós dois estávamos a salvo, do lado de fora do acampamento, quando o Tião apareceu.

– Fomos descobertos! – gritou. – Fujam! Viram Iracema escapar comigo! Fujam! Depressa! Fujam!

Um barulho infernal espocou no interior da aldeia de emergência dos *mahoones*: era um ruído estrídulo[168] de latas velhas, tão forte e pene-

168 Nota do Org.: **Estrídulo:** som agudo e penetrante, como o das cigarras.

tranteccc[cccxciv] que fazia uma zoada em nossos ouvidos. O Tião esforçava-se por ser ouvido, apelando até para a mímica tão comum a Wallyamy; indicou-nos o caminho de volta ao litoral e trepou na paliçada, feito um macaco. Eu e Iracema não esperamos por mais nada para sair disparados pela ilha afora, em busca de um lugar seguro junto dos nossos camaradas de pele branca. Olhando para trás, ainda vimos o moleque Tião a gritar e a fazer largos gestos, enquanto corria em direção oposta à nossa, para atrair os selvagens e fazer com que eles nos deixassem fugir em paz. Mais mortos do que vivos, eu e minha irmã conseguimos chegar ao acampamento, na beira da praia. Graças à tática do Tião, nenhum *mahoone* nos perseguira. Respiramos de alívio.

– Queremos falar ao capitão Teodoro! – disse Iracema, quando o pessoal, ávido de notícias, nos bloqueou.

O capitão apareceu e foi logo perguntando a causa daquele tumulto (tinha razão em dizer "tumulto", pois os náufragos queriam saber à viva força a história da salvação de Iracema e eu não a sabia contar). Aí, minha irmã explicou ao velho Teodoro:

– Eu estava mesmo prisioneira daqueles selvagens desgraçados. Eles me pegaram quando eu brincava de polícia-ladrão, me tamparam a boca e me levaram para uma cabana de couro que cheirava mal um bocado. Aí, me deram comida. Com efeito! Que comida ruim eles me deram! Quando o Tião chegou e me soltou, tomei um susto, pensando que fosse outro selvagem a querer me dar comida! Até mesmo me salvando esse negro me assusta! Mas, bem... Como ia dizendo, o Tião me tirou da cabana e me guiou até onde o Célio estava. Eu e ele fugimos correndo, enquanto o Tião atraía os selvagens para outra banda. E aqui estamos!

– E aqui estamos! – concluí.

– Criancices! Infantilidades! – ruminou o velho Teodoro, acendendo o cachimbo e soprando um rolo de fumaça. – Não dei ordem para que o grumete Tião fosse entrar na aldeia dos selvagens. Onde está a disciplina, façam o favor de me dizer? Queira Deus, meus meninos, que os negroides não tentem replicar a afronta! – fez uma pausa sinistra. Depois: – Admiro, malgrado, a valentia do menino Tião e da menina Iracema! Hum... Assim é que se faz! Arriba! Ou passa entre os arrecifes ou rebenta a roda da proa! Mas onde está o menino Tião? – e fuzilou-me com o olho de vidro arregalado. – Você o desamparou, grumete Célio de Castro?

Baixei a cabeça, encabulado, com vontade de sumir pelo chão adentro.

– Não sei onde ele se meteu, senhor comandante... E se nós fôssemos procurá-lo, hein? Afinal de contas, o Tião não era tão bobo como parecia... Não é mesmo?

– É...

– Não era...

– Reúnam uma expedição! – bradou o comandante com voz sacudida. – Ligeiro! Cinco homens armados para procurar o negrinho! Os grumetes irão se quiserem; não os obrigo a fazer serviços de escoteiros...

– Claro que faremos serviços de escoteiros! – respondemos em coro. – Nós não estamos aqui para outra coisa...

E a expedição foi reunida, sob a chefia geral do capitão Teodoro e de *Mister* Joseph William Shesterbourns. A seguir, entusiasmados, ébrios de aventura, marchamos pelo litoral da ilha, chamando, aos gritos, pelo humilde salvador de Iracema. O *Condor* chegou até a pegar numa bandeira brasileira que o capitão guardava como relíquia – e desfraldou-a à frente do grupo. Levamos mais de quinze minutos sem achar vestígios do Tião, mesmo porque andávamos devagar, cautelosamente, sob a vigilância de uns cinquenta *mahoones*, que hesitavam em nos atacar sem ordens diretas do *kerredais*. Quem viu em primeiro lugar o Tião foi *Mister* Shesterbourns. Logo deu o grito de alarma:

– *Look! There he is!*

O negrinho achava-se caído no solo, de bruços, e tinha uma flecha cravada bem no meio das costas. A sua blusinha estava empapada de sangue, ao redor do ferimento. Fez-se um silêncio fúnebre entre os componentes da expedição; ninguém mais falava, nem ria, nem brincava, e acho que nem respirava mesmo. Horácio, que era, depois do Tião, o menor de todos nós, não pôde se conter e desatou a chorar como um bezerro desmamado. A bandeira brasileira escorregou da mão do *Condor* e seu mastro ficou fincado no chão, porque era pontudo na extremidade.

– Que horror! – gemeu Iracema, virando a cabeça para o peito amigo e protetor de Roberto Souza.

– Vejam! – exclamou *seu* Teixeira. – Sangue! O rapazinho foi ferido pelos ratos do porão[ccccxcv]!

– Será que... está morto? – perguntou Afonso Rodrigues, limpando nervosamente os óculos na ponta da camiseta rasgada.

– Acho que sim – murmurou o *Condor*. – Não está, Célio?

– Não, não está morto – respondi. – Veja como a mão dele ainda bole... Vamos lhe falar, vamos?

Assim como tínhamos ficado inertes ao vê-lo, assim corremos para o corpo moribundo. O capitão Teodoro extraiu, com jeitinho para não fazer doer, a flecha das suas costas e vedou o ferimento com um lenço. O professor Wodlinghouse, com a voz embargada pela emoção, perguntou como é que fora acontecer uma desgraça daquelas – mas o Tião quase não tinha forças para falar e apenas nos deitava um olhar tristonho e apagado. Depois, fazendo um grande esforço, gaguejou:

– Iracema está... bem? Eu quero... pedir desculpas. Não sei fazer... sopa de ostras... não. Não sei... fazer... nada... que não... não me ensinaram... Eu... eu sou órfão... e não presto... para nada... não... Eu sei... eu sei que... não presto mesmo... não...

A morte do negrinho era iminente. Vencendo a emoção que se apoderava de mim, abri os braços como os profetas do cinema e disse:

– Pobre Tião, que tão mal compreendido foi em vida! É um verdadeiro herói, igual a Napoleão! E eis o seu Waterloo!

– Eis o seu Waterloo! – admitiu Roberto, lúgubre.

O Tião, num supremo esforço, arregalou os olhos.

– Water... loo? O que... o que é... Waterloo... gentes?

E morreu, sem que eu tivesse tempo de explicar que não sabia o que era Waterloo. Então, Wallyamy curvou-se para o corpo exânime[169] e botou-lhe a mão escura no peito sujo de sangue, ao tempo que dizia com voz melancólica:

– "Negro Sujo"... *is dead*! *Awoh*, "Negro Sujo" amigo!

169 Nota do Org.: **Exânime:** desfalecido ou desmaiado; com aparência de morto.

Mas o mais tocante de todos foi o momento em que Iracema – inimiga número um do moleque, como sabemos – curvou-se para o pequeno cadáver e depôs um beijo na sua testa fria, negra e poeirenta...

O capitão Teodoro limpou, ligeiro, com as costas da mão, uma lágrima indesejável que lhe assomara à pálpebra do olho de vidro. E exclamou:

– Com mil diabos! Meninos, este morreu como um brasileiro!

Mas o mais tocante de todos foi o momento em que Iracema – inimiga número um do moleque, como sabemos – curvou-se para o pequeno cadáver e depôs um beijo na sua testa fria, negra e poeirenta... Imediatamente, tirei o escudo de cetim da blusa dela e o recoloquei, com todas as honras, na blusa do negrinho: ele o merecia.

O velho Teodoro repetiu:

– Meninos, este morreu como um brasileiro!

Então, o *Condor* resolveu engrandecer ainda mais a triste solenidade e veio se abeirando do morto, com a bandeira brasileira na mão, ajoelhou-se e proferiu estas cinquenta lindas palavras:

– Vamos enterrar este herói, mas ele não será enterrado como qualquer mortal. É um espírito nobre que se sacrificou por aquela de quem deveria guardar rancor; tem um grandioso coração e, por isso, merece uma homenagem simbólica que signifique o beijo da pátria distante aos filhos mortos em terras estranhas!

Dito isso (discurso demasiado bonito para não ser decorado de algum romance do século XVIII), tirou a bandeira brasileira do mastro e com ela envolveu o corpo do Tião, enquanto nós outros, como se fôssemos ensaiados para isso, entoávamos o Hino Nacional:

Ouviram do Ipiranga às margens plácidas
De um povo heroico o brado retumbante,
E o sol da liberdade, em raios fúlgidos,
Brilhou no céu da Pátria nesse instante!

O negrinho Tião, lá no céu, devia estar ouvindo e abençoando a gente...[cccxcvi]

Capítulo III

O INIMIGO COMUM

Diplomacia... – Wallyamy *versus* Kerredais – Os lábios de Linda Rodrigues – Como começou a erupção sísmica

O enterramento do Tião, nessa madrugada, foi uma cerimônia muito triste. Tão triste que, só por descrevê-la, tenho os olhos cheinhos de lágrimas. O capitão Teodoro chorava o herói morto e nós outros, o amigo que fugira. Não adiantava nada a conversa do professor de egiptologia: queria nos convencer de que o Tião fora fazer uma viagem muito comprida e não sofrera nada; bem sabíamos[cccxcvii] que o Tião morrera sofrendo muito e, além disso, estávamos com remorsos por tê-lo maltratado tanto quando era vivo. Iracema, coitadinha, essa chorava que metia dó. O *Condor* estava mais satisfeito: o fato de se haver exprimido num discurso de cinquenta palavras e embrulhado a bandeira nacional no corpo do morto deixara-o mais conformado.

– Que se há de fazer? – dizia. – Se não houvesse a morte, não havia heróis, nem gente completamente boa nem grandes corações... Só depois de ter morrido é que a gente presta...[cccxcviii]

Quem abriu a sepultura para o corpo do negrinho foi o Rei Leão, ajudado por Wallyamy, Djika-Emú e *seu* Teixeira. Depois desses preparativos, o velho Teodoro botou lentamente o corpo no fundo da cova, enquanto a Cruzada da Salvação entoava um hino fúnebre aprendido com mestre Aníbal. Uma vez o pequeno cadáver no buraco, o Rei Leão e Roberto Souza cobriram-no de terra e de cascalho; a bandeira do Brasil, mortalha heroica daquele verdadeiro herói negro, foi desaparecendo a pouco e pouco sob o saibro. Todos os olhos estavam nublados pelo pranto e os cânticos fúnebres mal conseguiram sair das gargantas contraídas pela dor. Dentro em pouco nada mais havia para a gente ver: o cadáver do Tião estava enterrado e muito bem enterrado. Aí, aumentaram os soluços do pessoal que cercava a tumba. O capitão Teodoro fez um pequeno discurso que ninguém ouviu direito; o Rei Leão citou um pedaço da Revolução Francesa, onde se falava de lutas aristocráticas, guilhotinas, Robespierres, Dantons e Marats; *Mister* Joseph William Shesterbourns disse meia dúzia de palavras inglesas que nem o próprio Wallyamy entendeu; e o cientista Wodlinghouse apenas cofiou a barbicha de bode e tossiu assim como quem diz: *"C'est fini!"*. Tudo acabara, com efeito; só nos restava voltar ao acampamento e conciliar o sono. Foi o que fizemos.

Nosso sono durou sete horas apenas, porquanto acordamos ao meio-dia. A cozinheira, *Miss* Elizabeth Longsight, preparou-nos um pequeno almoço, à inglesa, e logo demos início a mais um dia de aventuras. As três pirogas *mahoones* continuavam na praia, balouçando docemente de cá para lá, e nenhum de nós resolvia a questão. Ir ou não ir? – eis a questão. O professor Wodlinghouse, que sossegara um pouco com suas manobras geológicas e deixara de escavar o Cabo Serpente, operação que vinha fazendo nos últimos dias, opinou que devíamos tirar mais três ou quatro pirogas dos selvagens. Era tempo, disse ele, de deixar a Ilha Ahk-Manethon, já que havíamos descoberto o seu segredo. Ninguém pensava mais na construção do "S.O.S.". O capitão Teodoro, fumando o cachimbo de espuma-do-mar e alisando a farda – suja, amarrotada e rota pelo uso –, andava pela praia, a lançar olhares maus para as três pirogas, como se elas fossem culpadas do vendaval que ia pelo seu espírito. O Reio Leão metera-se no erário soterrado, parece que a título de investigações arqueológicas, e nós só ouvíamos o seu cantarolar confuso e distante:

Mademoiselle, je suis

Un enfant plein d'amour...

– Bom, parece que vamos voltar ao Brasil – disse eu para a Cruzada da Salvação, que ficara queda e muda desde o sepultamento do moleque Tião. – O Brasil é uma grande terra! Será que voltamos mesmo?

Houve uma pausa.

– Parece...

Outra pausa.

– É.

Nova pausa.

– Já não é sem tempo...

Mais uma dolorosa pausa. De repente...

– *Who thinko magall! Kerredais dincka!* – exclamou Wallyamy, aproximando-se com ares de quem viu lobisomem.

– Que é que esse diabo está dizendo? – perguntou o *Condor*, ainda pouco acostumado ao dialeto dos *mahoones*, com o qual implicava. – Olhe lá! Se você repetir isso, sou capaz de lhe mandar o braço!

– *Kerredais dincka!* – repetiu Wallyamy.

– Puxa! Você é mesmo cabeçudo!

– *He said: the kerredais came*[cccxcix] *back!* – falou *Mister* Shesterbourns, pensando que a gente entendia a sua tradução inglesa. – *He means that...*

Foi o sábio da egiptologia e arqueologia em geral quem nos ajudou: ouviu, ficou pálido e exclamou:

– Wallyamy diz que o *kerredais* voltou! Onde está ele, que eu não vejo?

Ante a iminência daquele perigo, começamos a olhar para todos os lados, procurando o *kerredais* cuja proximidade as narinas apuradas de Wallyamy haviam pressentido. Mas, no primeiro momento, ninguém o viu. Depois, quando todos nos tínhamos reunido, de armas em punho, enxergamos o feiticeiro da carapuça de madeira, que se aproximava, entre dois guerreiros da tribo. Empunhava, acima da cabeça e velejando ao sopro do vento, um retalho de pano branco, à guisa de bandeira da paz. Vinha falar conosco como parlamentar diplomático e não seria correto molestá-lo. Por isso, ficamos quietos.

– Mandem um diplomata ao encontro desse camarada – ordenou o capitão. – Não vou porque não conheço o seu idioma. Que vá o professor de egiptologia. Diabo! Deus queira que este encontro não passe de diplomacia...

– Diplomacia, é? – ruminou o *Condor*. – Vá atrás de diplomacia...[cd]

— *Kerredais* bandido! — resmungou Horácio, por sua vez. — Se eu pego ele, eu lhe jogo uma pedra! Por sua causa é que nós não temos pirogas!

— Pois é. Nem pirogas, nem esqueleto!

— Calem a boca, grumetes! Vá, vá parlamentar com o homem, professor! Com mil diabos, a disciplina é a base de tudo! Vá logo! Que está esperando?

O cientista inglês não estava esperando nada; tirou a fralda da camisa para fora da calça, hasteou-a como se fosse outra bandeira da paz e foi ao encontro do *kerredais*. Um silêncio pesado baixou sobre nossas cabeças; todas as respirações ficaram suspensas, angustiosamente.

O professor e o *kerredais* começaram a confabular, ao princípio calmamente e ao fim em altos gritos, até que o *kerredais* deu uma bofetada no professor e o professor deu uma canelada no *kerredais*.

— Ao que parece eles não se entenderam — disse Roberto, meio risonho, meio sério. Estava a meu lado, abraçado a Iracema como se temesse que a raptassem outra vez. — Mas antes assim. Pior seria se escondessem os seus sentimentos, como os outros diplomatas que nós conhecemos...[cdi]

— Aí vem o professor de volta! Acho que não resolveu coisa alguma com o feiticeiro e está é muito zangado — acrescentou Afonso, sacolejando o rifle de repetição que lhe haviam dado.

O egiptólogo chegou e foi dizendo:

— O *kerredais* é um homem mau e sem inteligência. Nunca vi homem burro como ele na minha vida!

— Mas que é isso? — falou *seu* Teixeira. — Como é que o senhor diz uma coisa dessas? Não se deve falar mal do *kerredais* assim. Nós estamos nas suas mãos, por assim dizer...

— Eu estou dizendo, mas ele não compreende. *Well*, ele quer que nós lhe entreguemos as moças e as crianças em troco das nossas vidas... como se as nossas vidas estivessem dependendo totalmente dele! Eu respondi que ele deixasse de ser bobo. Ele respondeu que ia mandar matar-nos por intermédio de seus guerreiros armados. Eu respondi que ele não podia mandar matar-nos, porque nós não deixávamos. Ele respondeu que seus guerreiros atacar-nos-iam, pois eram muito mais numerosos do que nós. Eu respondi que nós estávamos armados e só[cdii] à espera de uma ocasião para matar mil selvagens de uma só vez. Ele[cdiii] respondeu que estava bem e que ia matar-nos se nós não mudássemos de opinião e não entregássemos as pirogas que estão em nosso território, junto com as moças e as crianças. Eu respondi que...

– Um momento, professor! – cortou Roberto, visivelmente nervoso. – Quando é que o senhor deixa desses "eu respondi que", "ele respondeu que", e conta os fatos com clareza? Isso até irrita a gente!

– Eu vou contar com clareza. *Well*, eu respondi que ele era um macaco peludo e não um feiticeiro digno desse nome. Ele respondeu com uma bofetada. Eu respondi com uma canelada e, depois de saudá-lo, vim embora de volta...

– Fez muito bem! – apoiamos nós, os cruzados. – Pouco mais ou menos, é assim que os diplomatas costumam fazer...

– Ele me ofendeu e eu dei-lhe o que ele merecia, meus amiguinhos. Eu não cogitei no resultado da canelada, porque eu fiquei possuído de cólera...

– Fez muito bem! – repetimos. – Um herói que o senhor é, professor! Um legítimo herói! Mas, olhem! Que é que o *kerredais* espera? Por que não foi chamar os seus guerreiros sarapintados?

– Sim, por que não faz e acontece?

– Ele está com medo da gente, isso sim! – disse Afonso. – Aposto que eu mesmo, se quisesse...

– Que nada! Com um sopro, qualquer *mahoone* jogaria você no chão, Afonso – respondeu Horácio. – Conheço o sopro dos indígenas dos mares do sul: meu professor disse que a capacidade pulmonar de um...

– Ora, veja se se cala, seu bobo! – interrompi. E voltei-me para o professor de egiptologia. – Escute, professor: que é que o *kerredais* está aguardando de nossa parte, hein?

– O *kerredais* está esperando uma resposta do senhor comandante – respondeu o sábio. – Disse a ele que o senhor comandante lhe daria uma resposta...

– Uma resposta, não é? – rugiu o capitão Teodoro, fumando o cachimbo de tal maneira que a fumaça lhe saía da boca como da chaminé de uma locomotiva. – Uma resposta? Pois aqui está a resposta, com todos os diabos! Diga-lhe que nós não recuamos diante de nada! Que lutaremos até ao fim! Que os enfrentaremos como desesperados! Que entre nós não há lugar para covardes!

– Que vai ou racha! – acrescentou o *Condor*.

– Que abriremos caminho a ferro e fogo! Que a liberdade será nossa, por mais cara que nos custe! Que a vitória... Bem, pergunte-lhe se ele não pode dar um jeitinho de não nos atacar, sim?

– Pois é. Pode ser que, diplomaticamente...

– *Well*, eu não sei o que fazer...

– Que será olho por olho, dente por dente!– exclamou Afonso, pensando que ainda vinha a tempo de arremedar o capitão.

– Por que é que Wallyamy[cdiv], que é interessado, não vai?... – ia falando Iracema, mas foi interrompida pelo professor:

– Certamente! Wallyamy! Wallyamy vai decidir esta atrapalhação. O feiticeiro é, no momento presente, o chefe da tribo *Mahoone*, e Wallyamy quer ser ele. *Well*, eu opino que Wallyamy lute sozinho contra o feiticeiro... e quem vencer ficará chefe da tribo!

– Está aí! Eis o que se chama uma grande ideia!

– Resta saber se o feiticeiro está de acordo – disse mestre Aníbal, sacudindo a cabeça. – Duvido muito. Em todo caso, não custa experimentar. Mas duvido muito, duvido muito...

– Eu vou combinar com o *kerredais* – prontificou-se o professor.

E foi.

Conversou rapidamente, pedindo-lhe desculpas pela canelada, e assentando as disposições da luta, que seria ou em dez assaltos, ou por desistência ou morte de um dos contendores. Ainda de acordo com estas disposições, seria assistida por dois *mahoones* e dois náufragos, e não haveria juiz, para que a pancadaria não tomasse maiores proporções.

– Pronto, está tudo combinado! – avisou Horácio, ao ver o professor se encaminhar para nós – Pode ir, Wallyamy!

– Vá lutar com o *kerredais*, vá! – ordenou o capitão Teodoro.

– *Go out, Wallyamy!* – completou o sábio inglês, que chegava. – *Gally loane!*

O nosso "Segunda-feira" esfregou o nariz no narizinho de Djika-E-mú e foi enfrentar o feiticeiro. Ambos se examinaram demoradamente e se puseram em guarda, diante dos olhares de cinquenta indígenas da Austrália e de todos nós. O resultado daquela peleja seria o resultado da nossa própria situação, já de si tão enrascada. Se Wallyamy vencesse, talvez ficássemos livres dos *mahoones*; se fosse o *kerredais* o vencedor, estaríamos fritos, como se costuma dizer. Uma situação nada boa, aquela!

E a luta teve início, ante a expectativa geral.

Wallyamy começou atacando e acertou um urro na carapuça do feiticeiro, quase quebrando os dedos. Em troca, este meteu-lhe o pé na barriga. Nós delirávamos de entusiasmo por assistir àquele verdadeiro espetáculo de luta livre, sem pagar entrada.

– Escora os queixos dele, Wallyamy! – torcia Afonso, segurando os óculos para que não caíssem no melhor da festa.

– Rasteira! Rasteira é que resolve!

– Bravos, Wallyamy! Puxa o cabelo do bicho!

– Faz esse negro virar farelo!

– Acerta! Mata! Esfola! Amassa!

– Aí, mocinho! Aí, batuta! Aí, bichão!

Os dois lutadores trocavam golpes cada vez mais ferozes. O *kerredais* puxou do *tomawak* e tentou acertá-lo na cabeça de Wallyamy; este se esquivou, porém, e agarrou o braço do inimigo. Resultado: os dois se engalfinharam e o *tomawak* escapou, indo cair longe.

O professor de egiptologia gritava que nem um porco, torcendo pela vitória de Wallyamy, e o Rei Leão, com a cabeça de fora da cúpula do palacete de Ahk, a alguns metros de distância, ameaçava céus e terras com a espadinha de lata enferrujada.

O *kerredais* conseguiu, depois de um minuto de luta, subjugar o nosso "Segunda-feira" e acertar-lhe dois socos no nariz. Saiu sangue. Então, de repente, soou um tiro. Nunca se soube de onde partiu esse tiro, por isso eu mentiria se dissesse que fulano ou sicrano é que o havia dado; apenas desconfio de que o *Condor*... Mas, enfim, é apenas desconfiança... O fato é que o tiro partiu – e na direção dos lutadores. Houve um momento[cdv] de silêncio. Os dois *mahoones*, embolados no solo, não fizeram um único movimento; depois, o feiticeiro agarrou freneticamente nas dobras da sua capa e tombou para um lado. Estava morto!

Assim teve fim aquela luta terrível. Os assistentes não puderam fazer nada; ficaram olhando, aparvalhados, para o cadáver do *kerredais*. Wallyamy foi o único a não se atrapalhar com a morte inesperada do adversário – lépido, passou-lhe a mão na carapuça e enfiou-a na própria cabeça. Os *mahoones*, aparvalhados como no momento do tiro, não fizeram nenhum gesto de revolta ou de espanto. E Wallyamy soltou o seu grito de vitória:

– *Wallyamy khomo wanycka, throng, throng, throng!*

Aí, os outros selvagens, reunidos em semicírculo, gesticularam e gritaram delirantemente, ao que parecia aclamando o novo chefe. Digo "ao que parecia" porque, como quase sempre, as aparências enganavam. Os selvagens estavam zangadíssimos por causa da morte do *kerredais* e não acreditavam muito nas virtudes feiticeiras do vencedor da peleja. No espaço de um minuto, se tanto, aquela turba ululante de bárbaros nos cercou por todos os pontos cardeais, brandindo as armas e soltando o grito de guerra tão nosso conhecido:

– *Ko-o-o-mo-hô-ô-ô-é-é-é!*

Julgamo-nos perdidos. Como é que nós, um grupo de náufragos martirizado pelas provações e pelo clima, iríamos vencer, sem qualquer refúgio ou trincheira, um bando de guerreiros australianos encolerizados? Fazer frente aos ferozes selvagens significava morte certa; não fazer frente – aprisionamento. Estávamos no que se chama "um dilema": ou morreríamos lutando, ou seríamos postos no caldeirão, com água fervente e rodelinhas de cebola por cima da barriga (isso no caso dos *mahoones* serem antropófagos, o que não eram). Resolvemos morrer em combate, como heróis. O negrinho Tião dera o exemplo de coragem e heroísmo – e provara, a troco da própria vida, que qualquer camarada, ignorante ou culto, bobo ou inteligente, pode ser herói nos mares do sul. Nos mares do sul ou noutra parte qualquer...

O capitão Teodoro, desaparecidos os efeitos do álcool, pediu um minuto de calma e falou:

– Os selvagens querem matar-nos, com todos os diabos! Precisamos vender caro as nossas vidas, para que saibam como morre um homem civilizado! Só nos resta aguentar o "*iceberg* pela proa"! Ninguém mais do que eu sabe o que fazer... mas estou irresoluto. Palavra de honra! Os inimigos parecem mesmo dispostos a acabar com o nosso pelo! Cuidado! Atenção! Barriga ao tombadilho!

Os *mahoones* estreitavam cada vez mais o círculo formado em redor da gente. Estimulados pelo nosso silêncio (ainda não havíamos organizado a defesa), aumentavam a sanha terrível. E em breve não sobraria nem um cruzado para contar a história, se o comandante não fosse um chefe consciencioso, conforme não me canso de dizer. Trepou num caixote de mantimentos e, arriscando-se a levar com um bumerangue pela cabeça, esticou o pescoço, gritando:

– Cubram-se todos! Barriga ao tombadilho! Façam trincheiras de emergência! Ninguém esmoreça nem entregue os pontos! Vamos mostrar a esses sujeitos quem somos nós! Fogo neles, grumetes! FOGO!

Mister Shesterbourns foi o primeiro a abrir fogo contra os nossos adversários – e dois destes caíram, varados pelos tiros da sua bonita *Winchester*. Isso nos incutiu ânimo e, fazendo funcionar os revólveres e os rifles, começamos a repelir o ataque. Wallyamy recuou, a fim de se armar com uma lança mal atirada por um inimigo, e também entrou na briga. O tiroteio, de barulhento que era, lembrava as salvas de uma corporação militar carioca em dia de festa cívica: era bum-bum-bum para cá, bum-bum-bum para lá e bum-bum-bum para[cdvi] acolá. Pouca gente se entendia no meio da fumaça acre de pólvora queimada; apenas as ordens do velho Teodoro eram ouvidas com mais nitidez:

– Abaixe a cabeça, menino Roberto! Não podemos desperdiçar munição alguma, ouviu? Por isso, não atire sem um alvo estabelecido. Eh! Eh! Não se deixe envolver pelos inimigos, Wallyamy! Barriga ao tombadilho, Aníbal duma figa! Professor de egiptologia, não abandone seu posto, com mil raios!

– *Well*, eu não estou abandonando o meu posto! – grunhiu o professor. – Eu ia buscar mais munição para o meu rifle. Assim eu... *Well*, assim nós vamos perder a guerra!

Wallyamy, não dando atenção aos conselhos do capitão, já[cdvii] estava longe, brigando corpo a corpo com vinte selvagens. Parecia uma fera e não havia cabeça ao seu alcance que não saísse quebrada.

Quando o tiroteio estava no auge, tive uma inspiração. "Quem sabe se a hora da minha morte não vai soar de um momento para o outro?", pensei. E resolvi botar em dia meus negócios com Linda Rodrigues. Sim, porque o negrinho Tião morrera como um herói – e eu o xingava sem razão, apenas por um bobo sentimento de superioridade. Linda, a portuguesinha que me dera um pontapé (e com muita razão, porque eu a chamara de "galega vira-lata"), não seria uma segunda edição do Tião? Eu precisava, pois, pedir-lhe desculpas para o caso de um de nós sucumbir: devíamos morrer em paz para com o que ficasse vivo. Seria custoso para mim isso de pedir perdão, mas não há nada que a gente não possa fazer, mesmo com sacrifício do seu gênio soberbo.

E fui procurar Linda Rodrigues. Encontrei-a, alheada[170] ao tiroteio, a conversar com *Miss* Marguerite Mendelson, a namorada de *seu* Teixeira. Pedi licença para falar em particular com Linda e, diante do seu assombro, disse-lhe:

– Quero pedir-lhe desculpas... ouviu, Linda?... de certas coisas que porventura lhe tivesse feito e... Pois bem, é isso! Estive pensando numa coisa e resolvi... Você já pensou em que se nós morrêssemos agora?

– Ora, senh... Célio! Que pensamento foste ter! Isso é uma coisa que não devemos dizer nem a brincar! Não sei o que... Ora, mas que coisa! Onde já se viu?... Se calhar, estás a fazer espírito!

– Não. Estou falando sério. Quando uma pessoa morre, não deve deixar inimigos sobre a Terra. É por isso que vim fazer as pazes com você... O fato de eu ter deixado você se tornar cruzada como nós não bastou para fazer amizade entre...[cdviii]

Nessa altura, a portuguesinha me interrompeu.

– Mas, eu não estou zangada contigo! Nem estive! Tu é que tens um gênio esquisito e pensas que os outros ficam zangados. Eu[cdix] compreendi o teu gênio, Célio, eu compreendi o teu gênio!

Fiz uma careta.

– Bom, vamos deixar de intimidades! Só quero pedir desculpas para que você não fique guardando rancor de mim. Pode ser que um de nós morra e, se você morrer, não quero ficar com remorsos por lhe ter feito como fiz com o Tião. Continuamos amigos?

170 Nota do Org.: **Alheada:** distraída, desatenta.

– Muito! Muito amigos! – respondeu Linda, calorosamente.

– Então, aperte minha mão. E está tudo acabado!

A portuguesinha, em vez de apertar minha mão, abraçou-me e obrigou-me a dar-lhe um beijo – aliás, quem deu o beijo foi ela, mas eu tive de corresponder por uma questão de princípios. Os lábios de Linda tinham gosto de doce de bolachas. Perguntei-lhe onde comera esse doce. Linda deu uma risada gostosa e:

– Foi a cozinheira inglesa que me fez um poucochinho[171] – respondeu. – Se tu quiseres, eu[cdx] peço que faça mais, logo que os selvagens se forem embora... Queres?

Anuí com a cabeça.

– Peça mesmo, ouviu? Até logo.

– Até logo...[cdxi]

– Outro[cdxii] beijo para você – acrescentei, encabulado. – Mas não se esqueça do doce!

Dito isso, afastei-me para meu posto de luta, empunhando o rifle de repetição. Estava tão alegre pela perspectiva de comer um doce de bolachas dormidas, que feri dois *mahoones* com um tiro apenas. O capitão Teodoro aplaudiu delirantemente a minha pontaria:

– Bravos, cruzado Célio de Castro! Isso é que é lutar por amor à arte!

Mas a partida era muito desigual. Quanto mais inimigos morriam, mais inimigos surgiam. A tribo *Mahoone* parecia não acabar nunca mais na vida. E nós éramos poucos, pouquíssimos, mormente depois da revolta dos marinheiros. Acabei por ficar ferido num braço. Três das crianças inglesas tinham morrido até aquele momento, duas delas de medo. Todo mundo esperava a hora de ser trucidado, certo de que o era como um legítimo herói. O velho Teodoro, trepado no caixote de mantimentos, parecia até haver perdido o entusiasmo e não gritava mais nada: suspirava, apenas. E nós morreríamos de fato, como ovelhas, como camelos, se um milagre não viesse em nosso auxílio. Esse milagre foi, nada mais, nada menos, do que o regresso dos marinheiros revoltados! Nunca aquele episódio me sairá da memória. Os selvagens

171 Nota do Org.: **Poucochinho:** muito pouco.

tanto nos interessavam como interessavam os marinheiros foragidos na Montanha do Naufrágio. Eles estavam arrependidos, como se sabe, e só esperavam uma oportunidade para recuperar as boas graças do capitão Teodoro. O ataque dos *mahoones* era essa almejada oportunidade; então, tinham resolvido intrometer-se na luta.

Os selvagens viram-se entre dois fogos, sendo que o da retaguarda era bem mais eficaz. Os marinheiros pelejavam por dois ideais: o mesmo que nós (a soberania da ilha e a paz de espírito) e o ideal da comida, pois estavam com um apetite único. Era, então, um gosto a gente ver a galhardia com que aquele grupo de marítimos esfomeados esborrachava as cabeças dos *mahoones* e abria caminho a tiros e navalhadas. Um marinheiro do extinto *Sereia*, que conhecia "capoeira", chegou até a desprezar as armas, arremetendo contra os adversários às cambalhotas e aos golpes de "rasteira", "solta", "rabo-de-arraia" etc.

Esse reforço inesperado reergueu nossas forças, por assim dizer. Os marinheiros, relativamente bem armados e municiados, prosseguiam no ataque desbaratando a turma de bárbaros – e nós já nem precisávamos mais mover um dedo: contentávamo-nos em apreciar gozando o espetáculo. Mas estava escrito que não seriam apenas o monstro do lago central e a tribo *Mahoone* os grandes perigos da Ilha Ahk-Manethon. Um outro perigo, maior do que todos esses, maior do que todos os perigos de que tenho memória, um perigo histórico e culpado da destruição de cidades e de obras-primas da antiguidade, um perigo levado do diabo, apareceu quando menos era esperado. Vou contar como foi:

Estava a meio a surra propinada pelos marítimos aos *mahoones*, e nós outros ríamos como uns perdidos ao ver a situação difícil dos australianos, quando o capitão Teodoro soltou um grito de terror:

– O vulcão!

O grito foi nítido e penetrante; os lutadores entrepararam[172] e fizeram menção de cair de joelhos, com as pernas subitamente enfraquecidas. Mestre Aníbal foi o primeiro a compreender o que havia, e secundou[173] o grito do capitão com outro de sua lavra:

172 Nota do Org.: **Entreparar:** parar por um instante.

173 Nota do Org.: **Secundar:** repetir, reforçar.

– O vulcão Teodoro!

Não pudemos reprimir a curiosidade. Mil perguntas cortaram o ar:

– Que tem o vulcão?

– Qual é o vulcão?

– De que estão falando?

– Que há? Que houve? Que vai haver?

Era isto: uma mistura de exclamações, de perguntas e de brados quase ininteligíveis. Logo, vimos que um fato muito grave motivava o terror de nosso comandante e de mestre Aníbal. O vulcão Teodoro estava começando a entrar em erupção! Além de todos os perigos por que passávamos, havia mais esse, o pior: o vulcão Teodoro ameaçava submergir a Ilha Ahk-Manethon num mar de lavas e de cinzas!

A batalha contra os selvagens esmoreceu como que por encanto; passara a ser coisa muito secundária. Não se ouvia nem mais uma detonação de arma de fogo no espaço; todos os rostos estavam virados para a Montanha do Naufrágio, acima da qual, do outro lado da ilha, subia uma gorda coluna de fumaça. E, ao par desse fenômeno, o solo da ilha começou a sofrer violentos abalos, quase nos jogando a todos de pernas para o ar. Não havia dúvida: os selvagens eram inimigos de pouca monta – o verdadeiro inimigo comum, o inimigo que nada perdoa e nada deixa para depois, era o vulcão Teodoro!

Os *mahoones* já tinham aberto na gritaria e fugido de perto de nós, como se nos julgassem *Barinai* ou *Tulugal*, gênios causadores da catástrofe. Quando iam embarcar nas pirogas, porém, os marinheiros revoltados caíram-lhes em cima e afugentaram-nos para o interior da ilha, tomando posse das embarcações em nome da Grã-Bretanha e dos Estados Unidos do Brasil. Os aborígenes australianos, loucos de terror supersticioso, partiram por ali afora, gritando aos quatro ventos:

– *Za-a-tah-lá-á-hô-ô!*

Za-a-tah-lá-á-hô-ô!

Za-a-tah-lá-á-hô-ô!

Eu não sabia – e jamais o soube – o que queria dizer isso. Mas não perguntei ao professor Wodlinghouse, porque ele estava muito preocupado com a erupção do Teodoro e podia me responder mal. O solo da Ilha Ahk-Manethon oscilava tanto como o tombadilho do *Sereia* tinha oscilado durante a tempestade que o fizera ir a pique. E, agora, a fumarada que saía da cratera do vulcão pairava no ar, direitinho como se fosse a copa de uma árvore gigantesca, em dia de tempestade. Cinzas quentes e um pó fininho e escuro invadiam o ar a pouco e pouco, ameaçando cegar-nos. Entretanto, no lago central (o lago Iracema), o monstro pré-histórico rugia assustadoramente, fazendo força para evitar um banho de lavas e outras matérias ferventes.

Nunca assisti a um espetáculo tão tenebroso. Nem mesmo nas fitas de cinema. O capitão Teodoro mandou que nos reuníssemos na praia, prontos para qualquer emergência, e proferiu estas belas palavras:

– Meninos, meninas e marinheiros! Neste momento solene, preciso avisá-los de que o nosso barco vai a pique. Dizendo barco, refiro-me à ilha, está visto, pois o meu *Sereia* já não existe mais[cdxiii]. O vulcão entrou em atividade e eu sei o que significa um vulcão em atividade, numa ilha pequena como esta[cdxiv]. Li muito a respeito e posso falar com segurança. A ilha vai submergir, e com ela submerge o seu segredo, simbolizado no palacete egípcio! Com todos os diabos! Manda parar com este tiroteio, Aníbal!

– Não é tiroteio – explicou o professor de egiptologia, cofiando a barbicha esfiapada. – É o abalo sísmico. Ele está se processando muito rapidamente e hoje mesmo dar-se-á a submersão. Eu vou...

– O senhor vai é ficar quieto, ouviu? Deixem-me acabar o discurso[cdxv]! Que é que eu estava dizendo mesmo? Ah! Precisamos, pois, fugir daqui, antes que o vulcão acabe conosco. A disciplina é a base de tudo! Vamos abandonar o barco com disciplina, dentro da maior calma possível. É só o que tenho a dizer. Estão de acordo?

– Perfeitamente de acordo! – gritamos nós, os cruzados.

Mas o egiptólogo sacudiu negativamente a cabeça.

– Eu, porém, não vou embora imediatamente, porque... *well*, porque eu necessito, antes, visitar o palácio soterrado e levar todas as múmias para o Museu que eu dirijo, na Austrália. Levar as múmias e...

– É uma loucura! – exclamou o capitão. – Levar as múmias? Não temos tempo para isso! Nem pense em tal coisa!

– ...e abrir o erário, para tirar o tesouro do Timoeos de Ahk-Manethon! – completou o sábio inglês, cofiando a barbicha de bode.

– Bem, vamos lá buscar essas múmias! – acedeu o velho Teodoro, sapecando fogo no cachimbo. – Afinal de contas, eu também tenho veia de explorador...

Capítulo IV

A ERUPÇÃO DO TEODORO

O veleiro de Tuluma – Desaparecem o monstro e a ilha – Os brilhantes de Ahk-Manethon

O Rei Leão ainda estava dentro da cúpula de marfim, pouco se importando com os frequentes tremores de terra, quando o capitão Teodoro, o professor de egiptologia e mestre Aníbal se aproximaram, resolvidos a descer em busca das múmias e, se possível, do tesouro do faraó. Eu e o resto do pessoal miúdo esperamos no litoral, junto de *Mister* Shesterbourns e dos outros náufragos[cdxvi].

Era um espetáculo indescritível aquele que se desenrolava na Ilha Ahk-Manethon. Não tenho palavras para exprimir o que meus olhos viam: o vulcão Teodoro, localizado (como indica o mapa que juntei a esta novela e que eu mesmo decalquei de uma topografia do capitão) a nor-noroeste[174] da ilha, lançava muita fumaça e logo uma grande nuvem se formou por cima de sua cratera, explodindo em vapor d'água e cinzas quentes e lançando uma espécie de raios elétricos de bonito efeito[175] [cdxvii]. Nuvens e mais nuvens, muito roliças, muito bojudas, multiplicavam-se no céu, formando como que um curioso telhado movediço sobre o vulcão. Eu estava sinceramente alarmado, não só por esse mau aspecto que a erupção tomava, como pela insistência dos estampidos e dos tremores de terra. O solo começava a rachar-se e parecia rugir como se fosse um campo de exercícios de tiro ao alvo. Pensei nos últimos dias de Pompeia e agarrei-me a todos os santos do calendário, inclusive papai e mamãe.

Cinco horas foi quanto demorou o professor Wodlinghouse a tirar as suas múmias do mausoléu-palacete de Ahk-Manethon. Durante esse

174 Nota do Org.: **Nor-noroeste:** direção equidistante entre o norte e o noroeste.

175 Um cientista chamado Palmieri, depois de umas observações feitas no ano de 1872, na Itália, concluiu que esses fenômenos elétricos a que me refiro são motivados pelo próprio vapor d'água e pelas próprias cinzas vulcânicas.

Nuvens e mais nuvens, muito roliças, muito bojudas, multiplicavam-se no céu, formando como que um curioso telhado movediço sobre o vulcão.

espaço de tempo, em que a erupção do Teodoro se avolumou cada vez mais, nenhum de nós outros trocou palavra. Ao cabo, quando o sábio inglês e o capitão Teodoro apareceram, carregando as últimas múmias, suspiramos de alívio e tratamos de entrar nas pirogas. Os buracos na superfície da ilha aumentavam em número e em tamanho e certo vapor esbranquiçado, bastante malcheiroso, desprendia-se do solo até a altura dos nossos joelhos, num crescendo assustador. Uma das propriedades desse gás era a da perseguição, isto é: quando nós corríamos, ele corria atrás de nós e quando nós ficávamos parados, ele se aquietava ao nosso redor. O professor disse que se tratava de um gás inofensivo, mas ao mesmo tempo perigoso, porque apodrecia e cortava as roupas como uma navalha do marinheiro Francisco. Estranhamos essa história do gás cortar as roupas sem ser venenoso, mas não dissemos nada, pois bem podia ser que fosse assim mesmo.

Depois de embarcadas as múmias numa piroga, em que iria o Rei Leão, e depois de embarcados nós todos nas demais, o capitão ia abrindo a boca para gritar o clássico "Larga!" quando mestre Aníbal lhe segurou o braço e disse:

– Espere, senhor capitão! Creio ter visto alguém...

– Alguém? – grunhiu o nosso comandante.

– É mesmo! – gritou Afonso, polindo os óculos para enxergar com mais nitidez. – Um selvagem vem correndo por entre a fumaça!

– Um selvagem?

E o capitão ordenou que esperássemos o australiano; nós esperamos.

Era o *mahoone* que já tínhamos aprisionado uma ocasião (no capítulo III da terceira parte desta novela) e que dissera chamar-se Tuluma Colowako. Veio vindo, ora correndo, ora parando, até chegar perto do capitão. Aí, abaixou-se no gás esbranquiçado que cobria a ilha, desaparecendo, por um segundo, das nossas vistas, levantou-se e falou:

– *Barinai! Tuluma friendi Tuluma dincka! Barinai!*

Horácio fixou-o de um modo penetrante, sem falar coisa alguma; mas, antes que o selvagem repetisse o dito, exclamou:

– Australiano medroso! Cadê a coragem desse sujeitinho, que ainda há pouco nos atacava? Cadê a coragem, cadê? Vai ver que isto é uma nova traição!

– *Barinai! Yath! Hydi-hi-ô-th! Ka-ã-ã-lã, Barinai! Wallyamy khoog* – replicou Tuluma. – *Tulugal no good! Samokimby! Save me, Barinai!*

– Ele diz que nós somos gênios bons, que devemos ser amigos dele, e que a tribo *Mahoone* está disposta a aceitar Wallyamy para chefe – explicou o professor de egiptologia.

– Está com medo da erupção do vulcão Teodoro, desse cataclismo medonho, e quer salvar-se conosco.

– Deixe o rapaz se salvar, deixe, capitão! – pediu Afonso. – Sozinho, ele não nos pode fazer mal.

– Vá lá que seja – condescendeu o velho Teodoro. – Mas quero que fiquem de olho nele, ouviram?

– Sim, senhor, senhor capitão. É para isso que nós temos olhos...

– Entre logo na piroga, Tuluma! – acrescentou *seu* Teixeira. – Ou pensa que somos seus criados?

O selvagem, porém, não demonstrou desejos de entrar no barquinho; antes pelo contrário: começou a fazer largos gestos, ao que parecia na direção do vulcão em chamas.

– O quê?! Ele quer que o acompanhemos ao vulcão! Diabo de negro! – rugiu mestre Aníbal (e foi a primeira vez que ouvi mestre Aníbal rugir). – Que estará pensando? Que sejamos gênios mesmo? Que nós possamos apagar o vulcão com um sopro? Não digo isto para mostrar que estudei em terra, não, mas me parece que...

O capitão Teodoro interrompeu-o, impaciente:

– Cale-se, Aníbal, e dirija a amarração da minha piroga! Com todos os diabos! Wallyamy, desça à praia e fale com seu irmão de raça. Veja o que ele quer. Não podemos demorar muito, pois a ilha está afundando. Ligeiro com isso!

O professor de egiptologia retransmitiu a ordem a Wallyamy, já que este não a compreendia no original. O *mahoone* pulou da sua piroga e começou falando com Tuluma no seu estranho e incompreensível dialeto. Ao fim, voltou-se para o professor e explicou-lhe o resultado da conversa; o sábio inglês, por seu turno, fez a tradução:

– *Well*, o aborígene Tuluma acaba de dizer que ele tem um barco à vela, de origem inglesa, escondido na ilha de coral a su-sudoeste[176]

176 Nota do Org.: **Su-sudoeste:** direção equidistante entre o sul e o sudoeste.

de Ahk-Manethon e que ele o emprestará a nós, *Barinai*, e que nós devemos deitar sobre ele, Tuluma, um pobre e ignorante selvagem, as bênçãos do céu, fazendo com que o Tulugal do *wiami* se acalme. Ele diz que o barco deve ser usado por Wallyamy e Djika-Emú, seus novos chefes...

– Bem, ir buscar o barco à vela, nós vamos – respondeu o capitão Teodoro. – Mas fazer o vulcão calar o bico é outra história, com todos os diabos! Grumetes! Vocês fiquem nos seus postos. Aníbal! Rei Leão! Menino Célio e menino Joel O'Connor! Vocês, meus camaradas, venham comigo. O grumete Roberto ficará tomando conta dos cruzados que não vão. E o senhor, professor? Venha conosco e deixe em paz as suas múmias desgraçadas! Hum! Perder um tesouro daqueles...

O capitão Teodoro estava zangado por não ter conseguido abrir a laje do erário do Timoeos; por isso, assim se referia às múmias. O fato dele me convidar para ir em busca do barco à vela de Tuluma, entretanto, deixou-me satisfeitíssimo: ficava, destarte, provado que eu estava na iminência de subir de posto...

Depois de uma última advertência quanto ao perigo que correríamos se caíssemos em alguma das fendas abertas no solo, o capitão saltou da piroga, reuniu todo mundo e endireitou pela praia, ao lado do *mahoone* Tuluma e conosco a reboque. Andamos, entre nuvens de gás, pela praia saibrosa, que estremecia, devido à vibração do Teodoro; nossos olhos não se despregavam da Montanha do Naufrágio, atrás da qual o vulcão expelia fumo, lavas e toda a espécie de matérias incandescentes. Os tremores de terra exigiam tanto equilíbrio de nossa parte que por pouco esquecíamos o perigo de uma súbita avalanche de lavas. Isto quer dizer que o vulcão apenas expelia lavas pelas encostas da montanha, o que não nos amedrontava, porquanto o lago Iracema fazia de barreira entre nós e ele. A atmosfera estava pesada e cheia de cinzas vulcânicas – umas cinzas nem brancas nem pretas, grisalhas, e quase impalpáveis, de tão fininhas que eram. Voltei-me, em dado momento, para o professor Wodlinghouse (que marchava a meu lado), e perguntei-lhe de que eram feitas essas cinzas. O cientista segurou nas lunetas, ajeitou-as diante dos olhos míopes – porque só sabia falar com as lunetas bem acavaletadas no nariz – e respondeu:

– Um sábio ilustre chamado Fuche[cdxviii] provou que as cinzas vulcânicas são compostas de cristais e fragmentos vitrificados de lava. *Well*, a 23 de agosto do ano 79 A.C., no reinado de um imperador chamado Tito...

– Tito? – interrompi. – Sei, conheço. Li muita coisa sobre Tito, na História Romana...

– Certamente. Mas, como eu ia dizendo, a 23 de agosto do ano 79 A.C., no reinado de um imperador chamado Tito...

– Espere, professor! – tornei a interromper. – Agora me recordo de que, no tempo de Tito, houve o desaparecimento de Pompeia...

– Precisamente. *Well*, como eu dizia, a 23 de agosto do ano 79 A.C., no reinado de um imperador chamado Tito (o professor fez uma pausa, pensando que eu o interrompesse outra vez, e, vendo que não o interrompia, prosseguiu), uma nuvem de cinzas, muito maior do que esta, ergueu-se do Vesúvio e aterrorizou todo o povo das cercanias, não só o povo da terra como também a frota italiana ancorada em Misena e comandada pelo sábio Plínio...

– Plínio, o Antigo?

– Plínio, o Antigo. Foi por ocasião desta nuvem de cinzas jamais vista que Herculano[cdxix], as aldeias de Ratina e Oplonte, além de Pompeia e Estábia[cdxx], foram sepultadas pelas lavas, pelas cinzas, pelo *lapilli*, pelas areias incandescentes e por outras coisas horrorosas... *Well*, as cinzas vulcânicas dessa formidável erupção foram transportadas pelos ventos até o Egito! E por falar em Egito: você conhece a história do reinado dos Shus na XV dinastia, meu rapaz? O rei dos Shus...

– Espere um momento! O senhor ainda não me explicou o que é esse tal *lapilli*...

– *Lapilli*? São[cdxxi] pedras pequenas e arredondadas, que os vulcões expelem pelas crateras. Os grandes fragmentos tomam o nome de escórias; os pequenos fragmentos, o de *lapilli*. Há, também, as bombas vulcânicas...

– Puxa, o senhor sabe tudo!

– *Well*, eu aprendi quando era da sua idade, e você também deve aprender enquanto é tempo. Mas, como eu estava dizendo, as bombas vulcânicas são uns fragmentos da lava que têm forma globular, ou esférica, parecidos com essas bolas de vidro usadas pelas crianças...

– Sei. Bolas de gude.

– Pois é. Os napolitanos chamavam as bombas vulcânicas de "lágrimas do Vesúvio". Como você sabe, certamente, as matérias dos vulcões dividem-se em três estados: o estado sólido, que são as projeções; o estado líquido, ou pastoso, que é a lava; e o estado gasoso, que são os gases e os vapores. Tomando isso por base, eu... *Well*, esta ilha em que nós estamos tem todas as características de uma ilha vulcânica, formada pela ação das lavas e das terras surgidas do fundo do mar. Em quase todas as partes do globo onde existam vulcões marítimos acontecem fatos destes...

– No Brasil também?

– No Brasil propriamente não, porque o terreno brasileiro, ao que consta, não comporta vulcões. Mas em outras partes do mundo... Eu lembro-me de ter lido a respeito de um vulcão submarino parecido com o de Akh-Manethon. Foi há cem anos, em São Miguel, ilha colonial portuguesa, pertencente ao Arquipélago dos Açores. As características dessa erupção assemelham-se muito às características da erupção que originou o aparecimento da Ilha Ahk-Manethon neste local, só que, neste último caso, o vulcão não ficou situado ao centro da ilha – o que aconteceu em São Miguel...[177]

E o cientista inglês passou a explicar minuciosamente a origem, o desenvolvimento e o fim dos vulcões. Eu ouvia tudo aquilo andando em silêncio pela praia, na direitura do *atoll* – alvo da nossa caminhada. Em breve chegamos lá. O *mahoone* Tuluma fez-nos sinal para esperar e atirou-se de ponta-cabeça dentro d'água, nadando logo, e rapidamente, para a ilha de coral. Esperamos na beira da praia, conversando e rindo, para afugentar o medo dos abalos sísmicos e do rugir do vulcão Teodoro.

Um minuto depois, Tuluma regressou, rebocando o barco à vela de que nos falara. Era uma embarcação de pequeno calado, aí de seus oito

177 Em 1811, apenas a meia légua da ilha de São Miguel, num local onde o mar alcançava 40 braças de profundidade, rebentou um vulcão, o qual atirou para o ar turbilhões e turbilhões de fumaça, de chamas, de cinzas e de outras matérias inflamadas. Ao cabo, formou-se ali um ilhéu quase circular, com meia légua de circunferência e com uma cratera de água fervente ao centro.

para nove metros de proa a popa, com o casco pintado de preto e velas de fibra leve e macia com o formato londrino. Aterrorizados pela erupção sísmica, resolvemos entrar imediatamente nesse pequeno veleiro e nele retroceder até ao nosso acampamento. Assim fizemos, e voltamos para perto dos outros náufragos, que nos receberam com exclamações de júbilo. Quando botamos pé em terra firme (com perdão da palavra, pois a terra estava tudo, menos firme) para recolher as moças e as crianças à embarcação à vela, houve um detonar mais forte – e o litoral da ilha se fendeu desde o mar livre até ao lago central habitado pelo plesiossauro! Um grito de horror irrompeu do grupo de náufragos:

– O monstro ficou livre!

Do outro lado da ilha, os selvagens estavam numa azáfama[178] doida, embarcando os restos do acampamento provisório, e seus gritos guturais chegavam até nossos ouvidos. Entre nós, porém, a azáfama tornou-se maior ainda – e em breve os gritos guturais dos *mahoones* foram abafados pelos nossos próprios gritos. No rebuliço da partida, o Rei Leão chegou a perder o equilíbrio e cair na água, afundando. Eu não sabia se ele conhecia natação, mas o modo como afundou não era natural: parecia um prego, por assim dizer. Submergiu, debatendo-se e bebendo água, antes que nós outros pudéssemos ajudá-lo. Com muito custo, mestre Aníbal e Horácio conseguiram deitar-lhe a mão e içá-lo para bordo da piroga em que iam os sarcófagos. O Rei Leão agradeceu e enfiou as mãos nos bolsos, fazendo-se muito pálido. No meu fraco entender, tinha perdido alguma coisa de valor.

– Que foi? – perguntou Afonso.

O ex-rei da França readquiriu a presença de espírito.

– Oh! Nada... O *khothem*, o *uroeos* e umas pedras à toa... Olhe, parece que perdi, sabe? Não faz mal, não...

– Não faz mal, hein?! – rugiu o capitão Teodoro. – Que foi que você achou no palacete egípcio, para não se incomodar com a perda do ouro?

– Olhe, doutor comandante... O senhor é bonzinho, não é? Eu... pois é... eu achei... Juro que achei! Abri o erário... quero dizer, encontrei umas pedrinhas, sabe? É isso mesmo: umas pedrinhas...

178 Nota do Org.: **Azáfama:** grande atividade, urgência.

– Hum... hum... Com que então você arrombou a laje do erário e roubou as pedras preciosas, não é? E meteu-as no bolso, não é? Bom Deus! Por que não me disse isso há mais tempo, meu amigo? Você é uma pérola, mestre Rei Leão! Você, bem pesado, vale o peso em pérolas da Manila!

– Olhe, não fiz por mal, não... Eu vou repartir, viu? Pode ficar descansado que o senhor ganha a sua parte, o suficiente para viver num iate particular o resto da vida... Eu lhe darei três brilhantões!

– Mestre Rei Leão! – choramingou o velho Teodoro. – Se você soubesse como isso me comove... – e limpou o olho de vidro.

De súbito, ouviu-se um grito do *Condor*, seguido de outros dois de Roberto e Iracema. E logo o solo da ilha sofreu um estremecimento mais poderoso; a água do lago Iracema foi atirada à distância, em todas as direções, caindo às catadupas[179] sobre nossas cabeças e nossos ombros. Ao mesmo tempo, o monstro pré-histórico, rugindo e espadanando a água com as fortes natatórias, avançou pelo canal aberto no litoral da ilha. Quanto mais ele se aproximava, mais parecia aumentar de tamanho. Eram dois perigos mortais! A ilha abriu-se literalmente ao meio, de norte a sul, e virou duas ilhas. Nós estávamos na praia da ilha número um, a oeste, e tratamos de entrar no barquinho à vela e nas pirogas. Tuluma deu um berro e apontou para o horizonte: olhamos e vimos as pirogas dos *mahoones*, que se distanciavam.

– Vão para a Austrália, de novo – falou mestre Aníbal. – Resolveram voltar à vida antiga, certamente...

– Vamos segui-los, com a ajuda do senhor Wallyamy, da senhorita Djika-Emú e do senhor Tuluma – acrescentou o professor de egiptologia. – Seguindo-os, nós chegaremos sãos e salvos[cdxxii] à Austrália!

O monstro do lago Iracema já estava em cima de nós, ameaçando-nos a carne gelada com a serra irregular da dentadura; depois, mergulhou e nunca mais apareceu. Pode ser que não, mas penso que talvez tenha morrido afogado... E, então, deu-se o grande cataclismo, apenas a cento e cinquenta metros das nossas embarcações. Vou explicar como foi:

179 Nota do Org.: **Catadupa:** jorro, derramamento, em grande quantidade.

O vulcão Teodoro soltou o seu mais profundo rugido – um rugido rouco e como que vindo do centro da terra, pior do que o troar do maior trovão – e desfez-se inopinadamente em lavas,[180] rebentando como um balão de ar nos bailes de Carnaval. Milhares de pedras, cinzas e terras cortaram o ar em várias direções. O mar ficou revolto, empolgado por uma força estranha, transformando-se em altos vagalhões cobertos de clara e vaporosa espuma, os quais se atiraram de encontro às margens da ilha. Alguma coisa, uma espécie de força centrípeta, como se fora um novo centro de gravidade, atraía as águas do oceano – e elas afluíam para a ilha, pondo-se a brincar de salto sem vara. Descargas elétricas troavam no ar com tanta intensidade que se tornaram numa só descarga, muito forte, maciça, aterrorizante. Nós, os cruzados, estávamos agarrados uns aos outros, no fundo do barco à vela, trêmulos como sempre e angustiados como nunca.

O céu escureceu e ficou sombrio como um guarda-chuva preto. O que restava da Ilha do Juízo Final, Ilha da Salvação ou Ilha Ahk-Manethon, foi coberto pelas cinzas. Por um momento, não vimos mais nada, senão cinzalhada[181] graúda; logo o vento varou a camada de cerração artificial e vimos a ilha diminuir de altura, progressivamente. Foi diminuindo, diminuindo, diminuindo... A água revolta invadiu o litoral, removendo a areia e a terra solta... começou a lamber a Montanha do Naufrágio... meteu-se, como uma cobra monstruosa, pelos vales e pelas grutas da cadeia de montanhas rochosas que contornava o lago Iracema... Em suma: quando o barco à vela e as pirogas em que navegávamos se achavam a mil metros do local desse grande cataclismo, fugindo sob o impulso dos remos, do vento e do refluxo das águas, a ilha pareceu ter sido ferida de morte... e soltou uma espécie de grito de agonia, submergindo. Parecia que a mão invisível de um gigante tinha pousado sobre seus montes mais elevados, empurrando-os para o centro da terra. O oceano, enfurecido, cobriu tudo em seguida – e foi coroado pelas cinzas vulcânicas como se fossem os louros da vitória.

Nada mais restava da Ilha Ahk-Manethon, a terra misteriosa da qual tínhamos descoberto o segredo tão zelosamente guardado através dos séculos; apenas uns restos à toa: pedaços de madeira saídos não se sabe

180 Nota do Org.: **Inopinadamente:** de maneira inesperada ou imprevista.

181 Nota do Org.: **Cinzalhada:** Cinzas.

de onde, pedras mais leves do que a água (pedras-pomes) e diversas outras coisas às quais não pude prestar muita atenção porque rodavam, feito loucas, num redemoinho gigantesco que ali acabara de nascer devido à imersão da ilha. Por sinal, este redemoinho chegou a atrair nossos barcos, mas em breve perdeu a força e nos deixou em paz.

O perigo da erupção do Teodoro passara; agora, todo mundo queria desabafar. E começou a velha conversa fiada de sempre... Mestre Aníbal consultou o relógio de prata, averiguou serem oito horas e meia da noite e disse que o cataclismo fizera a ilha desaparecer da superfície do mar em menos de seis horas, o que era um fato raro na história das catástrofes geológicas. O professor Wodlinghouse conseguiu pegar uma pedra-pome que flutuava na esteira de uma das nossas pirogas, cofiou a barbicha e:

– Esta pedra é de natureza feldspática[182] – explicou. – A lava que a origina tem este nome: é uma lava feldspática. Os poros que vocês veem são feitos pela ação dos gases que se metem pela lava quando esta sobe à cratera. *Well*, algum dia eu lhes explicarei as conclusões a que eu cheguei a respeito... Como se sabe, as lavas são de três espécies: basálticas, traquíticas e traquidoléritas. Basálticas quando são quase pretas, traquíticas quando são claras e traquidoléritas quando são um meio termo: claro-escuras. *Well*, tomando isso por base de nossos raciocínios...

– Bom Deus! – lamentou-se o capitão Teodoro, interrompendo a conversa do sábio. – Perdi o *Sereia* e nem ao menos ganhei uma ilha! Nunca serei mais nada na vida! Que é um marinheiro sem barco, com todos os diabos?! Que vale um capitão sem tripulantes nem navio, façam o favor de me dizer?! Meu pobre *Sereia*! Hum! Fiquei sem nada, sem barco, sem grumetes, sem oficiais, sem ilha, sem palacete, sem... Algum de vocês, por acaso, terá aí um trago de *brandy*? Preciso afogar as mágoas...

O Rei Leão respondeu que ninguém tinha bebidas alcoólicas. E, enquanto *seu* Teixeira beijava a noiva, *Miss* Marguerite Mendelson, e Roberto conversava baixinho com Iracema – todos na maior paz deste mundo – ele trepou no banco da piroga, abriu os braços, como os profetas da Bíblia, e bradou:

182 Nota do Org.: **Feldspato:** nome dado a alguns componentes de rochas encontradas em erupções.

– Agora, que estamos salvos e não tardamos a desembarcar na Austrália civilizada, posso vangloriar-me! Olhe, doutor comandante Teodoro! O senhor calcula quanto dinheiro tenho aqui no bolso da calça, só em nove ou dez diamantes lapidados pelos ourives egípcios? Olhe, tenho mais de cinco mil contos! Vou-me casar com Elizabeth e comprar dez casas em Botafogo! Somos milionários, senhor comandante! O senhor poderá armar quantos barcos quiser, pois distribuirei direitinho o lucro entre nós todos. Não quebrei o erário do palacete: havia uma espécie de mola secreta que descobri e... e meti o dedo no buraco. Tirei apenas a paga de meus esforços – o resto não cabia no bolso – e deixei lá o suficiente para que a Humanidade, de hoje em diante, quebre a cabeça à procura dos tesouros do Timoeos de Ahk-Manethon! Não sou mais um ladrão, sabe? *"Honny soit qui mal y pense!"*

E sentou-se de novo na piroga.

POST-SCRIPTUM

Este romance – a que dei o título de *O Segredo de Ahk-Manethon* apenas para que não ficasse pagão – acabou como acabam todos os romances malucos, que a gente imagina em criança. Vou, agora, mostrar o destino de todas as principais personagens de nossa viagem maravilhosa:

O professor Gabriel Wodlinghouse ficou mesmo na Austrália, tão pronto ali chegamos de volta da Ilha Ahk-Manethon. Atualmente reside em Sidney, cidade esta em que está em vésperas de abrir um museu egípcio a serviço da juventude estudiosa do país.

"Segunda-feira"[cdxxiii] e Djika-Emú, bem como Tuluma, também se arranjaram nos seus antigos territórios australianos – e aí, depois de um acordo assinado com as autoridades inglesas, vivem como chefes de sua nação de indígenas, hoje menos selvagens e mais pacíficos do que os próprios homens brancos e civilizados.

Quanto ao capitão Teodoro e mestre Aníbal, fizeram sociedade – graças aos brilhantes do erário de Ahk-Manethon que lhes couberam na partilha – e compraram dois lindos barcos mercantes, dedicando-se a transportes marítimos do Rio de Janeiro para a Baía e da Baía para o Rio de Janeiro[cdxxiv]. *Seu* Teixeira, o antigo chefe das máquinas do extinto *Sereia*, sempre se casou[cdxxv] com *Miss* Marguerite Mendelson e deixou a vida do mar. Hoje em dia, anda de automóvel na Avenida e diz que fez sociedade com a mulher num negócio de ferramentas agrícolas. Há de ficar rico com isso...

E que dizer de nós outros, os componentes da gloriosa Cruzada da Salvação? Roberto Souza, claro está, continua noivo de minha irmã Iracema, e espera se casar "amanhã ou depois, não há pressa" – como ele mesmo diz – pois ainda não recebeu um aumento de ordenado que está esperando há seis meses...

Iracema e Linda Rodrigues, essas dão-se maravilhosamente bem, depois que Linda – órfã de pai e mãe como é – passou a morar conosco como se fosse da nossa família. Sei que Iracema anda querendo fazer as minhas pazes definitivas com a portuguesinha, mas finjo que não sei nada, porque, afinal de contas, Linda não é tão má companheira como parece à primeira vista...

E o Rei Leão? Esse, comprou[cdxxvi] seis casas em Botafogo e, depois de seu festivo casamento com *Miss* Elizabeth Longsight, parece um homem direito. Ninguém diz que é meio doido e já foi um vagabundo muito grande. Um dia destes, fui visitá-lo e ele me disse que, quando aparecesse outra oportunidade de descobrirmos ilhas egípcias, eu não me esquecesse de chamá-lo, pois "a coisa rende... a coisa rende...".

Joel O'Connor, o *Condor*, Afonso Rodrigues e Horácio Magalhães, esses desapareceram de circulação, depois desta aventura. Creio que o *Condor* está na Inglaterra, com sua família, dirigindo a seção juvenil de um jornal ilustrado; Afonso foi para o Paraná, metido num negócio de publicidade; e Horácio, como cresceu e já está quase um homem de barba na cara, resolveu sumir da rua São Bento, para não recordar, em nossa companhia, as coisas tristes e ingênuas da Cruzada da Salvação. Pior para ele!

A mim, por meu lado, como facilmente se compreende, aconteceram duas coisas quando voltei para casa, depois desta longa aventura: apanhei uma surra de meu pai, por ter ido para os mares do sul sem o seu consentimento, e ganhei uma porção de beijos e de presentes de minha mãe, por ter salvo Iracema da ilha deserta... Ainda hoje não sei direito se fiz bem ou se fiz mal. Como é que a gente vai compreender uma coisa dessas?!

SOBRE A ORGANIZAÇÃO E EDIÇÃO DOS ORIGINAIS

Leonardo Nahoum

A preparação bem-sucedida de *O Segredo de Ahk-Manethon* para esta primeira publicação em livro deve muito à sua filha Anabeli Trigo, que nos conduziu ao acervo literário do escritor doado por ela à Rádio Nacional do Rio de Janeiro (por sua vez, incorporada à Empresa Brasil de Comunicação – EBC). Em meio a caixas e caixas de papéis de Soveral, infelizmente ainda aguardando uma primeira mínima catalogação e tratamento (tudo se encontra ainda no estado da época da primeira doação para a Rádio Nacional em Brasília, em 2002, e, posteriormente, da doação definitiva para a Rádio Nacional do Rio, para onde o material foi enviado em 23 de maio de 2005), encontramos mais de uma centena de folhas ofício amareladas, em que o escritor colara recortes da *Mirim* que revisara e anotara para uma publicação mais definitiva. Embora muito salteada e incompleta (muitas folhas se perderam com os anos, entre mudanças, descartes e até mesmo um alagamento de garagem!), essa versão anotada foi aproveitada para revisar e complementar aquela publicada na *Mirim*.

Somente com o trabalho de digitação e edição já avançado pudemos ter melhor noção da felicidade do achado proporcionado pela ajuda de Anabeli à nossa pesquisa: na *Mirim*, *O Segredo de Ahk-Manethon* foi publicado (falha grave...) com o salto de um capítulo que, se não chegou a desfigurar a obra, com certeza fez erguer milhares de jovens sobrancelhas na época (sem falar no sofrimento causado ao autor), que ficaram sem entender alguns acontecimentos importantes da narrativa. Eis que quase todo o capítulo "esquecido" estava entre as tais páginas amarelecidas e pôde, agora, finalmente ser apresentado aos seus leitores pela primeira vez nesta edição em livro.

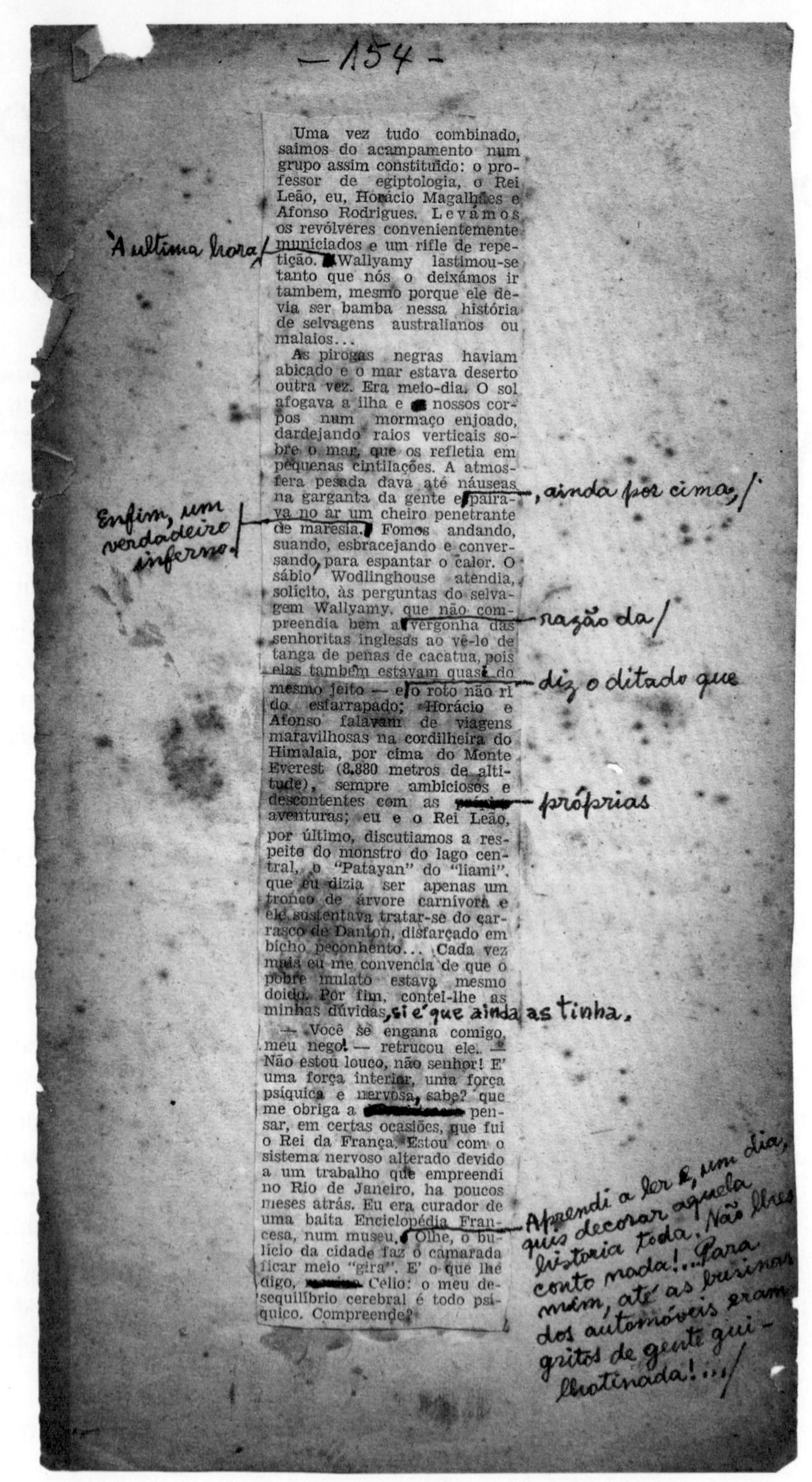

— 154 —

Uma vez tudo combinado, saimos do acampamento num grupo assim constituido: o professor de egiptologia, o Rei Leão, eu, Horácio Magalhães e Afonso Rodrigues. L e v á m o s os revólveres convenientemente municiados e um rifle de repetição. Wallyamy lastimou-se tanto que nós o deixámos ir tambem, mesmo porque ele devia ser bamba nessa história de selvagens australianos ou malaios...

As pirogas negras haviam abicado e o mar estava deserto outra vez. Era meio-dia. O sol afogava a ilha e nossos corpos num mormaço enjoado, dardejando raios verticais sobre o mar, que os refletia em pequenas cintilações. A atmosfera pesada dava até náuseas na garganta da gente e pairava no ar um cheiro penetrante de maresia. Fomos andando, suando, esbracejando e conversando, para espantar o calor. O sábio Wodlinghouse atendia, solícito, às perguntas do selvagem Wallyamy, que não compreendia bem a vergonha das senhoritas inglesas ao vê-lo de tanga de penas de cacatua, pois elas tambem estavam quasi do mesmo jeito — e o roto não ri do esfarrapado; Horácio e Afonso falavam de viagens maravilhosas na cordilheira do Himalaia, por cima do Monte Everest (8.880 metros de altitude), sempre ambiciosos e descontentes com as aventuras; eu e o Rei Leão, por último, discutiamos a respeito do monstro do lago central, o "Patayan" do "liami", que eu dizia ser apenas um tronco de árvore carnívora e ele sustentava tratar-se do carrasco de Danton, disfarçado em bicho peçonhento... Cada vez mais eu me convencia de que o pobre mulato estava mesmo doido. Por fim, contei-lhe as minhas dúvidas, si é que ainda as tinha.

— Você se engana comigo, meu nego! — retrucou ele. — Não estou louco, não senhor! E' uma força interior, uma força psíquica e nervosa, sabe? que me obriga a pensar, em certas ocasiões, que fui o Rei da França. Estou com o sistema nervoso alterado devido a um trabalho que empreendi no Rio de Janeiro, ha poucos meses atrás. Eu era curador de uma baita Enciclopédia Francesa, num museu. Olhe, o bulício da cidade faz o camarada ficar meio "gira". E' o que lhe digo, Celio: o meu desequilíbrio cerebral é todo psíquico. Compreende?

À ultima hora/

Enfim, um verdadeiro inferno.

, ainda por cima,/

razão da/

diz o ditado que

próprias

Aprendi a ler e, um dia, quis decorar aquela historia toda. Não lhes conto nada!... Para mim, até as buzinas dos automóveis eram gritos de gente guilhotinada!.../

Figura 1 - Exemplo de página anotada por Soveral

Fizemos ainda outra intervenção complementar ao final do capítulo VI da parte III, chamado "Revolta dos desesperados", porque a citada revolta simplesmente não aparecia no texto, embora a narrativa a ela se refira (e aos marinheiros revoltosos) em vários pontos dos capítulos posteriores. Incluímos, então, para efeito de coesão, fluidez e coerência, dois pequenos parágrafos onde a omissão (do próprio autor ou da *Mirim*) é resolvida.

À preparação de texto baseada nos episódios publicados na *Mirim* (foram consultados acervos privados e públicos, como a coleção do pesquisador Athos Eichler Cardoso e a da Biblioteca Nacional), aplicamos, portanto, as revisões registradas pelo próprio Soveral, visando à publicação do folhetim em livro. Algumas intervenções mais "intrusivas" foram necessárias para dar forma homogênea à leitura: subtítulos para alguns capítulos foram criados, seguindo o modelo do autor, todas as vezes em que havia lacunas na sua versão em recortes. Da mesma forma, o capítulo datiloscrito recuperado (para o qual se perderam provavelmente cerca de duas laudas iniciais) para o salto já citado na *Mirim* foi por nós complementado, de maneira a gerar o mínimo de dano à compreensão do entrecho e ao estilo do autor.

A atualização ortográfica foi feita conforme a norma vigente (inclusive para a forma de algumas palavras, como o caso de "ideia" / "idea" e "quase" / "quasi") e optamos por não aproveitar certas peculiaridades linguísticas típicas de autores lusitanos, como o acento diferencial usado por Soveral para os tempos verbais pretérito e presente do indicativo (entrámos x entramos). A maioria das alterações ao texto original da *Mirim*, seja por critérios de edição, seja por serem revisões da citada cópia (parcial) anotada de Soveral, receberam indicação no texto e correspondente nota ao final do volume, não tendo sido o caso para a maioria das atualizações ortográficas menores e alguns ajustes e adequações pronominais e de concordância que não implicassem dubiedades à intenção do autor (por exemplo, "ele me disse" / "ele disse-me"). Erros (tipográficos ou não) óbvios foram corrigidos, como no caso do personagem Sexta-Feira que, ao final, aparece como Terça-Feira sem qualquer explicação. Respeitamos, sempre que possível, a pontuação adotada pelo autor, salvo quando sua adoção causaria incômodo à leitura.

— 217 e 218 —

\- Não me bata, seu Célio! Me deixe... Eu vou... eu vou buscar Iracema. Eu gosto dela... Eu quero... Os selvagens,...

Quasi caí das nuvens, ante aquela revelação! Como é que aquele moleque ignorante queria salvar minha irmã? Ah, não! Essa honra eu não lhe devia dar, para que depois ele não começasse bancando o herói. Não! Não! Se ali tinha que haver um valente, eu é que o devia ser!

\- Só deixarei você ir se eu fôr tambem, está ouvindo? - retruquei. - Era só o que faltava!...

O negrinho acabou acedendo.

\- Como quiser, seu Célio, - disse ele, tomando a dianteira. - Deixe eu ir na frente, que eu entro na aldeia, você me espera, e eu volto com Iracema...

\- Não precisa me dar instruções, moleque pretencioso! Sei muito bem o meu papel. Vamos! Marche!

O Tião marchou - e eu o acompanhei. Em breve chegamos à vista do acampamento mahoone. Reinava ali uma grande calma, tão completa que nem se tinha a impressão de que aquele territorio pertencia a uma perigosa tribu de selvagens. Apesar de não fazer sol - pois a noite ia alta - o calor era tão forte como de dia.(Até hoje acho que, na Oceania, o barômetro não diferencia os graus de calor ao sol e à sombra). O mormaço, amolecendo nossos nervos, deixava-nos com pouca vontade de andar e de bancar valentes. Entretanto, fazendo das tripas coração, como se diz, lutando contra o clima e contra o medo, eu e o Tião prosseguimos na avançada silenciosa, cada vez mais próximos do acampamento dos australianos. Arrastando-nos laboriosamente no terreno plano e correndo quando atrás das elevações calcáreas, logramos alcançar a paliçada circular. Aí, o silencio era quebrado pelo bater de um pilão (algum selvagem devia estar esfarelando qualquer coisa). O Tião segurou no meu braço e ciciou:

\- Fique aqui, seu Célio, e não se afaste, não. Me deixe ir ver onde está Iracema que eu volto logo...

Esgueirou-se por um vão da paliçada e desapareceu, confundindo-se com o escuro. Fiquei à espera, uma espera nervosissima, que parecia cheia de ciladas, pior do que quando a gente aguarda, no gabinete de um dentista, a hora de arrancar um dente.

Ao principio, pensei que a Cruzada da Salvação vinha em meu encalço. Mas logo vi que não podia ser: tudo estava calado ao redor e o proprio bater do pilão acabou por não se ouvir mais. Cinco minutos transcorreram assim; passado este pedaço, vi Iracema que emergia do vão da paliçada. Estava tão branca e tão tremula que até me assustei. Acenou com o dedo e corri a ajudá-la. Já nós dois estávamos a salvo, do lado de fora do acampamento, quando o Tião apareceu.

\- Fomos descobertos! - gritou. - Fujam! Viram Iracema escapar comigo! Fujam! Depressa! Fujam!

Um barulho infernal espoucou no interior da aldeia de emergencia dos mahoones: era um ruido estrídulo de latas velhas, tão forte e penetr-

Figura 2 - Exemplo de página datiloscrita para o capítulo recuperado

SOBRE O AUTOR

Hélio do Soveral é autor de nada menos que cinco séries infantojuvenis, para as quais escreveu 89 livros, entre 1973 e 1984: *A Turma do Posto Quatro*, *Os Seis*, *Bira e Calunga*, *Chereta* e *Missão Perigosa*. Publicou mais de cem outras obras em gêneros como ficção científica, terror, suspense, bangue-bangue, policial e espionagem, roteirizou filmes, escreveu peças e atuou por mais de 50 anos como radialista, tendo a seu crédito a primeira história seriada do rádio brasileiro (*As aventuras de Lewis Durban*, pela Tupy, em 1938) e o programa de peças policiais de maior duração (*Teatro de Mistério*, com mais de mil episódios e quase 30 anos no ar). É ainda o criador do Inspetor Marques, do memorável agente secreto K.O. Durban e um dos escritores a dar vida à inesquecível personagem Brigitte Montfort.

SOBRE O ORGANIZADOR

Leonardo Nahoum é doutorando em literatura comparada pela Universidade Federal Fluminense, mestre em estudos literários, jornalista e graduando em Letras. Autor do livro *Histórias de Detetive para Crianças* (Eduff, 2017), da *Enciclopédia do Rock Progressivo* (Rock Symphony, 2005) e de *Tagmar* (primeiro *role-playing game* brasileiro; GSA, 1991); dirige, ainda, o selo musical Rock Symphony, com mais de 120 CDs e DVDs editados, e dedica-se a pesquisas no campo da literatura infantojuvenil de gênero (*genre*, não *gender*), com foco em autores como Carlos Figueiredo, Ganymédes José e, claro, Hélio do Soveral.

NOTAS DO ORGANIZADOR

i A página anotada em que havia os subtítulos de Soveral para este capítulo se perdeu. Criamos três novos subtítulos para manter o formato homogêneo ao longo do livro. Não é possível determinar se Soveral já havia previsto tais subtítulos no plano original da obra (mas podados pela *Mirim*) ou se os incluiu *a posteriori*, quando organizou os recortes visando a uma publicação em livro.

ii Texto da *Mirim* alterado por Soveral: “Mas todos os meus pensamentos eram bobos e não resolviam nada. Aí, pensei em ir espiar a cozinha. Eu fui, e espiei muito a medo, para que mamãe não visse e não ralhasse comigo”.

iii Texto da *Mirim* alterado por Soveral: “e a boca apertada”.

iv Trecho excluído por Soveral: “Eu já fizera quinze anos, mas ela se esquecera”.

v Texto da *Mirim* alterado por Soveral: “dois anos antes em viagem de recreio”.

vi Trecho final da frase incluído por Soveral.

vii Texto da *Mirim* alterado por Soveral: “Europa”.

viii Trecho excluído por Soveral: “com escala em Albany, na Austrália”.

ix Texto da *Mirim* alterado por Soveral: “Mas daí em diante não constavam mais notícias nem do comendador Serafim Travassos”.

x Texto da *Mirim* alterado por Soveral: “e, trêmula,”.

xi Texto da *Mirim* alterado por Soveral: “marujo”.

xii Texto da *Mirim* alterado por Soveral: “Ninguém esperava aquilo, por Deus como ninguém esperava!”.

xiii Referência provável ao filme *Northwest Passage*, de 1940, dirigido por King Vidor, e que recebeu no Brasil o título de *Bandeirantes do Norte*.

xiv A página anotada em havia os subtítulos de Soveral para este capítulo se perdeu. Criamos três novos subtítulos para manter o formato homogêneo ao longo do livro.

xv Referência ao famoso corsário inglês Henry Morgan (1635-1688), que se consolidou no imaginário popular ao ser transformado em personagem de diversos folhetins e histórias de aventuras, em particular no século XIX e início do século XX. Corsários eram piratas que recebiam autorização de algum governo para atacar (e pilhar) navios de outras nacionalidades.

xvi Rei Leão cita personagens-chave da Revolução Francesa: Georges Jacques Danton (1759-1794), advogado e político francês de grande importância e influência no começo da Revolução, tido como voz mais moderada; Maximilien de Robespierre (1758-1794), outro advogado e político francês, uma das figuras mais controversas do novo regime, é quem ordena a execução de Danton; Jean-Paul Marat (1743-1793), médico, jornalista e político francês muito ativo e influente nos primeiros anos da Revolução.

xvii A famosa Maria Antonieta, ou Maria Antônia Josefa Joana de Habsburgo-Lorena, nascida em 2 de novembro de 1755 e guilhotinada em 16 de outubro de 1793.

xviii O personagem Rei Leão se refere ao período da Revolução Francesa conhecido como “Período do Terror” ou “O Terror”, ou ainda “Período dos Jacobinos”. Entre 5 de setembro de 1793 e 27 de julho de 1794, houve a suspensão de diversas garantias civis e a perseguição e o assassinato de dezenas de milhares de supostos opositores do regime via guilhotina.

xix A página anotada em que havia os subtítulos de Soveral para este capítulo se perdeu. Criamos três novos subtítulos para manter o formato homogêneo ao longo do livro.

xx Espelhinhos de reclame eram pequenas peças publicitárias comuns no Brasil na primeira metade do século XX. Tratavam-se de pequenos espelhos em cujo verso imprimiam-se anúncios de produtos ou de casas comerciais.

xxi Tartin de Tarrascon é o personagem principal de uma série de romances de aventura iniciada em 1872, obra do escritor francês Alphonse Daudet (1840-1897).

xxii Oração final incluída por Soveral.

xxiii A referência "Granville y Toit" permanece obscura; talvez se trate de brincadeira ou jogo de palavras jocoso do autor (*toit* pode significar "seios", "tetas").

xxiv Texto da *Mirim* alterado por Soveral: "Pouco barulho, ou...".

xxv Texto da *Mirim* alterado por Soveral: "na boca do barco".

xxvi Palavra incluída por Soveral.

xxvii Texto da *Mirim* alterado por Soveral: "eu sentia a respiração entrecortada".

xxviii Texto da *Mirim* alterado por Soveral: "talvez para enxergar melhor".

xxix Texto da *Mirim* alterado por Soveral: "os mais cheios de ânimo".

xxx Trecho excluído por Soveral: "Olhe, estamos no primeiro porão, propriamente dito".

xxxi Texto da *Mirim* alterado por Soveral: "falou Horácio.".

xxxii Frase incluída por Soveral.

xxxiii Trecho excluído por Soveral: "(De todos nós sete, os únicos que enjoaram com a viagem marítima do Brasil à África foram Horácio e Roberto, mas daí a poucos dias ficaram firmes de novo)".

xxxiv Texto da *Mirim* alterado por Soveral: "– Enjoado, uma conversa!".

xxxv Texto da *Mirim* alterado por Soveral: "noutro tom de voz".

xxxvi Oração final incluída por Soveral.

xxxvii Texto da *Mirim* alterado por Soveral: "Afonso guardou os óculos e foi se sentar".

xxxviii Palavra incluída por Soveral.

xxxix Texto da *Mirim* alterado por Soveral: "No tombadilho – e talvez na própria ponte de comando – reinava".

xl Texto da *Mirim* alterado por Soveral: "ou, então, ele estava disfarçando a dor que sentia por deixar o Brasil...".

xli Texto da *Mirim* alterado por Soveral: "por deixar o Brasil".

xlii Trecho excluído por Soveral: "Raios e coriscos!".

xliii Texto da *Mirim* alterado por Soveral: "trabalhando de carona!".

xliv Palavra incluída por Soveral.

xlv Texto da *Mirim* alterado por Soveral: "provavelmente pela mão do ex-rei da França".

xlvi Texto da *Mirim* alterado por Soveral: "quinhentos".

xlvii Texto da *Mirim* alterado por Soveral: "fulgurando, horrível, no aspecto geral do quadro.".

xlviii Texto da *Mirim* alterado por Soveral: "Não sou nenhum cego, ou sou? Bom Deus!".

xlix Texto da *Mirim* alterado por Soveral: "pela turba divertida à nossa custa".

l Texto da *Mirim* alterado por Soveral: "do profeta!".

li Texto da *Mirim* alterado por Soveral: "Garotos! Com mil bombas, garotos a bordo!".

lii Na *Mirim*, grafado como "chasso".

liii Trecho final incluído por Soveral.

liv Texto da *Mirim* alterado por Soveral: "e o maroto fez".

lv Trecho excluído por Soveral: "com um gesto liberal".

lvi Oração incluída por Soveral.

lvii Na *Mirim*, consta a forma "Manilha", usada à época para nomear a capital das Filipinas. O país é (e era) conhecido por sua produção abundante de pérolas, tanto naturais quanto cultivadas. Vale registrar que há um livro de Emílio Salgari (talvez conhecido por Soveral?), mestre do romance de aventuras, publicado em Lisboa pela Edição Romano Torres e Cia, com o título "A pérola de Manilha".

lviii A página anotada em que havia os subtítulos de Soveral para este capítulo se perdeu. Criamos três novos subtítulos para manter o formato homogêneo ao longo do livro.

lix Referência ao *HMS Bounty*, navio inglês no qual, em 29 de abril de 1789, deu-se o mais famoso motim de todos os tempos. Comandado à época pelo tenente William Bligh, o *Bounty* foi dominado pelo imediato Fletcher Christian e alguns poucos homens, todos descontentes por terem deixado para trás a vida (e as amantes) no Taiti, onde Bligh permanecera por cinco meses, pesquisando e coletando mudas de fruta-pão. A história recebeu inúmeros registros e relatos ao longo dos séculos, inclusive do próprio Bligh, além de ter inspirado romances de aventura, como os de Jules Verne (*Les Révoltés de la Bounty*, 1879) e de Mark Twain (*The Great Revolution in Pitcairn*, 1903), e filmes em Hollywood com estrelas como Charles Laughton e Clark Gable (1935), Marlon Brando e Trevor Howard (1962), e Mel Gibson e Anthony Hopkins (1984).

lx Na *Mirim*, consta a forma "gurupês".

lxi Na *Mirim*, consta a forma "espanadando", erro da revista ou de Soveral.

lxii Tamatave, ou Toamasina, é a cidade de Madagascar que abriga o maior porto do país.

lxiii Texto da *Mirim* alterado por Soveral: "o pobre vive".

lxiv Texto da *Mirim* alterado por Soveral: "por bondade demais... Os homens são".

lxv Texto da *Mirim* alterado por Soveral: "que estudei em terra, não".

lxvi Oração incluída por Soveral.

lxvii Oração incluída por Soveral.

lxviii Texto da *Mirim* alterado por Soveral: "como se o fizessem sendo os donos do navio...".

lxix Oração incluída por Soveral.

lxx Oração incluída por Soveral.

lxxi Texto da *Mirim* alterado por Soveral: "há de fazer onze para doze anos...".

lxxii Oração incluída por Soveral.

lxxiii Texto da *Mirim* alterado por Soveral: "o Tião, o tolo".

lxxiv Oração incluída por Soveral.

lxxv Texto da *Mirim* alterado por Soveral: "paz, ordem e amor.".

lxxvi A expressão "bater o trinta e um" parece ter sido de uso mais corrente em Portugal (e menos no Brasil). Comumente, diz-se que se refere ao jogo de cartas "trinta e um", no qual o jogador que excede essa pontuação é eliminado (sobre o jogo, é possível encontrar referências que remontam às primeiras décadas do século XIX). Há versões que também associam a expressão à data de 31 de janeiro de 1891, quando houve na cidade do Porto uma revolta de militares a favor da abolição da monarquia e da implantação da república.

lxxvii Na *Mirim*, consta a forma "estrebilhamos".

lxxviii Texto da *Mirim* alterado por Soveral: "depois, duas ondas cercaram o estrado".

lxxix Texto da *Mirim* alterado por Soveral: "duas ondas varreram-no".

lxxx Texto da *Mirim* alterado por Soveral: "e submergiu de barriga para cima...".

lxxxi Texto da *Mirim* alterado por Soveral: "num cobertor castanho".

lxxxii Texto da *Mirim* alterado por Soveral: "débil".

lxxxiii Texto da *Mirim* alterado por Soveral: "das tormentas".

lxxxiv Texto da *Mirim* alterado por Soveral: "Já idoso, não é?".

lxxxv Texto da *Mirim* alterado por Soveral: "Na certa estava carregada com documentos de espionagem francesa".

lxxxvi Trecho truncado. Mas consta assim mesmo na *Mirim*: "Agora por Tião:".

lxxxvii Texto da *Mirim* alterado por Soveral: "velhote".

lxxxviii Texto da *Mirim* alterado por Soveral: "e no negro afogado...".

lxxxix Texto da *Mirim* alterado por Soveral: "olhando para todos os lados, sem vermos nada com nitidez.".

xc Texto da *Mirim* alterado por Soveral: "uma impressão meio gostosa".

xci O uso do pronome pessoal oblíquo "lhes", na frase, sugere um erro de concordância (por, à primeira vista, estar relacionado ao termo singular "sentido" (da narrativa). Soveral, porém, parece ter usado o pronome da terceira pessoal do plural para se referir justamente aos meninos com que o professor conversava. Resumir a história sem alterar-lhes (para eles, meninos) o sentido da narrativa.

xcii Não foi possível identificar todas as referências ou nomes citados por Soveral ao longo da novela. Este "apeanos", por exemplo, relacionado a fatos do Antigo Egito, é um desses termos que permaneceu obscuro.

xciii Oração incluída por Soveral.

xciv Frase incluída por Soveral.

xcv Na *Mirim*, consta a forma "esparela".

xcvi Texto da *Mirim* alterado por Soveral: "balança".

xcvii Texto da *Mirim* alterado por Soveral: "continuaria a ser segredo".

xcviii Texto da *Mirim* alterado por Soveral: "tarefa dificílima".

xcix Na *Mirim*, Soveral usou "de encontro aos".

c Texto da *Mirim* alterado por Soveral: "Fiz que sim com a cabeça.".

ci Palavra incluída por Soveral.

cii Trecho incluído por Soveral: "Doido (...) demais!...".

ciii Texto da *Mirim* alterado por Soveral: "Mas... ter em mira é uma coisa e levar a efeito...".

civ Texto da *Mirim* alterado por Soveral: "continuou 'carta fora do baralho', como se costuma dizer...".

cv Texto da *Mirim* alterado por Soveral: "como dois cadáveres".

cvi Frase incluída por Soveral.

cvii Palavra incluída por Soveral.

cviii Texto da *Mirim* alterado por Soveral: "O mar estava sereno e nada ameaçava tempestade.".

cix Palavra incluída por Soveral.

cx Texto da *Mirim* alterado por Soveral: "percorria a tolda e o tombadilho".

cxi Texto da *Mirim* alterado por Soveral: "sussurrando quaisquer coisinhas nos ouvidos".

cxii Texto da *Mirim* alterado por Soveral: "murro".

cxiii Texto da *Mirim* alterado por Soveral: "tabefes".

cxiv Palavra incluída por Soveral.

cxv Palavra incluída por Soveral.

cxvi Oração incluída por Soveral.

cxvii Palavra incluída por Soveral.

cxviii Texto da *Mirim* alterado por Soveral: "a minha balada predileta com a seguinte letra".

cxix Texto da *Mirim* alterado por Soveral: "Teodoro é o dono destes mares, no velho timão não há quem o bata. Meu Teodoro, senhor destes mares, tem cuidado! A bebida inda te mata...".

cxx Frase incluída por Soveral.

cxxi Texto da *Mirim* alterado por Soveral: "pisca-piscava".

cxxii Os cachimbos de espuma-do-mar, ou *Meerschaum* (espuma-do-mar em alemão), tornaram-se muito populares a partir das primeiras décadas do século XVIII. Esculpidos de blocos do mineral sepiolita (um silicato hidratado de magnésio), os melhores eram feitos com matéria-prima extraída na Turquia, na região de Eskisehir (entre Istambul e Anatólia). O nome deve-se provavelmente àcor(um branco intenso ou levemente rosado) e à porosidade do material, leve o suficiente para flutuar. É possível encontrar o *Meerschaum* em países como República Tcheca, Grécia e Estados Unidos, embora de qualidade inferior ao turco.

cxxiii Texto da *Mirim* alterado por Soveral: "maior esquisitice".

cxxiv Texto da *Mirim* alterado por Soveral: "a minha vida antiga, de bebedor moderado".

cxxv A ilha a que Soveral se refere é parte do arquipélago das Ilhas Coco, formado ainda pelas ilhas Pequena Coco e pela ilha Table (as três maiores em área). Não confundir com as Ilhas Coco australianas.

cxxvi Trecho apontado por Soveral para exclusão: "*By* Ménès!". Ao longo de todas as notas de revisão que sobreviveram da versão que preparava para publicação em livro, Soveral exclui todas as ocorrências desta interjeição pagã do professor de egiptologia Gabriel Wodlinghouse, o que, a nosso ver, tirava um bocado do colorido original da personagem. Por isso, decidimos manter o texto original da *Mirim*. Os motivos da opção de Soveral talvez se devam à inflexão religiosa por que passou depois da doença fatal da esposa (já que a menção a Ménès, rei egípcio da primeira dinastia, soa como um apelo a deuses não cristãos; uma espécie de "Por Odin!").

cxxvii Texto da *Mirim* alterado por Soveral: "ouro puro".

cxxviii Texto da *Mirim* alterado por Soveral: "maroto".

cxxix A página anotada em que havia os subtítulos de Soveral para este capítulo se perdeu. Criamos três novos subtítulos para manter o formato homogêneo ao longo do livro.

cxxx Trecho excluído por Soveral: "Não seja ruim!".

cxxxi Texto da *Mirim* alterado por Soveral: "o cenho".

cxxxii Texto da *Mirim* alterado por Soveral: "De manhã (quinta-feira) ao acordarmos".

cxxxiii Texto da *Mirim* alterado por Soveral: "minha retina fazia multicores".

cxxxiv Trecho seguinte excluído por Soveral: "– Subamos! – retruquei concisamente.".

cxxxv Texto da *Mirim* alterado por Soveral: "pálidas".

cxxxvi Oração incluída por Soveral.

cxxxvii Texto da *Mirim* alterado por Soveral: "como o papel em que escrevo este livro".

cxxxviii Texto da *Mirim* alterado por Soveral: "sururu".

cxxxix Texto da *Mirim* alterado por Soveral: "para se conservar direito.".

cxl Texto da *Mirim* alterado por Soveral: "– Certamente, quando ele deu o golpe... Eu vi ele matar...".

cxli Texto da *Mirim* alterado por Soveral: "Com um milhão de trovoadas!".

cxlii Palavra incluída por Soveral.

cxliii Texto da *Mirim* alterado por Soveral: "Com mil tubarões!".

cxliv Texto da *Mirim* alterado por Soveral: "no meu cargueiro".

cxlv Texto da *Mirim* alterado por Soveral: "policiais".

cxlvi Texto da *Mirim* alterado por Soveral: "sentou-se com um suspiro e começou".

cxlvii Trecho entre parênteses incluído por Soveral.

cxlviii Frase incluída por Soveral.

cxlix Texto da *Mirim* alterado por Soveral: "para capital e".

cl Texto da *Mirim* alterado por Soveral: "julga...".

cli Texto da *Mirim* alterado por Soveral: "pensam".

clii Frase incluída por Soveral.

cliii Texto da *Mirim* alterado por Soveral: "Suspende âncora, colhe esse filame, segue a linha do vento e arriba assim...".

cliv Palavra incluída por Soveral.

clv Texto da *Mirim* alterado por Soveral: "no que eles disserem, grumetes!".

clvi Texto da *Mirim* alterado por Soveral: "Bebi porque fiquei muito satisfeito, está aí por que bebi!".

clvii Trata-se, provavelmente, de versão (mais antiga?) para o nome da cidade Bloemfontein, também na África do Sul.

clviii Texto da *Mirim* alterado por Soveral: "traíra".

clix Texto da *Mirim* alterado por Soveral: "passara".

clx Texto da *Mirim* alterado por Soveral: "– Peste? Jesus! Maria!". É curioso que Soveral se preocupasse em retirar a menção à Maria, mãe de Cristo, ao preparar o texto para edição em livro (adotamos sua versão revisada, ao contrário do que decidimos quanto às exclusões do termo "Ménès"). A hipótese que vem à mente é a de que, quando de sua guinada espiritual-religiosa (por conta principalmente do câncer da esposa), na década de 1970, ele tenha privilegiado um cristianismo de matizes protestantes (em que Maria não tem o protagonismo que se observa na Igreja Católica).

clxi O poeta em questão é Luís de Camões (1524-1580) e o trecho reproduzido, parte do Canto Quarto de *Os Lusíadas*, maior épico da língua portuguesa e uma das obras máximas de nossa literatura.

clxii Alteração de Soveral não aproveitada: "O quê? Afundou?".

clxiii Texto da *Mirim* alterado por Soveral: "pela tempestade".

clxiv Texto da *Mirim* alterado por Soveral: "o professor Gabriel Wodlinghouse".

clxv Texto da *Mirim* alterado por Soveral: "O capitão Teodoro já não o ouvia. E, então:".

clxvi Oração final incluída por Soveral.

clxvii Texto da *Mirim* alterado por Soveral: "– Onde estaremos, meu Deus, onde estaremos?".

clxviii Texto da *Mirim* alterado por Soveral: "resolveu, arbitrariamente, o Rei Leão.".

clxix Texto da *Mirim* alterado por Soveral: "Mas este heroísmo resultou inútil, porque os marinheiros".

clxx Texto da *Mirim* alterado por Soveral: "do navio sinistrado".

clxxi Texto da *Mirim* alterado por Soveral: "mas a Natureza é cruel.".

clxxii Texto da *Mirim* alterado por Soveral: "acabara".

clxxiii Palavra incluída por Soveral.

clxxiv Texto da *Mirim* alterado por Soveral: "botara".

clxxv Frase incluída por Soveral.

clxxvi Algumas das referências feitas aqui por Soveral a personagens reais e fictícios (mas todos matéria-prima de filmes e livros) tornaram-se obscuras com o passar dos anos e merecem algum esclarecimento: Buffalo Bill e Texas Jack eram as alcunhas, respectivamente, de William Frederick Cody (1846-1917), verdadeiro ícone do Velho Oeste, e do pistoleiro John Wilson Vermillion (1842-1911). O Sherlock Holmes de Conan Doyle (1859-1930) ainda dispensa maiores introduções. Já Rafles é provavelmente referência a "Arthur J. Raffles" (com dois efes), personagem criado por E. W. Hornung, na década de 1890, como espécie de anti-herói (o inverso de Holmes em muitos aspectos), de "nobre ladrão". Fantomas, por sua vez, é o personagem francês (outro ladrão misterioso) criado, em 1911, por Marcel Allain (1885-1969) e Pierre Souvestre (1874-1914), até hoje uma das criações mais populares da literatura de crimes de seu país. Nick Carter, o detetive norte-americano (e depois agente secreto) criado por Ormond Gerald Smith (1860-1933) e publicado inicialmente em 1886, é outro personagem de enorme popularidade. Finalmente, Nat Pinkerton, talvez o mais elusivo, era outro detetive fictício (inspirado na Agência Pinkerton de Detetives norte-americana) que protagonizou histórias em centenas de livretos publicados em países como França, Rússia e Alemanha, além de inúmeras (tal como Holmes, Fantomas, Carter) adaptações para o cinema.

clxxvii Texto da *Mirim* alterado por Soveral: "dos respectivos eixos.".

clxxviii Texto da *Mirim* alterado por Soveral: "O capitão insistiu e".

clxxix Texto da *Mirim* alterado por Soveral: "despediu-se e saiu correndo".

clxxx Texto da *Mirim* alterado por Soveral: "à praia".

clxxxi Texto da *Mirim* alterado por Soveral: "logo".

clxxxii Texto da *Mirim* alterado por Soveral: "Jackey".

clxxxiii Texto da *Mirim* alterado por Soveral: "emprestou".

clxxxiv Pelo nome em português, não nos foi possível identificar a referência de Soveral.

clxxxv Alteração de Soveral não aproveitada (excluindo a interjeição pagã): "Olhem, mais aves!".

clxxxvi Estranhamente, dicionários como o Houaiss e o Aurélio registram "buftalmo" como nome de ervas ornamentais, mas não de pássaros. Há outras ocorrências para a palavra em campos mais disparatados ainda (como a Oftalmologia, por exemplo).

clxxxvii Como no caso dos "buftalmos", também não conseguimos identificar com precisão estas aves que Soveral chama de "Bernicles Jubate". Mas pode ser que se refira a um ganso conhecido em inglês como "bernicle goose" (*Branta leucopsis*), cujo nome em português é ganso-de-faces-brancas ou bernaca.

clxxxviii Soveral aqui faz referência aos famosos e populares fascículos, publicações extremamente efêmeras e que levavam ao grande público, a um custo baixíssimo, histórias de personagens como Sherlock Holmes (verdadeiras ou apócrifas) e o Corsário Morgan. Em Portugal, por exemplo, a Empresa Lusitana Editora anunciava como publicados, em 1913, mais de 40 brochuras com "As aventuras do Capitão Morgan"; no Brasil, muitos desses fascículos eram republicados com alguns meses de atraso, por editoras como a Empresa de Publicações Modernas.

clxxxix Na *Mirim*, consta a forma "chereteava".

cxc Texto da *Mirim* alterado por Soveral: "era minha querida irmã!".

cxci Frase final incluída por Soveral.

cxcii Texto da *Mirim* alterado por Soveral: "como diz papai".

cxciii Texto da *Mirim* alterado por Soveral: "perguntar". Soveral provavelmente queria reforçar o sotaque e a fala lusitana, ao adotar esta forma antiga do verbo em sua revisão.

cxciv Embora a forma "gostaria" soe melhor aos nossos ouvidos, mantivemos a conjugação adotada por Soveral porque ela provavelmente reproduz um coloquialismo da época.

cxcv Texto da *Mirim* alterado por Soveral: "certamente".

cxcvi Texto da *Mirim* alterado por Soveral: "da atual aldeia".

cxcvii Texto da *Mirim* alterado por Soveral: "Nós queremos apenas saber".

cxcviii Texto da *Mirim* alterado por Soveral: "Eu estava segredando, apenas segredando...".

cxcix Infelizmente, não conseguimos identificar o periódico a que o autor se refere.

cc Texto da *Mirim* alterado por Soveral: "ele ficou com medo de que fosse um cemitério... *well*... um túmulo, e...".

cci Alteração de Soveral não aproveitada: "Que diz? – bradou o professor".

ccii Texto da *Mirim* alterado por Soveral: "– O segredo de Ahk-Manethon? Hein? O quê?".

cciii Texto da *Mirim* alterado por Soveral: "(...) o palacete das múmias. – Vamos ou não vamos? Que é que vocês estão esperando?".

cciv Texto da *Mirim* alterado por Soveral: "volveu".

ccv A página anotada onde havia os subtítulos de Soveral para este capítulo se perdeu. Criamos três novos subtítulos para manter o formato homogêneo ao longo do livro.

ccvi Vale lembrar aqui o livro de aventuras de Emilio Salgari, intitulado *Os pescadores de Trépang* (1916).

ccvii Na *Mirim*, consta a forma "plesiosáurio".

ccviii A página anotada em que havia os subtítulos de Soveral para este capítulo se perdeu. Criamos três novos subtítulos para manter o formato homogêneo ao longo do livro.

ccix Texto da *Mirim* alterado por Soveral: "caladinhos".

ccx Oração final incluída por Soveral.

ccxi Texto da *Mirim* alterado por Soveral: "Wallyamy lastimou-se tanto".

ccxii Texto da *Mirim* alterado por Soveral "na garganta da gente e pairava no ar".

ccxiii Oração incluída por Soveral.

ccxiv Texto da *Mirim* alterado por Soveral: "a vergonha".

ccxv Texto da *Mirim* alterado por Soveral: "e o roto não ri do esfarrapado".

ccxvi Na *Mirim*, consta o número "8.880 metros". Adotamos aqui a medida oficial em 2018, reconhecida pelos governos da China e do Nepal.

ccxvii Texto da *Mirim* alterado por Soveral: "Por fim, contei-lhe as minhas dúvidas.".

ccxviii Texto da *Mirim* alterado por Soveral: "Eu era curador de uma baita Enciclopédia Francesa, num museu... Olhe, o bulício da cidade".

ccxix Texto da *Mirim* alterado por Soveral: "menino Célio".

ccxx Texto da *Mirim* alterado por Soveral: "e vinha comer?...".

ccxxi Texto da *Mirim* alterado por Soveral: "seus olhos".

ccxxii Alteração de Soveral não aproveitada: "O menino".

ccxxiii Texto da *Mirim* alterado por Soveral: "uma velha marcha".

ccxxiv Texto da *Mirim* alterado por Soveral: "pele muito morena, quase bronzeada, e pintada com cores vistosas".

ccxxv Texto da *Mirim* alterado por Soveral: "do chefe, o cavalheiro Ballari.".

ccxxvi Texto da *Mirim* alterado por Soveral: "estava mais clara, da palidez.".

ccxxvii Soveral, em vez de usar a mais conhecida transliteração *tomahawk* (versão inglesa para o termo algonquin *tamahacan*), adota aqui a forma francesa.

ccxxviii Trecho excluído por Soveral: "*Vem, sereia, senhora destes mares, vem sarar a saudade que me mata!*".

ccxxix Texto da *Mirim* alterado por Soveral: "do silvícola australiano".

ccxxx Texto da *Mirim* alterado por Soveral: "Nós lhe damos liberdade, ele machuca o nariz do capitão,".

ccxxxi Texto da *Mirim* alterado por Soveral: "dizem que a gente miúda".

ccxxxii Texto da *Mirim* alterado por Soveral: "que quase".

ccxxxiii Texto da *Mirim* alterado por Soveral: "inquiriu".

ccxxxiv Texto da *Mirim* alterado por Soveral: "crianças inglesas no meio".

ccxxxv Texto da *Mirim* alterado por Soveral: "discursou".

ccxxxvi Texto da *Mirim* alterado por Soveral: "– Mais tarde, veremos...Pelas barbas do profeta!".

ccxxxvii Texto da *Mirim* alterado por Soveral: "é a nossa trincheira...".

ccxxxviii Texto da *Mirim* alterado por Soveral: "– Não esqueceremos, não, senhor comandante.".

ccxxxix Texto da *Mirim* excluído por Soveral: "Carapinha d'África!".

ccxl Texto da *Mirim* alterado por Soveral: "Não, é melhor não avisar".

ccxli Texto da *Mirim* alterado por Soveral: "da existência humana".

ccxlii Texto da *Mirim* alterado por Soveral: "– Eu estou a deduzir... estou a deduzir,".

ccxliii Texto da *Mirim* alterado por Soveral: "Segue a linha do vento e arriba assim...".

ccxliv Texto da *Mirim* alterado por Soveral: "Não suspeitávamos de nada: mostramos".

ccxlv Texto da *Mirim* alterado por Soveral: "Se vocês soubessem, se vocês soubessem!".

ccxlvi Texto da *Mirim* alterado por Soveral: "e o deixa tão triste assim? Vamos! Conte, conte...".

ccxlvii Texto da *Mirim* alterado por Soveral: "dez".

ccxlviii Texto da *Mirim* alterado por Soveral: "vinte".

ccxlix Texto da *Mirim* alterado por Soveral: "vinte a trinta metros".

ccl Texto da *Mirim* alterado por Soveral: "Os bancos de coral pertencem ao Estado e o Estado dita leis entre os pescadores.".

ccli Texto da *Mirim* alterado por Soveral: "começa".

cclii Texto da *Mirim* alterado por Soveral: “vai”.

ccliii Trecho entre parênteses incluído por Soveral.

ccliv Texto da *Mirim* alterado por Soveral: “vivem”.

cclv Texto da *Mirim* alterado por Soveral: “corre”.

cclvi Texto da *Mirim* alterado por Soveral: “chega”.

cclvii Texto da *Mirim* alterado por Soveral: “onde nós outros podemos encontrar”.

cclviii Trecho entre parênteses incluído por Soveral.

cclix Texto da *Mirim* alterado por Soveral: “Senhor Gonzales Blanco”.

cclx Texto da *Mirim* alterado por Soveral: “aguentava bem”.

cclxi Palavra incluída por Soveral.

cclxii Texto da *Mirim* alterado por Soveral: “Os dois nativos”.

cclxiii Texto da *Mirim* alterado por Soveral: “na laje amarrada na extremidade”.

cclxiv Texto da *Mirim* alterado por Soveral: “selvagem”.

cclxv Texto da *Mirim* alterado por Soveral: “nativo”.

cclxvi Texto da *Mirim* excluído por Soveral. A nota de rodapé dizia: “Octopus é talvez o mais terrível monstro do mar: como seu nome indica, tem oito braços, todos providos de ventosas. Pensa-se que seu ‘habitat’ sejam os mares do sul, mas já tem sido visto em outras regiões.”.

cclxvii Texto da *Mirim* alterado por Soveral: “após cortarmos os tentáculos”.

cclxviii Texto da *Mirim* alterado por Soveral: “pérola rosa”.

cclxix Texto da *Mirim* alterado por Soveral: “ele estava muito triste por ter recordado a história da morte do irmão, e eu fiquei”.

cclxx Texto da *Mirim* alterado por Soveral: “– Wallyamy diz que descobriu”.

cclxxi Texto da *Mirim* alterado por Soveral: “e quer que eu... que nós”.

cclxxii Texto da *Mirim* alterado por Soveral: “– Esse sujeito está doido, não está mesmo?”.

cclxxiii Texto da *Mirim* alterado por Soveral: “Pela cúpula é que nem é bom pensar nisso:”.

cclxxiv Texto da *Mirim* alterado por Soveral: “do ex-comandante do ‘Sereia’”.

cclxxv Texto da *Mirim* alterado por Soveral: “– Você vai, Célio? Verdade? Oba!”.

cclxxvi Texto da *Mirim* alterado por Soveral: “caladinho”.

cclxxvii Texto da *Mirim* alterado por Soveral: “que estava ali próximo”.

cclxxviii Texto da *Mirim* alterado por Soveral: “e Roberto deixou também”.

cclxxix Texto da *Mirim* alterado por Soveral: “Cruzada da Salvação”.

cclxxx Texto da *Mirim* alterado por Soveral: “do palacete de Ahk.”.

cclxxxi Texto da *Mirim* alterado por Soveral: “do palacete soterrado, onde haviam ficado os nossos amigos e companheiros de aventura”.

cclxxxii Texto da *Mirim* alterado por Soveral: “dos selvagens *mahoones”*.

cclxxxiii Texto da *Mirim* alterado por Soveral: “e lhes dou um tiro de rifle! Os bandidos! É mesmo”.

cclxxxiv Texto da *Mirim* alterado por Soveral: “a minha atiradeira”.

cclxxxv Texto da *Mirim* alterado por Soveral: “para aquietar-nos”.

cclxxxvi Texto da *Mirim* alterado por Soveral: "guiou-nos os passos".

cclxxxvii Não foi possível encontrar referências ao termo. Trata-se, provavelmente, de alguma espécie de tecido.

cclxxxviii Texto da *Mirim* alterado por Soveral: "E começou a fazer um verdadeiro discurso numa linguagem esquisita, um dialeto australiano.".

cclxxxix Texto da *Mirim* alterado por Soveral: "resolveu mudar de tática, no que fez muito bem.".

ccxc Texto da *Mirim* alterado por Soveral: "nariz".

ccxci Texto da *Mirim* alterado por Soveral: "Aí, Koo-Thaly Ballari".

ccxcii Texto da *Mirim* alterado por Soveral: "pareceu-nos".

ccxciii Texto da *Mirim* alterado por Soveral: "rodava, rodava, rodava".

ccxciv Texto da *Mirim* alterado por Soveral: "Juro que lhe mando a mão, se pisar! Você é um medroso! Me-dro-so!".

ccxcv Texto da *Mirim* alterado por Soveral: "*Let´s go! Let´s go!*".

ccxcvi Texto da *Mirim* alterado por Soveral: "nos carregaram em vitória de volta à paliçada".

ccxcvii Texto da *Mirim* alterado por Soveral: "era muito comum isso dos antropófagos".

ccxcviii Texto da *Mirim* alterado por Soveral: "fingia que amarrava os cordões dos sapatos".

ccxcix Texto da *Mirim* alterado por Soveral: "E o professor".

ccc Alteração de Soveral não aproveitada: "Que horror!".

ccci Texto da *Mirim* alterado por Soveral: "um *mahoone*".

cccii Texto da *Mirim* alterado por Soveral: "Tornando a olhar".

ccciii Em 1941, os estados brasileiros eram em 20, mais o território do Acre e o Distrito Federal (Rio de Janeiro): Amazonas, Pará, Maranhão, Piauí, Goiás, Mato Grosso, Minas Gerais, Bahia, Sergipe, Espírito Santo, Ceará, Rio Grande do Norte, Pernambuco, Paraíba, Alagoas, Paraná, Santa Catarina, Rio Grande do Sul, São Paulo e Rio de Janeiro.

ccciv Texto da *Mirim* alterado por Soveral: "caldeirão, 'Condor'!".

cccv Texto da *Mirim* alterado por Soveral: "de mamãe...".

cccvi Texto da *Mirim* alterado por Soveral: "e eu fazia.".

cccvii Texto da *Mirim* alterado por Soveral: "de mamãe".

cccviii Texto da *Mirim* alterado por Soveral: "junto de mim."

cccix Texto da *Mirim* alterado por Soveral: "é que sabe dar valor a essa proteção...".

cccx Texto da *Mirim* alterado por Soveral: "de mim".

cccxi Texto da *Mirim* alterado por Soveral: "já se morreram".

cccxii Texto da *Mirim* alterado por Soveral: "era lavadeira.".

cccxiii Na *Mirim*, aparece a forma "nem mim".

cccxiv Texto da *Mirim* alterado por Soveral: "as feições".

cccxv Texto da *Mirim* alterado por Soveral: "ante o".

cccxvi Texto da *Mirim* alterado por Soveral: "e obedeceu".

cccxvii Texto da *Mirim* alterado por Soveral: "é feiticeiro, inimigo de morte de Wallyamy".

cccxviii Texto da *Mirim* alterado por Soveral: "(...) Horácio! Não vê em que situação horrível nos achamos?".

cccxix Texto da *Mirim* alterado por Soveral: "Infantil é você, Célio!".

cccxx Palavra incluída por Soveral.

cccxxi Texto da *Mirim* alterado por Soveral: "do falecido cavalheiro Ballari".

cccxxii Texto da *Mirim* alterado por Soveral: "um selvagem *mahoone*".

cccxxiii Alteração de Soveral não aproveitada: "– Que coisa horrorosa!".

cccxxiv Texto da *Mirim* alterado por Soveral: "*Well*, será".

cccxxv Frase final do parágrafo incluída por Soveral.

cccxxvi Fala incluída por Soveral.

cccxxvii Texto da *Mirim* alterado por Soveral: "vá buscar os rifles, professor,".

cccxxviii Destes subtítulos, apenas o último item foi criado por nós.

cccxxix Texto da *Mirim* alterado por Soveral: "no solo da Ilha da Salvação, ou Ilha Ahk-Manethon".

cccxxx Texto da *Mirim* alterado por Soveral: "alucinados e armados até aos dentes".

cccxxxi Texto da *Mirim* alterado por Soveral: "de susto e afobação".

cccxxxii Texto da *Mirim* alterado por Soveral: "de que se prevenira para a viagem (além deste níqueis, ele também tinha algumas cédulas, como veremos mais adiante)".

cccxxxiii Texto da *Mirim* alterado por Soveral: "devia estar em cuidados".

cccxxxiv Texto da *Mirim* alterado por Soveral: "– Eu opino que... *Well*... que nós esperemos".

cccxxxv Texto da *Mirim* alterado por Soveral: "tem mas é selvagens".

cccxxxvi Texto da *Mirim* alterado por Soveral: "do lago central...".

cccxxxvii Texto da *Mirim* alterado por Soveral: "Eu não sei o que pensar! Sinceramente, meus amiguinhos, eu não sei o que pensar!".

cccxxxviii Texto da *Mirim* alterado por Soveral: "era simplesmente ensurdecedor".

cccxxxix Texto da *Mirim* alterado por Soveral: "Ao cabo".

cccxl Texto da *Mirim* alterado por Soveral: "barulho!".

cccxli Frase incluída por Soveral.

cccxlii Texto da *Mirim* alterado por Soveral: "muito bem".

cccxliii Texto da *Mirim* alterado por Soveral: "porque ninguém sabe o que é a eletricidade! E ninguém poderia dizer...".

cccxliv Texto da *Mirim* alterado por Soveral: "Papagaio, que força!".

cccxlv Texto da *Mirim* alterado por Soveral: "Seu".

cccxlvi Texto da *Mirim* alterado por Soveral: "com tanta facilidade, não...".

cccxlvii Soveral nesse trecho parece estar fazendo alguma piada de duplo sentido, cujo sentido nos escapa... Não compreendemos o significado outro que as aspas tentam atribuir à palavra "chance", e o que o menino Afonso compreende e rechaça de imediato na frase seguinte.

cccxlviii Soveral aqui parece fazer uma brincadeira ao usar repetidamente a palavra, que pode ser entendida como gíria chula para "vagina".

cccxlix Neste ponto, termina o texto original de Soveral conforme publicado na *Mirim*.

cccl Embora as anotações de Soveral para este trecho não indiquem maiores correções nem estejam com páginas faltando, optamos por criar e incluir os dois parágrafos que precedem a marcação desta nota para "resolver" um problema do romance que parece ter a ver com mais um episódio omitido (a exemplo da morte de Tião, no capítulo saltado pela *Mirim* e restaurado nesta edição). Começando pelo título do capítulo em questão ("Revolta dos desesperados"), há a partir daqui uma série de menções na história a um contingente de marujos que se revoltou. A cena da revolta e da partida dos marinheiros, porém, não consta do livro. O exame dos originais (tanto da *Mirim* quanto das notas de Soveral), porém, demonstra ser este o ponto mais apropriado para sua inclusão. Embora houvesse indicação de mais detalhes sobre a revolta em menções posteriores (Célio em sua narrativa cita o nome dos líderes revoltosos: Pedro e Baldo), optamos por manter nossa intervenção (sempre com autorização da filha de Soveral, Anabeli Trigo) ao mínimo necessário para garantir a coesão e a fluidez do texto.

cccli A página anotada em que havia os subtítulos de Soveral para este capítulo se perdeu. Criamos três novos subtítulos para manter o formato homogêneo ao longo do livro.

ccclii Texto da *Mirim* alterado por Soveral: "do inglês? – deu uma risada. – Esse cavalo".

cccliii Texto da *Mirim* alterado por Soveral: "muito vermelho, de sem jeito que estava".

cccliv Palavra incluída por Soveral.

ccclv Texto da *Mirim* alterado por Soveral: "– É sua culpa, seu negro Tião! – gritou ela. – Desde que você apareceu só me tem sucedido desgraças. Já na rua São Bento era a mesma coisa. Você dá um azar tremendo; basta que olhe para a gente... Largue-me! Vá-se embora! Suma-se!".

ccclvi Texto da *Mirim* alterado por Soveral: "deste riscado!".

ccclvii Texto da *Mirim* alterado por Soveral: "Puxa, que menina!".

ccclviii Texto da *Mirim* alterado por Soveral: "– Vamos tornar Linda também uma cruzada? – alvitrou Iracema, batendo palmas estrepitosamente. – Vamos fazer?".

ccclix Texto da *Mirim* alterado por Soveral: "fica sendo da Cruzada da Salvação. Viva a nova cruzada!".

ccclx Texto da *Mirim* alterado por Soveral: "– A múmia! – bradou o comandante. – A múmia que anda! Com quinhentos demônios, que está sucedendo? Hum! Que vejo eu?".

ccclxi Texto da *Mirim* alterado por Soveral : "que sou tão seu amigo? Hum! Isto é uma ingratidão que me dói imensamente!...".

ccclxii Texto da *Mirim* alterado por Soveral: "– Mas tudo o quê? Vamos, meu menino, vamos...".

ccclxiii Texto da *Mirim* alterado por Soveral: "aquiesceu. – Mas vá dizendo logo o que sabe, meu menino! Hum! Não vê que eu morro de ansiedade, não vê? Que é que você sabe?".

ccclxiv Texto da *Mirim* alterado por Soveral: "logo, a múmia não pode ser o capitão, já que o capitão não poderia ser a múmia...".

ccclxv Na *Mirim*, o trecho possui uma preposição: "Não adianta nada se ficar aqui fazendo".

ccclxvi Texto da *Mirim* alterado por Soveral: "fazendo conjeturas. Não adianta nada!".

ccclxvii Texto da *Mirim* alterado por Soveral: "– Achei! Achei! *Miss* Elizabeth, estava aqui! Estava aqui! Achei! Estava aqui!".

ccclxviii Texto da *Mirim* alterado por Soveral: "Agora já posso ver melhor! Agora, sim! Agora é que eu vejo!".

ccclxix Texto da *Mirim* alterado por Soveral: "dois grupos de náufragos.".

ccclxx Trecho suprimido por Soveral neste ponto: "Eu suspeito profundamente, valendo-me dos processos criminalistas de *Sir* Arthur Conan Doyle...".

ccclxxi Texto da *Mirim* alterado por Soveral: "Mais tarde o senhor pode opinar à vontade; agora, não.".

ccclxxii Texto da *Mirim* alterado por Soveral: "a múmia que andava, a múmia do faraó Timoeos de Manethon,".

ccclxxiii Texto da *Mirim* alterado por Soveral: "quase a convicção".

ccclxxiv Texto da *Mirim* alterado por Soveral: "no vulto cada vez mais próximo, cada vez mais próximo, cada vez mais próximo.".

ccclxxv Texto da *Mirim* alterado por Soveral: "E para que se fantasiou de múmia, hein? Para que se fantasiou?".

ccclxxvi Texto da *Mirim* alterado por Soveral: "– Não me façam mal! Pelo amor de Deus, não me façam mal! Juro que conto a verdade toda, toda! Foi de brincadeira, sim, apenas de brincadeira.".

ccclxxvii Na *Mirim*, aparece a forma "faça".

ccclxxviii Em suas anotações, Soveral exclui o trecho "tais como Ponson du Terrail, Xavier de Montepin, Emilio Salgari, etc., etc.". Pela relevância das referências, optamos por manter o texto original da *Mirim*.

ccclxxix Interessante o uso que Soveral faz deste recurso metalinguístico aqui, brincando com o dizer das personagens reconhecendo-se dentro de uma obra ficcional. É a única vez que isso ocorre em toda a novela, diga-se de passagem.

ccclxxx Texto da *Mirim* alterado por Soveral: "– É uma ótima ideia! É uma ideia razoável!".

ccclxxxi Texto da *Mirim* alterado por Soveral: "mas não de ser ignorante.".

ccclxxxii Palavra incluída por Soveral.

ccclxxxiii Texto da *Mirim* alterado por Soveral: "Deixe de ser".

ccclxxxiv Texto da *Mirim* alterado por Soveral: "por pouco não".

ccclxxxv Texto da *Mirim* alterado por Soveral: "Eu... *well*... nós vamos refletir."

ccclxxxvi Texto da *Mirim* excluído por Soveral: "Não digo isto para mostrar que estudei em terra, não;".

ccclxxxvii Não é possível afirmar que o Capítulo I da Quarta Parte terminasse realmente aqui (segundo o texto original de Soveral), embora sirva bem como arremate. Ver nota seguinte para maiores esclarecimentos.

ccclxxxviii A obra, como publicada na *Mirim*, ficou mutilada – pulou-se o Capítulo II da Quarta Parte, "Morte de um herói negro", que entraria neste exato ponto... Por sorte, Soveral mantinha uma cópia da obra (páginas coladas com recortes da *Mirim* e anotações à mão, mais as benditas páginas datilografadas originais referentes ao capítulo omitido), mas, com sua morte, perderam-se (entre várias outras páginas), desta boneca que preparara, as numeradas 212, 213, 214 e 215. É possível inferir que a 212 e a 213 contivessem ainda recortes da parte final da *Mirim* #537; já as páginas 214 e 215 certamente traziam o começo deste Capítulo "Morte de um herói negro". Ou seja, perdeu-se de uma lauda e meia a duas laudas do texto original de Soveral (o começo do Capítulo II e talvez também o final do Capítulo I, se seu texto original não tiver coincidido com o final da *Mirim* #537, embora este funcione bem como fecho). A maior parte do capítulo inédito, porém, aparece agora, pelo primeira vez, restaurando o erro de publicação da *Mirim* que tanto deve ter atormentado Soveral. Com autorização de sua filha, Anabeli Trigo, criamos uma abertura para o capítulo, de maneira a suprir a pequena parte perdida com o mínimo de interferência na trama ou no estilo do autor, de modo que o leitor possa apreciar a obra da maneira mais fluida possível. O título do capítulo omitido pela *Mirim* constava do índice organizado por Soveral em sua cópia anotada.

ccclxxxix A página anotada em que havia os subtítulos de Soveral para este capítulo se perdeu. Novos subtítulos foram criados pelo editor.

cccxc Aqui termina o trecho criado por nós para o início do Capítulo II, "Morte de um herói negro". Foi uma honra, Soveral...

cccxci Início do texto datiloscrito (sobrevivente) de Soveral para o capítulo omitido pela *Mirim* em sua publicação original de 1941 ("Morte de um herói negro", Capítulo II da Quarta Parte).

cccxcii Não conseguimos determinar a quem Soveral se refere. No contexto brasileiro, há um padre Gonçalves Leitão em Pernambuco, no século XVII. Para nomes portugueses, haveria outras possibilidades, como o padre Joaquim Afonso Gonçalves (1781-1841), figura importante nas relações culturais entre Portugal, Macau e China no século XIX.

cccxciii Canto do manuscrito se perdeu, sendo possível identificar para esta palavra apenas a letra S, a vogal E ou O, e letra L. Como a palavra anterior é "mico", inferimos que no trecho perdido estivesse escrito "selvagem".

cccxciv Canto do manuscrito se perdeu, sendo possível identificar para esta palavra apenas o trecho "penetr".

cccxcv Trecho obscuro. Uma hipótese é que seja referência ao que acontecia aos escravos no porão dos navios negreiros.

cccxcvi Fim do texto original inédito de Soveral para o capítulo omitido pela *Mirim*.

cccxcvii Texto da *Mirim* excluído por Soveral: ", porém,".

cccxcviii Texto da *Mirim* alterado por Soveral: "Se não houvesse a morte, não havia nem heróis nem gente completamente boa...".

cccxcix Na *Mirim*, o verbo aparece no presente do indicativo.

cd Provável referência à Alemanha e à Segunda Grande Guerra.

cdi Texto da *Mirim* alterado por Soveral: "Pior seria se escondessem os seus sentimentos...".

cdii Palavra incluída por Soveral.

cdiii Palavra incluída por Soveral.

cdiv Texto da *Mirim* alterado por Soveral: "Por que Wallyamy".

cdv Texto da *Mirim* alterado por Soveral: "segundo".

cdvi Palavra incluída por Soveral.

cdvii Palavra incluída por Soveral.

cdviii Texto da *Mirim* alterado por Soveral: "fazer amiza...".

cdix Palavra incluída por Soveral.

cdx Palavra incluída por Soveral.

cdxi Texto da *Mirim* alterado por Soveral: "– Até logo, meu amigo...".

cdxii Texto da *Mirim* alterado por Soveral: "Meu".

cdxiii Texto da *Mirim* alterado por Soveral: "foi a pique".

cdxiv Texto da *Mirim* alterado por Soveral: "como esta, perdida nos mares do sul. Sim, meus valentes cruzados, eu sei bem!".

cdxv Texto da *Mirim* alterado por Soveral: "o raio deste discurso!".

cdxvi Nos recortes anotados de Soveral, numa das últimas páginas que sobreviveram (a de número 239, que principia o Capítulo IV da Quarta Parte), o autor, logo após apor à página de papel o trecho da *Mirim* com este primeiro parágrafo (publicado ao final da edição #542), salta inexplicavelmente todo o texto referente à *Mirim* #543, e cola logo abaixo desta abertura de capítulo o parágrafo inicial da *Mirim* #545. Optamos por não seguir essa aparente edição de Soveral por três motivos: a) por não termos toda sua boneca anotada, o que nos poderia dar maior certeza da intervenção; b) por nos parecer incoerente com o subtítulo do próprio Soveral constante da mesma página 239, que cita "O veleiro de Tuluma". Ora, Tuluma e seu veleiro aparecem justamente no trecho do texto da *Mirim* #543, que Soveral parece excluir em seus recortes; c) pela qualidade do texto e por sua relevância para o entrecho como um todo. É possivel, enfim, que Soveral tenha perdido esse exemplar da *Mirim* e tenha se visto forçado a uma edição do livro que não a contemplasse.

cdxvii Soveral provavelmente se refere, em sua própria nota de rodapé, a Luigi Palmieri (1807-1896), físico e meteorologista italiano famoso por seus estudos sobre vulcões, terremotos e fenômenos climáticos.

cdxviii Não conseguimos identificar a referência. Talvez possa ter sido um erro de composição e o nome pretendido ser na verdade "Fuchs", nome alemão relativamente comum e que poderia se referir a algum cientista do século XX, XIX ou até mais além?

cdxix Na *Mirim*, "Herculanum".

cdxx Na *Mirim*, "Stábia". Morreu na cidade, em 79 D.C., por conta dos gases tóxicos da erupção do Vesúvio, o naturalista romano Plínio, o Velho (23 D.C.-79 D.C.).

cdxxi Texto da *Mirim* alterado por Soveral: "*Lapilli*? *Lapilli* são".

cdxxii Na *Mirim*, consta "a são e salvo à Austrália".

cdxxiii Na *Mirim*, aparece, erroneamente, o termo "Terça-feira" (e sem aspas ou itálico) para se referir a Wallyamy.

cdxxiv Assumimos aqui que, ao usar a forma "Baía", Soveral quis dizer "Baía de Guanabara" e não "o estado da Bahia".

cdxxv Embora soe estranha, é assim que a expressão aparece na *Mirim*: "sempre se casou".

cdxxvi Texto da *Mirim* alterado por Soveral: "O Rei Leão comprou".

AVEC
EDITORA